Oetinger

Die Bände der großen Meermädchen-Saga:

Alea Aquarius. Der Ruf des Wassers
Alea Aquarius. Die Farben des Meeres
Alea Aquarius. Das Geheimnis der Ozeane

Fortsetzung folgt!

Alle Bände der Serie sind ebenfalls als Hörbuch
bei Oetinger audio erschienen, mit einem Alea-Song der Autorin.

Oetinger Foto-Fun

Hol dir hier dein kostenfreies *Alea-Aquarius*-Fun-Foto!

Weitere Informationen zur Serie unter
www.alea-aquarius.de

Bei **Tanya Stewner** und den Büchern war es keine Liebe auf den ersten Blick. Nachdem ihre Grundschullehrerin gesagt hatte, Tanya würde wahrscheinlich niemals richtig lesen und schreiben lernen, entdeckte sie ihre Leidenschaft fürs Schreiben erst spät, mit zehn Jahren. Doch ab diesem Zeitpunkt begannen die Geschichten nur so zu fließen. Geboren 1974, studierte Tanya Stewner Literaturwissenschaften und arbeitete mehrere Jahre als Übersetzerin und Lektorin. Inzwischen widmet sie sich ganz der Schriftstellerei. Ihre Kinderbuchserien *Alea Aquarius* und *Liliane Susewind* und ihre *Hummelbi*-Trilogie sind sowohl in Deutschland als auch international große Erfolge.

TANYA STEWNER

Alea Aquarius

Das Geheimnis der Ozeane

Verlag Friedrich Oetinger · Hamburg

Für Guido

MIX
Papier aus verantwortungsvollen Quellen
FSC® C014496

Umschlagillustration und Vignetten: Claudia Carls
Lektorat: Simone Hennig, Hamburg
Satz: Dörlemann Satz, Lemförde
Druck und Bindung: GGP Media GmbH
Karl-Marx-Straße 24, 07381 Pößneck, Deutschland
Printed in 2017/III
ISBN 978-3-7891-4749-4

www.oetinger.de
www.alea-aquarius.de

Inhalt

Sie bemerkte die Gefahr erst, als es zu spät war.

Von einem Moment auf den anderen war der dichte Plastikmüll überall, wischte und kratzte an ihren Armen und Beinen entlang, behinderte sie beim Schwimmen und versperrte ihr jegliche Sicht.

Sie kämpfte sich an die Oberfläche. Wild schlug sie mit den Armen, aber das Plastik und die Strömung zogen sie wieder in die Tiefe.

Schaudernd stellte sie fest, dass sie im Müll gefangen war. Sie spürte Panik in sich aufsteigen. Konnte ein Meermensch in einer Ozeanmüllhalde sterben?

Als sie erneut versuchte, sich aus dem Müllstrudel zu befreien, stülpte sich zu ihrem Schrecken eine Tüte über ihren Kopf – und bedeckte ihre Kiemen.

Plötzlich begriff sie, dass es hier tatsächlich um Leben und Tod ging …

Elmsfeuer

Alea erwachte. Sie lag in einer gemütlichen, warmen Koje. Für einen kurzen Moment zwischen Traum und Wirklichkeit wunderte sie sich, wieso sie nicht in einem Schlafsack auf dem kalten Erdboden lag, irgendwo in den schottischen Highlands. Doch dann fiel ihr alles wieder ein. Lennox und sie waren zurück auf der *Crucis*, dem Segelschiff ihrer Bande. Die Alpha Cru war wieder vereint. Ein Lächeln stahl sich in Aleas Gesicht, und einen Augenblick lang genoss sie das Gefühl, dass alles gut war. Sie war zu Hause.

Das urige Boot knarrte und ächzte leise, und bevor die sanften Wellenbewegungen Alea wieder in den Schlaf wiegen konnten, setzte sie sich im Bett auf und schaute neugierig aus dem Bullauge. Im Abenddämmerlicht zogen grüne Hügel und eine wilde Uferlandschaft vorbei. Sie befanden sich noch immer in den Highlands. Aber dieses Mal durchwanderte Alea diese Gegend nicht zu Fuß, nein, sie fuhren mit der *Crucis* auf dem Kaledonischen Kanal. Von Osten nach Westen ging es quer durch Schottland hindurch, und sobald sie das offene Meer erreichten, würden Alea und die Alpha Cru Kurs auf Island setzen.

Aleas Herz machte einen Sprung. *Island!* Würde sie dort ihren Vater treffen? Die Botschaft, die sie in der uralten Bibliothek von Rach Turana erhalten hatte, machte ihr Hoffnung. Ihr Vater hatte darin gesagt, dass er von dem schrecklichen Virus verschont geblieben war, der das Volk der Meermenschen fast ausgerottet hatte. Das war elf Jahre her. Vielleicht lebte Keblarr noch, und vielleicht konnte Alea ihn finden!

Sie blickte in den wolkenverhangenen Abendhimmel. Anscheinend hatte sie den ganzen Tag verschlafen. Waren Lennox und sie wirklich erst an diesem Morgen von der alten Unterwasserstadt an die Oberfläche zurückgekehrt? War die *Crucis* erst heute Morgen nach Loch Ness eingefahren? Unglaublich, dass das alles erst wenige Stunden her war! Wenn Alea in sich hineinhorchte, spürte sie die Wucht der Ereignisse noch immer wie ein feines Vibrieren in ihrem Körper.

Ein Quietschen erklang. Die Kajütentür öffnete sich, und gleich darauf schob sich ein sommersprossiges Lausbubengesicht durch den Spalt. »Ahoi, Schneewittchen!«, rief Sammy und hüpfte ins Zimmer. »Du bist wach!« Ehe Alea sich's versah, schlüpfte der neunjährige Junge schon zu ihr unter die Decke. »Endlich bist du wieder da! Ich hab richtig Kuschelentzug!«, sagte er und machte es sich in ihrem Arm gemütlich.

Alea lachte. »Hast du denn nicht mit Ben gekuschelt, als

ich weg war?« Ben war Sammys großer Bruder, und der kleine Kuschelkönig hing bei jeder Gelegenheit an ihm.

»Nee, Ben war in den letzten Tagen ziemlich still.« Sammy schob seine nackten Füße zwischen Aleas warme Waden. »Er hat sich riesige Sorgen um dich und Scorpio gemacht. Meistens hat er finster aufs Meer geguckt.« Ben war achtzehn Jahre alt und der Skipper des Schiffes. Das hieß, dass er nicht nur für die *Crucis*, sondern auch für ihre Mannschaft verantwortlich war. Und da außer ihm alle Cru-Mitglieder minderjährig waren, sorgte Ben sich wohl ein klein wenig mehr um seine Besatzung als andere Skipper.

»Jetzt sind wir ja wieder da«, sagte Alea und hörte selbst, wie glücklich sie klang. Sie liebte es einfach, zu dieser Crew zu gehören und frei und ungebunden auf einem Segelschiff über die Meere zu schippern. Doch es war auch etwas ganz Besonderes gewesen, sich allein mit Lennox über Land bis nach Loch Ness durchzuschlagen …

»Was ist los?« Sammy hob den Kopf. »Dein Herz rast ja plötzlich wie verrückt!«

Alea wurde rot.

Sammy blickte sie alarmiert an, dann hellte sich sein Gesicht plötzlich auf. »Hast du gerade an Scorpio gedacht?«

Alea musste lachen. »Erwischt!«

»Was läuft denn zwischen euch?«, hakte Sammy neugierig nach. »Ihr habt heute Morgen zwar viel über diesen Virus in den Ozeanen erzählt, aber über euch zwei habt ihr nix gesagt.«

»Na, das wäre vor der ganzen Cru ja auch sehr peinlich gewesen.«

»Aber mir erzählst du jetzt alles?« Sammy setzte seinen unwiderstehlichsten Bitte-bitte-Blick auf. »Ich bin verschwiegen wie ein Grab!«

Alea strich sich grinsend eine Strähne ihres langen dunklen Haars hinters Ohr. Früher hatte sie ihre Haare immer so weit wie möglich ins Gesicht gezogen, damit niemand die Knubbel hinter ihren Ohren sah – sie verwandelten sich unter Wasser zwar in wertvolle Kiemen, waren im Trockenzustand aber einfach hässlich. Vor den Cru-Mitgliedern hatte sie jedoch keine Scheu mehr. »In Ordnung, ich erzähle dir alles.«

»Ja!« Sammy wurde ganz hibbelig. »Jetzt kommt ein Freundschaftsbestmoment! Ich kann es fühlen!« Er zupfte etwas von Aleas grün karierter Wolldecke. »Diese Fluse wird mich für immer an diesen unvergesslichen Augenblick erinnern«, flüsterte er und hielt ihr den kleinen grünen Wollknubbel demonstrativ vors Gesicht.

Schmunzelnd schüttelte Alea den Kopf. Sammys Faszination für Flusen und Fussel würde sie wohl nie verstehen.

Sammy verstaute die Fluse sorgfältig in seiner Brusttasche und senkte konzentriert den Kopf. »So. Ich bin bereit.«

»Lennox und ich, wir …«

Bevor Alea weitersprechen konnte, hörten sie Bens Stimme an Deck. »Ein Gewitter zieht auf!«, rief er durchdringend. »Alpha Cru! Segel einholen!« Er stampfte kräftig mit dem Fuß auf, um seine Mannschaft unter Deck wissen zu lassen, dass er sie oben brauchte.

»Ausgerechnet jetzt!«, ärgerte sich Sammy.

Alea schubste ihn aus ihrem Bett und sprang hinterher. Während sie sich ihre Jacke überwarf, murmelte Sammy unzufrieden: »Dann lass uns wenigstens schnell was anderes Unvergessliches sagen, damit die ganze Spannung nicht einfach so verpufft.«

Alea kicherte.

»Immerhin hab ich eine Bestmomentfluse gepflückt!«

»Samuel Draco, *du* bist einfach unvergesslich«, sagte Alea und strubbelte ihm durch die wilden roten Haare.

Sammy strahlte und präsentierte dabei seine riesige Zahnlücke. »Du auch, Schneewittchen!«

Dann rannte er los, und mit großen Schritten lief Alea hinter ihm durch den schmalen Korridor zum Herzen des Schiffs, dem urgemütlichen Salon. Dies war einer ihrer Lieblingsorte auf dem Boot, vielleicht auch deshalb, weil Lennox hier seinen Schlafplatz hatte.

Als sie durch die Tür hineinpreschten, fuhr Lennox aus dem Schlaf hoch. »Was ist?«, rief er und griff in sein abstehendes Haar.

»Gewitter im Anmarsch!«, antwortete Alea, während sie an ihm vorbeihastete. »Alle Mann an Deck!« Bevor sie die Treppe zur Bordtür hinaufstieg, drehte sie sich noch einmal zu Lennox um und lächelte ihn an. »Hallo«, sagte sie leise.

Auf Lennox' Gesicht erschien ebenfalls ein Lächeln.

»Hallo«, erwiderte er. In seinen azurblauen Augen lag dabei so viel Wärme, dass Alea fast geseufzt hätte. Als sie merkte, wie verträumt sie Lennox anstierte, drehte sie sich schnell um und folgte Sammy an Deck.

Oben pfiff ein kühler Wind, und schwere Wolken rollten wie eine dunkle Sturmarmee über den Himmel. Benjamin Libra stand hinter dem Steuerrad im Deckshäuschen. Mit seiner verwuschelten Rockstar-Frisur, der aufrechten Körperhaltung und dem konzentrierten Blick erinnerte er Alea mehr denn je an einen modernen Piratenkapitän.

Alea schaute sich rasch um. Sie befanden sich auf einem der vielen Lochs, den kleinen Seen, die den engen Kanal immer wieder unterbrachen. Die dichten Sträucher am Ufer bogen sich ächzend im Wind.

»Samuel Draco! Alea Aquarius!«, hörten sie eine ungeduldige Stimme mit französischem Akzent. »Nicht einschlafen!« Tess Taurus, das fünfte Mitglied der Alpha Cru, wartete bereits am Fallseil darauf, dass die anderen ihr halfen, das Vorsegel einzuholen. Der Wind zerrte an Tess' langen schwarzen Dreadlocks und blies sie ihr ins Gesicht, aber das schien ihr nicht das Geringste auszumachen. Tess war eine sehr gute Seglerin, und Ben nannte sie sein wertvollstes Cru-Mitglied. Wenn es um Wind und Wetter ging, war Tess hart wie Stahl. Gefühle und Möwen hingegen konnten sie völlig aus dem Konzept bringen.

Während Alea und Sammy zum Bug eilten, stürmte auch Lennox an Deck.

»Lennox Scorpio, na endlich!«, rief Sammy. »Hast du dir erst noch die Haare gekämmt?«

Lennox grinste verlegen und kam schnell zu ihnen herüber. Alle gingen in Position. Ben, der am Ruder blieb, gab das Kommando zum Segelbergen. Tess und Sammy ließen daraufhin langsam das Seil herunter, während Alea und Lennox am Vorsegel zogen. Der Wind bauschte es immer wieder auf, sodass sie ihre volle Muskelkraft einsetzen mussten, um es am Schiff festmachen zu können. Sobald das Vorsegel eingeholt war, bargen sie das Hauptsegel. Jeder wusste genau, was er zu tun hatte, und gemeinsam funktionierten sie wie ein Uhrwerk.

Ben wies auf den Himmel. »Dahinten zucken schon Blitze. Wir müssen den Anker auswerfen. Draco! Taurus!« Er machte das Alpha-Cru-Handzeichen für *Ihr zwei – jetzt.*

Sammy und Tess liefen zurück zum Bug, wo sich die Ankerkette befand. Während diese kurz darauf in die Tiefe rasselte, trat Ben aus dem Deckshäuschen und überprüfte mit aufmerksamem Seemannsblick den Himmel.

Da bemerkte Alea plötzlich ein seltsames Licht hoch oben am Mast. Erschrocken trat sie einen Schritt zurück. An der Mastspitze züngelte etwas! Dort waren kleine Flämmchen! »Es brennt!«, schrie sie. »Der Mast brennt!«

Alle Köpfe fuhren herum. »Feuer!«, rief Lennox, rannte zu Alea und zog sie zurück.

Die anderen eilten ebenfalls näher und schauten nach

oben. Ben kniff die Augen zusammen und entgegnete: »Nein, es brennt nicht.«

»Aber …« Alea deutete auf die eigenartig bläulichen Lichter. »Was ist das?« Die Luft schien regelrecht zu knistern!

Ben antwortete: »Das ist Elmsfeuer.«

»Elmsfeuer?«

»Elektrische Entladung bei Gewitter«, erklärte er und fügte mit fasziniertem Blick hinzu: »Das gibt es nur sehr selten.«

Staunend starrten alle auf die merkwürdigen, kühl flimmernden Flammen, die sich auf sämtliche Drahtseile gesetzt hatten. Fast sah es aus, als wären am Schiff zahllose Lämpchen angebracht worden, die es nun wie einen festlichen Weihnachtsbaum erstrahlen ließen.

»Das ist total unheimlich«, murmelte Tess.

»Früher dachten die Seeleute, Elmsfeuer sei ein schlechtes Omen. Aber das ist natürlich nur Aberglaube.« Bens Blick wanderte von dem Elmsfeuer zu den heranjagenden Gewitterwolken. »Am besten geht ihr unter Deck«, sagte er. »Der Sturm tobt gleich richtig los.«

»Nee!«, beschwerte sich Sammy. »Ich geh doch nicht nach unten, wenn hier oben Elmsfeuer rumflackert!« Er liebte Naturschauspiele. Und dies war eines, das man nicht alle Tage zu Gesicht bekam.

Alea konnte den Blick ebenfalls kaum abwenden. Aus den Flämmchen zuckten immer wieder kleine Blitze hervor, die knisternd über das Holz huschten. Sie wirkten fast lebendig, wie kleine Zauberlichter, die sich auf der *Crucis* niedergelassen hatten, um sie zum Strahlen zu bringen.

Und dieses Knistern … Alea hörte genau hin. Beinahe klang es wie Flüstern.

Sie trat näher an den Mast heran.

Lennox schnaufte alarmiert. »Was machst du?«

»Geh da lieber weg«, mischte sich auch Tess ein, der das Elmsfeuer nicht geheuer zu sein schien.

»Diese Lichter, sie …« Alea nahm eines der Flämmchen, das besonders tief am Mast hing, ganz genau in Augenschein.

Im nächsten Moment drehte sich die Flamme um sich selbst und … wandte Alea ihr Gesicht zu! Sie hatte ein blau funkelndes, loderndes Gesicht!

Alea schnappte nach Luft.

Lennox war sofort neben ihr. »Was ist?«, fragte er, doch da sah er es auch. Seine Augen weiteten sich. Mit einer schnellen Bewegung stellte er sich vor Alea.

»Das sind Lebewesen!«, rief Alea. »Die Flammen leben!«

»Was?« Ben schien lachen zu wollen, aber dann kam er zu ihnen und sah es sich selbst an.

»Vorsicht!«, warnte Tess.

Ben atmete geräuschvoll ein. Fassungslos starrte er auf die Flamme.

Jetzt drängelte sich Sammy an ihm vorbei nach vorn. »Meine Fresse!«, entfuhr es ihm.

Alea linste um Lennox herum. Die Flamme wandte sich

ihnen noch immer zu. Es war, als bestünde ihr Körper aus reinem Elektrofeuer, und in ihrem winzigen Gesicht war deutlich ein abwartender, ernster Blick zu erkennen, mit dem sie die Menschen unter sich musterte.

Ein lautes Donnergrollen ließ Alea zusammenzucken, aber um nichts in der Welt wollte sie jetzt unter Deck gehen. »Hallo«, sagte sie vorsichtig zu der Flamme und schob sich an Lennox vorbei. Sie war inzwischen schon einigen magischen Wesen begegnet und hatte keine Angst. »Ich bin Alea.«

Tess japste. »Du sprichst wieder Wassersprache!«

»Wirklich?« Das hatte Alea gar nicht gemerkt. Sie hatte wohl, wie schon so oft, ganz automatisch in die Sprache des Meeres – Hajara – gewechselt, die alle Magischen verstanden.

Die blaue Flamme hing regungslos am Mast und beobachtete sie. Plötzlich züngelten die anderen Flämmchen scharenweise von der Mastspitze zu ihnen herab.

»Heiliger Himmel!«, stieß Ben hervor.

»Das gibt's ja gar nicht«, ächzte Sammy. »Die haben alle Gesichter!«

Es stimmte. Nun konnten Alea und die anderen auch sehen, dass es sich um regelrechte kleine Feuergestalten handelte. Sie hatten flackernde Arme und Beine und außerdem etwas auf den Köpfen, das wie leuchtende Helme aussah – Helme, aus denen immer wieder bläuliche Blitze hervorzuckten.

Jetzt hingen fast alle Gestalten tief am Mast. Es war so

hell, dass Alea die Augen zusammenkneifen musste. Die blaue Flamme, die sich als erste gezeigt hatte, züngelte über die anderen hinweg herab. Sie verharrte, als sie auf Augenhöhe mit Alea und der Alpha Cru war. Und dann sprach sie. »Du bist ein Meermensch«, zischelte sie Alea zu. Es war nicht viel mehr als ein flüsterndes Knistern, aber Alea verstand es ganz genau. »Und du auch«, setzte die Flamme an Lennox gerichtet hinzu.

Er verstand sie offenbar ebenfalls. »Ich bin Lennox«, erwiderte er. »Wer seid ihr?«

Sammys Augen wurden groß. »Du sprichst ja auch Wassersprache, Scorpio!«, stellte er verblüfft fest, während Tess Ben zuwisperte: »Ich glaube, die unterhalten sich richtig mit den Dingern!«

»Wir sind Helmse«, knisterte die Flamme. »Ihr kennt uns nicht?«

»Nein«, entgegnete Lennox. »Leider nicht.«

»*Was* seid ihr?«, fragte Alea.

»Wir sind Gewitterhüter«, erwiderte der Helms. »Seit langer Zeit werden wir von Landgängern für ein Naturphänomen gehalten. Doch wir gehören den Magischen der Wasserwelt an. Wir beschützen das Meer bei Gewitter vor Blitzen. Mit unseren eigenen Flammen bilden wir ein Gegenfeuer, das wie eine Schutzhülle wirkt und die Wohnstätten anderer Magischer absichert – früher auch die von Meermenschen.«

Lauschend legte Sammy den Kopf schief, und Alea vermutete, dass er wahrscheinlich nicht mehr als ein Rascheln hörte. »Was knirschen die Blauhelme denn da vor sich hin?«, wollte er wissen. »Sind die eher Deko, oder hat das ganze Rumgeflackere auch einen Sinn?«

Alea hätte fast gelacht. Bens ernste Miene hielt sie jedoch davon ab. Mit zusammengezogenen Augenbrauen schaute er über das Loch und den Kanal. In den Weiten der Highlands zuckten erneut Blitze durch den dunklen Himmel, und der Donner folgte in immer schnelleren Abständen.

»Leute, egal, wie spannend das hier ist –, ihr müsst jetzt unter Deck!«, verlangte der Kapitän nun von seiner Crew. Einem Holzschiff wie der *Crucis* konnten die Blitze eines Gewitters durchaus gefährlich werden, und dieses Gewitter schien direkt in ihre Richtung zu ziehen.

»Wartet!«, bat Lennox, als Tess sich schon zum Gehen wandte. »Könnt ihr auch Schiffe schützen?«, fragte er den Helms eilig.

Alea horchte auf. »Das wäre ja … phantastisch!«

Der Helms schüttelte jedoch den Kopf. »Wir sind hergekommen, um euch beide zu schützen – euch Meermenschen –, aber nicht das Landgängerschiff«, entgegnete er. »Von Landgängern halten wir uns eigentlich fern.« Sein Blick intensivierte sich. »Wir wissen, dass ihr beide ins Wasser könnt – Isibellen haben es uns verraten. Also los, springt von Bord! Im Wasser seid ihr sicher.«

Alea und Lennox tauschten einen erschrockenen Blick. Es kam für sie nicht infrage, die *Crucis* zu verlassen.

»Was ist jetzt?«, verlangte Ben zu wissen.

»Vielleicht könnten die Helmse uns helfen!«, sagte Alea hastig und wandte sich dann flehend an den Magischen: »Diese Landgänger sind unsere Freunde! Und dieses Schiff ist unser Zuhause. Ich bitte euch, schützt uns alle zusammen!«

Der Helms schwieg.

»Unser Kapitän hat ein wahres Seefahrerherz!«, fügte Alea hinzu und deutete auf Ben.

Ben machte ein fragendes Gesicht, und der Helms musterte ihn prüfend. »Ist seine Liebe zum Meer größer als seine Landgängerinteressen?«

»Ja!«, versicherten Alea und Lennox gleichzeitig.

»Auch Tess und Sammy lieben das Meer«, erklärte Alea. »Alle drei sind eurer Hilfe würdig!«

Der Helms wandte sich den anderen Flammen zu, und es schien, als würden sie sich leise beraten.

Bens Geduld war nun zu Ende. »Ihr zieht euch jetzt sofort Rettungswesten an!«, befahl er seiner Mannschaft. »Und dann geht ihr unter Deck.« Das Gewitter war bei ihnen angekommen. Obwohl es noch nicht regnete, folgten Blitze und Donner schnell hintereinander, und das ohrenbetäubende Krachen ließ die Cru-Mitglieder immer wieder zusammenfahren.

Tess und Sammy liefen zur Rettungswestenkiste. Doch Lennox und Alea blieben, wo sie waren.

Atemlos warteten sie auf die Antwort der Magischen.

Da drehte sich der Helms ihnen endlich wieder zu und zischelte: »Wir verlassen uns auf euer Wort, dass diese

Landgänger dem Meer in besonderer Weise verbunden sind.«

Alea hob die Brauen. »Heißt das …«

»Das heißt: Wir werden euer Schiff schützen.«

Sie stieß einen Freudenschrei aus.

»Danke!«, sagte Lennox erleichtert.

»Was ist los?«, fragte Ben. »Helfen sie uns?« In seiner Stimme lag ein mehr als dringlicher Ton, denn die *Crucis* schaukelte immer heftiger auf den Wellen.

»Ja, sie machen es!«, erwiderte Lennox.

Tess und Sammy kamen mit Rettungswesten zu ihnen zurück.

Der Helms warf einen Blick in ihre Richtung und sagte: »Wir zeigen uns den Landgängern normalerweise nicht. Sie erkennen in uns nie etwas anderes als Elmsfeuer. Aber du, Junge, kannst sie später ja vergessen lassen, was sie erlebt haben.«

»Ich, ähm …«, stotterte Lennox. Die Helmse sahen ihm wohl an der außergewöhnlichen Farbe seiner Augen an, welchem Stamm er angehörte. Als Oblivion war er in der Lage, die Erinnerung von Landgängern auszulöschen. Aber das wollte er bei den anderen Cru-Mitgliedern bestimmt nicht tun. Alea und er hatten Tess, Ben und Sammy alles über die untergegangene Meerwelt erzählt, was sie selbst erfahren hatten, und sie immer in alles eingeweiht.

Der Helms sprach weiter. »Wir müssen uns schnell auf unsere Positionen begeben«, knisterte er, und für die anderen Helmse war dies offenbar das Signal auszuschwärmen. Innerhalb weniger Sekunden züngelten sie bis zum höchsten Punkt des Masts hinauf. »Die Feuerkraft dieses Gewitters ist außergewöhnlich stark«, erklärte der Helms noch, dann eilte auch er ihnen nach und heftete sich an die oberste Mastspitze.

Doch es schien, als hätten die Helmse zu lange gewartet, denn im nächsten Moment zuckte direkt über ihnen ein Blitz vom Himmel herab. Er zielte geradewegs auf den Mast der *Crucis* und schlug ein.

Tess schrie auf, und Sammy klammerte sich entsetzt an Ben.

Da leuchtete der Mast funkelnd blau auf. Die Helmse schienen die Kraft des Blitzes in sich aufzunehmen, und gleich darauf zuckte das grelle Licht wieder aus ihrer Mitte hervor und schoss nach oben. Die Helmse schickten den Blitz zurück in den Himmel!

Mit offenem Mund stand Alea da.

»Das ist so was von krass«, flüsterte Sammy.

»Er ist eingeschlagen!«, rief Ben fassungslos. »Er ist in den Mast eingeschlagen! Und sie haben den Blitz abgewehrt!«

»Ich glaube, ich träume«, murmelte Tess.

In diesem Augenblick begann es zu regnen. Dicke schwere Tropfen fielen hernieder, und Tess, Ben und Lennox zogen sich ihre Kapuzen über den Kopf.

Sammy hingegen war durch das, was gerade geschehen war, anscheinend ganz aufgedreht und streckte übermütig die Arme aus.

Alea seufzte. Ihre Anspannung und die Angst um die *Crucis* fielen von einem Moment auf den anderen von ihr ab, und sie lächelte still in sich hinein. Langsam hob sie den Kopf und ließ den anschwellenden Regen auf ihr Gesicht herabströmen. Sie liebte Regen – sie liebte, wie er sich anfühlte, wie er schmeckte, wie er klang. Und dieser Regen prasselte in ganz eigener Weise auf die Planken des Decks. Wie ein wilder Tanz klang es. Wie steppende Schritte im Rhythmus des Sturms.

Im Zauberlicht der Helmse stand Alea da und reckte sich dem Himmel entgegen. Der goldblaue Regen beschwor ein großes Gefühl in ihr herauf, ein Gefühl von immenser Freiheit und unendlichen Weiten. Und von Glück. Wie in einem wilden Freudentaumel schauerte der Regen sein Lied auf sie herab.

Alea breitete die Arme aus und begann zu tanzen. Zuerst nur ganz sachte und langsam, doch dann immer schneller. Ihr wurde fast schwindelig, aber sie machte weiter und tauchte in das schillernde Farbgemisch des Regens ein, das von Goldblau über Violett bis zu Silber reichte. Mit weit ausholenden Bewegungen wirbelte sie herum, drehte sich um sich selbst und stampfte mit den Füßen in die Pfützen, sodass das Wasser wie ein explodierender Regenbogen nach allen Seiten spritzte.

Auf einmal war Lennox neben ihr. »Was machst du?«

»Einen Regentanz!« Alea nahm Lennox' Hand und zog ihn mit sich. Als sie ihn voller Übermut anlachte, begann er schmunzelnd, sich mit ihr zu drehen.

»Kommt!«, forderte Alea die anderen auf. »Tanzt auch mit!«

Sammy musste man das nicht zweimal sagen. Mit einem großen Satz sprang er mitten in eine Pfütze. »Wunderbärchen!«, jauchzte er und fing an, auf seine ureigene Weise zu tanzen – mit unkontrolliert herumwedelnden Armen, die ihn aussehen ließen, als wollte er eine Wespe vertreiben.

Alea lachte. »Ben! Tess! Ihr auch!«

Ben lächelte, schlug seine Kapuze zurück und stellte sich mit geschlossenen Augen in den Regen. Offenbar wollte er das Wasser lieber still genießen.

Tess verschränkte die Arme.

Alea griff nach der Hand von Sammy, der keinerlei Widerstand leistete, und drehte sich wasserstampfend mit den beiden Jungen im Kreis.

Schließlich kam auch Ben zu ihnen, und sie nahmen ihn in ihren Ring auf. Lachend drehten sie sich schneller und schneller und schwangen zu Tess hinüber, um sie trotz Gegenwehr einfach mit sich zu ziehen. Nun wirbelten sie zu fünft herum, und schon nach kurzer Zeit konnte sich auch Tess nicht mehr dem Übermut entziehen, der alle ergriffen hatte. Die Helmse hatten ihr Schiff davor bewahrt, in Flammen aufzugehen, und je klarer ihnen das wurde, desto übersprudelnder wurde ihre Stimmung.

Auf einmal blitzte es direkt über ihnen. Erschreckt schauten alle nach oben. War ein weiterer Blitz eingeschlagen? Nein, es war blaues Elektrofeuer, das durch die

Luft zuckte. Alea konnte kaum glauben, was sie sah: Die Helmse sprangen von einem Seil zum anderen und schossen dabei sprühende Funkenfontänen aus ihren Helmen! Es wirkte, als ob …

»Feuerwerk!«, stieß Alea hervor. »Die Helmse machen ein Feuerwerk für uns!«

»Ich werd bekloppt!«, entfuhr es Sammy.

Alea hörte knisterndes Lachen. »Sie wollen mitfeiern.«

»Die mögen uns jetzt wohl doch, was?«, bemerkte Tess.

Mit einem Schulterzucken antwortete Ben: »Na, wir sind ja auch was ganz Besonderes.«

»Was sind wir denn?«, fragte Lennox.

Ben grinste. »Na, komische Vögel!«

»Und zwar gerne!«, riefen die anderen vier wie auf Kommando und lachten.

Ben hielt die Hand in die Mitte. Sofort legten alle anderen ihre Hände darüber, und aus fünf Kehlen erklang im Licht des magischen Feuerwerks ihr Ruf: »Alpha Cru!«

Morgenstern

Spätabends, als das Gewitter vorüber war und das Strahlen der Helmse nachließ, lichteten Alea und Ben den Anker. Alea wollte die Nachtwache am Ruder übernehmen, schließlich hatte sie den ganzen Tag über geschlafen. Ben half ihr noch bei ein paar Handgriffen, und gemeinsam warfen sie den Motor der *Crucis* an.

»Du hast das Schiff noch nie allein in einem Kanal manövriert«, bemerkte Ben. »Traust du dir das wirklich zu?«

Alea nickte zuversichtlich. »Ich habe in letzter Zeit Dinge getan, die ich niemals für möglich gehalten hätte. Das Schiff zu steuern …«

»… ist dagegen pillepalle«, vollendete Ben grinsend den Satz. »Okay. Ich glaube auch, dass du das schaffst. Wollte es nur von dir hören«, sagte er. »Außerdem bin ich bestimmt wieder wach, bis die nächste Schleuse kommt.«

Auf einmal verstärkte sich das leise Knistern der Helmse und schwoll zu einem prasselnden Summen an.

»Die Helmse lösen sich!« Alea wies auf den Mast. Eine blaue Flamme nach der anderen ließ sich fallen, hielt sich am Wind fest und wurde davongetragen.

Alea schaute ihnen mit einer gewissen Wehmut nach. Insgeheim hatte sie gehofft, heute Nacht, wenn ein wenig Ruhe herrschen würde, noch einmal mit ihnen sprechen zu können. Nun winkte sie nur, leise lächelnd, zum Abschied.

Ben hatte die Helmse mit offenem Mund beobachtet. »Unglaublich«, raunte er beeindruckt, als alle fort waren.

»An so etwas musst du dich gewöhnen«, neckte Alea ihn. »In Zukunft könnten uns öfter Magische begegnen. Und dann darfst du nicht jedes Mal mit heruntergeklapptem Unterkiefer rumstehen.«

Ben boxte ihr leicht gegen die Schulter. »Du wirst immer frecher!«

Alea lachte. »Ja, super, oder?«

»Absolut. Von dem schüchternen Mädchen, das in Hamburg bei uns angeheuert hat, ist nicht mehr viel übrig.« Ben lächelte sie an. »Pass gut auf mein Schiff auf, Matrose«, sagte er und überließ Alea ihrer Wache.

»Aye, aye, Käpten!«, rief Alea ihm nach. »Und gute Nacht!« Sie ließ sich im Deckshäuschen auf dem alten Schemel nieder und machte es sich gemütlich.

Die Nacht verlief ohne Zwischenfälle und schenkte Alea die nötige Ruhe, die Erlebnisse der vergangenen Tage Revue passieren zu lassen und ihre Gedanken zu ordnen.

Am frühen Morgen gegen halb fünf tauchte Lennox an Deck auf. Er bewegte sich mit der Geschmeidigkeit einer Katze, und Alea war sich sicher, dass Landgänger ihn im Licht der Dämmerung keinesfalls wahrgenommen hätten. Denn Lennox konnte sie nicht nur Dinge vergessen lassen, er wurde darüber hinaus meist auch von ihnen übersehen.

Mit einem fragenden Lächeln im Gesicht kam er nun direkt auf Alea zu. Rasch öffnete sie die Tür zum Deckshäuschen und ließ Lennox ein.

»Hi«, sagte er und setzte sich auf den Hocker neben sie.

»Hi«, erwiderte sie und freute sich so sehr, ihn zu sehen, dass sie ein bisschen heiser klang. Seit Loch Ness hatten sie keine Möglichkeit gehabt, sich allein zu unterhalten und noch einmal darüber zu sprechen, was sich in Rach Turana zwischen ihnen verändert hatte.

Lennox räusperte sich. »Es ist ganz gut, nach der Tour durch die Highlands einfach mal wieder ein paar ruhige Tage an Bord vor sich zu haben, hm?«, fragte er etwas unbeholfen.

Alea war erleichtert, dass er nicht cooler war als sie. »Ja, es wäre gar nicht schlecht, mal kurz Urlaub von den Abenteuern zu nehmen«, antwortete sie. »Aber … obwohl unser Trip total anstrengend war, war er auch gut und … wichtig.«

Lennox lächelte und schwieg. Mit nachdenklicher Miene blickte er auf etwas in seiner Hand. Es war der Fotostein mit dem Bild seiner Mutter, den der Gilf Reburius in der alten Bibliothek als Erinnerungsstück für ihn angefertigt hatte. Xenias schönes Gesicht mit den azurblauen Augen trat aus dem Stein hervor. »Unsere Mütter sind tot«, sagte Lennox leise und mit einer Traurigkeit, die Alea unvorbereitet traf und tief ins Herz schnitt. »Dieser verdammte Virus …« Er senkte den Kopf. »Ich kann nicht länger herumphantasieren, dass ich meine Mutter vielleicht eines Tages irgendwo wiederfinde.«

Alea sah ihm an, wie sehr ihn das bewegte. Und sie verstand. Lennox' Lage war verzweifelter denn je. Sein Vater war ein Landgänger, ein Trinker, der seinen Sohn nach einem Streit vor die Tür gesetzt hatte. Zu ihm konnte und wollte Lennox niemals zurück. Doch seine Meermenschenmutter war tot, und es existierte kein Ort, an den er sich noch hinträumen konnte. Für ihn gab es kein Island. Umso höher rechnete Alea es Lennox an, dass er ihren Wunsch unterstützte und sich mit ihr und der ganzen Crew auf die Suche nach ihrem Vater gemacht hatte.

Als hätte er Aleas Gedanken gelesen, sagte Lennox: »Statt unserer Mütter werden wir deinen Vater finden.«

»Ja, hoffentlich …«, gab sie zurück. »Ich hab vorhin mal in diesem Island-Reiseführer geblättert und ein paar Sachen nachgeschlagen.« Durch die Botschaft ihres Vaters hatte Alea erfahren, dass der Wasservirus bei einer Temperatur von über fünfunddreißig Grad unschädlich wurde. Aus diesem Grund war Keblarr gemeinsam mit ein paar anderen Überlebenden nach Island geflüchtet. »Es gibt echt viele heiße Quellen auf dieser Insel«, fuhr sie fort, »und die Meermenschen, die sich dorthin zurückgezogen haben, wollen doch bestimmt nicht entdeckt werden. Wie sollen wir sie finden?«

Lennox raffte sich zu einem weiteren Lächeln auf. »Na, mit einer Finde-Finja.«

Alea lächelte zurück. »Ja. Das werden wir versuchen.«

Lennox schien wieder ins Grübeln zu verfallen. Nach einer Weile stellte er Alea eine Frage: »Und was, wenn wir deinen Vater tatsächlich finden?«

»Was meinst du?«

»Willst du … bei ihm bleiben?«

Erstaunt hob Alea die Brauen. »Ich will ihn gern kennenlernen. Aber über das, was danach passiert, hab ich mir noch nicht so viele Gedanken gemacht.«

Lennox jedoch hatte offenbar genau das getan. »Wenn du bei ihm bleiben willst …«, begann er mit schwerem Unterton, sprach aber nicht weiter.

Plötzlich ahnte Alea, worauf er hinauswollte.

»Wenn du bei ihm bleiben willst«, fuhr Lennox fort, »kann ich mich dir nicht anschließen.« Es schien ihm nicht leichtzufallen, das zu sagen. »Dein Vater und seine Freunde leben ja wahrscheinlich in den Tiefen der Quellen.«

Und du kannst unter Wasser nicht atmen …, ergänzte Alea seinen Satz in Gedanken. Lennox war eben nur zur Hälfte Oblivion und besaß weder Kiemen noch Schwimmhäute. Sie schüttelte den Kopf. »Ich glaube nicht, dass sie tief in den Quellen leben«, wandte sie ein, denn darüber hatte sie während ihrer Nachtwache wiederum intensiv nachgedacht. »In dem Reiseführer stand, dass in den Tiefen bis zu zweihundert Grad herrschen. Da würde man gekocht werden! Außerdem bin ich mir nicht sicher, ob die Schwimmhäute und Kiemen in den heißen Quellen überhaupt rauskommen.«

Lennox runzelte die Stirn. »Wieso nicht?«

»Wenn ich dusche oder ein heißes Bad nehme, bleiben meine Knubbel einfach nur Knubbel.« Sie blickte auf die hässlichen Verkrustungsgebilde zwischen ihren Fingern, die sie vor ihren Freunden nicht mehr unter Handschuhen versteckte. »Sie verwandeln sich im warmen Wasser nicht.«

Perplex sah Lennox sie an. Darüber hatte er wohl seinerseits noch nie nachgedacht.

»Wenn ich in der warmen Badewanne Schwimmhäute kriegen würde, hätte ich doch schon viel früher herausgefunden, dass ich ein Meermädchen bin«, erklärte sie. »Es passiert noch nicht mal im Regen, obwohl er meist ziemlich kalt ist. Ich muss komplett im kalten Wasser untertauchen, damit ich mich verwandele.« Sie fasste zusammen: »Also, warmes Wasser ist für Meermenschen zwar super, weil kein Virus drin ist, aber man verwandelt sich eben auch nicht. Nur im kalten Wasser kommen die Kiemen und Schwimmhäute raus. Ich frage mich, wieso mein Vater trotzdem zu den heißen Quellen wollte.«

Lennox dachte nach. »In der Badewanne ist Süßwasser«, sagte er dann. »Bist du schon mal in warmem Salzwasser geschwommen? Vielleicht kommen die Schwimmhäute im warmen Salzwasser ja doch raus …«

»Hm …«, brummte sie grübelnd. Womöglich machte

das tatsächlich einen Unterschied, und vielleicht konnten die Meermenschen in den heißen Quellen doch unter Wasser atmen und dort das Leben führen, das im kalten Wasser nicht mehr möglich war. Von den wenigen Meermenschen, die ihnen bereits begegnet waren, hatte niemand in freien Gewässern schwimmen können, und es schien, als wären Lennox und Alea die Einzigen, die sich noch im Meer aufhalten konnten. Dadurch, dass Lennox so viel Landgängerblut in sich hatte, genügte ihm ein Wasserkraut zum Schutz gegen den Meermenschenvirus: Rotfarn. Alea hingegen schien aus irgendeinem Grund immun gegen das zu sein, was Tausende andere dahingerafft hatte.

»Aber selbst wenn mein Vater und die anderen in den heißen Quellen leben sollten«, nahm Alea den Faden wieder auf, »kann ich mir eigentlich gar nicht mehr vorstellen, länger an ein und demselben Ort zu bleiben.«

»Nein?« Auf Lennox' Gesicht ließ sich ein zaghaft hoffnungsvoller Ausdruck erkennen. »Die Walwanderin in dir will nie wieder sesshaft werden, was?«

»Ja, ich glaube, ich bin dafür geschaffen, unterwegs zu sein! Ich will frei sein«, erklärte sie gedankenvoll. »Und hier bin ich frei.« Sie hielt kurz inne, um den Mut zu finden, noch etwas hinzuzufügen. »Bei dir bin ich frei«, sagte sie und errötete leicht. Doch es stimmte. Mit niemandem hatte sie sich je freier gefühlt als mit Lennox. Mit ihm war alles möglich. Er würde überall mit ihr hingehen. Sofern er konnte.

Lennox fuhr sich mit einer hastigen Bewegung durch das dunkle Haar. Ihm stand ins Gesicht geschrieben, wie sehr er sich über ihre Bemerkung freute. Anscheinend wusste er aber nicht, was er erwidern sollte. Alea wünschte sich, er würde den Arm um sie legen. Sie wäre ihm jetzt gern nah gewesen. Sollte sie sich an ihn schmiegen? Oder sollte sie vielleicht etwas über den Morgenstern sagen, der als letzter der blasser werdenden Gestirne noch klar am Himmel stand? Wäre das nicht zu kitschig?

Lennox räusperte sich. »Wie findest du, ähm …« Er überlegte. »Wie findest du die Vorstellung, eine Zwillingsschwester zu haben?«

Alea spürte, wie die Frage sie unvermittelt erzittern ließ.

Anthea.

Alea hatte einen Großteil der Nacht damit verbracht, sich zu fragen, ob ihre Schwester noch lebte und wo sie wohl war. *Wie* sie wohl war. »Ich kann noch gar nicht richtig begreifen, dass sie irgendwo existiert«, erwiderte sie. »Das ist so … sonderbar. Womöglich sind wir eineiig, und sie sieht genauso aus wie ich!« Der Gedanke war seltsam und elektrisierend zugleich. »Vielleicht ist sie auch gegen den Virus immun – bei Zwillingen ist das gar nicht so unwahrscheinlich, oder? Auf jeden Fall ist sie auch eine Walwanderin wie unsere Eltern und ich. Das heißt, wenn ich Anthea jemals finde, könnten wir zusammen auf Wal-Trosk gehen!« Das Wort hatte Alea von Artama, der Geschichtenbewahrerin in Rach Turana, gelernt – auf

Trosk begleitete man Wale auf ihren Wanderungen durch das Meer. Es auszusprechen löste ungeheure Sehnsucht in ihr aus. Nachdenklich blickte Alea in die Dämmerung hinaus. »Vielleicht lebt Anthea ja irgendwo in Holland«, fasste sie ihre nächtlichen Überlegungen zusammen. »Schließlich hat unsere Mutter uns an einem holländischen Strand nacheinander an verschiedene Landgänger übergeben.« In Renesse hatte Alea keine genaueren Hinweise auf Anthea oder ihre Mutter finden können, aber die Wahrscheinlichkeit war groß, dass Anthea zu Holländern gekommen war.

Bis vor Kurzem hatte Alea noch geglaubt, Lennox wäre das zweite Kind, das ihre Mutter damals in Renesse weggegeben hatte. Doch Artama hatte ihnen versichert, dass er und Alea aufgrund ihrer Augenfarben unmöglich verwandt sein konnten. Sie wussten nun sicher, dass das zweite fortgegebene Kind Anthea gewesen war.

Artama hatte ihnen erzählt, dass viele verzweifelte Meereltern ihre Söhne und Töchter damals – so wie Nelani, Aleas Mutter –, an die Küsten gebracht hatten. Sie drückten ihre Kinder Landgängern in die Arme und logen ihnen vor, die Kleinen hätten Kälteurtikaria – Kaltwasserallergie. Denn nur so konnten sie ihre Kinder davor schützen, jemals wieder mit dem Virus im kalten Meerwasser in Berührung zu kommen.

»Woran denkst du?«, unterbrach Lennox Aleas Gedankenfluss.

Alea seufzte. »Seit Artama uns gesagt hat, dass noch andere Meerkinder überlebt haben könnten, muss ich ständig an sie denken.«

»Ja?«

»Die Vorstellung, dass diese Kinder an Land leben und wahrscheinlich keine Ahnung haben, wer sie in Wirklichkeit sind, macht mich irgendwie ganz verrückt!«, sagte sie verdrossen. »Uns ging es ja lange Zeit auch nicht anders. Aber jetzt wissen wir, wer wir sind, und das ist … so wichtig! Man muss doch wissen, wo man herkommt!« Während Alea dies aussprach, wurde ihr erst richtig bewusst, wie bedeutsam dies für ihr Leben war. »Ich finde, diese anderen Kinder haben auch verdient, dass sie die Wahrheit über sich selbst erfahren.«

»Ja, das stimmt«, gab Lennox ihr recht.

Es trat eine Pause ein, in der Alea versunken vor sich hinstarrte. »Weißt du …«, sagte sie nach einer Weile. »Wenn man diese Kinder einmal gefunden und ihnen erzählt hätte, wer sie sind, dann …«

Lennox blickte sie forschend an. »Was dann?«

»Wahrscheinlich ist es nur eine fixe Idee, aber …« Sein aufmerksamer Blick forderte sie auf weiterzureden. »Könnte man diese Kinder vielleicht irgendwie zusammenführen?«

Lennox' Augen verengten sich überrascht.

»Könnte aus ihnen nicht wieder ein Meervolk entstehen?«, fügte Alea hinzu, denn auch darüber hatte sie stundenlang nachgegrübelt – obwohl sie sich darüber im Klaren war, dass diese Gedanken eigentlich total unsinnig waren. Denn es war ein verdammt großer Traum, den sie da träumte. Es grenzte regelrecht an Größenwahn, dass sie sich tatsächlich die halbe Nacht mit der Idee beschäftigt hatte, sie könnte diese verschollenen Kinder finden und sie zu einem neuen Meervolk vereinigen. Alea zog eine Grimasse. Das war einfach eine Schnapsidee. Es gab da nämlich noch ein kleines Problem: Die Kinder würden im Meer wahrscheinlich alle sterben, denn der Virus befand sich ja nach wie vor im Wasser. Alea seufzte abermals. »Ich hätte Artama viel mehr Fragen zu den anderen Meerkindern stellen sollen.« Die weise Meerfrau hätte ihr gewiss interessante Antworten geben können. »Aber irgendwie ging bei dem Gespräch alles viel zu schnell.«

Lennox nickte. »Im Nachhinein fallen mir auch jede Menge Dinge ein, die ich Artama gern gefragt hätte. Es gibt immer noch so vieles, was wir nicht über die Meermenschen wissen.«

»Ja, ich wüsste zum Beispiel gern, wie das alltägliche Leben in so einer Unterwasserstadt abgelaufen ist«, sagte Alea und richtete ihre Gedanken gern auf etwas anderes als die Meerkinder. Von den großen Ideen drehte sich ihr schon der Kopf. »Gab es dort auch Krankenhäuser und Schulen und so etwas?«

»Bestimmt. Immerhin wissen wir, dass es Bibliotheken gab!«

Alea lächelte. In der Bibliothek von Rach Turana hätte sie sich wochenlang einnisten können. »Ich würde am liebsten all die Muscheln lesen, die wir dort gesehen haben.«

Lennox schien zu grübeln. »Artama hat doch gesagt, dass es in allen Meermenschenhaushalten Büchermuscheln gab. Das heißt, jede Muschel, die man findet, könnte ein Buch sein.«

»Stimmt!« Alea war sofort Feuer und Flamme. »Sobald wir das nächste Mal eine Muschel finden, müssen wir nachsehen, ob sich ein Buch darin versteckt!«

Lennox grinste. »Das machen wir.«

Alea grinste zurück. Sie sahen einander an. Aus einem Augenblick wurde eine halbe Ewigkeit voller Fragen und Möglichkeiten. Mit einem Mal war Alea ganz aufgeregt. Ob sie seine Hand nehmen sollte? Sie hatten schon oft Hände gehalten, aber an Bord der *Crucis* war alles viel komplizierter als in den Highlands. Hier begann ein ganz neues Kapitel ihrer gemeinsamen Reise.

Lennox holte Luft und schien etwas sagen zu wollen. Die Art, wie er sie dabei ansah, brachte Alea dazu, sich ein kleines Stück vorzubeugen.

»Bonjour«, hörten sie in diesem Moment eine Stimme.

Tess stand vor dem Deckshäuschen.

Wenn das Wasser ruft

»Oh, hallo Tess«, sagte Alea überrascht.

»Ich übernehme deine Schicht.« Tess blickte von Alea zu Lennox. »Störe ich?«

Alea hätte beinahe »Ja« geantwortet, da stand Lennox auf und warf ihr einen vielsagenden Blick zu. »Du wolltest doch noch etwas mit Tess besprechen, oder?«

»Das stimmt«, musste Alea ihm recht geben. Zwischen Tess und ihr waren noch ein paar Dinge ungeklärt. Zum Beispiel, warum Tess ihr gesagt hatte, Lennox wäre bestimmt nicht in sie verliebt – obwohl Tess sich sicher gewesen war, dass es so sein musste. Warum hatte sie verhindern wollen, dass Alea und Lennox zusammenkamen?

Lennox verschwand durch die Bordtür nach unten. Tess blieb unschlüssig vor dem Deckshäuschen stehen. »Ich mache vielleicht besser erst mal Frühstück …«, grummelte sie und wandte sich zum Gehen. Lennox' Andeutung schien in ihr einen akuten Fluchtimpuls ausgelöst zu haben.

»Tess!«, hielt Alea sie zurück.

Sie blieb stehen, hatte Alea aber schon den Rücken zugewandt. Es war offensichtlich, wie unwohl sie sich fühlte.

Alea wollte Tess gerade fragen, was in ihr vorging, da sah sie, dass weiter vorn an der Kanalbiegung ein Schleusentor auftauchte. »Mist!«, fluchte sie überrascht. »Ben war sich doch sicher, dass erst mal keine Schleuse kommt!« Eine Schiffsschleuse zu passieren und wie in einem Fahrstuhl von einem Wasserpegel zum nächsten transportiert zu werden, war alles andere als ein Kinderspiel. »Sollen wir ihn wecken?«

Tess drehte sich zu ihr um. *»Non«*, sagte sie und kam zu Alea ins Deckshäuschen. »Dazu brauchen wir Ben nicht. Das schaffen wir auch zu zweit.«

Die Entschlossenheit in ihrer Stimme gefiel Alea. »Gut«, antwortete sie und straffte die Schultern.

Tess trat hinters Steuerrad. »Ich übernehme das Ruder«, sagte sie. »Geh du nach vorn und gib mir Handzeichen.«

»Aye, aye!« Alea lief zum Bug, und wenig später winkte sie dem Schleusenwärter. Das Schleusentor öffnete sich, und die *Crucis* fuhr langsam in die Schleusenkammer ein. Alea beeilte sich nun, das Schiff mit Seilen an den eisernen Wandringen festzumachen. Dabei bekam sie vor Aufregung schweißnasse Hände. Wenn der Wasserspiegel abgesenkt wurde, mussten sie nach und nach Leine geben und das Schiff schnell genug hinunterlassen, sonst würde es an der Wand in der Luft hängen bleiben!

Ein lautes Rumpeln erklang, und das Wasser begann zu sinken. Tess und Alea nickten sich entschlossen zu. Dann begannen sie genau so viel Leine wie nötig zu geben, während das Schiff langsam in die Tiefe wanderte.

Tess stand der Schweiß auf der Stirn, und Alea hielt das Seil so fest, dass es wehtat. Doch sie schlugen sich gut! Die *Crucis* senkte sich immer weiter ab, und sie hatten es fast geschafft! Alea warf Tess einen triumphierenden Blick zu, und auf Tess' Pokerface erschien ein feines Lächeln.

Ein paar Minuten später öffnete sich das Tor vor ihnen. Alea machte die Leinen los, und Tess steuerte das Schiff mit ruhiger Hand aus der Schleusenkammer. Kurz darauf waren sie wieder auf dem Kanal und konnten ihre Fahrt fortsetzen.

Sobald sie außer Sichtweite des Schleusenwärters waren, begann Alea laut zu jubeln. »Wir haben es geschafft!« Sie lief zu Tess ins Deckshäuschen, und die Mädchen klatschten sich ab.

Mit fettem Grinsen im Gesicht standen sie da – zwei Amazonen des Einparkens. Siegessicher fuhren sie weiter, und Alea schwelgte in dem Gefühl, dass sie nicht nur unter Wasser, sondern auch an Land schwierige Herausforderungen meistern konnte. Nach einer Weile ebbte das Hochgefühl jedoch ab, und sie erinnerte sich daran, dass zwischen Tess und ihr noch etwas geklärt werden musste. Zwar wollte Tess ganz offensichtlich nicht darüber reden, aber Alea fand, dass ihre Freundin ihr das schuldig war. »Lennox und ich … wir sind jetzt zusammen«, sagte sie.

Reglos blickte Tess durch die große Scheibe auf den Kanal. Dann sah sie wohl ein, dass sie einem Gespräch nicht aus dem Weg gehen konnte. »Und du bist dir sicher, dass er dich nicht nur als Aufgabe sieht?«, fragte sie. »Du dachtest doch, dass er nur an dir interessiert ist, weil er quasi geboren wurde, um dein Bodyguard zu sein.«

»Ja, Oblivionen haben es im Blut, andere Meermenschen zu beschützen. Ich bin mir inzwischen aber sicher, dass er mich wirklich mag«, antwortete Alea sachlich. Sie wollte Tess lieber nicht sagen, wie verliebt sie in Lennox war. Immerhin war es sehr gut möglich, dass Tess selbst in ihn verknallt war. Vor einiger Zeit hatte Alea Verliebtheitsgefühle in einer Wasserflasche erkennen können, aus der Tess gerade getrunken hatte. Alea besaß nämlich die sehr nützliche Walwandererfähigkeit, aus den Farben des Wassers die Empfindungen anderer herauszulesen. In Tess' Flasche waren damals flirrende rosarote Funken umhergeschossen – Zeichen von Verliebtheit. Sie empfand bestimmt etwas für Lennox. Aus welchem Grund hätte sie sich sonst so merkwürdig verhalten sollen? Es tat Alea leid, dass Tess nun vielleicht Liebeskummer wegen Lennox hatte, aber wie konnten sie anders mit dieser Sache umgehen, als ehrlich miteinander zu sein?

Tess schaute weiter starr geradeaus. »Ihr passt gut zusammen.«

Nun hatten sie genug um den heißen Brei herumgeredet, fand Alea. »Unser letztes Gespräch, kurz bevor Lennox und ich die *Crucis* verlassen haben …«, setzte sie an. »Da wolltest du mir doch dringend etwas sagen. Was war das?«

»Das ist jetzt nicht mehr wichtig.«

»Bist du in Lennox verliebt?«

»Nein!«, entgegnete Tess. Endlich schaute sie Alea an. »Wirklich nicht. Er ist überhaupt nicht mein Typ.«

Alea und Tess wechselten einen langen Blick. Tess wirkte aufrichtig. Dennoch wünschte Alea, sie befänden sich im Meer oder Tess würde zumindest noch einmal einen Schluck aus einer Wasserflasche trinken, damit Alea sich ihre Farben anschauen konnte. Aber hier und jetzt musste sie allein ihrem Herzen vertrauen. Und das sagte ihr, dass Tess sie nicht anlog.

Wie eigenartig, dachte Alea. In irgendjemanden musste Tess doch verliebt sein. Ihre Farben hatten es eindeutig verraten. »Und warum hast du damals nicht die Wahrheit gesagt?«, bohrte Alea weiter. »Du hast behauptet, er hätte bestimmt nichts für mich übrig. Später hast du dann gesagt, es wäre offensichtlich, dass er in mich verliebt ist. Wieso hast du denn zuerst gelogen?«

Unbehaglich trat Tess von einem Bein auf das andere. »Bitte lass uns nicht mehr darüber reden.«

»Aber –«

»Ich war einfach blöd!« Tess lachte kläglich. »Es tut mir echt leid.«

Angespannte Stille trat ein. Alea ahnte, dass sie nichts weiter aus Tess herausbekommen würde. Sie wollte allerdings nicht, dass diese Sache zwischen ihnen stand. »Na gut«, sagte sie. »Was auch immer gewesen ist – vergessen wir's. Ja?«

»Wirklich?«, fragte Tess ungläubig. »Du kannst mir … verzeihen?«

Alea nickte. »Ich glaube, du bereust das inzwischen –«

»Total!«, versicherte Tess. »Ich würde das nie wieder machen. Ehrlich nicht! Das war komplett bescheuert.«

»In Ordnung. Dann reden wir nicht mehr darüber.«

Es war fast, als könnte man den riesigen Stein herunterkrachen hören, der Tess da wohl gerade vom Herzen fiel. »Danke«, kam es gepresst aus ihr heraus. »Danke.«

Alea schüttelte sich kurz wie ein Hund, der Regenwasser abstreifte, und fragte dann: »Wie ist es eigentlich mit deinen Eltern gelaufen, als sie auf der *Crucis* waren?«

»Oh, ich hatte solchen Schiss!« Bereitwillig fing Tess an zu erzählen. »Ich dachte, ich bekomme ein … wie heißt das … ein Donnerwetter zu hören. Und ich dachte, dass sie mich wieder mit nach Frankreich nehmen. Das Donnerwetter gab es auch, aber das hatte ich ja wirklich verdient.« Tess' Eltern wollten sich scheiden lassen und redeten schon länger nicht mehr miteinander. So war es nicht aufgefallen, dass Tess ihrer Mutter wochenlang erzählt hatte, sie wäre bei ihrem Vater, und ihrem Vater, sie wäre bei ihrer Mutter. Tess hatte unbehelligt mit der Alpha Cru segeln können, bis ihr Lügengerüst letztlich zusammengebrochen war. Ihre Eltern waren noch am selben Tag zu ihr geflogen. »*Maman* und *Papa* haben hier an Bord endlich wieder miteinander gesprochen. Eigentlich war es richtig schön, sie zu sehen.« Tess lächelte. »Sie haben mir erlaubt, bei der Alpha Cru zu bleiben, bis im Herbst die

Schule wieder anfängt, weil sie gemerkt haben, wie gut es mir hier geht«, fuhr sie fort. »Ben, Sammy und ich haben übrigens auch einen Song für sie gespielt. Ich glaube, dabei haben meine Eltern gesehen, wie besonders es ist, was mir hier gerade passiert, und wie glücklich ich bin.«

Alea war müde und unterdrückte ein Gähnen, um Tess nicht das Gefühl zu geben, sie wäre gelangweilt. Denn das war sie ganz und gar nicht! Es tat gut, Tess so offen reden zu hören. Vermutlich hatte auch sie ihre Freundschaft und ihre Gespräche vermisst.

Tess sprach schon weiter. »Für mich ist das Wichtigste hier auf der *Crucis* unsere Band. Unsere Musik.« In ihrer Stimme schwang Sehnsucht mit. »Wir sind wirklich gut. Mehr als gut. Wir sind … spektakulär einzigartig. Ist dir das eigentlich klar?«

Nachdenklich strich Alea sich eine Haarsträhne aus dem Gesicht. Einige Mitglieder der Cru waren tatsächlich außergewöhnlich talentiert. Tess am allermeisten. »*Du* bist spektakulär«, sagte sie. »Und Lennox auch.«

»Ja, er spielt wahnsinnig gut Gitarre«, pflichtete Tess ihr bei. »Und du mit deinen Weingläsern, das ist zauberhaft. Aber nur zusammen – zu fünft – sind wir etwas ganz Besonderes. Etwas, was es so noch nie gab.«

Alea lächelte. Zu sehen, wie viel die Band Tess bedeutete und wie sehr sie an sie glaubte, ließ sie die ganze Sache zum ersten Mal richtig ernst nehmen. Bisher hatte sie die Musik eher als Spaß angesehen – und als Einnahmequelle.

»Ich habe gestern einen Song geschrieben«, sagte Tess.

»Was? Du schreibst selbst Lieder?«

»Hin und wieder.« Tess wirkte fast verlegen. »Soll ich dir den Song mal vorspielen?«

»Ja, klar!«

Tess überließ Alea das Steuerrad, lief eilig davon und kam kurz darauf mit ihrem Akkordeon zurück. Sie schien ein wenig nervös zu sein, obwohl sie doch schon so oft vor Alea gesungen hatte. Aber einen eigenen Song zu präsentieren war bestimmt etwas anderes. »Also, er heißt *Wenn das Wasser ruft*«, erklärte Tess, sammelte sich und fing an zu spielen. Und dann sang sie. Wie jedes Mal bekam Alea augenblicklich eine Gänsehaut. Tess hatte eine derartig ausdrucksstarke, kraftvoll-kratzige Stimme, dass man völlig gebannt zuhören musste. Aber nicht nur ihre Stimme war grandios, auch das Lied war toll. Wirklich toll! Es war eine richtige Rockhymne auf die Freiheit und das Meer.

Als die letzten Töne verklungen waren, brach Alea in spontanen Jubel aus. »Der Song ist der Hammer! Und du hast ihn echt selbst geschrieben? Wie macht man so was?«

»Man probiert viel herum und … macht es einfach«, erklärte Tess lachend. »Wir können es ja mal zusammen versuchen, wenn du magst.«

»Im Ernst? Du willst mit mir einen Song schreiben?«, fragte Alea. »Ich kann das doch gar nicht!«

»Aber du bist sehr musikalisch, und die Töne, die du aus deinen Weingläsern herausholst, sind einfach … äh, außerartig.«

»Außergewöhnlich?«

»Außerirdisch!« Tess lachte. Ihr Deutsch war eigentlich sehr gut, und es kam nur selten vor, dass sie nicht das richtige Wort fand. »Ist doch egal! Ich wollte jedenfalls sagen, dass wir es ja mal versuchen können. Vielleicht schreiben wir ein Lied über unsere Bandennamen.«

Alea wunderte sich. »Wieso?«

»Na, die sind doch so richtig ... äh ... bedeutungsschwanger.«

Alea grinste. *Bedeutungsschwanger* war ein Wort, das ihr nicht so schnell eingefallen wäre.

»Ich meine die mythologischen Bedeutungen«, schob Tess nach. »Zum Beispiel dein Name: *Aquarius*, der Wassermann. In der Mythologie überlebte der Wassermann die Sintflut und wird zum Stammvater der neuen Menschen. Das ist doch prima Songtextmaterial für eine bombastische Powerballade!«

Alea konnte Tess nicht weiter zuhören, denn in ihrem Inneren breitete sich gerade ein machtvolles Kribbeln aus. Es begann in den Zehen und flutete von unten nach oben wie ein tosender Tsunami. Gerade wurde ihr zum ersten Mal bewusst, dass ihr Bandenname womöglich eine tiefere Bedeutung hatte, als ihr bisher klar gewesen war. Sie selbst hatte auch so etwas wie die Sintflut überlebt! Zumindest die größte Katastrophe, die es bei den Meermenschen je gegeben hatte. Und sie wünschte sich mehr als alles andere, dass irgendwann wieder Meermenschen in den Ozeanen leben konnten und dass ...

die Meerwelt zu neuem Leben erwachen würde. Ja, als sie diesen Gedanken zu Ende gedacht hatte, wurde ihr klar, dass sie diesen Traum insgeheim schon träumte, seit sie die ersten Spuren der Meermenschenkultur unter Wasser entdeckt hatte. War es möglich, dass die Meermenschen zurückkehren würden und dass sie selbst diese Rückkehr begründen konnte?

Da war er wieder, der Größenwahn. Aber ihr Bandenname schien doch darauf hinzuweisen! Oder waren die Ähnlichkeiten zwischen der Mythologie und ihrem eigenen Leben nur ein dummer Zufall, und sie hatte Sammy zu oft von Schicksal reden hören?

Alea schüttelte den Kopf. Sie musste den Gedanken aufgeben, dass die Meermenschen zurückkehren würden. Der Virus würde nicht einfach so verschwinden. Und die verschollenen Meerkinder waren wahrscheinlich über den gesamten Erdball verstreut. Sie zu finden, mit ihrer Hilfe die untergegangene Meermenschengesellschaft wieder aufleben zu lassen und zur »Stammmutter« einer neuen Welt zu werden, war einfach blanker Unsinn!

»Hey! Du hörst mir ja gar nicht zu!«, rief Tess gerade.

Alea blinzelte und kehrte ins Hier und Jetzt zurück. »Sammys Bandenname ist eigentlich viel spannender als meiner«, sagte sie ablenkend und versuchte nicht weiter über den Namen *Aquarius* nachzudenken. »*Draco*, der Drache. Ist das Sternbild Drache in der Mythologie nicht der *Wächter eines Schatzes*? Das ist doch viel cooler als das mit dem Stammvater.« Sie kratzte sich am Kopf. »Was ist denn die Bedeutung von Bens Namen?«

»*Libra*, die Waage – Sinnbild der Gerechtigkeit«, leierte Tess auswendig herunter und kräuselte die Nase. »Über diesen Namen müssen wir aber nicht unbedingt ein Lied schreiben. Das wäre total öde.«

Alea und Tess kicherten, und Alea war unendlich froh, wieder mit Tess lachen zu können.

Die Bordtür öffnete sich, und Ben und Lennox traten an Deck. Sie waren in eine Unterhaltung vertieft, und Alea freute sich darüber, dass die beiden sich so gut verstanden.

»Ahoi!«, grüßte Ben die Mädchen. »Gibt es was zu melden?«

»Ahoi!«, riefen Tess und Alea wie aus einem Mund und sahen sich verschwörerisch an. »Eigentlich nicht viel«, antwortete Alea dann betont lässig. »Nur, dass die letzte Schleuse kein Problem war.«

Ben bekam große Augen. »Was? Ihr habt eine Schleuse passiert?«

»Jawohl!« Alea und Tess konnten ein triumphierendes Kichern nicht unterdrücken.

»Im richtigen Tempo Leine zu geben ist gar nicht so leicht!«, bemerkte Ben staunend.

»War ein Klacks!«, behauptete Tess.

»Wie konnte ich das verschlafen?« Ben überprüfte die Geräte und das Logbuch. »Und es sind keine Kratzer ans Schiff gekommen?«

»Keine Kratzer!«, vermeldeten die Mädchen.

Lennox murmelte in sich hinein: »Das Schiff hat so viele Beulen, dass es auf ein paar neue auch nicht angekommen wäre.«

Ben überhörte das. »Respekt, Ladys«, lobte er. »Das war eine reife Leistung.«

Alea platzte fast vor Stolz, und Tess drückte schräg lächelnd das Akkordeon an ihre Brust.

»Tess hat übrigens einen Song geschrieben«, verriet Alea.

»Echt?« Lennox hob die Brauen. »Was denn für einen?«

»Einen Rocksong. Wollt ihr mal hören?«

»Auf jeden Fall!«

Tess ließ sich nicht lange bitten und spielte ein zweites Mal *Wenn das Wasser ruft*.

Ben und Lennox waren sichtlich beeindruckt. »Das Ding ist ein Hit!«, rief Ben überrascht.

Lennox schien derselben Meinung zu sein. »Wartet, ich hole meine Gitarre, dann spiele ich mit!«

»Und ich hole meinen Bass!«, fiel Ben ein. Die beiden eilten unter Deck, und ein paar Minuten später kamen sie mit ihren Instrumenten und einem verschlafenen Sammy zurück, der gähnend hinter ihnen herschlurfte.

»Was ist denn so wichtig?«, nuschelte er und rieb sich die Augen.

»Das hörst du gleich«, erwiderte Lennox und fragte Tess nach den Akkorden des Liedes. Ben steuerte das Schiff an die Kanalwand, und sie machten fest, damit keiner am Ruder stehen musste.

Und dann spielten die drei gemeinsam, und Tess sang. Mit jeder Zeile wurden Sammys Augen größer. »Was ist das für ein Song?«, quietschte er, anscheinend plötzlich hellwach.

Sie klärten ihn auf, und Sammy stemmte verblüfft die Hände in die Seiten. »Hammer.«

Tess sang unbeirrt weiter. Den Refrain hatte Alea nun schon oft genug gehört, dass sie hätte mitsingen können. Sollte sie? Sie hatte noch nie vor den anderen gesungen. Nur Lennox kannte ihre Singstimme. Sie spürte, wie sich ihr Herzschlag beschleunigte. Die alte Alea war schüchtern gewesen, aber die neue war anders. Ganz anders. Beim nächsten Refrain sang Alea mit.

Tess war so verdutzt, dass sie selbst verstummte. Mit einem Mal war es ganz still, und alle starrten Alea an.

Lennox grinste. »Ich hab es dir doch gesagt …«, flüsterte er Ben zu.

»Was hast du ihm gesagt?«, wollte Alea wissen.

»Er hat gesagt, du singst wie ein Engel«, erwiderte Ben. »Und mir scheint, dass er recht hat.«

»Schneewittchen!«, rief Sammy begeistert. »Das gibt's ja gar nicht! Sing noch mal was, ganz alleine!«

Das ging Alea nun aber doch zu weit. »Nein, jetzt gerade nicht«, entgegnete sie und errötete.

»Wann denn, wenn nicht jetzt gerade? Jetzt gleich?«, hakte Sammy nach. »Gleich in zwei Minuten?«

»Wenn die Zeit reif ist.« Alea machte eine abwehrende Handbewegung. Sie hatte Tess und ihrem tollen Song nicht die Show stehlen wollen. »Spielen wir das Lied lieber alle zusammen, ja?«

»Ich brauche meine Cajón!« Sammy sauste los, um seine Trommel zu holen.

Alea folgte ihm und kam kurz darauf mit einem Tablett mit Gläsern zurück. Schnell befüllte sie ihre einundzwanzig Weingläser mit unterschiedlichen Wassermengen, probierte kurz, ob die Töne passten, und stieg in das Lied ein.

Und dann passierte es wieder. Plötzlich lag Magie in der Luft. Alle schienen es zu spüren, und auf ihren Gesichtern und in ihren Stimmen spiegelte sich der Zauber des Augenblicks.

Den nächsten Refrain sangen sie zu fünft, und als sich ihr Chor wie eine eigene Wesenheit erhob, verstand Alea mit einem Mal, was Tess zu sagen versucht hatte. Sie waren nicht nur gut. Sie waren spektakulär einzigartig.

Muschelsuche

Kurz nachdem sie mit dem Frühstück fertig waren, erreichten sie das Ende des Kaledonischen Kanals, und die *Crucis* fuhr auf das offene Meer hinaus.

Während Ben, Sammy, Tess und Lennox geschäftig an Deck herumwuselten, stand Alea mit dem Handy in der Hand am Bug und wartete darauf, dass Marianne sie anrief. Erst gestern hatte sie mit ihrer Pflegemutter telefoniert, aber dieses Gespräch hatten sie nach wenigen Minuten abbrechen müssen. Vor wenigen Wochen hatte Marianne einen Herzinfarkt erlitten, von dem sie sich nicht gut erholte. Die Nachricht, dass Aleas leibliche Mutter mit großer Wahrscheinlichkeit tot war, hatte Marianne gestern sehr aufgewühlt. Sie hatte wohl gehofft, dass Alea nun, da sie ein neues Zuhause brauchte, womöglich zu Nelani ziehen könnte. Als Alea sie gestern enttäuschen musste, hatte Marianne sehr niedergeschlagen und krank geklungen und nicht weitersprechen können. Eigentlich hatte Alea Marianne um Erlaubnis bitten wollen, nach Island weitersegeln zu dürfen, aber das war innerhalb der kurzen Unterhaltung nicht möglich gewesen. Die Alpha

Cru hatte den Kurs trotzdem gesetzt, und Alea plagte deswegen ein schlechtes Gewissen – aber sie wäre verrückt geworden, wenn sie das heutige Gespräch hätte abwarten müssen.

Aleas Handy klingelte. Sie blickte auf das Display und sah, dass es Marianne war. Schnell nahm sie ab.

»Hallo«, sagte sie vorsichtig, fast fragend.

»Guten Morgen, mein Schatz«, antwortete Marianne mit erstickter Stimme. Ihr Atem ging schnell und schwer. »Tut mir leid, dass ich gestern nicht weiterreden konnte.«

»Wie geht es dir?«, fragte Alea beklommen.

»Ach, ich glaube, ich bin einfach alt«, wiegelte Marianne ab. »Du wolltest mir gestern noch etwas erzählen, oder? Etwas über deinen Vater?«

»Ja«, erwiderte Alea und schwankte innerlich. War dieses Thema womöglich auch zu viel für Marianne?

»Was denn?«

Behutsam sagte Alea: »Ich habe Hinweise darauf, dass er sich in Island aufhält. Deswegen … segeln wir dorthin.«

Einen Augenblick lang herrschte Stille. »Aha«, sagte Marianne. Sie klang alles andere als begeistert. »Ich habe dir zwar erlaubt, bis zum Ende der Sommerferien bei der Cru zu bleiben. Aber Island ist … sehr weit weg.«

»Das stimmt, aber …« Alea zögerte. »Mit der *Crucis* ist es leicht zu schaffen. Und … wann komme ich denn sonst jemals nach Island?«

Marianne schwieg.

»Weißt du«, sprach Alea langsam weiter. »Ich möchte

nicht irgendwann wieder zu Hause sitzen und mich fragen, ob ich meinen Vater hätte finden können, wenn ich nur weitergesucht hätte.« Wenn sie ganz ehrlich war, wollte sie überhaupt nie wieder nach Hause, nach Hamburg, denn Marianne konnte nicht länger für sie sorgen und würde bald in ein Heim kommen. Alea hatte sich zwar um sie kümmern wollen, denn sie hatte Marianne furchtbar lieb und ihr unendlich viel zu verdanken. Doch Marianne hatte Alea verboten, ihr »junges Leben« nach ihr und ihrer Herzkrankheit auszurichten, und so würde Alea am Ende des Sommers neue Pflegeeltern bekommen. Sie wollte allerdings zu keiner neuen Familie, und außerdem konnte sie sich inzwischen wirklich nicht mehr vorstellen, an einem einzigen Ort zu leben.

Marianne seufzte nun schwer, und es klang wie ein Keuchen. »Ach, Kind …«

»Bitte.« Alea kaute angespannt auf ihrer Unterlippe. »Ich passe auch gut auf mich auf.«

Marianne schien mit sich zu ringen. »Wenn das jemals jemand erfährt …«, sagte sie. »Na ja, die Leute vom Jugendamt glauben nach wie vor, dass du den Sommer über bei Carsten bist.«

Der Gedanke an Mariannes Sohn Carsten ließ Alea kurz den Mund verziehen, aber dann sagte sie: »Das kommt bestimmt nicht raus. Und es bedeutet mir wirklich viel, dass ich meinen Vater suchen kann. Vor allem jetzt, wo ich weiß, dass ich meine Mutter … niemals finden werde.«

Da gab Marianne nach. »Nun gut. Dann suche ihn.« Gleich darauf verbesserte sie sich: »Finde ihn.«

Alea war unglaublich erleichtert. »Danke!«, sagte sie. »Du ahnst nicht, wie wichtig das für mich ist.«

»Doch«, widersprach Marianne sanft. »Deswegen erlaube ich es dir ja auch.« Ihre Stimme wurde leiser. »Ich muss jetzt auflegen.«

»Ja, ruh dich aus. Ich hab dich lieb.«

»Ich dich auch«, antwortete Marianne und beendete die Verbindung.

Alea steckte das Handy ein und blickte grübelnd aufs Meer. Sie machte sich Sorgen um Marianne, denn diese hatte weder danach gefragt, welche Hinweise Alea eigentlich auf ihren Vater hatte, noch, wie lange sie wohl nach Island brauchen würden. Dazu hatte ihr wohl die Kraft gefehlt. Alea ließ die Schultern sinken. Wie lange dauerte es denn, bis man nach einem Herzinfarkt wieder normal sprechen konnte? Warum ging es Marianne immer noch so schlecht?

Gedankenversunken schaute Alea in die Weite und sog das Schauspiel der wogenden, schimmernden Farben des Meeres tief in sich auf. Im Wasser des Kanals hatte es kaum etwas zu sehen gegeben, nur hin und wieder hatten sich verstohlen ein paar Farben oder Formen in der Enge der Wasserstraße gezeigt. Doch der Nordatlantik strotzte nur so vor bunt wirbelnden Strudeln und leuchtenden Farbflatschen, die sich in ihrer chaotischen Intensität zu einem prachtvollen, wilden Regenbogenwunder vereinten.

Alea lächelte wehmütig. Mit ihrem Vater würde sie wohl niemals in diesen Fluten schwimmen können. Er war nach Island geflohen, weil er sich nicht mehr im verseuchten Meer aufhalten konnte. Doch womöglich war Anthea ebenso widerstandsfähig gegen den Wasservirus wie sie selbst. Alea seufzte leise. Wie wunderbar wäre es, gemeinsam mit ihrer Schwester in dieses phantastische Farbenmeer einzutauchen. Die Vorstellung ließ ihr Herz sehnsüchtig klopfen. Wenn sie Anthea jemals finden sollte, wollte sie gemeinsam mit ihr durch die Wellen tollen, in den Tiefen herumstromern oder Wale begleiten. Sämtliche Ozeane könnten sie zusammen erkunden!

Das Rauschen der Wellen kitzelte Alea plötzlich in den Ohren. Wie lange war es her, dass sie im Meer geschwommen war? Kaum hatte sie sich das gefragt, seufzte ihr Körper vor Heimweh auf. Sie musste schwimmen. Sofort! Eilig zog sie sich ihre Jacke und die Schuhe aus.

Sammy tauchte neben ihr auf. »Gehst du ins Wasser?«

»Ja, ich hab ja erst später wieder Wache«, erwiderte Alea und schob schnell eine Frage nach, die sie Sammy schon länger hatte stellen wollen: »Sag mal, sammelst du eigentlich nur Fusseln oder auch noch was anderes?«

»Oh, viele Dinge!« Sammy setzte eine sehr weise Miene auf. »Zum Beispiel Erfahrungen, Bestmomente, Sturmerinnerungen und … Schnürsenkel.«

Alea lachte. »Aber keine Muscheln?«

»Nee, die sammelt ja jeder.«

»Schade. Es hätte ein Buch dabei sein können.«

»Hä, wie meinst du das?«, hakte Sammy sofort nach.

Alea erklärte ihm, dass die Meermenschen Texte in Muscheln aufbewahrt hatten. Sammy war baff. »Ich will sofort Muscheln suchen!«

»Vielleicht finde ich ja welche auf dem Meeresgrund …«, überlegte Alea laut. »Ich tauche schnell runter und schaue nach.« Alea streifte sich ihren Pulli über den Kopf, sodass sie nur noch in T-Shirt und Jeans dastand. »Wenn ich eine Muschel mit Inhalt finde, bringe ich sie rauf.«

Sammy griff nach ihrem Arm. »Ich will mitkommen!« Vor Aufregung stellte er sich auf die Zehenspitzen. »Ich finde eine Buchmuschel, ganz bestimmt! Eine Bestbuchmuschel!«

»Aber du als Landgänger könntest die Schrift gar nicht sehen«, wandte Alea ein.

»Echt nicht?« Sammy schnaufte enttäuscht. »Das ist Diskrimisophierung! Landgänger werden bei dem ganzen magischen Kram total diskrimisophiert!«

Alea lachte. »Meinst du Diskriminierung, also Benachteiligung?«

»Hab ich doch gesagt!«, behauptete Sammy, grinste aber dabei. »Wir Landgänger werden auf übelste Weise benachteilisophiert!«

»So, so.« Alea wuschelte ihm durch den wilden Rotschopf. »Aber du hast recht. Die Bücher sind zusätzlich auch noch in Wassersprache verfasst. Selbst wenn du die Schrift sehen könntest, könntest du kein Wort entziffern.«

Sammy brummelte etwas Unverständliches, dann sagte

er: »Ich will trotzdem mit dir schwimmen. Nur wir zwei! Das haben wir noch nie gemacht. Ja? Nur Sammy und Alea.« Er erhob die Stimme zu einer dramatischen Verkündung. »*Samlea* auf neuen Abenteuern! Ein überragendes Bestabenteuer wartet auf die unerschrockenen Freunde!«

»*Samlea?*« Alea kicherte. Dann seufzte sie. Wenn Sammy so guckte, konnte man ihm einfach nichts abschlagen. »Na gut.«

»Juhu!«, schrie Sammy und sprang polternd über die Planken.

Ben trat aus dem Deckshäuschen und schaute ihn mit hochgezogener Braue an, während Lennox, der achtern Gitarre gespielt hatte, aufstand und ebenfalls zu ihnen herübersah. Tess hängte an Backbord gerade Wäsche auf und schüttelte den Kopf, ohne sich zu ihnen umzudrehen.

»Tanzt du?«, fragte Ben seinen herumspringenden Bruder.

»Keine Ahnung.« Sammy blieb stehen. »Warte, ich tanze noch mal drüber nach«, sagte er und tanzte nun mit wildem Armwedeln seinen eigenartig schönen Wespentanz. Schließlich blieb er abermals stehen. »Nee, eben bin ich nur so rumgehüpft.«

»Aha«, sagte Ben. »Dann hätten wir das ja geklärt.«

Grinsend sagte Alea: »Sammy und ich gehen zusammen tauchen.«

»Was?« Jetzt wandte Tess sich doch um. »Ich will auch mit!«

Ben sah das genauso. »Ich auch!«

Auf Lennox' Gesicht war deutlich zu erkennen, dass er sie ebenfalls begleiten wollte.

»Tja, Leute«, sagte Sammy triumphierend. »Ihr müsst leider oben bleiben. Das Meermädchen hat gewählt! Sie erwählte den Drachen zu ihrem Begleiter für das nächste große Abenteuer, den Drachen allein und nur den Drachen. *Samlea* werden heute Geschichte schreiben!«

Ben ging stöhnend ins Deckshäuschen zurück, und Lennox spielte kommentarlos weiter Gitarre. Tess murmelte indessen irgendetwas, was wie französisches Motzen klang.

Sammy strahlte seinerseits wie ein Honigkuchenpferd mit Zahnlücke und holte sich schnell einen Neoprenanzug, eine Tauchmaske, ein Tauchgerät und Taucherflossen. Im Nullkommanichts war er angezogen und bereit. Gemeinsam kletterten sie über die Reling und sprangen in die Wellen.

Kaum, dass Alea in das kalte Meerwasser eintauchte, verwandelte sie sich. Die Knubbel an ihren Händen und Füßen wurden zu sehnigen Schwimmhäuten, diejenigen hinter den Ohren formten sich zu Atemschlitzen. Gleichzeitig bekam ihre Haut einen grün schimmernden Glanz, und ihre Augen schalteten auf »Katzenmodus«, mit dem sie selbst in den dunkelsten Tiefen der See sehen konnte, als wäre es taghell.

Wohlig seufzte Alea auf, atmete tief durch die Kiemen, ließ das saubere Salzwasser des Nordatlantiks durch ihren Körper fließen und hatte das Gefühl, als könnte sie endlich richtig Luft holen. Das Wasser umströmte sie wie flüssige Seide und liebkoste ihre Haut. Alea konnte sich nicht vorstellen, wie Landgänger im Wasser untergehen konnten. Wie ertranken Menschen? Das war doch unvorstellbar! Das Wasser hielt sie wie ein großes, liebevolles Wesen, das dafür sorgte, dass sie sicher und beschützt war.

Sammy beobachtete Alea mit blitzenden Augen. Um ihn herum wirbelten goldgelbe Konfettibläschen, die Alea verrieten, dass er voller aufgeregter Vorfreude war. Die pingpongballartigen khakifarbenen Gebilde, die zwischen den Konfettibläschen herumschossen, wiesen auf seine Neugier hin.

»Finde-Finja!«, rief Alea in Hajara. Unter Wasser klangen Stimmen immer leicht dumpf, als würde man in ein Kissen sprechen, aber das Wasser trug Schall sogar schneller und weiter als Luft. Alea konnte also sicher sein, dass sie weithin gehört wurde. »Ist hier irgendwo eine Finde-Finja?«

Es vergingen nur wenige Augenblicke, da schwamm eine zitronengelbe Finja auf sie zu. Wie alle Finjas sah sie eigentlich sehr merkwürdig aus, aber Alea fand den Korallenbäumchenkörper und die verästelten Tausend-Augen-Zweige, mit denen die Finjas wie Kraken durchs Wasser wedelten, wunderhübsch. »Ich bin gekommen«, klingelte die Finde-Finja mit Säuselstimmchen.

Sammy zappelte aufgeregt herum, und Alea nahm ihn

an die Hand, um ihn zu beruhigen. Es brauchte seine Zeit, bis man sich daran gewöhnte, magische Wesen zu treffen.

»Hallo«, sagte Alea zu der Finja. »Danke, dass du gekommen bist. Bitte finde für uns eine Muschel, in der eine Geschichte steht.«

Die Finja wedelte mit ihren Ärmchen und schwieg. Wahrscheinlich dachte sie gerade scharf nach, wo sie etwas Derartiges finden könnte. Schließlich klingelte sie: »Folgt mir!« Sie zog ihre Ärmchen über sich zusammen und begann sie zu drehen wie die Rotorblätter eines kleinen Hubschraubers. Dann düste sie in einem Mordstempo los.

Alea schwamm hinterher und zog Sammy mit sich.

Die Finja drang tiefer und tiefer ins Meer vor, bis sie den Grund erreicht hatten. Hier gab es nichts als Schlick, Sand, Müll und ein paar vereinzelte Wasserpflanzen zu sehen.

Die Finja schwamm nah über den Boden hinweg. Ihre Ärmchen waren nun nach unten gerichtet, und es sah aus, als benutzte die Finja sie wie einen Staubsauger. Dann saugte sie etwas aus dem Sand heraus. »Hier!«, klingelte sie und stieß ihnen eine handtellergroße, rötlich gestreifte Muschel entgegen. Sammy fing sie auf.

»Danke schön!«, rief Alea.

»Ich bin eine Finde-Finja«, erklärte die Finja nicht ohne Stolz. »Ich finde.« Mit diesen Worten wandte sie sich ab und brauste geschäftig davon.

Während Sammy die Muschel fasziniert betrachtete,

schaute Alea sich um. Am Meeresgrund hatte sie schon öfter interessante Dinge entdeckt – Rotfarnfelder oder die Ruinen eines alten Zalti-Bauerndorfes. War hier möglicherweise noch mehr zu finden als eine Buchmuschel? Sie konnte nichts Besonderes erkennen, aber das lag wahrscheinlich daran, dass die Relikte der Meermenschenkultur gewöhnlich durch Skorpionfische getarnt wurden. Das brachte Alea auf eine Idee. Finde-Finjas kamen, wenn man sie rief. Vielleicht …

»Ihr Skorpionfische!«, drang ihre Stimme durchs Wasser. »Falls ihr hier seid, erscheint bitte!« Alea hatte keine Ahnung, ob das funktionieren würde. Beim letzten Mal hatten die magischen Fische selbst entschieden, dass sie ihr etwas zeigen wollten …

Da bewegte sich etwas im Sand. Er ruckte und wölbte sich an mehreren Stellen gleichzeitig hoch, und es entstanden Vertiefungen, die ein Dreieck in den Boden zeichneten. Aleas Herz pochte schneller. Sammy drückte aufgeregt ihre Hand.

Und dann enttarnten sich die Skorpionfische.

Zeitenwende

Mit einem Mal waberten Dutzende von breitmäuligen, stacheligen Fischen aus dem Boden herauf. Die Skorpionfische waren magische Wesen, die von Landgängern für ganz normale Fische gehalten wurden und damit ihrem Ruf als Meister der Tarnung alle Ehre machten.

»Danke, dass ihr euch zeigt«, sagte Alea und versuchte ihre Stimme fest klingen zu lassen. Der Anblick des aufsteigenden Schwarms hatte ihren Puls beschleunigt, und die Art, wie die Fische sie anstarrten, war ihr nach wie vor ein klein wenig unheimlich. Doch in den Farben der Skorpionfische sah Alea genau, dass sie ihr wohlgesonnen waren. »Darf ich fragen, was ihr hier tarnt?«

In die rosa Schlieren, die das Wasser um die Fische durchzogen, mischte sich ein weißes Leuchten. Im nächsten Moment hatte Alea ein Wort im Kopf – *Offenbaren* –, und daraufhin veränderte sich ihre Wahrnehmung. Es war, als hätte sie sich Sand aus den Augen gerieben und könnte jetzt viel klarer sehen als zuvor. Was sie sah, brachte ihren Puls nun regelrecht zum Jagen. Vor ihnen stand … eine Säule. Ein eigenartiges, dreieckiges Ding, hoch wie ein Laternenmast.

Sammy zupfte Alea am T-Shirt. Sie verstand. Er sah nichts. Wie beim letzten Mal musste Alea die Skorpionfische wohl erst darum bitten, ihr Geheimnis auch vor Landgängern zu enthüllen. »Er ist mein Freund«, erklärte sie den Fischen. »Bitte zeigt es ihm auch.«

Einige Sekunden später weiteten sich Sammys Augen, und seine Hand drückte Aleas ganz fest.

»Ich habe keine Ahnung, was das ist«, sagte sie Sammy ins Ohr, und zusammen schwammen sie näher. Die Säule schien aus einem schweren Material zu bestehen, das Alea an dunkles, spiegelglattes Glas erinnerte. Vorsichtig streckte sie die Hand aus, um die Säule zu berühren. In dem Augenblick, in dem ihre Fingerspitzen auf die Oberfläche trafen, zuckte dort etwas auf. Sammy wich ängstlich zurück, aber Alea erkannte, dass ein Bild auf der Säule erschien. Ein Bild von … Müll. Ein Müllstrudel im Wasser. Daneben stand in Wasserschrift geschrieben:

Die östlichen Meerengen Grönlands sind aktuell nicht passierbar. Bitte weiträumig umschwimmen!

Alea starrte auf das Bild, dann wieder auf den Text. Waren das Nachrichten? Mit klopfendem Herzen schwamm sie zur nächsten Seite der dreieckigen Säule und berührte auch diese. Sofort erschien ein Bild auf der dunklen Fläche. Es war das Bild einer Koboldgruppe. Kleine knallfarbige Wesen mit Knollennasen und langen Schwänzen schwammen auf dem Bild wie ein Fischschwarm in eine unbestimmte Richtung. Der Text darunter lautete:

Der Koboldclan der norwegischen Unskaalf Tak ist in das nördliche Dänemark umgesiedelt. Weitere Informationen folgen.

Es waren tatsächlich Nachrichten! Alea konnte es kaum glauben. Das hier war so etwas wie eine Litfaßsäule oder ein Infoscreen! Staunend starrte sie auf die Bilder. Sie sahen aus wie die Projektion eines alten Films auf einer Leinwand, aber statt auf Leinwand schienen sie auf einer dünnen Schicht schnell fließenden Wassers zu sitzen. Aleas Augen verengten sich. So etwas hatte sie doch schon einmal gesehen! Und zwar im Loch Ness, in der Bibliothek von Rach Turana. Die Gilfen hatten die Botschaften ihrer Eltern dort auf ganz ähnliche Weise im Brunnen der Bibliothek erscheinen lassen.

Fragend blickte Sammy Alea an.

»Das hier ist so was wie ein, äh, Anzeigeposten«, vermutete sie. »Eine Zeitung für Meerwesen!«

Sammy nickte aufgeregt.

Alea wandte sich an die Skorpionfische. Sie hatten noch nie etwas gesagt, aber einen Versuch war es wert. »Wisst ihr, ob das alte oder neue Mitteilungen sind?«, fragte sie.

Die magischen Fische antworteten jedoch auch diesmal

nicht. Bewegungslos schwebten sie im Wasser und stierten sie an.

Alea versuchte es noch mal. »Könnt ihr mir sagen, wer diese Säulen errichtet hat? Waren das Gilfen?«

Die Fische schwiegen.

Alea seufzte. Anscheinend waren die Skorpionfische genauso stur wie Finde-Finjas, wenn es darum ging, Fragen zu beantworten.

Sammy versuchte gerade, die dritte Seite der Säule durch Berührung zu aktivieren, aber es klappte nicht. Kaum hatte Alea allerdings die glatte Wand angetippt, erschien ein Bild.

Sammy schüttelte empört den Kopf, und Alea konnte ihn fast »Diskrimisophierung!« rufen hören. Entschuldigend hob sie die Schultern, dann betrachtete sie die Nachricht. Es war offenbar eine weitere Warnung. Als Alea sich das Bild genauer ansah, schnürte sich ihr die Kehle zu. Taucher ließen schwere Fässer ins Meer ein. Aus den Fässern trat eine schwarze Flüssigkeit aus. Alea griff sich in schmerzhafter Erinnerung an den Hals. Sie konnte sich noch zu gut an ihre eigene Begegnung mit Chemieverbrechern wie diesen erinnern. Der Text neben dem Bild lautete:

Zum dritten Mal in diesem Mondzyklus wurden in der Barentssee Gretzer gesichtet. Die Region um Spitzbergen, wenn möglich, vorerst meiden!

Gretzer. So nannte die Meerwelt also solche Kriminellen?

Auf einmal drückte Sammy heftig Aleas Hand. Mit weit aufgerissenen Augen starrte er auf irgendetwas hinter ihr. Sie drehte sich um und sah gerade noch, wie ein großer Schatten hinter einem Sandhügel verschwand.

Es überkam sie heiß und kalt zugleich. Was war das?

Die Skorpionfische harrten ungerührt neben der Säule aus. Spürten sie keine Gefahr? Dort drüben versteckte sich irgendetwas Großes!

Mit rasendem Herzschlag schwamm Alea ein kleines Stück höher, um besser sehen zu können. Da! Dort schaute etwas hinter dem Hügel hervor! Es war lang, dunkel und sah irgendwie fedrig und schuppig zugleich aus. Ein Flügel! Alea klappte der Mund auf. Sie schwamm noch höher. Ja, ein Flügel. Oder vielmehr: eine Flügelflosse. Und jetzt sah Alea auch das ganze Wesen. Es war ein Tasfar, ein geflügeltes Seepferd!

Alea zog Sammy an der Hand mit sich. Tasfaren waren nicht gefährlich, sondern scheue Schönheiten wie aus einem Märchen, die Begegnungen aus dem Weg gingen.

Langsam, sehr langsam schwammen sie näher, und Alea flüsterte Sammy zu, dass er sich auf keinen Fall abrupt bewegen sollte. Sammy nickte aufgeregt.

Schon zweimal war Alea einem Tasfaren begegnet, aber beide Male hatte sie keine Zeit gehabt, ihn genauer zu betrachten. Umso gebannter starrte sie das Seepferd nun an, während sie sich ihm vorsichtig näherten. Das magische Wesen hatte einen rabenschwarzen, glänzenden Körper, während seine Schwingen aus fedrigen, grau schimmernden Schuppen zu bestehen schienen. Anstelle von Hinterläufen hatte es einen gebogenen Schwimmschwanz wie ein Seepferdchen, aber sein Oberkörper, der stolze Kopf und der lange Hals erinnerten an ein edles Rassepferd.

Der Tasfar hatte sie bemerkt. Seine Augen wichen ihren musternden Blicken aus. Rasch breitete er seine Flügelflossen aus und schien davonschwimmen zu wollen.

Alea senkte den Kopf. »Guck ihn nicht an!«, raunte sie Sammy zu. »Ich glaube, er will nicht angesehen werden.«

Gehorsam schaute Sammy zur Seite.

Mit gesenkten Köpfen schwammen sie weiter auf den Tasfaren zu. Er schien es sich nun anders überlegt zu haben und blieb, wo er war. Als sie in etwa vier Metern Abstand innehielten, konnte Alea vor Aufregung kaum noch atmen. So nah war sie einem Tasfaren noch nie gekommen. Sollte sie etwas sagen, oder würde ihn das verschrecken? Sie beschloss, einfach mit gesenktem Kopf abzuwarten. Sammy tat es ihr gleich.

Wenige Augenblicke später geschah etwas, was Alea kaum für möglich gehalten hätte: Der Tasfar begann zu sprechen. Mit tiefer, wohlklingender Stimme, deren Vibration Alea im ganzen Körper fühlen konnte, sagte er: »Meermenschen und Landgänger zusammen zu sehen, bedeutet einen Einschnitt im Zeitgeschehen.«

Alea erzitterte regelrecht. Sammy sah angestrengt zu Boden. Die Farbformen des ihn umgebenden Wassers verrieten Aufregung, Gespanntheit und ein klein wenig

Angst. Obwohl er den Tasfaren nicht verstehen konnte, da dieser Hajara sprach, musste Sammy die aufrüttelnde Wirkung seiner Stimme ebenfalls spüren.

Das magische Seepferd sprach weiter. »Veränderung liegt hier im Wasser, die alten Tage sind schon blasser. Die Wendezeit bricht für uns an, wie einst die Dunkelheit begann.«

Alea staunte. Der Tasfar sprach in Reimen! Doch wovon redete er? Sie musste genau zuhören!

»Du änderst unsren Weltenlauf, beschwörst das Schicksal nun herauf«, sagte er, und Alea schwindelte es. Er wandte sich direkt an sie! Eindringlich fügte er hinzu: »Sei stark, du neues Meereskind, denn hier ist's, wo die Zeit beginnt.«

Atemlos starrte Alea auf den Meeresboden. Der Tasfar sprach von einer Zeitenwende! Doch nicht nur das – offenbar war diese Wende eng mit Aleas Schicksal verwoben. Oder hatte sie das falsch verstanden? Sie musste sich genau einprägen, was er sagte! Nun spürte sie, wie der Tasfar mit den Schwingen schlug. Sie wartete einen Augenblick, dann traute sie sich, den Blick wieder zu heben. Der Tasfar war schon fast verschwunden, nur die Wellenwirbel seiner Flügelflossen wälzten sich noch durchs Wasser. Dann war er fort.

Sammy und Alea tauschten einen sprachlosen Blick.

»Wir schwimmen am besten wieder hoch«, brachte Alea hervor und konnte noch gar nicht fassen, was gerade passiert war.

Sammy zeigte ihr den Daumen. Er zitterte jedoch stark. Alea drückte seine Hand, und sie begannen Richtung Oberfläche zu schwimmen. Die Nachrichtensäule war inzwischen verschwunden. Die Skorpionfische hatten ihre Arbeit wohl wieder aufgenommen und tarnten sie erneut.

Langsam stiegen sie immer weiter auf und ließen sich dabei viel Zeit, denn für Landgänger war es gefährlich, zu schnell aufzutauchen. Sobald sie aber die Wasseroberfläche erreichten, riss Sammy sich die Maske vom Gesicht. »Ich glaub, mein Delfin jodelt!«, rief er, und seine Stimme überschlug sich fast. »Ist das gerade echt passiert, oder war das ein Tiefenrausch? War da wirklich ein Zauberpfeiler mit Meeres-Newsflash? Und ein singender Pegasus mit Ringelschwanz?«

»Es klang für dich wie Singen?«, wunderte Alea sich.

»Na ja, das Seepferd hat … gewummert. Schön gewummert! Wie ein tiefer Bass, der im Bauch kribbelt.« Sammy war ganz aufgedreht. »Was hat das Pferd denn gesagt?«

»Lass uns an Bord gehen«, sagte Alea. »Die anderen wollen auch wissen, was passiert ist.« Sie wies zum Schiff, das wenige Meter neben ihnen auf den Wellen schaukelte. Ben, Tess und Lennox hingen weit über der Reling und spähten neugierig zu ihnen herab.

»Alles okay bei euch?«, rief Ben.

»Ja!« Sammy begann zu kraulen, und gleich darauf hatten sie die Außenleiter der *Crucis* erreicht. Sobald sie oben waren, platzte es aus Sammy heraus. »Alpha Cru, das glaubt ihr nicht! Wir sind von einem Flügelpferd bewummert worden!«

Lennox verstand sofort. »Ihr seid einem Tasfaren begegnet?« Seinem Gesicht war deutlich anzusehen, dass er sich nun richtig ärgerte, nicht dabei gewesen zu sein.

Alea lehnte sich über die Reling und wrang schnell ihre Haare aus. »Ja, und der Tasfar hat etwas gesagt!«

»Wirklich?«

»Er hat in Reimen gesprochen!«

Ben hob die Hände. »Eins nach dem anderen! Was zum Geier ist ein Tasfar?«

Alea erklärte es ihnen, und Tess und Ben blickten sie an, als würde sie ihnen gerade erzählen, dass Raviolidosen gut in Mathe wären.

»Wenn ich nicht schon selbst Kobolde und Helmse gesehen hätte«, sagte Ben, »würde ich dich jetzt zum Arzt bringen.«

Alea grinste ihn an. »Ich hab dir doch gesagt, du musst dich daran gewöhnen, mit Magischen zu tun zu haben.«

Ben grinste zurück.

Sammy krähte: »Ich bin schon voll dran gewöhnt!«

»Was hat der Tasfar denn nun gesagt?«, lenkte Lennox die Aufmerksamkeit wieder auf das Wesentliche.

»Er sprach davon, dass die Dunkelheit bald vorüber ist und dass ich stark sein soll«, versuchte Alea seine Worte wiederzugeben. »Er sagte, dass eine neue Zeit beginnt, weil Landgänger und Meermenschen zusammen sind.«

Über Lennox' konzentrierte Miene huschte ein Staunen.

Sammy schrie: »Wegen mir hat er das gesagt! Weil ich ein Landgänger bin!« Er hüpfte in den quietschenden Taucherflossen auf der Stelle. »Ich bin ein Landgänger, der eine neue Ära heraufbeschwört!«

Ben legte ihm beruhigend die Hand auf die Schulter. »Ruhig, Flipper. Komm erst mal runter.«

Sammy schüttelte seine Hand ab. »Nee! Ich freu mich!«

»Das sehen wir«, bemerkte Tess.

»Ich werde in die Geschichte eingehen!« Sammy hopste nun mit großen Sprüngen umher. Das klappte in den Taucherflossen allerdings weniger gut, und schon lag er auf der Nase. Sammy lachte jedoch, drehte sich auf den Rücken, verschränkte die Arme im Nacken und blickte strahlend in den Himmel. »Meinetwegen wird eine neue Zeit beginnen …«, seufzte er und schien nun selig in dieser Vorstellung zu versinken.

Zwar hatte Alea den Tasfaren so verstanden, dass er Sammy nicht im Speziellen meinte, sondern es ganz generell als gutes Zeichen deutete, Meermenschen und Landgänger zusammen zu sehen. Aber in diesem Moment wollte sie Sammy die Freude nicht verderben. »Wir haben noch etwas entdeckt«, sagte sie stattdessen und versuchte den anderen von der Nachrichtensäule zu erzählen. Sie konnte sich allerdings nur schlecht darauf konzentrieren, denn im Grunde war sie genauso aufgeregt wie Sammy. Die Worte des Tasfaren waren nichts weniger als eine Prophezeiung gewesen. Eine Prophezeiung, die von einer großen Veränderung in der Meerwelt sprach! Und so wie

Alea es verstanden hatte, war sie selbst maßgeblich daran beteiligt!

Du änderst unsren Weltenlauf, beschwörst das Schicksal nun herauf …

Vielleicht war sie doch nicht größenwahnsinnig? Vielleicht war es gar nicht falsch, darüber nachzudenken, dass sie für das Meer und seine Zukunft eine besondere Rolle spielen könnte? Der Tasfar hatte sie immerhin direkt angesprochen, so als meinte er genau sie! Er hatte zwar weder etwas von einer »Stammmutter« noch von anderen überlebenden Meerkindern gesagt, aber es war nicht auszuschließen, dass er mit dem Wort »Wendezeit« auf das angespielt hatte, was Alea seit dem Morgen den Kopf schwirren ließ – ein Wiederaufleben der Meermenschenwelt. Auch die Verbindung zwischen Meermenschen und Landgängern würde für diese Zeitenwende wichtig sein! Dahingehend hatte sich das magische Seepferd relativ klar ausgedrückt. Diese Vorstellung gefiel Alea sehr, denn sie fühlte sich Landgängern aufs Engste verbunden. Immerhin war sie behütet und umsorgt unter ihnen aufgewachsen …

»Erde an Alea!«, hörte sie Lennox sagen, und da merkte sie, wie weit weg sie mit ihren Gedanken gewesen war.

»Gib mir einen kurzen Augenblick«, sagte Alea, legte sich kurzerhand neben Sammy auf die Planken, verschränkte die Arme im Nacken, schaute in den Himmel und gab sich dem berauschenden Gefühl hin, das sich gerade in ihr ausbreitete: Hoffnung.

Drache

Den halben Tag lang grübelte Alea über die Worte des Tasfaren nach, ganz berauscht von dem Gefühl, dass die Meerwelt vielleicht doch noch nicht verloren war und es etwas gab, was sie selbst tun konnte, um sie zurückzubringen. Doch was genau war das? Sollte sie nach den verschollenen Kindern suchen? Bei diesem Gedanken schlug ihr Herz augenblicklich höher. Falls sie ein paar der Kinder finden konnte, würde vielleicht auch Anthea darunter sein …

Den Nachmittag und Abend verbrachte Alea damit, ihrer Aufgabe als Keksbäckerin des Schiffs nachzukommen, den kaputten Toaster zu reparieren, sich zu fragen, was Anthea wohl gerade machte, ausgiebig zu schlafen, in dem Island-Reiseführer zu schmökern, sich zu fragen, was ihr Vater wohl gerade machte, mit Ben Englisch zu üben, mit Tess Tomatensuppe fürs Abendessen zu kochen, anschließend Lennox zuzuhören, wie er leise Lieder auf seiner Gitarre spielte, und schließlich mit einem Lächeln ins Bett zu fallen.

Am darauffolgenden Morgen saßen sie alle wieder zusammen beim Frühstück. Der Wind blies kühl über das Deck der *Crucis*, aber die Sonne lachte zwischen wattetupfigen Wolken vom Himmel.

Sammy strich sich gerade reichlich Butter mit Nussnugatcreme auf sein Brot und legte eine dicke Scheibe Käse obendrauf. »Für das Projekt Wampe!«, verkündete er, bevor er herzhaft hineinbiss.

Alea schmunzelte. Sammy war so dünn wie eh und je, träumte aber offensichtlich immer noch von einem runden Bauch. »Der Zucker ist übrigens alle«, musste sie ihm nun leider mitteilen. »Fürs Erste gibt es also keine Kekse mehr.« Wenn man auf einem Schiff unterwegs war, konnte man nur selten einkaufen gehen – und auch nur dann, wenn man genug Geld dazu hatte.

Sammys Gesichtsausdruck verdüsterte sich schlagartig. »Aber ohne Kekse sterbe ich!«, beschwerte er sich. »Ich sterbe, bis ich tot bin!«

Ben schien das nicht sehr zu beeindrucken. »Wir haben noch ein paar Äpfel.«

Sammy zog einen Schmollmund. »Oh, wie toll!«, erwiderte er in ironischem Tonfall. »Äpfel sind meine Lieblingskekse!«

Alea erhob sich. Mit entschlossener Miene stand sie da. Alle sahen sie fragend an. »Jetzt ist der Moment gekommen«, erklärte sie und hoffte, Sammy damit auf andere Gedanken bringen zu können. »Ich werde ein Lied für euch singen.«

Nach einem Augenblick des Schweigens reagierte Tess

als Erste. »Ich glaube, du verbringst zu viel Zeit mit Draco.«

Ben und Lennox grinsten. »Es scheint wirklich was von dem kleinen Irren auf sie abgefärbt zu haben«, bemerkte Ben. »Schau mal, wie sie guckt!«

»Du willst ganz allein was vorsingen?« Strahlend blickte Sammy Alea an. »Für mich?«

»Ja, ich fürchte, das werde ich tun.« Sie räusperte sich und ignorierte das mulmige Lampenfiebergefühl in ihrem Magen. Irgendwann musste sie ja zum ersten Mal alleine vor den anderen singen. Sie brachte es also am besten einfach hinter sich. Und so begann sie eines ihrer Lieblingslieder vorzutragen – eine schöne Ballade mit dem Titel *Let it go*.

Alle lauschten ihr andächtig. Bei der zweiten Strophe erhob sich Sammy und schmetterte das restliche Lied mit ihr zusammen. Anschließend gab es stürmischen Applaus von den anderen dreien. Lennox pfiff sogar auf zwei Fingern, und Alea wurde knallrot. Sammy und sie bedankten sich mit einer tiefen Verbeugung. Da schrie Sammy plötzlich auf. »Au!« Irgendetwas schien in seiner Hosentasche zu stecken, was ihn gezwickt hatte. Er griff hinein. »Oh!« Mit blitzenden Augen zog er die Muschel hervor, die die Finde-Finja am Tag zuvor am Meeresgrund aufgespürt hatte.

Die Muschel! Alea schlug sich vor die Stirn. Wie hatten sie die bloß vergessen können?

»Ist das ein Buch?«, fragte Lennox.

»Ein Bestbuch, ganz bestimmt!«, rief Sammy. »Ich hatte gar nicht mehr daran gedacht. Schneewittchen, du musst uns zeigen, wie man das liest!«

»Mach ich!« Alea nahm Sammy die handtellergroße Muschel ab und goss vorsichtig Wasser in das gewölbte Innere. Die anderen drängten sich um sie und schauten ihr über die Schulter. Alea kreiste mit dem Finger um den Rand der Muschel, so wie Artama es ihnen gezeigt hatte. Im Wasser erschien Schrift.

»Ah!« Lennox beugte sich fasziniert vor. Für die anderen war allerdings nichts als Wasser zu erkennen.

Sammy hing mit der Nase ganz nah über der Muschel. »Steht da was?«

»Ja, ähm … sorry.« Alea übersetzte, was dort in Hajara geschrieben stand:

Die eigentümliche Geschichte von Drex, dem Weltenwanderer

»Es ist eine richtige Geschichte drin!«, jubelte Sammy. »Eine Meermenschengeschichte! Lies vor!«

Alea war die Einzige, die Wasserschrift entziffern konnte. Selbst Lennox hatte Probleme damit, obwohl er gesprochenes Hajara ohne Probleme verstand. *»Erstes Kapitel: Fremde Ufer«*, las Alea vor. *»Der Meerjunge Drex aus dem Stamme der Quinks war ein fröhlicher Bursche …«* Die Schrift lief genauso schnell vor ihren Augen ab, wie Alea brauchte, um die Worte zu lesen. Es war allerdings schwierig, den Text gleichzeitig zu übersetzen. *»Drex liebte es, mit seiner Robbe weite Ausflüge zu unternehmen …«* Alea unterbrach sich. »Es tut mir leid, aber ich glaube, ich lese die Geschichte lieber erst mal selbst. Ich erzähle euch später, worum es geht, ja?«

Sammy rümpfte die Nase. »Doofe Idee.«

»Es macht keinen Spaß, jeden Satz übersetzen zu müssen, was?«, fragte Tess.

Ben nickte ebenfalls verständnisvoll und fing an, betriebsam den Tisch abzuräumen. »Komm, hilf mir mal, Sammy.«

»Ach, Mensch …« Sammy fügte sich schweren Herzens und half Ben, ebenso wie Tess, die sich seufzend erhob und die Teller wegtrug.

Lennox schaute Alea fragend an.

»Dir müsste ich die Geschichte nur vorlesen, aber nicht übersetzen«, erriet Alea seine Gedanken.

Lennox nickte. »Wenn du willst, könnten wir … also, wir könnten es uns unten im Salon gemütlich machen, und du liest mir die Geschichte vor.«

Die Vorstellung gefiel Alea sehr. »Ja, gern«, sagte sie und ging mit Lennox unter Deck. Im Salon setzten sie sich auf sein Sofa, und während die anderen in der Küchennische das Geschirr spülten und herumklapperten, fing Alea an zu lesen. In der Geschichte ging es um den Jungen Drex, der durch eine Verkettung unglücklicher Umstände an Land kam und die sonderbaren Sitten und die Lebensart der Landgänger kennenlernte. Das Buch war ziemlich lustig, was aber vor allem daran lag, dass der Autor sich nicht besonders gut mit den Landgängern auszukennen schien. So aßen diese in einer Szene gegrillte Giraffe zu Mittag, und in einer anderen stieg ein Landgänger in sein Auto und flog damit zur Arbeit.

Obwohl die Geschichte nicht viel Neues über die Meerwelt enthielt, konnten Alea und Lennox sie gar nicht weglegen. Irgendwann gingen die anderen wieder an Deck, und die beiden waren allein im Salon. Während Alea weiterlas, legte Lennox den Arm um sie. Es war eine leichte Bewegung, die fast so wirkte, als wäre es ganz normal, was er tat. Aber das war es nicht. Seit Loch Ness hatten sie einander kaum berührt. Aleas Herz begann laut zu schlagen. In den vergangenen Tagen hatte sie sich oft gewünscht, er würde den Arm um sie legen – oder sie würde den Mut finden, seine Hand zu nehmen. Nun war er derjenige, der zuerst mutig genug war, einen Schritt zu tun. Es fühlte sich gut an, Lennox wieder so nah zu sein. Gut und aufregend. Dennoch las Alea weiter und schaute konzentriert in die Muschel. Sie wusste, wenn sie den Kopf auch nur ein klein wenig zur Seite drehen würde, wären sich ihre Gesichter ganz nahe. So nahe, dass …

Alea verhaspelte sich und fing den Satz, den sie gerade vorgelesen hatte, noch mal von vorn an.

Ihre Gedanken schweiften jedoch wieder ab. In Schottland hatten Lennox und sie sich ein paarmal beinahe geküsst. Beinahe. Alea hatte jedes Mal in letzter Sekunde einen Rückzieher gemacht, weil sie damals noch geglaubt hatte, Lennox wäre ihr Halbbruder. Halbbrüder küsste man nicht. Inzwischen wusste sie aber, dass das nicht sein konnte. Es stand ihnen also eigentlich nichts mehr im Weg – außer all den Verkrampftheiten, unter denen man so leiden konnte. Alea fand, dass sie davon außerordentlich viele zu bieten hatte. Sie hatte noch nie einen Jungen geküsst. Wie machte man das? Was, wenn sie sich total blöd anstellte? Ob Lennox wohl wusste, wie man küsste?

Er war so nah, dass sein besonderer Duft sie ganz einhüllte – der Duft nach Weite, nach Wärme, nach Wasser. Am liebsten hätte sie ihn tief in sich aufgesogen, aber das wäre wohl eher peinlich gewesen.

Alea merkte, dass sie aufgehört hatte vorzulesen, und begann hastig wieder damit. Da sagte Lennox: »Guck mich mal an.«

Seine Stimme klang ganz leicht und einladend, trotzdem gefror Alea geradezu. Wollte er sie jetzt küssen? Warum sonst sollte sie ihn ansehen? Mit einem Mal war sie so aufgeregt, dass sie kaum noch Luft bekam. Sie erstarrte regelrecht zur Salzsäule.

Sanft streichelte Lennox ihre Wange. Mit hämmerndem Herzen wandte Alea sich ihm zu. Einen Moment lang sahen sie einander an, aber dann drehte Alea den Kopf weg. »Ich … kann nicht«, stammelte sie.

Augenblicke verstrichen. Dann nickte Lennox langsam. »Ist okay«, sagte er weich. »Wir haben alle Zeit der Welt.«

Am liebsten wäre Alea im Boden versunken. Was war sie für ein Feigling! Warum hatte sie ihn nicht einfach geküsst? Sie wollte doch! Sie war nur so verdammt unsicher. Verlassene Ruinen, Schleusen und Diebe, die einen ausraubten, waren nichts gegen die Angst, beim Verliebtsein etwas falsch zu machen. Mist! Lennox hatte zwar sehr verständnisvoll reagiert, aber es stimmte nicht, dass sie alle Zeit der Welt hatten. Sobald die Sommerferien vorbei waren, musste Alea nach Hamburg zurück – ob sie wollte oder nicht. Dass Lennox sie dorthin begleiten würde, war allerdings kaum vorstellbar. Wo sollte er denn wohnen? Wieder unter einer Brücke? Da war er auf der *Crucis* viel besser aufgehoben. Außerdem war es auf einem Segelschiff leichter, den Behörden zu entwischen. Wenn man die Sache ganz nüchtern betrachtete, würden Tess und sie am Ende des Sommers wohl nach Hause zurückkehren müssen, und Ben, Sammy und Lennox würden auf der *Crucis* weitersegeln. Vielleicht konnte Alea die Alpha Cru in den nächsten Ferien wieder besuchen, aber was aus Lennox und ihr werden würde, stand in den Sternen.

»Lies weiter«, bat Lennox sie nun, und Alea tat ihm den Gefallen. Sein Arm lag weiterhin leicht und warm um ihre Schulter. Und dort blieb er auch liegen. Bis zum späten Nachmittag.

»*… und so kehrte Drex ins Meer zurück, zu seiner Familie, zu seinen Freunden und zu seiner treuen Robbe*«, endete die Geschichte.

»Und wenn die fliegenden Autos nicht gestorben sind, dann fliegen sie noch heute«, ergänzte Lennox.

Alea lachte. Sie war mittlerweile wieder ganz entspannt. »Ja, schon ulkig, wie der Autor sich das Landgängerleben vorgestellt hat.«

Lennox lächelte, aber dann wurde er nachdenklich. »Meine Mutter kannte die Landgänger offenbar gut. Sonst hätte sie meinen Vater nicht kennenlernen können«, sagte er. »Vielleicht hätte sie dem Autor von *Drex* mal ein paar Sachen erzählen sollen …«

Alea goss das Wasser aus der Muschel und rieb sie vorsichtig ab. Im trockenen Zustand hielten sich Muscheltexte besser als im Wasser. »Wo hast du deinen Fotostein?«, fragte sie Lennox.

Er nahm den Arm fort, der so lange auf Aleas Schultern gelegen hatte, griff in die vordere Tasche seiner Jeans und zog den flachen Stein hervor. »Ich trage ihn immer bei mir wie einen Talisman.«

Da platzte Sammy durch die Bordtür herein. »Seid ihr endlich fertig?«, wollte er wissen, sprang die steile Treppe herab, lief durch den Salon und hopste zu ihnen aufs Sofa.

»Ja, wir sind fertig«, antwortete Alea. »Drex ist nach Hause zurückgekehrt.«

»Super. Dann erzählt mal, was er alles erlebt hat«, sagte Sammy und schmiegte sich wie selbstverständlich an Lennox. Dieser hob die Augenbrauen. Der Kleine hatte ihn mit seinen Schmuseattacken bisher eigentlich immer in Ruhe gelassen und sich ganz auf Alea und Ben konzentriert. Nun saß Lennox aber zufällig direkt neben Sammy und wurde kurzerhand angeknuddelt. Lennox' verblüffte

Miene war zum Schießen, und aus Alea platzte eine Lachsalve heraus.

»Was ist los?«, fragte Sammy arglos.

»Nix!«, kicherte Alea. »Gar nix!«

Lennox' rechter Mundwinkel bog sich nach oben, dann lachte er ebenfalls und tätschelte Sammy ungelenk den Kopf.

»Was gibt's hier zu lachen?«, erklang eine Stimme. Gleich darauf standen Ben und Tess im Salon. »Ausgelesen?«, fragte Ben mit Blick auf die Muschel.

»Jawohl«, erwiderte Lennox, und während Tess und Ben sich ihnen gegenübersetzten, begannen Alea und er das ganze Buch nachzuerzählen, so gut sie konnten.

Als sie endeten, hatten sie jede Menge gemeinsam gelacht.

»Die Muschel musst du unbedingt verwahren, Schneewittchen«, sagte Sammy, der noch immer an Lennox klebte. »Am besten fängst du an, Muschelbücher zu sammeln!«

»Da spricht der Sammlerkönig«, bemerkte Ben.

»Meine Sammlungen sind in der Tat Weltklasse.« Stolz schob Sammy das Kinn vor. »Meine Fusselsammlung umfasst mittlerweile mehr als zweihundertachtzig verschiedene Flusen, Fusseln, Fädchen, Möppchen und Flöckchen.«

Tess verdrehte die Augen.

»Wartet, ich hole sie!« Sammy sprang auf.

»Nein!«, gellte Tess, aber Sammy war schon auf dem

Weg zu seiner Kajüte. Kurz darauf war er wieder da und breitete mehrere Kistchen, Dosen und zweckentfremdete Marmeladengläser auf dem Couchtisch aus. »Das hier sind blaue Fusseln«, erklärte er. »Blaue mag ich am liebsten! Das hier sind witzige. Das hier langweilige. Langweilige muss man auch mögen! Sie können ja nichts dafür. Das hier sind Bestmomentflusen«, fügte er hinzu und sah Alea verschwörerisch an.

Sie zwinkerte ihm zu. Sammy war verrückt. Aber sie hatte ihn unglaublich lieb. »Wie hat deine Begeisterung für Fusseln eigentlich angefangen?«, erkundigte sie sich.

»Nicht fragen!«, warnte Tess. »Sonst wird er stundenlang herumschwafeln!«

Sammy war allerdings schon dabei zu erzählen. »Es ging alles vor ein paar Jahren los, als unsere Eltern bei dem Unfall gestorben sind und Onkel Oskar uns adoptiert hat.«

Alea wusste natürlich, wer Onkel Oskar war – der Autor Oskar Walendy, dem die *Crucis* gehörte und der noch bis vor einem halben Jahr gemeinsam mit den Jungs auf seinem Schiff gelebt hatte. Als Ben jedoch volljährig geworden war, hatte Oskar sich eine Auszeit genommen und befand sich nun irgendwo in einem Kloster in Tibet, um ein Buch zu schreiben.

»Onkel Oskar hat uns damals auf die *Crucis* geholt«, sagte Sammy. »Wir hatten vorher mit unseren Eltern in Köln gelebt – an Land!«

Alea konnte sich kaum vorstellen, dass Ben und Sammy jemals woanders als auf See gelebt hatten. »Interessant«, sagte sie. »Aber was hat das mit deiner Flusenbesessenheit zu tun?«

»Das war so …« Sammys braune Augen funkelten. »Als wir damals die Sachen unserer Eltern sortiert haben, um sie zu verschenken …« Abrupt stockte er. Die Erinnerung an den Tod seiner Eltern schien seine Begeisterung unvermittelt zu trüben. Mit großen Augen starrte er ins Leere.

Ben zog ihn zu sich heran und drückte ihn.

Sammy schüttelte jedoch den Kopf. »Ich mag jetzt nicht traurig sein«, murmelte er. Er machte sich von seinem Bruder los und redete weiter. »Also, wo war ich? Ach ja. Ich wollte erzählen, wie ich zu meinen ersten Flusen kam.« Seine Augen fingen wieder an zu funkeln. »Wir haben damals auf dem Dachboden meiner Eltern eine alte Verkleidungskiste gefunden. In der Kiste war eine superschöne silberne Strickjacke. Onkel Oskar hat sie gleich wiedererkannt. Er meinte, dass sie etwas ganz Besonderes wäre und dass er sie vor langer Zeit, als unsere Eltern ihn mal auf der *Crucis* besucht hatten, eines Morgens an Deck gefunden hätte. Sie lag einfach so da, als hätte jemand sie dorthin gelegt. Und dabei waren sie mitten auf dem Ozean!«

Alea runzelte die Stirn. »Aha?«

»Unsere Mutter fand die Strickjacke toll und hat sie nach dem Urlaub auf der *Crucis* einfach mit nach Hause genommen, um sie auf einer Karnevalsparty anzuziehen. Ich glaube, sie ging als Fee oder so.«

»Es gibt Fotos davon«, warf Ben ein.

»Die Strickjacke war auch wirklich was Besonderes«, fuhr Sammy fort. »Es fehlte zwar ein Knopf, aber das Ding war trotzdem geradezu aufsehenerregend!«

Tess murmelte: »Klar doch.«

»Nein, das stimmt wirklich«, kam Ben seinem Bruder zu Hilfe. »Es war aber eigentlich keine Strickjacke, sondern eher ein Mantel oder vielmehr ein Umhang. Er war aus so etwas wie Silberfäden gesponnen.«

Alea zog die Brauen zusammen. Aus Silberfäden gesponnen? Was erzählten die Jungs denn da?

Sammy redete weiter. »Als wir das Umhang-Dings dann in der Kiste gefunden haben, wollte ich es unbedingt behalten.«

»Wir haben den Umhang mitgenommen, als wir auf die *Crucis* gezogen sind«, fuhr Ben fort. »Und Sammy hat damit jahrelang Fee gespielt.«

»Außerdem waren ein paar herausstehende Fäden auf dem Strickjackenumhang!«, rief Sammy. Nun kamen sie der Sache wohl näher. »Die haben so schön geglitzert, dass ich sie abgezupft und in eine Dose gepackt hab. So ging alles los. Und heute habe ich die größte Fusselsammlung im ganzen Universum!«

Sammy fing gerade an aufzuzählen, in welche Untergruppen er seine Flusen-Obergruppen unterteilt hatte, als Alea ihn unterbrach. »Habt ihr den Umhang noch?«, fragte sie. Irgendetwas an dieser Geschichte hatte sie aufhorchen lassen.

»Nein«, entgegnete Ben. »Onkel Oskar hat ihn mit nach Tibet genommen, um ihn verkaufen zu können, falls ihm das Geld knapp wird.« Er lehnte sich zurück. »Jedenfalls wacht Sammy seitdem über die Silberfäden wie über einen Schatz.«

Etwas in Alea ruckte. Ganz leicht nur, aber deutlich spürbar.

»Stimmt!«, bestätigte Sammy und legte die Hand auf eine der Dosen.

»Sind sie da drin?«, fragte Alea.

»Vielleicht.« Sammy drückte die Dose beschützerisch an sich. »Vielleicht aber auch nicht!«

»Lass mich bitte mal sehen.«

Tess schnaufte. »Warum ermutigst du ihn? Das ist doch alles Blödsinn.«

Sammy machte einen Kussmund und schmatzte in Tess' Richtung. »Hab ich dir eigentlich schon mal gesagt, dass ich total verliebt in dich bin?«, fragte er mit seinem charmantesten Lausbubengrinsen.

Brummend verschränkte Tess die Arme.

Alea ließ indessen nicht locker. »Darf ich die Dose mal haben?«

Lennox blickte sie fragend an. Er schien zu merken, dass sie die Silberfäden wirklich gern sehen wollte und nicht nur Sammy zuliebe nachfragte.

»Na gut.« Sammy öffnete die Dose langsam. »Aber nur, weil du es bist. Und nur ausnahmsweise!« Vorsichtig holte er einen dünnen Silberfaden aus der Plastikdose, der kaum länger als zwei Zentimeter war, und überreichte ihn Alea mit feierlicher Miene.

Alea nahm das schillernde Fadenstück behutsam entgegen. Als sie gerade »Danke« sagen wollte, blieb ihr das Wort im Halse stecken, denn plötzlich zuckte eine schnelle Bildabfolge vor ihrem inneren Auge ab. Alea stockte der Atem. Es waren Bilder der Alpha Cru …

Lennox, wie er verzweifelt gegen jemanden kämpfte.

Sammy, wie er unter einem großen Dachfenster saß und weinte.

Ben, der im Schlauchboot um sein Leben zu rudern schien und mit zutiefst besorgtem Blick zurückschaute.

Tess, die gefesselt am Boden lag.

Die Bilder brachen ab. Alea blinzelte hektisch.

»Was ist?« Besorgt beugte Lennox sich vor. »Was hast du?«

»Als ich diesen Silberfaden angefasst habe …«, hauchte sie, »… da habe ich Bilder gesehen.«

»Was?« Lennox schaute ihr tief in die Augen, als könnte er die Bilder dort noch erhaschen. »Was für welche?«

Sie beschrieb sie ihnen.

Erstaunte Stille trat ein. Alle starrten verblüfft auf den kurzen Silberfaden zwischen Aleas Fingerspitzen.

»Ich kann mich nicht an diese Situationen erinnern«, sagte Alea mit wackeliger Stimme. Was hatte sie da nur gesehen? »Sind das … Erinnerungen von euch?«

Zuerst schüttelte Ben den Kopf, dann Sammy, dann Tess, dann Lennox.

»Vielleicht ...«, sagte Lennox und flüsterte fast, »vielleicht hast du die Zukunft gesehen.«

»Die Zukunft?«, wiederholte Alea ungläubig. »Aber ...«

»Also, wenn ich die Silberfusseln in die Hand nehme, sehe ich gar nichts!«, rief Sammy in vorwurfsvollem Ton.

»Darf ich mal?« Tess streckte die Hand nach dem Fadenstück aus. Alea gab es ihr. Tess hielt es fest, schloss sogar die Augen, aber dann schüttelte sie den Kopf. »Ich sehe nichts.«

Tess reichte das Silberfädchen an Ben weiter, der es ebenfalls zwischen die Finger nahm. Einen Augenblick lang hielt er inne, als hörte er in sich hinein, dann sagte er: »Nichts.«

Er gab die Fussel an Lennox weiter. Lennox griff danach. Im gleichen Augenblick weiteten sich seine Augen.

»Was?«, fragte Alea.

Lennox wartete, dann schüttelte er sich. »Ich habe ein Bild gesehen.«

»Eins?«

»Ja, nur eins.« Lennox' Gesichtsausdruck sprach Bände. Auch sein Bild musste verstörend gewesen sein. »Ich habe dich gesehen.« Er blickte Alea an. »Du bist vor etwas davongerannt und hast zurückgeschaut. Ich war an deiner Seite und habe dich weitergezogen. Es war, als würden wir vor etwas fliehen.« Er zog die Brauen zusammen. »Ich kann mich auch nicht erinnern, dass wir das erlebt hätten. Das ist kein Bild aus der Vergangenheit. Aber du sahst nicht viel anders aus als jetzt. Du hattest deine rosa Jacke und deine Handschuhe an.«

Alea wurde eiskalt. Was, wenn das wirklich Schnipsel aus der Zukunft waren? Aus einer ganz und gar nicht schönen Zukunft! Aber wie war das möglich? Der Tasfar hatte ihr doch Hoffnung für die Zukunft gemacht! Er hatte vom Ende der Dunkelheit gesprochen! Doch womöglich mussten sie dafür zuerst kämpfen …

»Gib mir bitte noch mal den Faden«, sagte Alea, wappnete sich und nahm ihn Lennox wieder ab.

Die Bilder flackerten abermals vor ihrem inneren Auge auf. »Ich habe genau dasselbe noch mal gesehen«, ächzte sie. »Ich probiere noch die anderen Fäden«, sagte sie, und Sammy reichte ihr die Dose. Alea nahm die anderen beiden Silberfäden nacheinander in die Hand. Doch sie sah immer dasselbe.

»Was war das für ein Umhang?«, fragte Lennox Ben nun.

Ben war ganz blass. »Irgendwie sah er … mystisch aus. Aber ich hätte doch nie gedacht …« Er griff nach seinem Handy. »Ich rufe jetzt Onkel Oskar an. Der hat den Umhang schließlich mitgenommen. Vielleicht hat er ja was an ihm bemerkt.« Er wählte eine Nummer, dann fragte er etwas auf Englisch. Alea hatte in den vergangenen Wochen fleißig Englisch geübt, da eine Seefahrerin diese Sprache dringend beherrschen musste. Sie verstand, dass Ben sich erkundigte, ob sein Onkel in der Nähe sei. Kurz darauf legte Ben auf. »Das war einer der Mönche.

Oskar befindet sich in Meditation.« Er ließ den Kopf in die Hände sinken. »Das gibt's doch gar nicht!«, murmelte er. »Das Ding war magisch! Wenn ich das geahnt hätte …«

Sammy konnte die Sache offenbar ebenfalls kaum fassen. »Wir hatten einen magischen Umhang an Bord!«, stieß er hervor. »Lange, bevor Alea zu uns kam! Wir hatten vorher schon mit magischen Sachen zu tun!«

»Ich glaube, so etwas kommt wahrscheinlich häufiger vor, als man denkt«, sagte Lennox. »Aber Landgänger merken wohl meistens gar nicht, dass sie etwas Magischem begegnet sind.«

Diese Bemerkung schien Sammy nicht zu gefallen. »Vielleicht war es auch Schicksal, dass wir den Umhang gefunden haben!«

Tess rieb sich die Schläfen. »Wie funktioniert das?«, fragte sie mit Blick auf den Silberfaden. »Wie kann denn die Zukunft in so einem winzigen Ding stecken – und dann auch noch in deinem Kopf angezeigt werden?«

»Das ist eben Magie«, erklärte Sammy.

»Ob man wohl mehr als nur ein paar Bilder sieht, wenn man den ganzen Umhang anzieht?«, fragte Alea und merkte, dass ihr diese Vorstellung ein wenig Angst machte. Die Bilder waren einfach erschreckend gewesen.

»Das könnte sein«, erwiderte Lennox. »Wir müssen das unbedingt versuchen. Aber wie kommen wir an den Umhang? Könnte Oskar ihn mit der Post schicken?«

»Wie ich Onkel Oskar kenne, hat er ihn wahrscheinlich

längst verkauft.« Ben seufzte. »Die Flusen sind bestimmt das Einzige, was davon übrig ist.«

»Sie sind wirklich ein Schatz«, sagte Sammy. »Mein Schatz!«

Alea fuhr hoch. »Das ist es!«, rief sie, und Tess zuckte erschrocken zusammen. »Sammy, dein Bandenname!«

»Was ist damit?«

»*Draco* – der Drache!«

»Ja?«

»Der Drache ist der Wächter eines Schatzes!«

Sammy entgleisten alle Gesichtszüge. »Das stimmt!«, sagte er. Dann lauter: »Das stimmt!« Nun schrie er fast. »Das hier ist ein richtiger, echter, magischer Schatz! Und ich bin sein Wächter! Sein schicksalhafter Wächter …« Er schien so beeindruckt, dass er nicht weitersprechen konnte.

Diesmal stöhnten Tess und Ben gleichzeitig. Alea ahnte, was sie dachten: Gestern erst war Sammy noch davon überzeugt gewesen, bei der Zeitenwende eine wichtige Rolle zu spielen – was ihm Alea mittlerweile hatte ausreden können. Und nun glaubte Sammy, dass er zum Wächter eines magischen Schatzes erkoren war. Tess und Ben schüttelten nur die Köpfe. Doch Alea stöhnte nicht mit und verdrehte auch nicht die Augen. Denn diesmal war es nicht aus der Luft gegriffen, dies zu glauben. Im Gegenteil. Sammy hatte jeden Grund dazu.

Geisternetz

In dieser Nacht hatte Tess Wache, und Alea zog sich früh in die Mädchenkabine zurück, um nichts weiter zu tun, als aus dem Bullauge zu starren und ganz in Ruhe zu grübeln. Als sie eine Stunde später das Licht ausgeknipst hatte, öffnete sich die Tür. Sammy schlüpfte in die Kajüte. »Darf ich zu dir ins Bett?«, fragte er. »Ich kann nicht schlafen.«

»Ja, komm her.« Alea hob ihre Decke für ihn an.

Sammy kuschelte sich eng an sie, und Alea deckte ihn gut zu. Es war kalt auf dem Nordatlantik.

»In meinem Gehirn sind so viele Gedanken, dass es sich anfühlt wie ein Ameisenhaufen«, sagte Sammy.

»Geht mir genauso.«

»Woran denkst du denn?«

»An alles! In den letzten Tagen ist so viel passiert …«

»Und an was hast du gedacht, als ich in die Kajüte reingekommen bin – genau in dem Moment?«

Alea überlegte kurz. »An meine Zwillingsschwester Anthea.« Seltsamerweise dachte sie öfter an Anthea als an ihren Vater oder an ihre verstorbene Mutter. Der Gedanke, mit Anthea Seite an Seite durchs Meer zu schwimmen, löste in Alea jedes Mal eine starke, träumerische Sehnsucht aus, die mit nichts anderem vergleichbar war. »Ich wünsche mir so sehr, dass ich auch Anthea eines Tages finde.«

»Auch?« Sammy schnalzte mit der Zunge. »Du gehst also davon aus, dass du deinen Vater finden wirst?«

Alea lächelte. Durch Sammys Nachfrage wurde ihr erst klar, dass sie das wohl tat. »Ja, irgendwie schon. Seit ein paar Tagen habe ich so ein Gefühl ... als ob er immer näher kommt.«

»Cool.« Sammy grinste. »Also, ich denke ja vor allem über meine Schlüsselrolle im Weltgeschehen nach.«

»Kein Wunder, dass sich dein Kopf komisch anfühlt«, neckte sie ihn und musste sich doch eingestehen, dass sie selbst immer öfter über ihre eigene Rolle im Weltgeschehen nachdachte. Die Hinweise darauf, dass an ihr irgendetwas besonders war, hatten sich mittlerweile gehäuft. Obwohl dieser Gedanke Alea immer noch widerstrebte, konnte sie die Augen nicht länger vor den Fakten verschließen. Eben erst war ihr eine Sache wieder eingefallen, die Artama ihr in Rach Turana eröffnet hatte und die nicht gerade Aleas Gewöhnlichkeit unterstrich: Alea war eine *Elvarion*. Das war ein schwieriges Wort, aber Alea hatte sich die Bedeutung genau gemerkt. In jeder Generation von Meermenschen wurden ein paar wenige Kinder geboren, die dazu bestimmt waren, andere anzuführen – Persönlichkeiten, die von klein auf gewisse Eigenschaften und Fähigkeiten besaßen. Alea hatte erst vor Kurzem eine dieser Gaben an sich entdeckt, als große Gefahr drohte: Sie konnte ihren Geist in einen Zustand absoluter Klarheit versetzen und auch in einer bedrohlichen Lage ruhig und überlegt bleiben …

»Kopfkino total!« Sammys Lachen unterbrach Aleas Nachsinnen. »Normalerweise esse ich Schokolade, wenn ich Nervennahrung brauche. Aber wir haben keine Schokolade mehr. Und keine Kekse! Ich werde also wahrscheinlich den Verstand verlieren.«

»Und dann stirbst du, bis du tot bist.«

Sie kicherten. »Vielleicht können wir ja, nachdem wir in Island deinen Vater gefunden und kennengelernt haben, nach Belgien segeln«, überlegte Sammy laut.

»Wieso? Was ist in Belgien?«

»In Brügge gibt es einen Laden, der hat die besten Waffeln der Welt. Er heißt *De Wafelfabriek*, und wenn du dort jemals Waffeln gegessen hast, weißt du, wie der Himmel schmeckt.« Sammy nickte, als wollte er sich selbst beipflichten. Dann gähnte er. »Da segeln wir mal hin, ja? Und dann esse ich von morgens bis abends Waffeln mit Sahne, mit Schokosoße, Bananensoße, Erdbeerlimettensoße und Krokantstreuseln und verliere nicht den Verstand, sondern bekomme stattdessen eine Superwampe.« Während er sprach, wurde seine Stimme immer leiser, und im nächsten Augenblick war er eingeschlafen.

Alea lächelte. Sammys Kopf lag auf ihrer Schulter. Wenn Sammy Lennox gewesen wäre, hätte ihr Herz jetzt wahrscheinlich kurz vor dem Kollaps gestanden. Aber Sammy war wie ein kleiner Bruder für sie, und es war einfach schön, ihn neben sich zu haben. Sie schloss die Augen und schlief ein.

Am darauffolgenden Morgen wachte sie neben Sammy auf. Er schlief tief und fest und klammerte sich noch immer wie ein Äffchen an sie. Vorsichtig löste Alea seinen Griff und kletterte aus dem Bett. Tess schlief auf der oberen Matratze des Stockbettes. Im Arm hatte sie ihr Akkordeon.

Rasch nahm Alea sich ein paar frische Anziehsachen und schlüpfte aus der Kajüte. Lennox' Schlafcouch im Salon war leer, er musste schon aufgestanden sein. Bevor Alea das kleine Bad betrat, das gegenüber der Küchennische lag, blickte sie aus einem der Bullaugen. Die bunten Farbverläufe des Meeres wogten einladend unter hellem Sonnenschein, und der Anblick brachte Aleas Fuß- und Handknubbel zum Kitzeln. Vor dem Duschen würde sie noch kurz schwimmen gehen. Sie wollte nur einmal schnell hineinspringen …

In Shorts und Unterhemd lief Alea an Deck. Im Meer war ihr noch nie kalt gewesen, und jeder Zentimeter Stoff störte beim Schwimmen sowieso nur. Sie warf einen Blick zum Deckshäuschen. Ben und Lennox hingen vor dem Radio und hörten gerade den Wetterbericht. Lennox schien mithilfe des Kompasses ihre Position zu bestimmen, und Ben trug etwas ins Logbuch ein.

Flugs kletterte Alea über die Reling und sprang ins Wasser. Sie genoss den kurzen Moment der Verwandlung, streckte wohlig die Glieder und bereitete sich darauf vor, gleich richtig loszuflitzen.

Doch bevor sie das tun konnte, spürte sie eine Erschütterung neben sich. Lennox! Er war ihr nachgesprungen. Zum Glück hatte er in den letzten Tagen jeden Morgen eine Tasse Rotfarntee getrunken, so war er gegen den Virus geschützt. Mit ein paar kräftigen Bewegungen schwamm er zu ihr herab und wies nach oben. Sie tauchten auf.

»Hallo«, sagte Lennox mit einem verschmitzten Lächeln. »Nimmst du mich mit? Ich will nicht noch mal so was wie einen Tasfaren verpassen. Draco schläft noch, oder?«

»Ja, er …«

»… hat letzte Nacht in deinem Bett geschlafen«, vollendete Lennox den Satz. »Ich hab's zufällig gesehen, als Tess ins Bett gegangen ist.«

Alea versuchte seine Miene und seinen Tonfall zu deuten. »Ja, er konnte nicht schlafen und … knuddelt gern.«

»Sag nicht so was!« Lennox verdrehte die Augen. »Aber ich weiß ja, wie schwer er abzuschütteln ist, wenn er sich einmal festgekuschelt hat. Diese Schmusezecke …«

Alea lächelte und war ein klein wenig verlegen.

»Dafür steht mir jetzt aber ein Exklusivausflug mit dir zu«, sagte Lennox. »Nur wir zwei, ja? *Lennlea* auf neuen Abenteuern!«

Alea lachte. »Ja, gern!« Sie konnte nicht verhindern, dass man ihr anhörte, wie sehr sie sich freute. Sie war so lange nicht mehr mit Lennox geschwommen!

»Ich würde gern mal so eine Nachrichtensäule sehen«, sagte er. »Meinst du, wir könnten eine suchen?«

Inzwischen waren sie schon zu weit gesegelt, um noch einmal zu der Säule zu gelangen, die sie zwei Tage zuvor entdeckt hatten. Womöglich gab es in diesem Gebiet jedoch auch solche Säulen. Vielleicht gab es sie überall im Meer?

»Ja, lass uns das machen!« Alea tauchte unter. »Finde-Finja!«, rief sie in die Weite der See hinein.

Sie warteten. Aber keine Finja erschien.

»Hm, in diesem Gebiet gibt es vielleicht keine«, vermutete Alea. »Wir könnten auch einfach auf eigene Faust zum Meeresgrund schwimmen und die Skorpionfische rufen.« Noch während sie dies vorschlug, bekam sie Zweifel, ob das eine gute Idee war. Lennox konnte zwar sehr viel länger die Luft anhalten als gewöhnliche Landgänger, aber der Meeresgrund lag hier bestimmt sehr tief.

Lennox zeigte ihr jedoch schon den hochgereckten Daumen. Er wollte es versuchen.

»Also los!« Alea schlug mit den Füßen aus wie ein Rennpferd, das es kaum erwarten konnte loszugaloppieren. Lennox grinste. Auch er schien endlich mal wieder richtig schwimmen zu wollen. Schon zischte Alea los. Lennox folgte ihr wie ein geölter Blitz – mit eng anliegenden Armen und wellenartigen Körperbewegungen. Aus der Entfernung war er bestimmt nicht von einem vollständigen Meermenschen zu unterscheiden. Zwar war Lennox durch seine fehlenden Schwimmhäute nicht so schnell wie Alea, aber es machte ihr nichts aus, ein klein wenig langsamer zu schwimmen.

Tiefer und tiefer ging es, bis Alea auf einmal Umrisse am Meeresgrund erkennen konnte. Sie stutzte. Was war das? Als sie näher kamen, blieb ihr fast das Herz stehen. Da waren Dächer, Türme und Mauern! Dort unten befanden sich Ruinen!

»Da!«, wollte sie rufen, aber es klang eher wie ein Fiepen. »Da unten ist eine alte Stadt! Guck dir das an, Lennox! Überall sind Skorpionfische, sie haben sich für uns erhoben! Sie enttarnen gerade eine ganze Stadt!« Aufgeregt drehte Alea sich zu Lennox um und merkte, dass er nicht mehr hinter ihr schwamm. Er war ein Stück über ihr zurückgeblieben und wies hektisch auf seine Brust. Alea verstand. Er hatte keine Luft mehr. Wie lange waren sie schon unter Wasser? Acht Minuten? Zehn Minuten? Länger ging es wohl nicht.

Es fiel Alea schwer, sich von der Ruinenstadt loszureißen. Wie gern wäre sie jetzt dorthin geschwommen und hätte sie erkundet! Doch sie und Lennox kehrten gemeinsam zur Oberfläche zurück und tauchten auf.

Lennox rang lautstark nach Luft. »Verflucht, ich dachte, ich schaff das«, japste er. »Das da unten war eine Stadt!«

»Ja«, erwiderte Alea aufgeregt. »Hol dir doch eine Taucherausrüstung. Dann gehen wir noch mal runter.«

Lennox nickte. »Ja, das muss ich wohl machen, wenn ich mit dir mithalten will.«

Bevor Alea ihm antworten konnte, hörte sie auf einmal

ein Geräusch. Es war ein hoher, qualvoller Ton, der sie zusammenfahren ließ. »Das ist ein Wal!«, rief Alea. Es bestand gar kein Zweifel. »Er steckt in Schwierigkeiten!« Sie wusste nicht, woran sie das hörte, aber es war für sie sofort klar.

Der Schrei erklang erneut, verzweifelt und voller Angst. »Wo ist der Wal?« Hektisch legte sie den Kopf schief und versuchte zu hören, wo der Ruf herkam. Alles in ihr war wie aufgescheucht. Sie musste dem Wal helfen! Sie *musste*.

»Er …« Lennox drehte sich hastig um die eigene Achse. »Keine Ahnung!«

Plötzlich tauchte etwas neben ihnen im Wasser auf. Alea erschrak so sehr, dass sie sich verschluckte und husten musste. Es war kein Wal. Es war etwas anderes.

Neben ihnen schwamm ein übergroßes Gesicht im Wasser – ein Kopf mit riesenhaften bernsteinfarbenen Augen. Der Kopf war so groß, wie Alea lang war!

Lennox machte einen Hechtsprung nach vorn und warf sich vor Alea. Gleichzeitig schob sich der riesige Kopf aus dem Wasser, und der Körper des Wesens wurde sichtbar. Es war eine Art Schlange – eine gigantisch große Schlange, die sich wie eine Kobra aus dem Wasser erhob und mit ihren leuchtenden Augen auf sie herabblickte.

»Meereskinder!«, erklang die hallende Stimme der Schlange, und ihre tiefblauen, glitzernden Schuppen klirrten bei jeder Bewegung wie tausend Glasstücke, die aneinanderstießen. »Was tut ihr hier?« Das Wesen wirkte mehr als erstaunt.

»Wir sind … Überlebende«, stammelte Alea und warf einen hastigen Blick auf die Wasserfarben und -formen des Wesens. Rosafarbene Tupfer. Dunkelblaue Schatten. Olivgrüne Tropfen. Es wollte ihnen nichts Böses. Aber es machte sich Sorgen.

Lennox fragte: »Was bist du?«

»Ich bin ein Seh-Saffier«, antwortete das Schlangenwesen. Dann schaute es Alea mit seinen wagenradgroßen Bernsteinaugen an, die nicht auf sie, sondern in sie hinein zu blicken schienen. »Walwanderin! Du kommst wie gerufen. Folge mir, schnell!«

Alea war sicher, dass der Seh-Saffier sie zu dem rufenden Wal führen würde. Augenblicklich setzte sie sich in Bewegung und tauchte ab. Der Saffier folgte ihr. Unter Wasser konnte Alea ihn nun in Gänze erkennen. Sein wurmartiger Körper war mindestens sechs Meter lang, aber Alea entdeckte auch zahllose angewinkelte Beine. Er war gar keine Schlange, sondern eher ein geheimnisvoll funkelnder, überdimensionaler Tausendfüßler! Doch was immer er auch war, seine magische Herkunft stand außer Frage.

Der Seh-Saffier schwamm mit enorm hoher Geschwindigkeit voraus, und Alea und Lennox versuchten ihm zu folgen. Lennox blieb zuerst zurück, wenig später Alea. Auch für sie war der Saffier zu schnell. Wie ein glitzernder blauer Pfeil schoss er durchs Wasser. Als er jedoch bemerkte, dass sein Tempo zu hoch war, wurde er langsamer. Alea bemühte sich nun nach Kräften mitzuhalten. Die verzweifelten Rufe des Wals trieben sie an. Was um

Himmels willen war nur mit ihm los, dass er so schrie? Etwas Furchtbares musste passiert sein.

In der Ferne entdeckte Alea ein riesiges Fangnetz. Wie ein geisterhaftes Spinnengewebe hing es zwischen zwei gewaltigen Unterwasserriffen fest.

Und dann sah sie den großen Schatten. Etwas hatte sich in dem Netz verfangen! Etwas sehr Großes. Ein Buckelwal! Aleas Herz krampfte sich zusammen. Dieser Wal war es, der um Hilfe gerufen hatte. Er schrie in Todesangst, denn die Maschen des Netzes lagen so eng um seinen Körper, dass er sich kaum noch bewegen konnte. Es war unmöglich für ihn, an die Oberfläche zu schwimmen, um zu atmen!

Alea hätte am liebsten laut aufgeschrien. Sie wusste, dass Wale bis zu neunzig Minuten lang die Luft anhalten konnten – aber wie lange war der Buckelwal schon in diesem Netz gefangen? Sein verzweifeltes Rufen musste bedeuten, dass ihm nur noch wenig Zeit blieb.

Alea schwamm, so schnell sie konnte. Als sie sich näherte, sah sie, dass sich neben dem Wal zwei weitere Seh-Saffiere befanden. Sie waren ebenso lang wie der, dem Alea folgte, funkelten in einem genauso tiefen, gläsernen Blau und hatten ebenfalls helle, rätselhaft leuchtende Bernsteinaugen. Wenn Alea mehr Zeit gehabt hätte, wäre sie wahrscheinlich vor Staunen erstarrt und hätte diese Wesen einfach nur angegafft. Aber sie hatte keine Zeit.

Der Buckelwal wand sich verzweifelt. Er war sogar noch ein ganzes Stück größer als die Saffiere, fast doppelt so groß. Ein hilfloser Gigant der Meere. Wie von Sinnen zappelte er in dem engmaschigen Netz, aber außer wirbelnden Stoßwellen vermochte sein Kampf nichts zu bewirken.

Nun hatte Alea ihn endlich erreicht. Der Wal stieß einen herzzerreißenden Laut aus. Fast klang es, als wäre er froh, dass ihm eine Walwanderin zu Hilfe geeilt war. Alea legte ihre Hand auf seine bebende Haut. Was konnte sie nur tun?

Sie merkte, dass die Saffiere sie durchdringend anschauten, so durchdringend, als durchleuchteten sie Alea und sähen alles – sämtliche Gefühlsregungen, die sie jemals in ihrem Leben empfunden hatte und die vielleicht allesamt in ihrem Herzen verzeichnet waren.

»Wie ist es möglich, dass du dich im Wasser aufhalten kannst?«, fragte einer der Saffiere.

»Das ist jetzt nicht wichtig«, sagte der Saffier, der sie hergeführt hatte, während er neben die anderen beiden schwamm. »Sie ist eine Elvarion.«

Alea stutzte. »Woher wisst ihr, dass ich eine Elvarion bin?«, wunderte sie sich. Artama hatte ihr das nicht direkt angesehen.

Einer der Saffiere antwortete: »Wir Seh-Saffiere sehen mehr als andere.«

Daran zweifelte Alea keine Sekunde. Allerdings konnte sie jetzt nicht weiter darüber nachdenken. Der Buckelwal brauchte sofort Hilfe!

»Was sollen wir tun?«, fragte der dritte Seh-Saffier Alea

nun. Die Saffiere schienen keinen Zweifel daran zu haben, dass die Elvarion die Lösung kannte. Aber das stimmte gar nicht! Sie hatte keine Ahnung, was zu tun war!

Der Wal schrie erneut so angsterfüllt und flehend, dass Aleas Herz sich krümmte.

Sie schloss die Augen. »Mach schon!«, wisperte sie und meinte damit sich selbst. Sie brauchte jetzt dringend die Elvarion-Stärke. »Komm!«, rief Alea.

Und sie kam.

Alea fühlte, wie ihr Herzschlag sich beruhigte und ihre wild herumspringenden Gedanken sich ordneten. In ihrem Kopf existierte mit einem Mal nur noch das Problem – und durch die Konzentration darauf erkannte sie einen Ausweg.

»Schwimmt zu der Ruinenstadt«, wies sie die Seh-Saffiere an. »Sucht nach einem Werkzeug – einer Sense, einem Messer oder so etwas. Bringt es her!« Die Saffiere waren viel schneller als sie. Wenn jemand es schaffte, rechtzeitig etwas Nützliches aus der Stadt heraufzuholen, dann sie.

Während die Seh-Saffiere blitzschnell davonsurrten, erreichte endlich auch Lennox den Buckelwal und Alea. Sein Gesichtsausdruck verriet ihr, wie angespannt er war.

»Tut mir leid«, sagte sie. »Ich konnte einfach nicht warten.«

Lennox wies auf seine Brust und schwamm zur Oberfläche.

Gern wäre Alea ihm gefolgt, aber der Wal brauchte sie

dringender. Mit beiden Armen versuchte sie ihn festzuhalten, als könnte es ihn irgendwie trösten, dass ein winziger Meermensch an ihm hing. Doch tatsächlich wurden seine Bewegungen langsamer. Ein tieftrauriger Ton entrang sich seiner Brust, und um seinen Körper wirbelten grell orangefarbene Strudel. Er hatte Angst.

Alea lehnte ihre Stirn gegen seine Haut. Am liebsten hätte sie ihm gesagt, dass alles gut werden würde. Aber dessen war sie sich nicht sicher.

Lennox kam zurück, und gleich darauf schossen die drei Seh-Saffiere heran. Zwischen den schmalen Lippen trug einer von ihnen mit aller Sorgfalt etwas sehr Kleines – eine hellbraune Kugel. Sie sah aus wie eine leicht eingedrückte Marzipankartoffel.

»Eine Sengbohne!«, rief Alea.

»Wir haben auf die Schnelle nichts anderes finden können«, erklärte einer der anderen Seh-Saffiere.

»In Ordnung. Damit wird es bestimmt gehen«, sagte Alea. Sengbohnen produzierten so etwas wie flüssiges Feuer, das die Meermenschen vor allem dazu genutzt hatten, Unrat und Müll zu entsorgen. Aber dieses Netz konnte man damit gewiss auch gut durchtrennen. »Macht schon! Los!«

Erstaunt blickten die Saffiere Alea an. »Wir können die Sengbohne nicht benutzen«, sagte einer von ihnen. »Nur Meermenschen können das.«

Alea spürte, wie ihr die Beine schwach wurden. Sie sollte die Bohne anwenden? Bisher hatte sie mit ihrer eigenen eher herumgespielt, als ihre volle Kraft zu nutzen. Und seit Artama sie vor der zerstörerischen Wirkung dieser kleinen Kugeln gewarnt hatte, hatte Alea ihre überhaupt nicht mehr zur Hand genommen.

»Kennst du dich denn mit Sengbohnen nicht aus?«, wollte einer der Saffiere wissen, und man hörte seine Besorgnis deutlich heraus. »Sag mir: Kannst du damit umgehen?«

»Nein.« Alea ballte die Hände zu Fäusten. »Das werde ich jetzt aber müssen.« Sie streckte die Hand nach der Sengbohne aus, und der Seh-Saffier, der sie zwischen den Lippen trug, ließ sie zögernd los. Alea erhaschte sie.

Gleich darauf war Lennox vor ihr und schüttelte heftig den Kopf. Er wusste ebenfalls, wie gefährlich diese Bohnen waren, und machte hastige Zeichen. Was wollte er ihr sagen?

Alea verstand ihn nicht, aber sie hatte keine Zeit, um zu diskutieren. Für den Wal ging es um jede Sekunde. Entschlossen griff sie nach einem Stück des engen Netzes und zog es so weit wie möglich von dem Wal fort. Dann rieb sie mit dem Daumen über die Unterseite der Sengbohne. Sofort quoll flüssiges grünes Feuer aus ihr hervor, das sich abwartend zu sammeln schien.

Alea sah aus dem Augenwinkel, wie Lennox wild herumfuchtelte und dann die Hände über dem Kopf zusammenschlug. Wenn jetzt irgendetwas schiefging, würden sie alle pulverisiert werden – der Wal, die Saffiere, Lennox und sie selbst.

»Alle weg!«, rief sie und verspürte selbst keinerlei Angst. Stattdessen nahm sie alles in absoluter Deutlichkeit wahr, und ihr Kopf arbeitete präzise und ruhig. Artama hatte gesagt, dass das Feuer der Sengbohne die Macht hatte, Dinge verglühen zu lassen. Und so musste Alea sie benutzen – als eine Waffe, die mithilfe von großer Hitze Dinge verschwinden ließ.

Alea richtete das Feuer der Sengbohne auf das äußerste Stück des Netzes. Dann drückte sie auf die Kugel, als ob sie einen Revolver abfeuern würde, und zog gleichzeitig ihre Hand zurück.

Es war eine Sache von Millisekunden. Das grüne Feuer der Sengbohne schoss in einem scharfen Strahl vor und schien das äußere Stück des Netzes regelrecht aufzufressen. Das Wasser drum herum zischte und köchelte, und gleich darauf spürte Alea die Hitze auf ihren Körper treffen. Instinktiv hielt sie sich die Arme vors Gesicht. Auch der Wal gab einen spitzen Ton von sich.

Lennox, der sich nicht entfernt hatte, zog Alea rasch ein Stück zurück. Doch es war sowieso schon alles passiert. In dem Fangnetz war ein Loch! Der Wal bemerkte es und begann sich nun so heftig zu winden, dass das Loch weiter aufriss und mit jeder seiner Bewegungen größer wurde. Und dann war er frei. Mit einem lauten Triumphschrei schüttelte der Wal das Fangnetz ab und schoss zur Wasseroberfläche hinauf. Dort sprang er in einem hohen Bogen aus dem Wasser, holte keuchend Luft und krachte wieder hinein. Die Druckwelle katapultierte Alea und

Lennox nach unten, aber Alea lachte. Der Wal war gerettet!

Strahlend suchte sie nach den Seh-Saffieren, doch sie waren bereits fort – verschwunden wie ein funkelblauer Spuk aus einem wirren Traum.

Alea und Lennox schwammen an die Oberfläche. Lennox atmete tief durch, und Alea schaute dem Wal zu, der in einiger Entfernung in übermütiger Freude immer wieder aus dem Wasser schnellte und tollkühne Schrauben in der Luft drehte. So sah es also aus, wenn ein Wal froh war, am Leben zu sein.

»Bist du verletzt?«, fragte Lennox. »Hast du dich verbrannt?«

Alea untersuchte ihre Haut. »Nein, alles okay. Bei dir auch?«

Lennox nickte verkniffen. »Glückwunsch«, sagte er dann mit einem ärgerlichen Unterton in seiner Stimme. »Du hast dem Wal echt toll geholfen.«

»Was ist los?«

»Nichts«, antwortete Lennox mit einer Miene, die verriet, dass durchaus etwas los war. »Nur, dass du bei dieser heldenhaften Aktion hättest draufgehen können!« Seine Stimme wurde lauter. »Warum hast du nicht *mich* die Sengbohne abfeuern lassen? Warum musstest du das unbedingt selbst machen?«

Das hatte er ihr also sagen wollen, als er vorhin so herumgefuchtelt hatte! Er hätte sich lieber selbst in Lebensgefahr gebracht, als Alea einem Risiko auszusetzen. Und sie hatte ihn nicht gelassen. »Tut mir leid, aber …« Alea sprach nicht weiter. Sie konnte ihm jetzt, da er ohnehin schon verärgert war, doch nicht sagen, dass sie durch ihre Elvarion-Stärke garantiert viel bessere Nerven gehabt hatte als er. Und die hatte sie auch gebraucht, denn sie hatte deutlich gefühlt, dass ein falscher Druck auf die Sengbohne eine regelrechte Bombenexplosion hätte auslösen können.

»Ist ja egal«, stieß Lennox wütend hervor. »Du machst sowieso, was du willst.« Damit drehte er sich um und schwamm mit schnellen Kraulbewegungen in Richtung der *Crucis*, die weit entfernt auf den Wellen zu erkennen war.

Alea starrte ihm sprachlos nach. Er war sauer auf sie. Weil sie einem Wal geholfen hatte! Verstand er denn nicht, dass es in ihrem Wesen lag, Walen zu helfen? Dass sie gar nicht anders konnte?

Alea sah Lennox untertauchen. Sollte sie ihm nachschwimmen und mit ihm reden? Bei dieser Vorstellung regte sich Trotz in ihr. Sie hatte nichts falsch gemacht, und wenn Lennox wegen einer Sache böse auf sie war, die sie nicht ändern konnte, dann war das sein Problem.

Sie wandte sich wieder dem Wal zu, der noch immer durch die Fluten preschte. Als sie gerade zu ihm schwimmen wollte, hörte sie andere Walstimmen. Rufe. Gleich darauf tauchte ein halbes Dutzend weiterer Buckelwale neben dem ersten auf. Sie grüßten ihn mit pfeifenden, hohen Tönen, die Alea angenehm durch den Körper fuhren.

Der Wal wurde wieder im Kreis seiner Familie willkommen geheißen. Ein Gemisch aus tanzenden rosafarbenen und goldgelben Bläschen rieselte durch die Gischt. Die Wale waren glücklich.

Jetzt entdeckten sie Alea. Mit durchdringendem Ruf schwammen sie zu ihr herüber, umkreisten sie und stießen sie behutsam an.

»Hallo!« Alea streichelte einen nach dem anderen, so gut sie es vermochte. Diese Tiere waren gewaltig groß! Alea machte sich aber keine Sorgen darüber, von ihnen verletzt zu werden. »Ihr habt ewig keine Walwanderin mehr gesehen, was?«, fragte sie, obwohl die Wale sie wahrscheinlich nicht verstanden. Aber das machte nichts. Alea war so froh, sich inmitten dieser majestätischen Tiere zu befinden, dass die Freude nur so aus ihr herausplatzte. »Darf ich mit euch schwimmen?«, fragte sie übermütig. »Nehmt ihr mich ein Stück mit?«

Da schob sich der Wal, den Alea aus dem Fangnetz befreit hatte, vorsichtig unter sie, und plötzlich ritt sie auf ihm. Ein erstaunter Jauchzer entfuhr ihr.

Der Wal sprühte eine hohe Wasserfontäne in die Luft, deren Schaum wie ein sanfter Regen auf Alea niederprasselte. Sie lachte. Sie lachte lauthals und aus vollem Herzen.

Dann tauchte der Wal ab und jagte mit seiner Reiterin auf dem Rücken in die Tiefe, dicht gefolgt von seiner Familie, die in einem ausgelassenen Freudentanz über und unter ihnen hinwegpreschte. Alea vergaß Raum und Zeit. Sie war bei den Walen. Und das war alles, was zählte.

Walritt

Alea befand sich in einer Art Glückstaumel. Sie ritt auf jedem einzelnen der Buckelwale, hängte sich an ihre Finnen und ließ sich ziehen. Es fühlte sich für sie an, als wäre sie vollständig in ihrem Element und genau dort, wo sie sein sollte.

Als die Wale zum wiederholten Mal an die Oberfläche zurückkehrten und verspielt durch die Wellen stürmten, stellte Alea flüchtig fest, dass die Sonne bereits unterging. Kurz fragte sie sich, ob sie etwa den ganzen Tag bei den Walen verbracht hatte, dann ignorierte sie die zunehmende Dunkelheit wieder. Sie wollte weiterschwimmen, für immer mit den Walen weiterschwimmen.

Es war schon fast dunkel, da wurde Alea schwindelig. Immer wieder verschwamm alles vor ihren Augen, und sie konnte nicht mehr sagen, wo oben und wo unten war. Hastig schüttelte sie sich, um den Schwindel zu vertreiben, aber es klappte nicht.

Irgendwo in ihrem Kopf schlug etwas Alarm.

Angestrengt blickte Alea sich um. Wo war sie eigentlich? Da erkannte sie weit entfernt ein Schiff, winzig klein am flammend roten Abendhorizont. Es war ein Einmaster mit zwei Segeln. Dunkel erinnerte Alea sich, dass das Schiff den ganzen Tag über in ihrer Nähe gesegelt war. Oder hinter ihr hergesegelt war? Folgte es ihr etwa? Und wenn ja, warum? Alea griff sich an die Schläfe. In ihrem Kopf fühlte sich alles dumpf an, als wäre ihr Gehirn in Watte gepackt. Sie schaute wieder zu dem Boot. Der Anblick löste irgendetwas in ihr aus. Etwas wie Heimweh.

War das … Ja, es war die *Crucis*! Sie folgte ihr. Aber wieso tat sie das? Kurzerhand verpasste sich Alea selbst eine Ohrfeige. Sie musste diese glückselige Trägheit aus ihrem Kopf vertreiben! Und auf einmal begriff sie.

Alea lief es kalt den Rücken herunter. Sie war stundenlang mit den Walen geschwommen – und hatte sie nie wieder verlassen wollen! So etwas war schon einmal passiert! Wenigstens fast. Vor wenigen Wochen wäre sie beinahe mit ein paar Walen davongezogen. Ben, Tess und Sammy hatten später gesagt, Alea habe gewirkt, als wäre sie hypnotisiert gewesen. War das heute wieder geschehen?

Sie glitt von dem Wal, auf dem sie gerade ritt, ließ die Walfamilie weiterschwimmen und sich selbst zurückfallen. Die Tiere bemerkten es und kehrten verwundert zu ihr zurück.

»Ich kann nicht länger mit euch kommen«, stieß Alea hervor. »Ihr könnt bestimmt nichts dafür, aber es ist gefährlich für mich.« Das schien tatsächlich so zu sein, und es verwirrte Alea. Wie war es möglich, dass Wale für sie eine Gefahr darstellten? Sie war doch eine Walwanderin, und es war die Aufgabe der Walwanderer, diese Tiere auf ihren Reisen durch die Ozeane zu begleiten. Wieso setzte dabei ihr Verstand derart aus? Sollte sie jedes Mal, wenn sie mit Walen loszog, in solch ein Fieber verfallen, durfte sie nie wieder mit ihnen schwimmen! Hatte sie irgendetwas falsch gemacht? Plötzlich kam tiefe Traurigkeit in ihr hoch. Mehr denn je wünschte Alea sich, ihre Eltern wären hier, um ihr zu erklären, wie sie ihre Aufgabe als Walwanderin eigentlich erfüllen konnte.

Die Wale schienen nun zu begreifen, dass Alea ihnen nicht mehr folgen wollte. Sie stießen lange Töne hervor und schwammen im Kreis um sie herum.

Alea musste all ihre Willenskraft aufbringen, um sich abzuwenden. Aber sie tat es. Die *Crucis* wartete auf sie.

Die Wale blickten ihr lange nach, aber schließlich drehten sie ihrerseits ab und entfernten sich zögerlich.

Als Alea auf halbem Weg zum Schiff war, bemerkte sie, dass Lennox ihr im Wasser entgegenkam. Sobald er sie entdeckte, stieß er einen regelrechten Schrei aus und schwamm so schnell er konnte zu ihr. Sie tauchten auf.

»Alea! Mein Gott!« Sie sah, dass Lennox Tränen in den Augen hatte, und fühlte sich sofort schuldig. »Ich habe den ganzen Tag versucht dich zu erreichen!«, brach es aus ihm heraus. »Aber die Wale waren zu schnell für mich.« Er war völlig aufgelöst. »Alea, du warst wie weggetreten!

Hast du die *Crucis* denn nicht gesehen? Ben ist stundenlang wie ein Wahnsinniger hinter dir und den Walen hergesegelt!«

Alea bekam einen Kloß im Hals. »Ich habe das Schiff gerade eben erst bemerkt.«

»Ich dachte, ich verliere dich ...«

»Es tut mir leid«, flüsterte sie, und das tat es wirklich.

»Ich hätte dich nicht mit dem Wal allein lassen dürfen«, schimpfte er mit sich selbst. »Was war ich für ein Idiot!«

»Du kannst nicht immer auf mich aufpassen«, versuchte Alea ihn zu beruhigen und merkte zu spät, dass ihre Worte ihn lediglich mit der Nase darauf stießen, dass er sie nicht so beschützen konnte, wie er gern wollte.

»Nein, das kann ich wohl nicht«, sagte Lennox düster. Dann schwamm er los. »Wir müssen zum Schiff«, rief er über seine Schulter zurück.

Alea folgte ihm beklommen.

Als sie die *Crucis* erreichten, warteten Ben, Tess und Sammy schon an der Reling auf sie und schrien durcheinander.

Sammy war käsebleich.

»Um Himmels willen, Alea!«, gellte Ben.

Tess streckte ihr die Hand entgegen. »Komm hoch!«

Alea kletterte hinter Lennox die Außenleiter hoch. Als sich ihre Schwimmhäute zurückzogen und wieder zu Knubbeln wurden, merkte sie erst, wie müde sie war. Hundemüde.

Tess half ihr über die Reling, und sofort stürzten auch

die anderen zu ihr. »Alea!« Ben nahm sie bei den Schultern. »Du warst hypnotisiert von den Walen, oder?«

Beschämt nickte Alea.

»Hat Scorpio dich da rausgeholt?«, fragte Sammy.

Da schnaufte Lennox. Eigentlich war es eher ein Knurren. Mit wütenden Schritten stapfte er zur Bordtür, stürmte hindurch und knallte sie hinter sich zu.

»Dann hat er dich wohl nicht da rausgeholt«, schlussfolgerte Tess. Sie seufzte. »Ich mach dir erst mal einen heißen Tee, und bei der Gelegenheit hol ich dir auch trockene Sachen von unten. Vielleicht gehst du besser nicht selbst runter.«

Alea ließ sich auf den Planken nieder. Sammy setzte sich neben sie und nahm sie wortlos in den Arm. Alea zitterte am ganzen Körper.

Als Tess wenig später mit einer Tasse dampfendem Tee, einem Handtuch und frischen Sachen hochkam, sagte sie nur: »Scorpio spielt Gitarre. Und zwar so, als wollte er sie kaputtschrammeln.«

Alea konnte irgendwie verstehen, dass Lennox frustriert war, obwohl es sie auch traurig machte. Wortlos zog sie sich im Deckshäuschen um, trank den Tee und ließ sich von Ben in eine warme Wolldecke einwickeln. Keine halbe Stunde später schlief sie auf der Sitzbank am Heck ein.

Als Alea am nächsten Morgen erwachte, tat ihr alles weh. Die Sitzbank war härter als gedacht. Oder hatte sie vielleicht Muskelkater von dem irren Walritt? Sie rieb sich die schmerzenden Glieder und sah sich um. Sammy stand im Deckshäuschen am Steuerrad, hörte über Kopfhörer Musik und wandte ihr den Rücken zu.

»Hey«, erklang es von backbord. Es war Tess. Sie hatte mit ihrem Akkordeon an der Reling gesessen und kam nun zu ihr. »Wie geht es dir?«

»Mittelprächtig«, antwortete Alea und lachte rau. »Ich glaube, ich hab mich gestern total verausgabt.«

»Willst du darüber reden?« Tess setzte sich zu ihr. »Das mit den Walen war echt unheimlich.«

»Wieso?«

»Manchmal sind wir mit dem Schiff ziemlich nah an dir und den Walen dran gewesen und haben so laut geschrien, wie wir konnten. Du hättest uns eigentlich hören müssen, aber du hattest nur dieses … wie kann man das sagen … Seligenlächeln im Gesicht und hast uns überhaupt nicht bemerkt. Du warst irgendwie gar nicht richtig da. Voll gruselig!« Tess rubbelte sich die Arme, als hätte sie eine Gänsehaut. »Aber wieso meinst du, du hättest dich verausgabt? Du bist ja die meiste Zeit auf den Walen geritten! Wenn sich einer verausgabt hat, dann Scorpio. Er ist den ganzen Tag lang hinter dir und den Walen hergeschwommen.«

Alea dachte an die beiden unschönen Szenen zwischen ihr und Lennox. »Es tut mir wirklich leid für ihn, dass er gestern nicht mein strahlender Held sein konnte. Er –« Sie brach ab. Es fühlte sich merkwürdigerweise immer noch so an, als wäre es keine gute Idee, mit Tess über Lennox zu sprechen. Alea schob das Gefühl aber beiseite, denn sie wollte ihre Gedanken mit Tess teilen. »Ich glaube, Lennox hat vor Frust richtig gekocht.«

»Glaub ich auch.«

»Das ist irgendwie … nicht richtig.« Alea zog die Wolldecke enger um sich und verfiel in grüblerische Gedanken. Das, was Lennox und sie verband, ging weit über diese Oblivionen-Bodyguard-Sache hinaus. Dennoch war es für ihn anscheinend schwer zu akzeptieren, dass er sie manchmal einfach nicht beschützen konnte.

Während Alea vor sich hin starrte, spielte Tess auf ihrem Akkordeon eine traurige Melodie.

»Was ist das für ein Lied?«, fragte Alea und riss sich von ihren Gedanken los.

»Das ist von mir.«

»Im Ernst? Du hast noch ein Lied geschrieben?«

»Ja, es ist allerdings noch nicht fertig. Ich habe bisher nur diese Melodie, aber noch keinen Text.« Tess lächelte. »Hilfst du mir, einen zu schreiben?«

Alea richtete sich kerzengerade auf. »Ich? Jetzt? Hier?«

Tess lachte. »Warum nicht?«

»Äh …« Aufgeregt rutschte Alea auf der Bank herum. »Wir können es ja mal versuchen …«

»Also, worüber sollen wir schreiben?«, fragte Tess. »Über deinen Bandennamen?«

Alea kratzte sich am Kopf. Die Melodie, die Tess spielte, klang wehmütig und sehnend. »Hmm …«, machte sie skeptisch.

Tess sah aus, als verstünde sie. »Also, generell schreibt man am besten über Gefühle, die man gerade hat«, erklärte sie. »Das ist dann am echtesten. Was geht gerade in dir vor?«

Alea zog die Stirn in Falten. Tausend Dinge gingen in ihr vor! Sie machte sich Gedanken um Lennox. Aber darüber wollte sie mit Tess kein Lied schreiben. Was beschäftigte sie sonst noch? Sie sorgte sich um Marianne, aber das war auch nichts für einen Song, ebenso wenig wie ihr missglückter Wal-Trosk. Eignete sich die Prophezeiung des Tasfaren? Die Silberfadenvisionen? Die alte Ruinenstadt, zu der sie nicht hatte schwimmen können?

Tess spielte weiterhin die Melodie. Alea schloss die Augen und ließ sie auf sich wirken. Sie fühlte sich an wie … vermissen. Es gab eine Person, die Alea schmerzlich vermisste, obwohl sie einander noch nie getroffen hatten. »Ich hätte da was …«, sagte sie scheu. »Das habe ich bisher aber noch niemandem erzählt, und es ist sehr persönlich.«

»Das werden immer die besten Texte!«, ermunterte Tess sie.

»Gut, also, vielleicht könnte man so was schreiben wie …« Alea vertiefte sich ganz in sich selbst. *»Nachts, wenn ich nicht schlafe, träume ich mich fort zu dir …«* Sie öffnete die Augen wieder.

Tess starrte sie elektrisiert an. Dann legte sie schnell das Akkordeon weg, zog einen Notizblock aus ihrer Jackentasche und kritzelte hinein. »Weiter!«, sagte sie dann. »Wie geht es weiter?«

Alea überlegte. Sie hatte schon immer gern gereimt, und Deutsch war mit ihrer einzigen Zwei auf dem Zeugnis ihr bestes Schulfach gewesen.

»Also …« Sie schob die Wörter in Gedanken ein wenig hin und her und sprach sie dann vor Tess aus. Danach feilte Tess mit ihr daran, bis der Text zur Melodie passte. Sie waren völlig versunken in ihr Tun, und nach einer Weile war das Lied fertig. Es hieß *Zu dir* und handelte von Aleas Sehnsucht nach Anthea und von der Ungewissheit ihrer Verbindung.

Zu dir

Nachts, wenn ich nicht schlafe, träume ich mich fort zu dir
Siehst du grad auch in die Sterne?
Ahnst du was, und spürst du mich?
Ich denk immerzu an dich
Doch vielleicht bleibt es für immer ein Traum
Gefangen zwischen Zeit und Raum

Zu dir, zu dir
Wird es je geschehen, wirst du bei mir sein?
Ich frag mich, bist du ohne mich nicht auch allein?
Und ich rufe dich: Fühlst du mich?

Tief in meinem Herzen ist 'ne weiße Stelle frei
Dorthin will ich was schreiben
Doch ich weiß nicht, ob das geht

Ob das Schicksal uns versteht
Kommen wir zusammen, dann wird jeder es sehen
Nichts kann zwischen uns zweien stehen …

»*Ahnst du was …*«, zitierte Tess mit bewegter Stimme. »Ich … weiß, wie das ist … wenn man sich fragt, ob jemand, den man mag, dasselbe fühlt.«

Alea horchte auf. Sprach Tess etwa von ihrer geheimen Liebe? Würde sie ihr jetzt endlich verraten, in wen sie verliebt war? »Das kann ganz schön doof sein, oder?«, tastete Alea sich vor.

»Ja …« Als Tess nun den Notizzettel zur Seite legte, zitterte ihre Hand. »Ich … hätte nicht gedacht, dass du auch …«, brachte sie hervor.

Alea runzelte leicht die Stirn. »… dass ich auch weiß, wie sich Sehnsucht anfühlt? Doch, natürlich, und zwar ganz schön stark. Aber das hab ich dir noch nie erzählt, oder?« Jetzt wurde ihr klar, dass sie mit Tess noch kein einziges Mal über Anthea gesprochen hatte, nicht einmal gerade eben während des Songschreibens. Sie hatten über viele Dinge nicht gesprochen. »Wegen Lennox war alles so komisch zwischen uns. Aber meine Gefühle sollen kein Geheimnis sein oder so.«

»Ich kann gar nicht glauben …«, stieß Tess hervor. »Alles in dem Lied ist wahr?«

Irritiert nickte Alea. Wieso berührte sie der Text dermaßen? Selbst wenn Tess ihn gut nachfühlen konnte, weil sie heimlich in jemanden verliebt war, verwunderte ihre

Reaktion Alea doch eher. Tess sah aus, als würde sie jeden Moment anfangen zu weinen!

Kurzerhand zog Alea Tess in ihre Arme. Was auch immer gerade in ihr vorging – eine Umarmung tat ihr bestimmt gut.

Tess hielt Alea ganz fest, aber dann machte sie sich von ihr los. »Ich hätte das nie gedacht …«, stammelte sie, und in ihren Augen glänzten Tränen. »Ich bin so froh. Überrascht froh!« Sie lachte kratzig. »Glücklich!«

Alea lächelte schief. Jetzt verstand sie gar nichts mehr.

Da lehnte Tess sich vor und blickte Alea mit strahlenden Augen an. Im nächsten Moment küsste sie sie.

Alea erstarrte. Sie wusste nicht, wie ihr geschah. Tess' Lippen lagen ganz zart auf ihren, und sie konnte spüren, dass Tess lächelte.

Einen Augenblick lang war Alea wie eingefroren. Dann wich sie hastig zurück und starrte Tess an. Sie war viel zu verblüfft, um etwas zu sagen, aber in ihrem Kopf überschlugen sich die Gedanken.

Sie war es! Sie selbst war es, in die Tess verliebt war!

Laut und zischend holte Alea Luft, während sie sich die Hand vor den Mund schlug.

»Was ist?«, fragte Tess. »Was ist los?«

Alea sprang auf. Das konnte doch nicht wahr sein!

Da sah sie etwas, was ihr Herz vor Schreck einen Schlag lang aussetzen ließ.

Lennox stand neben dem Deckshäuschen. Er sah sie fassungslos an. Er hatte doch wohl nicht …

O nein! Wie in Zeitlupe schüttelte Alea den Kopf. Lennox musste den Kuss gesehen haben! Seinem Gesichtsausdruck zufolge fiel er gerade aus allen Wolken. Er taumelte rückwärts.

»Lennox!«, rief Alea gellend.

Aber er drehte sich schon um und stolperte zum Bug, sprang über die Reling und verschwand im Meer.

Sammy, der am Ruder stand, nahm die Kopfhörer von den Ohren und drehte sich zu ihnen um. »Was geht denn hier ab?«, fragte er. »Was hab ich verpasst?«

Sie antworteten ihm nicht. Stattdessen stand Tess auf. In ihren Augen flackerte es. »Alea … ich«, stotterte sie. »Du hast doch gesagt … dass deine Gefühle für mich nicht länger ein Geheimnis sein sollen …« Sie sprach nicht weiter, denn sie schien Alea anzusehen, dass sie etwas missverstanden hatte.

»Der Text ist für Anthea«, erklärte Alea und zitterte inzwischen ebenso sehr wie Tess. »Ich sehne mich danach, mit meiner Schwester zusammen zu sein.«

Tess presste die Lider zusammen. Sie sah aus, als hätte Alea ihr gerade einen Dolch ins Herz gerammt. »O Gott …« Dann riss sie die Augen wieder auf. Verwirrt starrte sie Alea an. »Aber du hast doch gesagt, dass das mit Lennox irgendwie nicht richtig wäre! Gerade eben erst! Und dann hast du diesen Text geschrieben!«

Alea griff sich an den Kopf. »Ich meinte, dass Lennox und mich viel mehr verbindet als dieses Beschützerprogramm in ihm!«, machte sie klar. »Dass es nicht richtig ist, dass er es sich so zu Herzen nimmt, wenn er mal nicht auf mich aufpassen kann!«

Tess sank wieder auf die Sitzbank. »O Gott …«, wiederholte sie. »Ich habe dich komplett falsch verstanden.«

»Ja«, antwortete Alea leise. »Das hast du.«

Tess fiel regelrecht in sich zusammen. »Es tut mir leid.« Dicke Tränen rollten ihre Wangen hinab. »Ich hatte mir vorgenommen, es dir niemals zu sagen. Ich dachte, ich hätte sowieso keine Chance bei dir. Aber eben, als du …« Sie schluchzte. »Dieser Text! Ich habe wirklich gedacht, du würdest nachts heimlich von mir träumen …«

Alea setzte sich neben sie. Tess tat ihr furchtbar leid. Und es tat ihr leid, dass sie ihre Freundin derart enttäuschen musste. Aber sie war nun mal in Lennox verliebt, und für Tess hatte sie nie etwas anderes als Freundschaft empfunden. Nie wäre sie auf die Idee gekommen …

Alea hielt sich den Kopf. Sie fühlte sich, als wäre gerade ein Güterzug über sie hinweggerollt. Nun verstand sie, warum Tess damals gelogen und versucht hatte zu verhindern, dass sie mit Lennox zusammenkam.

Tess wischte sich mit dem Ärmel über die Wange. »Bitte lass uns einfach vergessen, was gerade passiert ist, ja?«

Alea schwieg. Wie sollte sie das vergessen?

Flehend blickte Tess sie an. »Lass uns einfach Freundinnen sein wie vorher. Bitte!«

Alea hatte keine Ahnung, ob das möglich war.

»Du brauchst wahrscheinlich erst mal Zeit, um …« Tess

fuhr sich nervös über die Dreadlocks. »Ich gehe besser.« Und damit eilte sie fort. Sie floh geradezu unter Deck.

Alea blieb sitzen und starrte ins Leere.

Was war denn da gerade geschehen? Und Lennox! Lennox musste die Situation völlig falsch verstanden haben!

»Auweia«, sagte Sammy, der den letzten Teil der Unterhaltung mitgehört hatte. »Das ist ja –«

»Jetzt nicht, Sammy!«, unterbrach Alea und stand auf. Sie entledigte sich ihrer Schuhe und ihres Pullis, sprang ins Meer und machte sich auf die Suche nach dem Jungen, in den sie von ganzem Herzen verliebt war.

Am Meeresgrund

Schnell schaute sich Alea im Wasser um. Konnte sie noch irgendwo Lennox' Spur entdecken? Jedes Wesen hinterließ eine Fährte im Wasser, die nur Wanderer sehen konnten. Doch die starke Strömung in diesem Teil der See hatte bereits alles verwischt. Wohin konnte Lennox verschwunden sein? Und was ging in ihm vor? Glaubte er wirklich, dass zwischen ihr und Tess etwas … lief? Sie merkte, dass ihr Tränen in die Augen schossen. Es war einfach nicht fair. Ihre Beziehung zu Lennox war auch so schon kompliziert genug. Bestimmt war er wütend. Suchte er aus Frust womöglich auf eigene Faust nach der alten Ruinenstadt? Dann war er ohne Taucherausrüstung in Gefahr!

Alea rief nach einer Finde-Finja, aber auch heute erschien keine. Dann musste sie Lennox eben selbst suchen. Mit kräftigen Bewegungen schwamm sie los und schrie seinen Namen. Doch ihre Suche war eigentlich lächerlich. Das hier war der Ozean. Eher würde sie eine Nadel im Heuhaufen finden.

Tiefer und tiefer tauchte Alea, und schließlich erreichte

sie den Meeresboden. Hier gab es immer die interessantesten Dinge zu entdecken, und das wusste auch Lennox. Aber würde seine Luft überhaupt ausreichen, um ganz herunterzugelangen? Falls ja, war es alles andere als ungefährlich, denn hier unten herrschte eine außergewöhnlich starke Strömung.

Suchend spähte Alea in alle Richtungen, da sah sie direkt vor sich im Wasser einen Skorpionfisch. Er blickte sie mit seinen hervorstehenden Augen an.

»Hallo«, sagte Alea, aber der Fisch ließ sich zu keiner Erwiderung herab.

Alea nahm etwas aus dem Augenwinkel wahr und drehte sich um. Neben ihr und hinter ihr tauchten ebenfalls Skorpionfische auf! Es waren Dutzende, und von ihren Körpern gingen weiße Strahlen aus. Gleich darauf erkannte Alea, was die Fische enttarnten.

Es war ein Haus: ein lang gezogenes, halbrundes Gebäude, das ein wenig an den Panzer einer Schildkröte erinnerte. An seinem Ostflügel ragte ein großes Windrad in die Höhe – oder vielmehr ein Wasserrad, das sich in der Strömung drehte.

»Was ist das für ein Haus? Ist das eine Mühle?«, fragte Alea die Skorpionfische.

Doch erneut antworteten sie nicht. Antworten waren wohl einfach nicht ihr Ding. Aber zumindest enthüllten sie dieses Gebäude von sich aus für Alea. Es schien, als gäben die Skorpionfische ihre Geheimnisse nur dann unaufgefordert preis, wenn ausschließlich Meermenschen zu ihnen kamen. Waren auch Landgänger anwesend, ließen sie offensichtlich lieber Vorsicht walten.

Alea war nun hin- und hergerissen. Sollte sie weiter nach Lennox suchen, oder konnte sie sich kurz diese Ruine anschauen? Sie schwamm hinüber. Wachsam schaute sie sich um, horchte und tauchte schließlich hinein.

Der Eingang war halb verfallen, und Alea musste sich unter dem eingebrochenen Türrahmen hindurchquetschen. Dahinter lag ein weitläufiger Saal, in dessen Mitte sich eine kompliziert aussehende Gerätschaft befand, die Alea an einen Webstuhl erinnerte. In den Wänden waren überall Schubladen, Hunderte davon! Alea zog eine Lade auf, und zusammengebundenes Seegras schwamm ihr entgegen. Im nächsten Schubfach fand sie einen Ballen Tang, in einem weiteren ein Büschel Braunalgen.

Befand sie sich hier tatsächlich in einer Weberei? Hatte das große Rad, das sich draußen in der Strömung drehte, früher den Webstuhl angetrieben?

Aufmerksam durchquerte Alea den Saal und kam in ein angrenzendes Zimmer. Es war etwas kleiner als das erste und ziemlich vollgestopft. Vom Boden bis zur Decke schwebten unzählige Kleidungsstücke herum – Anziehsachen für Meermenschen! Alea griff wahllos nach ein paar Teilen. Sie waren aus weichen, anschmiegsamen Materialien gefertigt, die beim Schwimmen bestimmt nicht störten. Leider war jedoch alles, was Alea fand, halb verrottet oder viel zu groß für sie, sonst hätte sie sich nur allzu gern etwas mitgenommen.

Sie blickte sich genauer im Raum um. Eigenartige Befestigungen ragten aus dem Boden. Sie sahen fast aus wie Sitze mit Anschnallgurten. Alea glitt in einen hinein und schnallte sich an. Das hier waren Stühle! Meermenschenstühle. Bestimmt hatten hier Näher und Näherinnen gesessen und aus dem Stoff, der auf dem Webstuhl hergestellt wurde, diese Kleidung angefertigt. Das hier musste eine Werkstatt sein. War es womöglich auch ein Laden – ein Geschäft? Hatten Meermenschen hier eingekauft? Nein, fiel Alea wieder ein, ihr Vater hatte in seiner Botschaft erwähnt, dass es bei den Meermenschen kein Geld gegeben hatte. Gekauft hatte hier wohl also niemand etwas. Aber vielleicht war die Kleidung verteilt oder verschenkt worden?

Alea schaute sich alles eingehend an und schwamm dann in den nächsten Raum. Als sie sich durch die runde Tür schlängelte, erschrak sie. Am hinteren Ende des Raums war etwas – etwas Lebendiges.

Sie wich zurück und versteckte sich hinter dem Türrahmen. Was war das für ein Geschöpf? Viel mehr als einen Schatten hatte sie nicht erkennen können. War es ein Hai oder eine Muräne? Sollte sie sich lieber davonmachen? Aber was, wenn es kein gefährliches Tier war, sondern ein magischer Meeresbewohner?

Alea wagte einen blitzschnellen Blick um die Ecke. Sie konnte abermals nicht viel erkennen, diesmal achtete sie jedoch auf die Farben im Wasser. Über dem Lebewesen waberten rostbraune Blubberblasen. Dazwischen drifteten dünne seifenblaue Linien. Alea hatte diese Farbformen noch nie gesehen, aber sobald ihr Blick sich darauf richtete, wusste sie, was sie bedeuteten: Das Wesen war traurig. Und ihm war langweilig.

Alea versteckte sich wieder. Was sollte sie damit anfangen? War jemand, der traurig und gelangweilt war, eher gefährlich oder ungefährlich?

Sie fasste sich ein Herz und schwamm langsam auf das Wesen zu. Als sie näher kam, sah sie, dass es nicht größer war als ein Kind. Es wandte ihr den Rücken zu, kramte in einer Schublade und schien nicht damit zu rechnen, dass jemand es stören könnte.

Je näher Alea kam, desto mehr konnte sie erkennen. Das Wesen hatte eine gedrungene, breite Statur, schuppige Haut und einen Echsenkopf.

»Du bist ein Gilf!«, entfuhr es ihr.

Der Gilf drehte sich erschrocken zu ihr um und starrte sie mit großen gelben Augen an. Sein Aussehen war eigentlich furchterregend: In seinem Nacken saßen unzählige spitze Stacheln, die gerade kampfbereit hochschnellten, und in seinem Maul blitzten scharfe kleine Zähne.

Alea hatte jedoch keine Angst. Sie kannte Gilfen aus Rach Turana und wusste, dass sie Verbündete der Meermenschen waren. Außerdem änderten sich gerade die Wasserfarben dieses Gilfen. Von traurig und gelangweilt zu überrascht und … interessiert.

»Es ist also wahr«, quetschte er mit einer Stimme hervor, die irgendwie eingedrückt klang. »Es ging das Gerücht, dass Meermenschen in unseren Breiten gesichtet wurden. Aber ich habe es nicht geglaubt.« Er sprach in Hajara.

»Ja, wir sind wirklich hier«, erwiderte Alea. »Mein Freund Lennox und ich. Wir sind überlebende Meerkinder, und wir können uns im Wasser aufhalten.«

Der Gilf zuckte mit der Nase. »Gibt es noch mehr von euch?«

»Nein, im Wasser leider nicht – glaube ich.«

Der Gilf machte ein mürrisches Geräusch. »Die Meermenschen kommen also nicht zurück. Du und dein Freund, ihr seid nur … Reste.«

Alea zog die Stirn hoch.

Der Gilf wandte sich schon von ihr ab und wieder den Schubladen zu. Er zog jede von ihnen auf und überprüfte den Inhalt. Alea sah ihm staunend dabei zu. Hin und wieder nahm der Gilf etwas an sich und steckte es in einen Sack, den er in der rechten Krallenhand hielt.

»Was tust du denn hier?«, fragte sie ihn nach einer Weile. »Plünderst du?«

Der Gilf zuckte mit den Schultern. »Die Meermenschen brauchen ihre Sachen ja nicht mehr.«

»Und wofür brauchst du die Sachen?«

»Na, für uns.«

»Für euch?«, fragte Alea neugierig. »Wo lebt ihr denn?«

»Das weißt du nicht?« Der Gilf grummelte mehr, als dass er sprach. »Wir Gilfen leben unter dem Meeresboden. Dort haben wir unsere Städte.«

»Es gibt Gilfenstädte unter dem Meeresboden?«

Jetzt sah er Alea an – mit einem Blick, als hielte er sie für nicht sonderlich intelligent. »Hab ich das nicht gerade gesagt?«

»Ja, äh, das hast du. Und das ist spannend!«

»Du bist im Weg.« Er schob sie ein Stück zur Seite.

»Wonach suchst du hier?«, wollte Alea wissen.

»Ich suche nach gar nichts!« Nun klang es fast, als würde er bellen. »Ich bin Sammler. Wenn ich hier oben etwas finde, nehme ich es mit nach unten. Aber wenn nicht, ist es auch egal.« Im Wasser um ihn herum erschienen wieder die rostbraunen und seifenblauen Gebilde. »Es hat sowieso alles keinen Sinn mehr.«

»Wie meinst du das?«

»Ist doch egal, wie ich das meine!«, pfefferte er zurück.

Alea ließ sich nicht beeindrucken. »Wie heißt du?«

Er stutzte. Normalerweise gingen die Leute bestimmt auf Abstand, wenn er so herumkläffte. »Portikus«, sagte er und zuckte mit der Nase.

»Ich bin Alea.«

»Aha. Toll.«

Alea sah ihm eine Weile beim Herumwühlen zu, dann fragte sie: »Könntest du mich mal in eure Stadt mitnehmen?«

Portikus grunzte. »Warum sollte ich das tun?«

»Weil ich sie gern einmal sehen würde.«

Er gab ein Geräusch von sich, das eventuell ein Lachen sein sollte, aber sein Echsengesicht wirkte so verdrießlich wie zuvor. »Es ist ziemlich trist da unten. Nichts für ein junges Mädchen wie dich.«

»Aber –«

»Was stellst du dir denn vor?« Er blickte sie aus verbitterten kleinen Augen an. »Gilfen sind griesgrämige Gesellen, weißt du das nicht? Das waren wir schon immer. Aber seit die Meermenschen fort sind, ist jeder Tag wie der andere, und alle Tage sind rabenschwarz.« Die rostbraune Traurigkeit in seinen Farben hatte sich gerade um ein Vielfaches verstärkt.

»Wieso?«, wagte Alea zu fragen.

Portikus schnaufte. »Es ist eben alles egal. Ohne die Meermenschen gibt es keinen Grund, irgendetwas Neues zu bauen oder zu planen.«

»Ihr habt mit den Meermenschen Dinge gebaut?«

»Das hab ich doch gerade gesagt!«, bellte er. »Wir haben ihnen geholfen, ihre Städte zu bauen und zu erhalten. Diese Webmühle hier habe ich vor hundertfünfzig Jahren zusammen mit meinem Clan und den Meermenschen aus der Region errichtet. Und bis zu dieser grauenhaften Zeit vor elf Jahren, als plötzlich alles vorbei war, hat diese Mühle Tausenden von Meermenschen die wunderbarsten Kleider geschenkt. Aber jetzt ist sie nur noch eine Ruine – für nichts anderes mehr zu gebrauchen als zum Aussammeln.« In die rostbraune Traurigkeit mischte sich ein bläulich-schattiger Farbton. Frustration. »Wir Gilfen haben kein Ziel mehr, keine Aufgabe«, redete er mit seiner gequetscht klingenden Stimme weiter, und es schien, als spräche er auch ein bisschen mit sich selbst. »Wozu sollten wir die Anzeigesäulen aktuell halten? Es gibt ja keine Meermenschen mehr, die unsere Nachrichten lesen. Und die Kobolde und Jarias bringen sowieso nur alles durcheinander. Für die muss man sich die Mühe nicht machen.«

»Ich habe solch eine Säule gesehen!«, rief Alea. »Ihr habt sie aufgestellt?« Dann hatte sie richtig vermutet.

»Selbstverständlich waren wir das!«, wetterte Portikus. »Das sieht man doch an der Fließrieseltechnik! Die beherrscht keiner außer uns.« Er grummelte in sich hinein. »Aber jetzt ist das sowieso egal.«

Das sagte er nun schon zum dritten Mal. Wie traurig und hoffnungslos dieser Gilf war! »Warum waren die Meermenschen denn so wichtig für euch?«, fragte Alea. »Warum baut ihr nicht etwas für andere Meeresbewohner?

»Pah! Für wen denn?«

»Für … Seh-Saffiere?«, schlug Alea vor, weil ihr gerade nichts Besseres einfiel.

Der Gilf lachte ein schepperndes, unglückliches Lachen. »Die Seh-Saffiere brauchen nichts. Sie haben keine Häuser, keine Städte. Die Tasfaren ebenso wenig. Und Jarias brauchen nicht nur keine Häuser, sondern auch sonst nichts. Gar nichts.«

»Jarias?« Portikus hatte sie schon zweimal erwähnt. Offenbar waren das auch Magische. »Denen bin ich noch nie begegnet.«

»Brauchst du auch nicht«, grollte Portikus. »Es gibt nichts Langweiligeres als Jarias.«

»Wie meinst du das?«

»Sie sind einfach nur da«, erklärte er genervt. »Sie machen nichts, wollen nichts, brauchen nichts. Öde!«

Fast hätte Alea gelacht. Die Gilfen schienen trotz ihrer abweisenden Art ein sehr hilfsbereites Volk zu sein. Doch wenn niemand da war, dem sie helfen konnten, hatten sie schlechte Karten. »Was ist mit den Kobolden?« Artama hatte etwas darüber gesagt, dass die Kobolde die Schüttelgläser mit der magischen Botschaft angefertigt hatten, die überall in der Welt verteilt worden waren, um überlebende Meerkinder zum Loch Ness zu rufen. »Sie bauen auch Sachen, oder?«

»Die Kobolde können nichts weiter als Bilder malen!«, entgegnete Portikus scharf. »Sie sind viel zu jung, um allein etwas Ordentliches zustande zu bringen. Sie können gerade noch ihre Höhlen in Sandbänke graben, aber ohne Anleitung kriegen sie sonst nichts hin. Gar nichts.«

»Ich dachte, ihr Magischen kommt alle gut miteinander klar?«

»O ja, ganz prima«, muffelte Portikus.

»Wirklich?«

»Nein!«, schnappte er. Dann entrang sich ein Seufzer seiner Brust. »In den vergangenen elf Jahren haben wir ein paarmal versucht mit anderen magischen Völkern etwas auf die Beine zu stellen, aber es ging alles schief.«

»Weshalb?«

»Die Meermenschen waren immer der Dreh- und Angelpunkt der magischen Stämme. Über sie waren wir alle miteinander verbunden, jeder hatte seine Funktion und Aufgabe. Aber nach ihrem Aussterben ist nur ein wüster Haufen Chaos zurückgeblieben, und jedes magische Volk doktert allein vor sich hin. Einige besser, andere schlechter.«

Verwundert knetete Alea sich das Kinn. Bei manchen Stämmen war es schwer vorstellbar, dass sie im Chaos versunken waren. »Was ist denn mit den Nixen?« Sie war noch nie einer Nixe begegnet, aber sie wusste, dass sie existierten.

Kaum hatte sie die Nixen erwähnt, wurde Portikus' Miene freundlicher. »Oh, die Nixen sind etwas anderes. Aber in unserem Gebiet leben keine mehr. Als die Meermenschen fort waren, haben sich auch die Nixen zurückgezogen.«

»Weswegen?«

»Na, sie haben ebenso darunter gelitten wie wir, dass es ohne die Meermenschen keine Musik mehr gab.«

Überrascht hob Alea die Brauen. »Musik?« Es war kaum vorstellbar, dass diese schlecht gelaunten Echsen Musik mochten.

»Die Nixen sind in die Nähe der Ufer umgesiedelt, um zumindest hin und wieder etwas Musik von den Landgängern hören zu können.« Portikus stöhnte. »Ich habe gehört, dass sie sich manchmal unter Stegen oder hinter vertäuten Booten verstecken, wenn irgendwo in einem

Hafen Lieder gespielt werden.« Er schüttelte den Kopf. »So weit ist es also gekommen. Ein stolzes Volk wie die Nixen hat sich selbst zu Musikdieben herabgewürdigt!«

Alea staunte. »Wieso macht ihr denn nicht selbst Musik?«

»Na, weil wir das nicht können! Kein magisches Volk kann Musik selbst erschaffen.« Er streckte die lange, gespaltene Zunge heraus, als wollte er »Bäh« sagen. »Auch die Nixen nicht. Musik müssen sie heutzutage von den Landgängern stehlen«, schnaubte er. »Eine Schande ist das.« Damit wandte er sich wieder seinem Tun zu.

Alea brauchte einen Moment, um zu verarbeiten, was er ihr gerade erzählt hatte. »Ich bin ein Meermädchen …«

»Erzähl mir was Neues!«, unterbrach der Gilf sie.

»… und ich kann singen«, brachte sie ihren Satz zu Ende.

Portikus ließ das Werkzeug los, das er gerade aus einem Schubfach genommen hatte. Es segelte schlingernd durchs Wasser. »Darüber macht man keine Scherze!«, stieß er hervor.

»Tu ich nicht. Ich kann wirklich singen.«

Der Gilf wandte sich ihr nun voll zu und blickte aufgeregt in ihre Augen. »Was muss ich tun, damit du mir ein Lied vorsingst?« Sein Tonfall hatte auf einmal etwas Andächtiges, Vorsichtiges – als hätte er Sorge, dass ein falsches Wort die unverhoffte Aussicht auf Musik zunichtemachen könnte.

»Du musst nichts tun«, antwortete Alea. »Ich singe dir gern einfach so etwas vor.«

»Einfach so?« Portikus lachte ein entsetztes Lachen. »Ein Lied wird niemals einfach so gesungen! Kennst du denn die Macht der Musik nicht?«

»Ich, äh …«

»Sie kann ein Herz verändern! Sie kann die Welt verändern!« Er schüttelte heftig den Kopf. »Offenbar weißt du nicht, was ein Lied wert ist.«

Alea musste sich eingestehen, dass sie das wahrscheinlich wirklich nicht wusste. Wenn man jeden Tag Musik hören konnte und Lieder ein Teil des ganz normalen Lebens waren, unterschätzte man ihren Wert vielleicht tatsächlich. Aber nun wollte sie für Portikus natürlich umso schöner singen. Der Gedanke daran, wie wichtig das für ihn war, machte sie allerdings ein wenig nervös.

Portikus, der sein Glück anscheinend kaum fassen konnte, hielt sich an der Schublade fest und schaute Alea erwartungsvoll an.

Sie räusperte sich und begann *Let it go* zu singen, die Ballade, die sie zwei Tage zuvor für Sammy dargeboten hatte. Sobald sie die ersten Töne summte, schloss Portikus bewegt die Augen. Aleas Stimme wackelte anfangs ein wenig, doch das störte Portikus wohl nicht. Mit verzücktem Gesichtsausdruck lauschte er dem Song bis zum letzten Ton.

Als Alea fertig war, öffnete der Gilf die Augen wieder. »Ich habe zwar kein Wort von der Landgängersprache verstanden, dennoch war dieses Lied all die Jahre des Wartens wert.«

Alea lachte scheu. Portikus' Farben glänzten, und um seinen gedrungenen Körper tanzten goldgelbe Bläschen und rosafarbene Tupfer. Ein einziges Lied hatte es geschafft, einen hoffnungslosen Gilfen in ein glückliches Wesen zu verwandeln. »Das war wundervoll«, sagte er und zog etwas aus seinem Sack hervor. »Zum Dank schenke ich dir das hier.« Mit einer ungelenken Geste überreichte er ihr etwas, was wie ein Badeanzug aussah. Es war aus einem glatten türkisfarbenen Material gefertigt und mit winzigen Perlmuttstückchen verziert.

»Was ist das?«, fragte Alea.

»Nur ein ganz normaler Flex.« Portikus machte eine wegwerfende Handbewegung. »Aber wie ich sehe, hast du keinen.«

»Was ist ein Flex?«

»Herrje«, stöhnte der Gilf. »Du weißt ja wirklich gar nichts! Ein Flex passt sich deinem Körper an und lässt dir volle Bewegungsfreiheit beim Schwimmen.«

»Oh, danke!« Alea drückte das Geschenk an sich, dann stopfte sie es in ihre Hosentasche. »Genau so etwas habe ich mir gewünscht – ohne zu wissen, dass es das gibt!«

»Dann ist es ja gut.« Portikus schien sich verabschieden zu wollen. »Falls wir Gilfen jemals etwas für dich tun können, lass es uns wissen. Dein Name ist Alea?«

»Alea Aquarius.«

»Das merke ich mir.« Portikus lächelte und sah aus, als

hätte er das schon so lange nicht mehr getan, dass sein Gesicht dabei ein wenig hakte.

»Kannst du nicht noch etwas bleiben?«, fragte Alea.

»Das könnte ich«, gab der Gilf zurück. »Aber du hast keine Zeit mehr.«

»Wieso?«

Portikus wies auf etwas hinter Alea, und sie wandte sich um. Durch den runden Türbogen konnte sie bis in den großen Saal zurücksehen. Und dort schwamm gerade jemand durch den halb verfallenen Eingang herein. »Lennox!«

Er entdeckte sie. Seine Miene verriet ein Gemisch aus Wut und Erleichterung, seine Farben ebenso.

Rasch schwamm Alea zu ihm hinüber. »Ich habe dich gesucht! Wo warst du?«

Lennox stieß einen verzweifelten Laut hervor, als wäre es kaum zu glauben, was sie da sagte.

»Wie viel Luft hast du noch?«, fragte sie.

Angestrengt schüttelte er den Kopf.

»Dann schnell!« Alea zog ihn mit sich, aus der Mühle hinaus und der Oberfläche entgegen. Sie hatte vergessen, sich von Portikus zu verabschieden, aber das verzieh er ihr gewiss. Lennox musste sofort nach oben.

Herzensbürde

Bei der Geschwindigkeit ihres Aufstiegs wäre einem Landgänger sicherlich die Lunge geplatzt, doch Lennox hatte keine Probleme damit, schnell aufzutauchen. Als sie oben waren, wartete Alea, bis er wieder zu Atem gekommen war, dann sagte sie: »Ich habe überall nach dir gesucht. Ich hatte richtig Angst!«

»Du hattest Angst?«, gab er zurück. »*Ich* hatte Angst! Als ich wieder an Bord gekommen bin, hat Sammy mir gesagt, dass du ins Meer gesprungen bist. Da bin ich sofort wieder rein, um dich zu suchen.«

»Wieso denn?«

»*Wieso?*« Lennox schnaubte. »Weil du Walen begegnen könntest! Und dann würde die Sache vielleicht nicht so gut ausgehen wie beim letzten Mal.«

»Oh.« Daran hatte sie gar nicht gedacht. »Tut mir leid«, sagte sie zerknirscht. »Stimmt, das hätte gefährlich werden können. Aber … du hast dich auch selbst in Gefahr gebracht! Warum tauchst du bis zum Meeresgrund, wenn deine Luft dafür eigentlich nicht ausreicht?«

»Weil ich dachte, du brauchst mich!«

»Ich habe dich aber nicht gebraucht!«, entgegnete sie und wollte ihn am liebsten für immer davon befreien, sie beschützen zu müssen. Sein Oblivionen-Drang konnte ihn in Teufels Küche bringen, denn er hatte einfach nicht den notwendigen Körper dafür.

Ein Blick in Lennox' Gesicht sagte ihr, wie verletzend das für ihn war, was sie da gerade gesagt hatte. »Entschuldigung, das klang jetzt falsch«, schob sie hinterher.

»Nein, du hast recht. Du kommst im Wasser sehr gut allein zurecht.« Lennox' Augen waren dunkel. »Du brauchst mich nicht. Im Gegenteil. Ich behindere dich sogar. Wenn du dir im Wasser Gedanken um mich und meine Atemluft machen musst, bin ich dir eher ein Klotz am Bein.«

»Quatsch!« Sie griff nach seiner Hand, aber er zog sie weg.

»Ich kann dich im Wasser nicht beschützen. Du bist eine Wanderin – und sogar eine Elvarion! Wozu brauchst du da einen halben Oblivion, dem ständig die Puste ausgeht?« Sein Mund verhärtete sich. »Ich bin einfach nicht gut genug für dich.«

Sprachlos starrte Alea ihn an. Seine Worte überrumpelten sie. Insgeheim hatte sie sich manchmal gefragt, ob sie überhaupt gut genug für *ihn* war. Sie war oft unsicher, schüchtern, wenn nicht sogar linkisch, und hatte sich verdammt dumm angestellt, als er sie hatte küssen wollen. Im Nachhinein war ihr Verhalten ihr geradezu peinlich gewesen, und sie hatte sich gefragt, was Lennox eigentlich an ihr fand. Er war ein umwerfend gut aussehender Junge mit der Kraft und Geschmeidigkeit eines Tigers.

Wie konnte es sein, dass er sich unzureichend vorkam? Ausgerechnet er!

»Aber … du …«, stammelte sie. Dann riss sie sich zusammen. Es war wichtig, dass sie die richtigen Worte fand. »Mir ist egal, ob du unter Wasser einen Nutzen für mich hast. Ich bin nicht mit dir zusammen, weil ich dich zu irgendetwas brauche.«

»Weswegen denn dann?«

»Weil ich in dich verliebt bin, du Idiot!«

Lennox schüttelte den Kopf. »Das ist schwer zu glauben. Erst heute Morgen hab ich gesehen, wie du jemand anderen geküsst hast.«

In Alea krampfte sich alles zusammen. Nun waren sie also bei diesem Thema angelangt. »Lennox, was du da gesehen hast –«

Abwehrend hob er die Hand. »Es ergibt alles einen Sinn! Dass du mich in Schottland so lange auf Abstand gehalten hast … Dass du mich vorgestern nicht küssen wolltest … Das alles war, weil du Gefühle für Tess hast.«

»Habe ich nicht!«

Ungläubig verzog er das Gesicht. »Vielleicht willst du es dir selbst nur nicht eingestehen.«

Alea fröstelte. Irgendetwas lief hier gerade schief.

»Wie ihr euch geküsst habt … Das sah sehr verliebt aus«, setzte Lennox bitter hinzu.

»Ich war vor Schreck wie erstarrt!«, protestierte Alea.

»Echt? Das wirkte aber anders.«

»Nein! Ich –«

»Warum hast du sie überhaupt geküsst, wenn du angeblich nichts für sie fühlst?«

»Ich habe sie nicht geküsst, sie –« Alea wollte hinzufügen, dass Tess *sie* geküsst hatte, aber so weit kam sie nicht.

»Hör auf, es zu leugnen!«, fuhr Lennox dazwischen. »Sag mir doch einfach, dass du es dir anders überlegt hast.«

»Was?«

»Dass du dir von meinen Fähigkeiten mehr erhofft hattest. Und dass die andere Sache zwischen uns … wohl nicht das war, was ich geglaubt hatte.« Mit diesen Worten wandte er sich ab und schwamm fort.

Einmal drehte er sich noch nach Alea um und rief: »Ich hoffe, du schwimmst nicht mit irgendwelchen Walen mit. Aber selbst wenn ich bei dir bleiben würde, könnte ich das eh nicht verhindern.« Dann war er verschwunden.

Alea blieb zurück und spürte, wie sich ein tiefes Schluchzen aus ihrer Brust hocharbeitete. Sie weinte bittere, heiße Tränen und fühlte sich schrecklich leer und hilflos.

»Du bist der Einzige, den ich küssen will!«, schrie sie ihm nach. Doch nur die Wellen hörten sie.

Alea weinte lange, und als sie keine Tränen mehr hatte, ließ sie sich ziellos mit der Strömung treiben. Sie wollte nicht wieder zurück zum Schiff. Weder Lennox noch Tess wollte sie begegnen. Am liebsten hätte sie jetzt einfach mit Sammy in dieser Waffelfabrik in Belgien gesessen und sich mit süßem Frustessen den Bauch vollgeschlagen.

Mehrere Stunden lang lungerte Alea im Meer herum, spielte mit Kabeljauschwärmen und lenkte sich damit ab, ein paar Kutter zu verfolgen. Am frühen Abend bekam sie jedoch solch bohrenden Hunger, dass sie sich auf die Suche nach der *Crucis* machte. Ihre eigene Spur konnte sie im Wasser längst nicht mehr zurückverfolgen. Doch da sie genau wusste, welchen Kurs die *Crucis* gesetzt hatte, und am Lauf der Sonne die Himmelsrichtungen benennen konnte, fand Alea das Schiff bald.

Aber was war das? Holte die Crew gerade die Segel ein? Ja! Sie bargen das Hauptsegel! Wieso nur? Der Ostwind blies ihnen doch kräftig in den Rücken …

Alea tauchte ab und flitzte los. Unter Wasser war sie viel schneller als an der Oberfläche, und so hatte sie die *Crucis* nach kurzer Zeit erreicht.

Gedanklich war sie vollauf damit beschäftigt, wie sie sich Tess und Lennox gegenüber verhalten sollte, sobald sie wieder an Bord war. Deswegen war sie wohl unachtsam und bemerkte die Gefahr erst, als es zu spät war.

Plötzlich fand Alea sich inmitten von dichtem Plastikmüll wieder. Von einem Moment auf den anderen war er überall, wischte und kratzte an ihren Armen und Beinen entlang, versperrte ihr jegliche Sicht. Es musste einer der berüchtigten Müllteppiche sein, die sich wie Krebsgeschwüre in den Ozeanen der Welt ausbreiteten. Eine ganze Armada von Plastiktüten, Flaschen, Bechern, Verpackungen und unzählige Fetzen unkenntlich gewordener Wegwerfprodukte der Landgängerwelt umstrudelten Alea. Die Tüten blieben an ihr kleben und behinderten sie mehr und mehr beim Schwimmen.

Alea kämpfte sich an die Oberfläche. Wild schlug sie mit den Armen, aber der Müll und die Strömung zogen sie wieder in die Tiefe. Wo war die *Crucis*? Sie musste ganz nah sein! Angestrengt versuchte Alea die Tüten abzustreifen, die sich regelrecht an ihr festsaugten. Doch es klappte nicht – sie verhedderte sich nur noch mehr. Schaudernd stellte sie fest, dass sie im Müll gefangen war.

Ruhig bleiben, dachte sie, obwohl ihr Herz zum Zerspringen schlug. Wie sollte sie hier herauskommen? Wenn sie nur eine Sengbohne hätte! Alea spürte Panik in sich aufsteigen. Konnte ein Meermensch in einer Ozeanmüllhalde sterben?

Komm!, rief sie ihre Elvarion-Stärke herbei, denn das war alles, was ihr in diesem Augenblick blieb.

Die Stärke kam. Aleas Geist wurde klar, und sie ging systematisch die Möglichkeiten durch, die sie hatte: gegen den Müll kämpfen. Abwarten. Zavana Ravanda schicken.

Bei diesem Gedanken flossen ein paar einzelne leuchtend orangefarbene Tropfen aus Aleas Fingerspitzen. Mit Zavana Ravanda konnte sie als Wanderin alle magischen Wesen zu Hilfe rufen, die sich in der Nähe befanden. Alea erkannte jedoch mit großer Klarheit, dass viele Magische bei solch einem Rettungsversuch selbst in Gefahr geraten würden. Und so hielt sie die orangefarbene Flüssigkeit zurück.

Erneut versuchte sie nun, sich aus dem Müll herauszuwinden, aber bei dem Versuch stülpte sich zu ihrem Schrecken eine Tüte über ihren Kopf. Alea konnte nun gar nichts mehr sehen, außerdem bedeckte die Tüte ihre Ohren – und hinter den Ohren saßen Aleas Kiemen.

Die Elvarion-Stärke ließ Alea die Geschehnisse sehr bewusst erleben. In aller Deutlichkeit erkannte sie, dass es keine Optionen mehr gab – nichts, was sie jetzt noch tun konnte.

Das Atmen fiel ihr immer schwerer. Ja, ein Meermensch konnte wohl in einer Ozeanmüllhalde sterben, das wusste sie nun.

Doch plötzlich war jemand neben Alea und zog ihr die Tüte vom Kopf. Hektisch holte sie Luft durch die Kiemen. Dann erkannte sie, wer bei ihr war.

»Ben!«, rief sie.

Ben trug ein Seil um den Bauch geschlungen. Er fing an, weitere Tüten von Alea abzustreifen, dabei verwickelte er sich allerdings selbst immer mehr im Müll. Er schüttelte den Kopf, legte den Arm um Aleas Taille und zog zweimal heftig an dem Seil. Es gab einen Ruck, und sie wurden an die Oberfläche gezogen. Oben rang Ben keuchend nach Luft.

Alea schaute sich um. Sie befanden sich gleich neben der *Crucis*! Sie war dem Schiff schon so nah gewesen.

Sammy und Tess standen an der Reling und hielten das andere Ende des Seils in den Händen.

»Kommt da raus!«, rief Tess ängstlich. Sie und Sammy begannen wieder am Seil zu ziehen.

Kurz darauf hatten Alea und Ben die Außenleiter der *Crucis* erreicht. Alea griff nach der untersten Sprosse und zog sich hinauf. Ben folgte ihr allerdings nicht. Erst jetzt bemerkte Alea, dass er sich umschaute, als wäre die Gefahr noch nicht gebannt.

»Was ist los?«, fragte Alea.

Gleichzeitig rief Ben nach oben: »Könnt ihr Lennox sehen?«

Alea erstarrte. Lennox war ebenfalls im Wasser? Er steckte auch in dieser Tütenfalle fest?

Sofort ließ sie sich wieder ins Meer gleiten. Lennox war doch bestimmt in diesen Müllteppich gesprungen, um sie zu retten! Er musste sie auftauchen gesehen haben.

Ben hielt Alea fest. »Nein«, sagte er mit der ganzen Strenge eines Kapitäns. »Du gehst sofort an Bord.«

»Aber Lennox –«

»Keine Diskussion!«, entgegnete Ben. »Unsere Verabredung lautet: Bei einem Notfall hört ihr ausnahmslos auf mich. Und ich sage, dass du auf der Stelle die Leiter hochkletterst.«

»Da!«, hörten sie Sammy in diesem Moment schreien. Aufgeregt wies er auf eine Stelle gar nicht weit von ihnen. »Da drüben ist er!« Im hohen Bogen warf er Ben einen Rettungsring zu.

Ben fing ihn, befestigte ihn an dem Seil und warf sich wieder ins Wasser. Er musste all seine Kraft aufbringen, um sich zu Lennox durchzukämpfen, aber schließlich hatte er ihn erreicht, stülpte ihm den Rettungsring über den Kopf und gab Tess und Sammy das Signal, sie zurück zum Boot zu ziehen.

Erst als Alea sah, dass Lennox und Ben es schaffen würden, kletterte sie selbst an Bord.

Oben warteten Tess und Sammy auf sie. »Schneewittchen!«, rief Sammy. »Du siehst ganz schön übel aus!«

Alea hatte nicht die Kraft zu antworten. Sie stützte sich auf die Reling und versuchte einfach nur zu atmen.

Lennox und Ben kamen ebenfalls herauf und rupften sich Plastikmüllreste vom Körper. Lennox blickte so finster drein, dass Alea kaum wagte, ihn anzusehen. Als er den Müll losgeworden war, stapfte er an ihr vorbei und murmelte dabei: »Warum versuche ich eigentlich immer wieder, dich zu retten?«

Tess bemerkte: »Weil du nicht anders kannst.«

Lennox fuhr zu ihr herum. »Sag *du* mir nicht, was ich kann oder nicht kann!«, donnerte er, und Tess duckte sich. Zornig stürmte er an ihr vorbei und verschwand unter Deck.

Tess schaute ihm mit einer Mischung aus Wut und Verbitterung nach.

»Au Backe«, brachte Sammy hervor.

Alea ließ den Kopf in die Hände sinken. Dieser gescheiterte Rettungsversuch war für Lennox garantiert der Tropfen, der das Fass zum Überlaufen brachte – der endgültige Beweis dafür, dass er im Wasser zu nichts nutze war.

Alea vergrub den Kopf in ihren Händen. Das war alles zu viel. Sie brauchte eine Pause.

»Nimm eine heiße Dusche und geh ins Bett«, riet Ben.

Alea nickte und tat genau das.

Seefahrerherz

Am darauffolgenden Morgen wachte Alea mit einem solch nagenden Hungergefühl auf, dass sie augenblicklich aus dem Bett sprang. Die Koje über ihr war leer. Tess hatte sich gestern Abend entschieden, in der Kajüte der Jungs auf dem Boden zu schlafen.

Alea huschte durch den Salon zur Küchennische. Lennox lag auf seinem Sofa und schlief noch. Für einen kurzen Moment blieb sie stehen und betrachtete ihn. Wie sehr wünschte sie sich, dass zwischen ihnen wieder alles gut werden würde! Aber sie hatte keine Ahnung, wie sie das anstellen sollte.

Im Kühlschrank herrschte gähnende Leere. In der Tür stand nur noch ein Joghurt, dessen Verfallsdatum längst abgelaufen war. Alea löffelte ihn hungrig in sich hinein. Dann stöberte sie herum und fand einen Apfel, den sie mit an Deck nahm. Sie segelten inzwischen wieder und waren durch den starken Wind noch am vergangenen Abend aus dem Müllfeld herausgekommen.

Ben stand im Deckshäuschen hinter dem Steuerrad, und Alea ging zu ihm.

»Setz dich.« Ben schob ihr den Hocker hin.

Alea nahm Platz und biss in den Apfel. »Haben wir gar kein Brot mehr?«

»Nee.« Ben seufzte. »Wir haben so gut wie gar nichts mehr. Nur noch ein paar Konserven. Aber zum Glück sind wir bald in Island. Wenn wir weiter acht Knoten machen können, schon morgen.«

Morgen schon. Aleas Herz machte einen kleinen Sprung – nicht zu überschwänglich, aber doch einen Hüpfer. Sie hatte das untrügliche Gefühl, dass sie auf Island ihren Vater finden würde, und das freute sie sehr. Schließlich hatte sie noch nie einen Vater gehabt und schon als Kind herumgesponnen, wie das wohl sein mochte. Aber die Frage, was danach geschehen sollte, dämpfte ihre Freude ein wenig. Lennox' Worte hatten sie nachdenklich gemacht. Falls Keblarr und die anderen Überlebenden tatsächlich auf Island eine neue Heimat in den heißen Quellen gefunden hatten, würde Alea dann bei ihnen bleiben? Die Vorstellung, mit anderen Meermenschen zusammenzuleben, war schön. Doch was würde dann mit Lennox und ihr passieren – falls sie überhaupt noch zusammen waren? Diesen Gedanken hatte Alea seit gestern immer wieder eisern fortgeschoben, da er zu sehr schmerzte.

Schnell dachte sie auch jetzt wieder an etwas anderes. Die Alpha Cru wollte sie ebenso wenig verlassen. Sammy, Ben und … Tess könnten allerdings keinesfalls bei den Meermenschen bleiben.

Nun schüttelte Alea den Kopf. All diese Überlegungen waren im Grunde völlig sinnlos, denn am Ende des Sommers musste sie sowieso nach Hamburg zurück, sonst würde Marianne in Schwierigkeiten geraten. Immerhin log ihre Pflegemutter das Jugendamt an, um Alea ein paar Wochen Freiheit zu verschaffen, und das durfte niemals herauskommen.

»Zum Glück ist die Brise immer noch recht frisch«, bemerkte Ben. Die *Crucis* rauschte unter vollen Segeln durch die wogende See. Schaumköpfe tanzten auf den Wellenkämmen. »Dieser Müllteppich ist gestern ganz plötzlich aufgetaucht«, sagte Ben mit Grüblermiene. »Es gab vorher keine Meldungen darüber, und auf einmal waren wir mittendrin.«

»Komisch, dass es hier auch solche Teppiche gibt. Der Nordatlantik ist sonst doch ziemlich sauber, oder? Zumindest sauberer als der Ärmelkanal.«

»Das stimmt. Aber der Müll ist mittlerweile überall.«

Alea hielt vor dem nächsten Bissen inne. »Dass solche Müllteppiche dermaßen gefährlich sind, war mir vorher nicht klar.«

»Ja, sie sind mordsgefährlich.« Ben strich sich eine strubbelige Strähne aus der Stirn. »Der von gestern war nur ein kleiner, aber im Nordpazifik gibt es einen Müllstrudel, der hat die Größe Westeuropas.«

Entsetzt starrte Alea Ben an. »Wie kann das denn sein?«

»An Land wird einfach zu viel Plastik benutzt – heute wird ja fast alles darin verpackt!« Zwischen Bens Brauen bildete sich eine steile Falte. »Und von dem Plastikabfall landen große Mengen in den Meeren, wo er durch die Strömungen zu diesen Müllstrudeln heranwächst.«

»Aber … wird Müll denn nicht verbrannt?«

»In manchen Ländern schon. In manchen aber nicht.« Das Thema schien Ben sehr zu beschäftigen. »Außerdem beauftragen manche Unternehmen Kriminelle damit, ihre Chemikalienreste im Meer für sie abzuladen – weil das viel billiger ist, als sie ordnungsgemäß zu entsorgen. Und auf dem Meer kriegt es ja keiner mit …« Sein Mund war eine wütend verkniffene Linie. »Diese Chemieverbrecher, denen wir letztens begegnet sind, waren bestimmt auch von jemandem angeheuert, der seinen Säureabfall günstig loswerden wollte.«

Bestürzt legte Alea den Apfel zur Seite. »Die Meerwelt hat einen Namen für Leute, die Abfall ins Meer kippen: *Gretzer.*«

Er neigte überrascht den Kopf. »Die haben einen eigenen Namen? Da kannst du mal sehen, wie viele es davon geben muss.«

»Ja, aber … warum unternimmt denn keiner was gegen sie?«

»Die lassen sich bestimmt nicht so leicht erwischen.«

»Und warum macht dann nicht wenigstens jemand was gegen die Müllstrudel?«, fragte Alea und merkte, dass sie bei dem Gedanken an den ganzen Abfall richtig Wut im Bauch bekam.

»Es gibt ja Organisationen, die sich bemühen, zum Beispiel die *Ocean Knights.* Da bin ich schon lange Mitglied. Aber wir können das Grundproblem nicht ändern: Es wird einfach viel zu viel Müll produziert, und letztlich weiß keiner so richtig, wohin damit.« Ben blickte düster drein. »Die meisten Regierungen ignorieren die Müllteppiche, weil die großen Gewässer zu keinem Land gehören. Also fühlt sich niemand zuständig.« Die Ernsthaftigkeit, mit der er sprach, ließ Alea begreifen, wie groß dieses Problem war. »So wie du gestern bleiben auch viele Tiere in dem Abfall hängen und verenden qualvoll«, fügte Ben hinzu. »Oft halten sie herumtrudelnden Müll für Futter und fressen ihn.«

Alea erinnerte sich an den gestrandeten Orca in Renesse, dem von der Küstenwache der Bauch aufgeschnitten worden war. In seinem Magen hatte sich erschreckend viel Kunststoff befunden …

»Mit der Zeit zerfällt der Plastikabfall im Meer in winzig kleine Bruchstücke – Mikroplastik heißt das«, sprach Ben weiter. »Daran bleiben jede Menge Schadstoffe hängen. Und wenn dieses winzige, giftige Zeug von Meerestieren gefressen wird, kommt es am Ende der Nahrungskette sogar wieder bei den Menschen an.«

»Landgänger essen Fische …«, sagte Alea und schauderte. »Sie essen ihr eigenes Gift schließlich selbst auf.«

»Genau«, bestätigte Ben. »Ich weiß, du magst keinen Fisch, aber ich habe in meinem Leben schon Tonnen davon gegessen.«

»Wie schädlich ist das?«

»Keine Ahnung. Aber darum geht es auch nicht in erster Linie. Es geht darum, dass die See geschützt werden muss.«

Alea betrachtete Ben. Das Meer war ihm wichtiger als seine eigene Gesundheit. Genau aus diesem Grund hatte Alea den Helmsen aus voller Überzeugung sagen können, dass Ben ein echtes Seefahrerherz besaß und seine Liebe zum Meer größer war als seine Landgängerinteressen.

Ben wirkte nun so besorgt, dass Alea es fast nicht aushalten konnte, ihn anzusehen. Sein Blick erinnerte sie an irgendetwas … Was war es? Da fiel es ihr wieder ein. Diesen zutiefst besorgten Ausdruck hatte Ben auch in der Silberfadenvision gehabt! Er war um sein Leben gerudert und hatte mit genau diesem Blick zurückgeschaut …

»Hast du eigentlich inzwischen Onkel Oskar erreicht?«, fragte sie ihn. Ben hatte tagelang versucht seinen Onkel zu erwischen, um ihn nach dem silbernen Umhang zu fragen.

»Ja, er hat gestern zurückgerufen.«

»Und?«, hakte sie neugierig nach. In den vergangenen Tagen hatte sie immer wieder an den Umhang gedacht und sich gefragt, was für Kräfte er wohl besaß, wenn bereits die einzelnen Fäden einen kurzen Blick in die Zukunft gewähren konnten. Wie unglaublich war es, dass es so etwas wie diesen Umhang gab! Die magische Welt des Meeres hielt sicherlich noch viele Geheimnisse verborgen …

»Oskar hat den Umhang verkauft«, stöhnte Ben.

Alea knirschte mit den Zähnen. »Nicht im Ernst, oder?«
»Doch. Er hatte wohl Geldsorgen und hat einige Sachen an einen fahrenden Händler vertickt. Der Umhang war anscheinend dabei.«
Alea merkte, dass ihr diese Nachricht ein ungutes Gefühl bereitete. »Ich hätte den Umhang wirklich gern gehabt. Ich hätte ihn … haben sollen.«
Ben runzelte die Stirn. »Wie meinst du das?«
Alea blinzelte. »Egal«, sagte sie schnell und wunderte sich selbst darüber, was sie da gerade gesagt hatte. »Wir haben also wirklich nur diese drei Silberfäden aus Sammys Sammlung?«
»Ja.« Ben seufzte. »Sammy nimmt sich als Wächter des Fusselschatzes sehr wichtig.«
Alea zuckte die Achseln. »Ist doch okay.«
Eine Zeit lang schwiegen sie nun und schauten gedankenverloren in die schäumende See.
»Sag mal …«, nahm Ben die Unterhaltung nach einer Weile wieder auf. »Was läuft denn da zwischen dir, Lennox und Tess?«
Alea verspürte einen Stich. »Tess ist in mich verliebt.«
Ben nickte nur. »Das habe ich mir schon gedacht.«
»Wirklich? Ich hatte keine Ahnung! Eine kleine Warnung wäre nett gewesen!«
»Ich war mir nicht hundertprozentig sicher …«
»Wir haben gestern einen Song zusammen geschrieben, und ich habe einen Text beigesteuert, in dem ich beschreibe, wie sehr ich meine Zwillingsschwester ver-

misse. Einen ziemlich schmachtenden Text.« Im Nachhinein fand Alea es gar nicht mehr so verwunderlich, dass Tess ihre Zeilen missverstanden hatte. Sie waren viel zu romantisch formuliert. Die sehnsüchtige, ruhige Melodie und Aleas Phantasien, in denen sie mit Anthea auf Walen durch die Gischt preschte, hatten sie wohl ein wenig übertreiben lassen. In Zukunft wollte sie das Lied nur noch in einer fröhlichen Reggae-Version spielen, dann klang es vielleicht weniger nach Liebeslied. »Tess hat den Text für eine Liebeserklärung gehalten«, fügte sie nun hinzu. »Dann hat sie mich geküsst. Und Lennox hat das gesehen.«

Ben griff sich an den Kopf. »Na, das erklärt so einiges! Scorpio war gestern so was von mies gelaunt! Aber er wollte partout nicht damit rausrücken, was los ist. Tess hat auch total geblockt.« Er schüttelte den Kopf. »Das ist ja heftiger, als ich dachte. Mensch! Warum können nicht einfach alle nur Freunde sein? Dann wäre das Leben auf der *Crucis* viel unkomplizierter.«

»Wir haben uns das mit der Liebe ja nicht ausgesucht«, sagte Alea.

»Ja, ja, die Liebe …«, murmelte Ben und sah plötzlich ein wenig traurig aus. Zum ersten Mal dachte Alea, dass Ben wahrscheinlich auch schon mal verliebt gewesen war. Sie kam jedoch nicht dazu, ihn danach zu fragen, denn er stand gerade auf. »Ich bin tierisch müde«, sagte er. »Kannst du den Rest meiner Schicht übernehmen?«

Verwundert nickte Alea. Beinahe schien es, als würde

das Thema Liebe Ben an etwas erinnern, an was er nicht erinnert werden wollte. Mit einem knappen »Danke« überließ er ihr das Ruder und stapfte unter Deck.

Eine Zeit lang steuerte Alea das Schiff allein durch die See. Dann kam Tess an Deck. Anscheinend hatte sie nicht damit gerechnet, Alea im Deckshäuschen zu sehen, denn sie zuckte sofort verschreckt zusammen, trat dann einen Schritt vor und gleich darauf wieder einen zurück. Alea konnte es kaum mitansehen. Sie winkte. »Komm her!«

Tess schlich näher, blieb aber vor dem Deckshäuschen stehen. Mit gesenktem Blick sagte sie durch die offene Tür: »Ich bin Bens Ablösung. Also … deine. Die Ablösung.«

»Tess!«, rief Alea und hörte selbst die Mischung aus Hilflosigkeit und Verzweiflung in ihrer Stimme. »Kannst du mich nicht mal mehr angucken?«

Tess blickte zur Seite und murmelte etwas Unverständliches.

»Soll das jetzt immer so zwischen uns sein?«

»Nein, aber …« Endlich sah Tess sie an. Zerknirscht. Entschuldigend. »Wegen mir hast du jetzt richtig Stress mit Scorpio.«

»Das stimmt«, bestätigte Alea und fragte sich, ob das alles war, was in Tess vorging. Oder hatte sie ihretwegen vielleicht Liebeskummer?

»Ich wollte es ihm gestern erklären, aber er hat überhaupt nicht zugehört!«, erklärte Tess.

»Ja, mir auch nicht.« Alea griff nach dem halb gegessenen Apfel und biss so krachend hinein, als wollte sie damit all ihre Probleme zermalmen.

Zögernd trat Tess ins Deckshäuschen und lehnte sich an die Wand. »Äpfel sind meine Lieblingskekse«, sagte sie leise. Alea blickte auf. Tess versuchte offenbar zu lächeln. Alea lächelte zurück. Dann reichte sie ihr den Apfel, und Tess biss hinein.

»Glaubst du, wir können irgendwie – trotz allem – ganz normal miteinander …«, versuchte Alea zu fragen.

»Ja!«, antwortete Tess sofort. »Ja, bitte, lass uns das probieren. Ich glaube, es war auch wegen dem Schiff.«

»Wegen dem Schiff?«

»Ja, weil wir hier auf so einem kleinen Schiff sind und so eng zusammenleben. Deswegen habe ich gedacht, dass ich in dich verliebt bin. Aber ich glaube, das war nur … na ja, wegen dem Schiff«, erklärte Tess eifrig und machte den Eindruck, als versuchte sie vor allem, sich selbst davon zu überzeugen.

Alea überlegte. Wenn das die offizielle Version war, würden vielleicht alle damit leben können. Sie musste sich also bemühen zu glauben, dass Tess sich in ihren Gefühlen nur geirrt hatte. Doch das konnte sie nicht. Sie hatte in der Wasserflasche damals ganz klar gesehen, dass Tess' Gefühle echt gewesen waren und sie wirklich verliebt war. Andererseits wäre es bestimmt leichter, wieder unverkrampft miteinander umzugehen, wenn Alea mitspielte. »Ach so«, antwortete sie daher. »Na, dann machen wir einfach normal weiter, ja?«

Tess nickte. Sie nickte so heftig, dass sie dabei mit dem Hinterkopf gegen die Wand stieß.

Alea musste lachen. Tess schaute zuerst verdutzt drein und rieb sich den Kopf, aber dann lachte sie auch.

Genau in diesem Augenblick kam Lennox an Deck. Als er Alea und Tess zusammen lachen sah, verdüsterte sich sein Gesichtsausdruck schlagartig, und Alea blieb das Lachen im Halse stecken.

»Was ist los?«, fragte Tess. Sie hatte Lennox nicht bemerkt. Wie so oft war er für Landgänger unsichtbar.

»Da drüben steht Lennox.«

»Ich übernehme das Ruder«, sagte Tess schnell und schob Alea aus dem Deckshäuschen.

Lennox hatte ein Tablett mit Tellern und Bechern dabei, das er nun mit sturer Miene zum Heck trug. Dort deckte er den Tisch. Eigentlich war es viel zu kalt und zu windig, um an Deck zu frühstücken. Das hatte er inzwischen bestimmt auch bemerkt und war wohl zu stolz, um umzudrehen und im Salon zu decken.

»Soll ich dir helfen?«, fragte Alea.

»Nein«, knurrte Lennox. »Es gibt Sachen, die ich alleine kann. Ob du's glaubst oder nicht.« Er knallte die Teller so fest auf den Tisch, dass sie gefährlich klirrten. Seine Kiefermuskeln waren angespannt, und in seinen Augen lag so viel Schwermut, dass Alea sich zu fragen begann, ob vielleicht noch etwas anderes an ihm nagte als die Sache zwischen ihnen.

»Was ist denn bloß los?«, fragte sie.

»Nichts!«, schnaubte er.

Es war zwecklos. Lennox hatte eine stahlharte Mauer um sich herum aufgebaut. Alea blieb nichts anderes übrig, als ihn allein zu lassen. Sie ging unter Deck. Sammy stand in der Kochnische und öffnete gerade Konservendosen. Es sollte anscheinend Gewürzgurken mit halben Pfirsichen und jungem Gemüsemais zum Frühstück geben.

»Guten Morgen, Schneewittchen!«, grüßte Sammy.

»Na, ich weiß nicht, ob er gut ist«, antwortete sie.

»Uh. So schlimm?«

Alea winkte ab. »Ich koche mal Tee.«

»Es ist kein Tee mehr da.«

»Echt nicht?« Alea durchforstete die Schränke. »Hier ist noch Kaffee«, sagte sie und holte eine Packung hervor.

Sammy zog die Nase kraus. »Ich mag keinen Kaffee. Da ist Kaffee drin.«

Alea mochte auch keinen Kaffee – aus demselben Grund – und machte deshalb einfach nur Wasser heiß. Währenddessen kam Ben aus der Jungenkajüte, strubbelte sich durch die Frisur und fragte: »Was liegt an?«

»Scorpio deckt oben!«, vermeldete Sammy, und es klang ein bisschen wie Petzen.

»Bei zwölf Grad und Windstärke fünf? Die Knalltüte!«, schimpfte Ben. »Ich hole ihn.«

Wenig später kamen die beiden mit dem Geschirr nach unten, deckten kommentarlos auf dem Couchtisch, und die Alpha Cru setzte sich zum Frühstück zusammen. Sie tranken heißes Wasser ohne alles, nur Lennox bekam Rotfarntee. Von dem Kraut, das Artama ihnen geschenkt hatte, war allerdings auch nicht mehr viel übrig.

Die Stimmung war gereizt, geradezu explosiv, als brodelte unter ihnen ein Vulkan, der jeden Moment ausbrechen konnte. Sammy bemühte sich nach Kräften, alle aufzuheitern. Er erzählte mehrere Witze, erntete aber nur schiefe Blicke. Schließlich lehnte er sich auf dem Sofa zurück, stocherte missmutig in der Konservenfuttermischung auf seinem Teller und sagte: »Das Dosenzeug schmeckt irgendwie nach Rolltreppe.«

Da musste Alea doch lachen, und auch Bens rechter Mundwinkel bog sich ein wenig nach oben.

Sammy strahlte. »Ist jetzt alles wieder gut?«, fragte er hoffnungsvoll.

Aber niemand antwortete, und auch nach dem Frühstück und den ganzen übrigen Tag lang besserte sich die Stimmung an Bord nicht wirklich. Tess und Lennox gingen sich so gut sie konnten aus dem Weg, doch auch mit Alea sprachen beide kaum. Lennox guckte sie noch nicht einmal an. Tess hingegen warf Alea manchmal traurige Blicke zu, schaute aber schnell weg, wenn Alea sich ihr zuwandte. Sowohl Lennox als auch Tess schienen zutiefst gekränkt zu sein, und obwohl Alea nicht wirklich etwas dafür konnte, fühlte es sich dennoch so an, als wäre das alles allein ihre Schuld.

Reykjavik

Am darauffolgenden Tag erreichten sie Island. Die Achtknotenbrise hatte in der Nacht gedreht und war zuletzt aus Nordnordwest gekommen, sodass sie gegen den Wind hatten kreuzen müssen. Ben und Lennox waren die halbe Nacht über wach gewesen und sahen ziemlich geschafft aus. Dennoch blieb Ben auch am Morgen noch am Steuer. Sie waren Island nun so nahe, dass die Küste jeden Augenblick am Horizont auftauchen musste, und das wollte er nicht verpassen.

Alea, Tess und Sammy liefen zum Bug und lehnten sich gespannt über die Reling. Wenig später tauchten die ersten Umrisse der Insel auf – zarte, bergige Linien im morgendlichen Nebel.

»Da!« Tess' Augen flammten auf. »Da ist es!«

»Hallo, Island!«, rief Sammy und winkte der Insel überschwänglich zu.

Alea schlang die Arme um ihren Oberkörper, denn sie bekam gerade eine Gänsehaut. *Jetzt sind wir also da*, dachte sie aufgeregt. Island konnte alles ändern. Hier würde sich entscheiden, wie ihr Leben weiterging.

Lennox war bei Ben im Deckshäuschen, und als Alea nun zu ihnen hinüberschaute, war seine Miene wie versteinert. Ben hingegen stand ins Gesicht geschrieben, wie sehr er sich freute und wie sehr er diese Vulkaninsel liebte.

Sie kamen Island rasch näher, und bald kreisten zahllose Möwen über der *Crucis*. Tess hasste Möwen und hatte sogar richtig Angst vor ihnen, da sie als Kind einmal von einer angegriffen worden war. Sobald die erste landete, liefen Sammy und Alea schreiend umher, wedelten mit den Armen und veranstalteten das komplette Möwenvertreibungsprogramm. Doch es war schwierig, die Vögel davonzujagen, ohne dass hinterrücks gleich wieder ein paar andere zum Landeanflug ansetzten. Tess schüttelte schließlich den Kopf und sagte, dass sie sich Island dann eben erst einmal durch ein Bullauge ansehen würde.

Als sie unter Deck gegangen war, liefen Alea und Sammy wieder zum Bug. Das Schiff hatte inzwischen die südliche Küste erreicht und segelte nah am Land entlang. Atemlos betrachtete Alea die vorbeiziehende Landschaft – endlose Wiesen wechselten sich mit schwarzer Lava und schroffem Fels ab. Hohe Berge mit schneebedeckten Gletschern waren in märchenhaften Nebel gehüllt. Der Anblick war derartig sagenhaft, dass sie kein Wort sprachen. Hier gab es keine Stadt, kein Auto, keine Menschenseele. Hier war nur … Island.

Nach einer Weile brach Sammy die Stille. Er flüsterte: »Die Mehrheit der Leute hier glaubt an Trolle und Elfen. Ganz im Ernst!«

Alea lächelte. »Dann sind die Isländer schlaue Leute.« Hatte Artama nicht gesagt, dass es sowohl im Meer als auch an Land Magische gab? Alea zweifelte keine Sekunde daran, dass auf dieser Insel Trolle und Elfen existierten.

Sie mussten hoch am Wind segeln, um den südlichen Teil Islands zu umrunden. Ihr Ziel war die Hauptstadt Reykjavík. Denn bevor Alea nach ihrem Vater suchen konnte, mussten sie erst einmal Geld verdienen. Und nirgendwo, so hatte Ben gesagt, konnte man auf Island als Straßenband mehr einnehmen als in Reykjavík.

Sie hatten gerade eine lang gestreckte Landzunge umsegelt, da hörte Alea plötzlich etwas – eine leise Melodie. Sie wurde mit dem Wind herangeweht und ließ Alea aufhorchen. »Hörst du das auch?«, fragte sie Sammy.

Der legte den Kopf schief und lauschte. »Ja, was ist das? Es klingt wie …«

Sie hörten angestrengt hin. Das Klatschen der Wellen gegen den Bug und das Raunen des Windes machten es schwer, der Melodie zu folgen. Aber dann erkannte Alea sie. »Es klingt wie *wir*! Das ist *Wenn das Wasser ruft*!«, rief sie baff. Sie hörten Tess' Stimme – sie sang ihre selbst geschriebene Meereshymne. Dabei war Tess doch unter Deck!

Sammy schaute Alea an, als ob sie spinnen würde. Aber dann hörte er noch mal hin. »Das sind wirklich wir!«, stieß er ungläubig hervor. »Tess singt die Leadstimme, und wir den Background!«

»Ja!« Es waren zweifellos ihre eigenen Stimmen und Instrumente, die sie hörten. Verwirrt schüttelte Alea den Kopf. »Wie kann das sein? Wieso hören wir uns selbst? Wir haben das Lied doch erst letzte Woche geprobt!«

Ben und Lennox traten aus dem Deckshäuschen. »Was ist los?«, erkundigte sich Ben. »Habt ihr einen Troll gesehen?«

»Hörst du das?«, quiekte Sammy.

Ben hob schon zu einer Erwiderung an, dann stutzte er und lauschte. Verblüfft drehte er sich um die eigene Achse und schaute sich um. »Dort!«, rief er und wies zum Land.

Sie segelten gerade an einem Felsenkliff vorbei, das zu einer kleinen Bucht gehörte. Und an der Spitze des Kliffs stand jemand. Aleas Mund klappte auf. Auf der Klippe stand ein Mann, der auf einer Art Leierkasten spielte. Und aus diesem Leierkasten drang ihr Lied.

Alea, Ben, Lennox und Sammy starrten den Mann sprachlos an. Er trug einen langen schwarzen Mantel und blickte aufs Meer, während er an der Kurbel des Leierkastens drehte. Für einen kurzen Augenblick kam der Mann Alea bekannt vor, aber sie wusste nicht, woher sie ihn kennen sollte. Außerdem war er viel zu weit weg, um sein Gesicht genau erkennen zu können.

Ben hob die Arme und winkte. *»Halló?«*

Da hörte der Mann auf zu spielen. Doch anstatt Ben zu antworten, wandte er sich um und eilte mit schnellen Schritten und Sprüngen über das Kliff davon. Den Leierkasten trug er offenbar an einer Schlinge um den Hals.

»*Wait!*«, schrie Lennox ihm nach. Der Mann wartete aber nicht. Er lief immer weiter über die Klippen, tiefer in die kleine Bucht hinein, die auf drei Seiten von zerklüfteten Felsen eingerahmt wurde.

»Der Typ rennt weg!«, rief Sammy, und ehe sie sich's versahen, waren der Mann und sein Leierkasten wie vom Erdboden verschluckt.

»Mist«, fluchte Ben. »Er ist einfach verschwunden.«

»Krass«, erklang da Tess' Stimme. Tess stand hinter ihnen! Sie war offenbar schon länger an Deck.

Tess hatte die Arme verschränkt. »Wie ist der Typ an meinen Song gekommen?«

»Das frage ich mich auch«, antwortete Alea.

»Es war, als würde der komische Leierkasten eine Aufnahme von uns abspielen!«, sagte Sammy.

»Aber das Lied ist doch erst ein paar Tage alt!«, wandte Tess ein und behielt dabei die am Himmel kreisenden Möwen im Blick. »Wir haben den Song doch gar nicht aufgenommen!«

»Selbst wenn wir das getan hätten …«, mischte sich Lennox ein und blickte stur an Tess vorbei. »Wie hätte jemand an die Aufnahme kommen sollen? Wir waren ja die ganze Zeit auf See.«

Ratlos starrten alle auf das Kliff. Die ganze Begebenheit war derartig unglaublich, dass sie in perplexes Schweigen verfielen.

Nach einer Weile sagte Ben: »Wir kommen der Sache wohl erst mal nicht auf die Spur.« Er schaute sich in der

Bucht um. »Aber das hier ist ein guter Ankerplatz. Ziemlich windgeschützt.«

»Stimmt«, fand auch Alea. Die Bucht war sehr einsam und ruhig, hier gab es kaum Häuser. Eigentlich sah Alea nur ein einziges Haus am Ufer, eine große, herrschaftliche Villa hinter dicken Mauern, die in der kargen Landschaft ein wenig unpassend und wie hineinkopiert wirkte.

»Ja, lasst uns hier ankern«, sagte Lennox, und Alea hatte den Eindruck, er vermied es abermals bewusst, sie dabei anzusehen. »Wir wollten doch sowieso nicht im Hafen von Reykjavík anlegen, oder?«, richtete er sich an Ben. Die *Crucis* steuerte selten einen Hafen an, da dies oft sehr teuer war. Stattdessen ankerten sie meist auf See oder in Buchten und setzten mit ihrem Beiboot, der *Hercules*, an Land über.

»Wir sind zwar noch ein gutes Stück von Reykjavík entfernt«, überlegte Ben laut, »aber vielleicht gibt es hier einen Bus, mit dem wir in die Stadt fahren können.«

Alle waren einverstanden, und sie machten sich an die Arbeit. Eine Stunde später waren die Segel fest verknotet, die Ankerkette heruntergerasselt und jedes Cru-Mitglied angemessen aufgestylt. Sie ließen die *Hercules* zu Wasser.

Alea trug ihre meerblaue Lieblingsmütze und Handschuhe, drei lange und zwei kurze Ketten, ein Männerhemd, einen bauschigen Tüllrock, eine abgewetzte Jeansweste, eine mintgrüne Strumpfhose und schwere Boots.

Sammy hatte sich Aleas puschelige pastellblaue Ohrenschützer geliehen, die er mit einer alten gepunkteten Fliege von Onkel Oskar, einer viel zu großen Hose, einem alarmgelben T-Shirt und uralten Hosenträgern kombinierte.

Tess hatte in ihre Dreadlocks ein weißes Tuch geflochten und sah, wie Sammy fand, »einfach bombe« aus. Lennox trug wie immer seine schwarze Lederjacke und Ben ein T-Shirt ohne Loch.

Sobald alle Instrumente in der *Hercules* verstaut waren, ruderte Ben los. Die Sonne brach gerade zwischen den Wolken hervor, und es wurde merklich wärmer. Alea lächelte, doch dann zog sie erstaunt die Augenbrauen zusammen. Irgendetwas kam ihr an diesem Anblick bekannt vor …

Ihr stockte der Atem. Das Silberfadenbild! Dies hier war die Bucht aus ihrer Vision! Das steinige Ufer, die moosbewachsenen, steilen Abhänge der Kliffs … Genau hier war Ben in der Vision um sein Leben gerudert und hatte sich mit besorgtem Blick umgedreht. Hatte der Leierkastenmann im schwarzen Mantel etwas damit zu tun? Aber nein, die seltsame Begegnung war ja schon geschehen, konnte also nicht in der Zukunft liegen, und niemand hatte deswegen um sein Leben rudern müssen. Außerdem sah Ben in diesem Augenblick völlig entspannt und sogar glücklich aus. Er freute sich auf Island. Und deshalb sagte Alea nichts.

Als sie das Ufer erreichten, vertäuten sie die *Hercules* hinter einem Felsen, schulterten ihre Rucksäcke und

Instrumententaschen und wanderten los. Wenig später fanden sie eine nahe gelegene Bushaltestelle.

Während sie auf den Bus warteten, gesellte Alea sich zu Lennox. Sie stand einfach nur neben ihm und hoffte, er würde irgendetwas sagen. Aber er schwieg. Als der Bus kam, setzte er sich neben Ben nach vorn und drehte sich kein einziges Mal zu ihr um. Und dabei hatte sie ihm doch erklärt, dass sie Tess gar nicht hatte küssen wollen! Oder ging es um mehr? War ihr Anblick für Lennox vielleicht eine ständige Erinnerung daran, dass er als Oblivion – als Beschützer – versagt hatte? Zumindest glaubte er das ja …

Die Fahrt wurde mehrmals dadurch unterbrochen, dass kleine Herden wilder Islandponys mitten auf der Straße herumliefen. Jedes Mal wartete der Busfahrer geduldig, bis die Tiere Lust hatten, die Straße wieder zu räumen.

Endlich erreichten sie Reykjavík. Die Stadt war viel kleiner als Hamburg, Amsterdam oder Edinburgh und eher ein großes Dorf. Bunte Häuser aus Blech drängten sich eng aneinander, und hippe, teure Geschäfte prägten das Bild. Lustig war, dass die meisten Isländer in dicken, selbst gestrickten Wollpullovern herumliefen. Manche Klischees entsprachen wohl einfach der Wahrheit.

»Ich will diesmal auch so einen Pulli!«, ließ Sammy seinen Bruder wissen. »Letztes Mal hast du gesagt, dass ich nächstes Mal einen Pulli kriege. Dieses Mal ist nächstes Mal!«

»Im Moment haben wir kein Geld dafür«, entgegnete Ben.

»Aber die Flusen auf diesen Pullis sind ein absolutes Träumchen! Das sind Bestfusseln!«

»Trotzdem nicht.«

Sammy zog einen Schmollmund. »Okay«, sagte er dennoch. »Dann lasst uns wenigstens in dieses Restaurant da gehen, damit wir mal wieder was Richtiges in den Bauch bekommen!«

Ben verdrehte die Augen. »Sammy, ich habe gerade unser letztes Geld für den Bus ausgegeben. Wir können später was essen.«

Das Restaurant, das Sammy meinte, warb auf einem großen Schild damit, man könne hier das beste Walfleisch der ganzen Stadt bekommen. Alea drehte sich der Magen um, und sie war froh, als sie weitergingen.

Sie spazierten eine lange, geschäftige Einkaufsstraße hinab und sahen sich neugierig um. Kurz darauf blieb Ben stehen. »Hier ist ein guter Platz«, verkündete er. »Hier hört man uns.« Schon packte er Bass und Verstärker aus, und die anderen machten sich ebenfalls daran, ihre Instrumente herauszuholen. Alea brauchte wie immer am längsten. Es war gar nicht leicht, ihre einundzwanzig in Zeitungspapier eingeschlagenen Weingläser auszupacken und mit genau richtig viel Wasser zu befüllen. Schließlich war aber auch Alea fertig. Sie saß neben den anderen auf einer Decke am Boden, und bestimmt sah die Band dadurch ein bisschen merkwürdig aus. Aber sie waren ja sowieso Freaks. Wen kümmerte es da, wie normale Rockbands auftraten?

Tess stellte sich mit ihrem Akkordeon ganz nach vorn. Sie war das, was Sammy als »Rampensau« bezeichnete. Manchmal nannte er sie auch »Piratenrockrampensauprinzessin«.

Lennox stand mit seiner Gitarre neben Ben. Es war wichtig, dass er während des Auftritts immer wieder von den anderen angesehen wurde, denn sonst würde das Publikum weder ihn noch sein Gitarrenspiel wahrnehmen.

Alea spuckte sich auf die Fingerspitzen, Ben zählte an, und es ging los. Ihre Eingangsnummer war einer der bekanntesten Rocksongs der Welt, und schon bei den ersten Riffs blieben einige Leute stehen. Der Sound der Alpha Cru war ungewöhnlich, denn durch das Akkordeon und die Weingläser klangen sie ganz anders als herkömmliche Bands. Und trotzdem rockten sie. Dafür sorgten Lennox, Ben und vor allem Sammy mit seiner Cajón, auf die er eindrosch, als wollte er sie in Fetzen trommeln. Tess sang mit voller Inbrunst, und ihre Powerröhre thronte wie eine Königin über dem Lied. Die ersten Münzen landeten in Bens offenem Koffer, und schnell traten immer mehr Leute heran, um zuzuhören. Als das Lied vorüber war, spendeten sie lautstark Applaus. Ben und Tess strahlten sich an, und Sammy machte eine tiefe, völlig übertriebene Verbeugung. Die Leute lachten und verlangten eine Zugabe.

Lennox spielte nun die Eingangstöne von *Wenn das*

Wasser ruft. Alea räusperte sich, denn bei diesem Lied würde sie auch mitsingen.

Tess legte sich richtig ins Zeug, schließlich war das ihr eigener Song, und den Refrain sangen sie alle zusammen:

Wenn das Wasser nach dir ruft
Wellen nur für dich erschuf
Hiss die Segel, raus, hinaus, aufs Meer …

Alea schloss die Augen. Die Kraft ihrer vereinten Stimmen zog sie in ihren Bann, und als sie die Augen wieder öffnete, sah sie ihre Gefühle in den Gesichtern der Leute gespiegelt. Viele schienen richtig begeistert oder sogar ergriffen zu sein. Da schoss Alea durch den Kopf, dass ihr Vater im Publikum sein könnte, und sie sang umso lauter mit.

Der Gedanke, dass sie das Lied an diesem Morgen aus einem eigenartigen Leierkasten hatten dringen hören – gespielt von einem geheimnisvollen Mann, der wie aus einem dunklen Märchen wirkte –, erschien ihr nun geradezu grotesk. Dieser seltsame Zwischenfall hatte sich bei ihr jedoch so eingebrannt, dass sie sich nun einbildete, einer der Männer in den hinteren Reihen wäre der Leierkastenmann. Beim zweiten Hinschauen merkte sie aber, dass sie sich geirrt hatte.

Kurz vor dem dritten Refrain rief Ben plötzlich: »Den letzten singen wir a cappella!« Das hieß, dass er den Refrain ohne Instrumentalbegleitung singen wollte. Das hatten sie nicht geprobt! Aber Alea verstand. Sie wollte ihre Stimmen auch allein hören. Pur.

Und dann sangen sie a cappella. In perfekten Harmonien schmetterten ihre Stimmen den Refrain hinaus in die Welt – und die Welt hörte zu. Der anschließende Beifall war geradezu frenetisch. Die Leute jubelten und stampften mit den Füßen, und jede Menge Geldscheine landeten in Bens Koffer. Sammy sprang auf und hüpfte jauchzend herum wie ein Flummi, der außer Kontrolle geraten war. Alea lachte und sah zu Lennox. Er lächelte auch, denn gerade steckte ihm jemand einen Schein in die Jackentasche. Als sich ihre Blicke jedoch trafen, sah er schnell woandershin.

Die Alpha Cru präsentierte noch vier weitere Stücke, und es war schon jetzt absehbar, dass sie mit dem Geld ihre gesamten Vorräte auffüllen konnten.

»Was spielen wir als Nächstes?«, fragte Alea Tess.

Da trat Sammy nach vorn. »*Ladies and gentlemen, we are the Alpha Cru!*«, gab er mit großer Stimme bekannt. Und dann sagte er, dass es zwei Bandmitglieder gäbe, die zusammen einen Song geschrieben hätten, der so schön sei, dass man heulen müsse.

Alea erstarrte. Er wollte doch wohl nicht …

Tess schüttelte ungläubig den Kopf. »Ich hab ihm unseren Song gestern vorgespielt«, raunte sie Alea überrascht zu. »Aber ich hab nicht geahnt, dass er ihn heute einfach –«

»*This is Tess, and this is Alea*«, stellte Sammy die beiden vor und forderte sie gebärdenreich auf, sich nebeneinanderzustellen.

»Das war nicht verabredet!«, zischte Alea.

Sammy zwinkerte. »Der Song ist zu gut, um nicht gespielt zu werden.«

»Aber –«

Sammy nannte den Titel, trat zur Seite und fing an zu klatschen. Das Publikum applaudierte ebenfalls und blickte die beiden Mädchen erwartungsvoll an.

Tess setzte ein Jetzt-müssen-wir-da-durch-Gesicht auf und spielte die ersten Akkorde von *Zu dir*.

Alea wäre am liebsten davongelaufen. Plötzlich war sehr viel mehr Aufmerksamkeit auf sie gerichtet als zuvor, und Lampenfieber schoss in ihr hoch wie loderndes Feuer. Wenn sie das Lied doch nur schon in einer unbeschwerten Reggae-Version eingeübt hätten, wie Alea sich vorgenommen hatte, dann wäre nicht alles so bierernst! Aber das hatten sie nicht.

»Wir singen alles zusammen«, flüsterte Tess, und Alea nickte ihr dankbar zu.

»Nachts, wenn ich nicht schlafe, träume ich mich fort zu dir …« Nur das Akkordeon begleitete sie, und ihre Stimmen waren klar und deutlich zu hören. Eigentlich passten sie nicht zueinander – Tess' kratzige Rockröhre und Aleas glasklarer Sopran –, aber genau das hatte einen gewissen Reiz. Obwohl das Lied melancholisch und ruhig war, drängten sich immer mehr Leute um sie, und Alea gab sich alle Mühe, so gut wie möglich zu singen.

Zum Schluss legte sie sogar richtig Gefühl hinein, und der Dank war tosender Applaus.

Vor Erleichterung lachte Alea. Ihr Lampenfieber war nun wie weggeblasen. Tess umarmte sie überschwänglich, und Alea drehte sich stolz zu den Jungs um. Ben und Sammy jubelten.

Aleas Lachen gefror.

Wo war Lennox?

Da sah sie ihn. Mit einem Gesichtsausdruck, der von einer tiefen Verletzung sprach, tauchte er gerade in der Menge unter.

»Lennox!«, schrie sie.

Doch er wandte sich nicht um.

»O Gott, Tess!«, rief Alea. »Er denkt auch, dass das ein Liebeslied ist! Dass wir es füreinander geschrieben haben!« Alea überlegte nicht lange. Sie musste Lennox folgen. Sie musste es ihm erklären!

Aufgeregt drängte sie sich durch die dicke Traube der Zuhörer. Wo war Lennox hingelaufen?

Verzweifelt rannte sie die Einkaufsstraße hinab. Sie musste Lennox finden. Wenn sie es nicht tat, war womöglich alles vorbei. Für immer.

Das Geheimnis des Flusses

Alea suchte und suchte, aber sie konnte Lennox nirgendwo entdecken. Er war wie vom Erdboden verschluckt. Wenig später bekam sie eine SMS von Ben, der ihr schrieb, dass die Cru jetzt einkaufen gehen würde. Danach wollten sie zum Postamt, um zu schauen, ob Onkel Oskar ihnen Geld hinterlegt hatte, wie er es oft für seine Neffen tat. »Ich würde eigentlich am liebsten mit dir nach Scorpio suchen«, schrieb Ben am Ende, »aber Landgänger sehen ihn auf der Straße ja sowieso nicht. Du bist die Einzige, die ihn finden kann.«

Damit hatte er recht. Selbst wenn Lennox direkt vor Ben herlief, würde Ben ihn nicht entdecken – es sei denn, Lennox machte ihn bewusst auf sich aufmerksam. Und das würde er ganz bestimmt nicht tun. Er war verletzt. Das verdammte Lied hatte ihn wohl endgültig davon überzeugt, dass Tess und sie Gefühle füreinander hatten.

Alea streifte ziellos durch die Straßen und folgte schließlich einem Fluss, der sich durch die Vorstadt schlängelte. Vielleicht saß Lennox unter einer der Brücken? In Amsterdam hatte sie ihn auch unter einer Brücke gefunden …

Flink kletterte sie die Uferböschung hinab und lief unter eine breite Brücke. Hier war es recht dunkel, und es gab ein paar Büsche, hinter denen man sich verstecken konnte. »Lennox?«, rief sie. »Bist du hier?«

Da fluchte jemand. Zumindest klang der Tonfall wie Fluchen, denn was gesagt wurde, konnte sie nicht verstehen. Es musste wohl Isländisch sein, was da von den Betonwänden widerhallte. Im nächsten Augenblick tauchte hinter einem der Büsche ein junger Mann auf, der Alea zornig anstarrte. Offenbar hatte sie ihn bei irgendetwas gestört.

»I'm sorry«, sagte Alea. Am besten verschwand sie sofort wieder. Der Mann schimpfte lautstark in ihre Richtung und schwang sogar drohend die Faust. Neben ihn trat nun eine junge Frau. Argwöhnisch betrachtete sie Alea, dann sagte sie etwas zu dem Mann. Dieser zuckte die Achseln, und dann kamen die beiden auf Alea zu. Irgendetwas an dem Ausdruck in ihren Gesichtern gefiel ihr ganz und gar nicht. »Ich gehe schon … ähm … *I'm leaving*«, sagte sie, aber da hatten die beiden sie bereits erreicht und verstellten ihr den Weg.

Überrascht schnappte Alea nach Luft.

Die Frau fragte sie etwas auf Isländisch, was Alea nicht verstand. Die Frau ließ aber nicht locker und wiederholte immer wieder das Wort *»peningar«*. Alea wusste nicht, was das heißen sollte – sie wusste nur, dass sie sich schleunigst aus dem Staub machen musste. Doch wie?

Plötzlich griff die Frau nach Aleas meerblauer Mütze

und wollte sie ihr offenbar vom Kopf reißen. Alea konnte gerade noch ausweichen. »*No!*«, rief sie so selbstbewusst sie konnte, aber ihr Herz raste nun regelrecht vor Angst.

Die Frau lachte und schnappte abermals nach Aleas Mütze. Alea wich zurück und fiel dabei hin. Sie landete auf der Seite, und auf einmal waren ihre Füße im Wasser.

Die Frau lachte erneut, während der Mann weiter auf Alea einredete und immer wieder »*peningar*« sagte. Jetzt beugte er sich zu ihr herunter, stieß sie grob an der Schulter an und schrie ihr direkt ins Gesicht.

Da wurde Alea ganz ruhig. Mit einem Mal war die Angst fort, und sie konnte in aller Klarheit ihre Möglichkeiten abwägen.

Rasch hielt Alea die Hand hinter ihren Rücken, sodass diese ins Flusswasser eintauchte. Sie sah nicht, ob die orangefarbene Flüssigkeit aus ihren Fingerspitzen schoss, aber sie konnte es fühlen: Sie schickte Zavana Ravanda – *SOS*. Falls Magische in diesem Fluss lebten, würden sie versuchen ihr zu helfen.

Die Frau zog ihr mit nun einem Ruck die Mütze vom Kopf, setzte sie sich selbst auf und gackerte triumphierend.

Alea blieb am Wasser sitzen. Sie durfte sich keinesfalls auf einen Kampf mit diesem Paar einlassen, denn den würde sie verlieren …

Der Mann sagte etwas zu der Frau, was dieser nicht zu gefallen schien. Sie schrie ihn an, zog sich die Mütze vom

Kopf und schleuderte sie zu Boden. Nun begannen die beiden in patzigem Tonfall miteinander zu streiten.

Deshalb hätte Alea es fast überhört, als ein leises Stimmchen hinter ihr sagte: »Wir sind hier.«

Ihr Herz machte einen Sprung. Hilfe war gekommen! »Wer seid ihr?«, flüsterte sie. Sie wagte es nicht, sich umzudrehen.

»Wir sind Isibellen, die Hüterinnen dieses Flusses«, kam die Antwort.

Isibellen! Alea kannte das Volk der kleinen Flussgeister. In Schottland hatten sie ihr aus einer äußerst brenzligen Lage herausgeholfen. »Diese Leute da bedrohen mich«, wisperte Alea. »Könnt ihr mir helfen?«

Sie hörte leises Gemurmel, als würden sich mehrere Isibellen miteinander beraten. Unterdessen stritt sich das Paar auf immer rüdere Weise und beachtete Alea nicht weiter.

Rasch wandte Alea den Kopf. Hinter ihr bot sich ein ganz besonderes Bild: Mindestens ein Dutzend Isibellen ritt auf Lachsen in der Strömung. Die kleinen Wesen sahen den Isibellen in Schottland sehr ähnlich: Sie hatten überlange Arme und Beine und langes, luftiges Haar, das an Schleierwolken erinnerte und in dem glitzernde Wasserperlen glänzten.

»Wir können gegen diese Landgänger nichts ausrichten!«, erwiderte eine Isibelle mit Kleinmädchenstimme. »Das tut uns leid.« Mit übergroßen, dunklen Augen schaute sie Alea entschuldigend an.

Alea drehte sich eilig wieder um, damit das Paar die magischen Wesen nicht bemerkte. Zum Glück waren die beiden vollauf mit sich selbst beschäftigt. »Warum könnt ihr nichts tun?«, fragte Alea leise nach hinten.

»Sie sind an Land«, hörte sie die Antwort. »Wir können das Wasser nicht gänzlich verlassen. In der Luft würden wir zu Staub zerfallen.«

Erschrocken schüttelte Alea den Kopf. Das wollte sie auf keinen Fall. »Gibt es noch andere Magische im Fluss?«

»Nein, hier sind nur wir.«

Alea presste die Augenlider zusammen. *Was jetzt?* Ihr Verstand ratterte. Es gab noch drei Möglichkeiten. Entweder versuchte sie davonzulaufen, oder sie sprang in den Fluss, oder … sie versuchte etwas anderes. Sie entschied sich für Letzteres, da sie kaum glaubte, schneller als die beiden zu sein oder im Fluss schwimmen zu können, denn das Wasser darin war viel zu flach.

Sie behielt den Mann und die Frau genau im Blick, passte einen guten Moment ab und zog ihr Handy aus der Tasche. Mit zwei schnellen Bewegungen holte sie ein Foto von Lennox auf den Bildschirm und zeigte es den Isibellen. »Sucht diesen Jungen. Er könnte unter einer Brücke hier in der Nähe sitzen. Falls ihr ihn findet, holt ihn her. Mein Name ist Alea. Sagt ihm, dass ich in Gefahr bin!«

Es bestand nur der Hauch einer Chance, aber falls die Isibellen Lennox tatsächlich finden sollten, konnte er ihr helfen. An Land war Lennox der beste Leibwächter, den man sich vorstellen konnte.

»Wir suchen ihn!«, riefen die Isibellen mit ihren hohen Stimmchen, und dann waren sie fort.

Da schrie die Frau Alea plötzlich wieder an. Aufgeregt wies sie auf das Handy. Alea hatte es nicht schnell genug weggesteckt. Die Frau baute sich vor ihr auf und machte unmissverständlich klar, dass sie es haben wollte.

Alea zögerte. Das Handy war ihr wertvollster Besitz – und ihre Verbindung zu Marianne.

Die Frau riss ihr das Handy nun einfach aus der Hand, lachte ein irres Lachen und steckte das Telefon ein. Dann diskutierte sie mit ihrem Freund. Schließlich verlangten sie wieder *»peningar«* und schienen Alea nun danach durchsuchen zu wollen. Wollten sie Geld? Alea sprang auf und hob abwehrend die Hände, aber die Frau ergriff sie und hielt sie fest, während der Mann die Taschen ihrer Jeansweste durchwühlte. Aus einem Impuls heraus stieß Alea der Frau ihren Ellbogen in die Seite, woraufhin diese laut aufschrie und sie losließ. Alea begann zu laufen, aber schon war der Mann bei ihr und hielt sie wieder fest.

Im nächsten Moment wurde der Mann gerammt. Irgendetwas prallte mit enormer Wucht gegen ihn und riss ihn zu Boden.

Alea hörte die Frau entsetzt schreien.

Dann sah sie, was den Mann umgerissen hatte.

Es war Lennox. Mit einem geschmeidigen Satz sprang er gerade auf und begann mit dem Mann zu kämpfen. Er versetzte ihm ein paar gezielte Fußtritte und einen Kinnhaken. Der Mann wehrte sich, aber Lennox war eindeutig der bessere Kämpfer. Mit seinem vollen Gewicht stürzte er sich auf den Kerl und nahm ihn in den Schwitzkasten. Der Mann versuchte Lennox abzuschütteln, aber vergebens.

Die Frau schrie noch einmal, doch diesmal klang der Schrei anders. Alea wandte sich zu ihr um und sah, dass die Frau mit weit aufgerissenen Augen zum Fluss starrte. Dort lugten mindestens fünfzig Isibellen aus dem Wasser. Alle ritten auf Lachsen, die in dem klaren Wasser ebenfalls gut zu erkennen waren. Der Anblick war so unwirklich, dass jeder Landgänger eigentlich an seinem Verstand hätte zweifeln müssen. Aber dies war Island. Die Frau schien nicht an ihrem Verstand zu zweifeln, sondern vielmehr davon begeistert zu sein, dass der Fluss ein Geheimnis besaß.

Auch der Mann hatte die Isibellen inzwischen entdeckt, zeigte mit dem Finger auf den Fluss und rief überrascht etwas auf Isländisch.

Da tat Lennox das, was ein Oblivion in solch einem Fall tun musste. Er zog das Gesicht des Mannes zu sich herum und sagte: »*You will forget the girl, you will forget me and everything you saw in the river.*« – *Du wirst das Mädchen vergessen, du wirst mich und alles vergessen, was du im Fluss gesehen hast.*

Wie ferngesteuert nickte der Mann. Die Frau bekam davon nichts mit, denn sie glotzte zu den Isibellen. Sie sah Lennox nicht kommen. Schon war er bei ihr und wiederholte, was er dem Mann gesagt hatte. Ihr Blick wurde starr, dann nickte auch sie.

Lennox nahm ihr das Handy ab. Dann gingen der Mann und die Frau Hand in Hand davon wie ein harmloses Liebespaar, das heute nichts Interessantes erlebt hatte. Sie hatten für immer vergessen, was unter dieser Brücke geschehen war.

Lennox eilte zu Alea. »Alles in Ordnung?«

»Ja«, sagte sie und fiel ihm in die Arme. Einfach so, ohne nachzudenken. Dazu war sie viel zu aufgewühlt und erleichtert.

Mit steifem Griff hielt Lennox sie fest.

»Wir haben ihn unter der nächsten Brücke gefunden«, hörte Alea ein Stimmchen.

Sie lief zum Fluss und kniete sich ans Ufer. »Danke!«, sagte sie den vielen kleinen Gesichtern, die sie neugierig anstarrten. »Ich weiß nicht, was ohne euch passiert wäre.«

»Sag uns: Haben noch andere Meermenschen überlebt?«, fragte eine der Isibellen. »Kommen unsere Flussmenschen zurück? Oder sogar die Lachswanderer?«

»Ich glaube, nicht«, antwortete Alea und war ein bisschen enttäuscht, dass die Isibellen *sie* das fragten. »Kennt ihr denn keine anderen Meermenschen? Hier auf Island sollen sich einige aufhalten.«

»Wirklich?« Die Flussgeister schüttelten die winzigen Köpfe. »Wir haben seit Ewigkeiten niemanden von eurem Volk mehr gesehen.«

»Aha.« Alea seufzte. Doch dann sagte sie sich, dass die

Isibellen ja ausschließlich in kalten Flüssen lebten. Darin herrschte der Virus, und es war eigentlich klar, dass ihr Vater sich hier nicht aufhalten konnte. »Trotzdem danke für eure Hilfe.«

»Gern! Jederzeit!« Die Isibellen kicherten ein Kinderlachen. »Wir wünschen euch stets guten Wellenschlag!« Damit tauchten die Hüterinnen des Flusses eine nach der anderen auf ihren Lachsen in die Stromschnellen ab.

Alea und Lennox blieben allein unter der Brücke zurück.

Während Alea ihre Mütze vom Boden aufhob, stand Lennox unentschlossen da. »Was machst du unter so einer dunklen Brücke?«, fragte er schließlich.

»Ich habe nach dir gesucht. Du bist einfach abgehauen!« Als Lennox nicht antwortete, ging Alea zu ihm. Er wirkte nicht mehr so wütend wie zuvor, aber enorm niedergeschlagen.

»Es tut mir leid, dass ich dich in Gefahr gebracht habe«, sagte er leise. »Aber … wenn du lieber mit Tess als mit mir zusammen sein willst, dann … sag es doch einfach.«

Alea holte tief Luft, um etwas zu erwidern und ihn vom Gegenteil zu überzeugen. Da wusste sie plötzlich, dass Worte nicht genug waren.

Sie zögerte nicht, denn sie befürchtete, dass sie einen Rückzieher machen würde, wenn sie auch nur eine Sekunde zu lange nachdachte. Deswegen tat sie es einfach. Sie trat ganz nah an ihn heran.

Und dann küsste sie Lennox.

Schicksal

Es war schöner, als sie gedacht hatte. Viel schöner. All die Gedanken, all die Sorgen, die Alea sich ums Küssen gemacht hatte, waren vergessen, als ihre und Lennox' Lippen sich trafen. Lennox schmeckte nach Weite, nach Wärme, nach Wasser. Alea hätte für immer in diesem Gefühl schwimmen können, das sie mit sich riss wie eine süße Flut. Doch irgendwann lösten sie sich voneinander.

Lennox fuhr sich verlegen durch das Haar. »Ich … äh … Das war …«

Alea lachte.

Da lachte auch Lennox.

Alea schmiegte sich an ihn, und er nahm sie nun endlich richtig in den Arm. Nach einer Weile murmelte er: »Was sollte dieser ganze Mist mit Tess, wenn du mich eigentlich doch …«

Alea rückte ein Stück von ihm ab, um ihn ansehen zu können. »Das habe ich dir doch schon gesagt, aber du hast nicht zugehört«, sagte sie und versuchte dabei nicht allzu vorwurfsvoll zu klingen, denn sie war viel zu froh, dass er endlich wieder mit ihr redete. »Ich wollte Tess nicht küssen. Ich habe nie auch nur in diese Richtung gedacht!«, erklärte sie. »Tess hat den Text falsch verstanden, den ich für Anthea geschrieben habe.«

»Für Anthea?«, wiederholte Lennox. »Das Lied ist für Anthea?«

»Ja, Herrgott!« Alea fragte sich, wie ein einziges Lied nur so viele Missverständnisse hervorrufen konnte. »Aber Tess hat gedacht, dass es in dem Text um sie geht – um meine heimliche Sehnsucht nach ihr. Deshalb hat sie mich ja auch geküsst. Vorher hat sie nicht geglaubt, dass ich ihre Gefühle teilen könnte, aber dann hat sie plötzlich Hoffnung gekriegt.«

Lennox hörte ihr aufmerksam zu. »Deswegen hat sie damals auch gelogen, oder?«, fragte er. »Du weißt schon, als sie gesagt hat, dass ich bestimmt nicht an dir interessiert wäre.«

»Ja, das war wohl der Grund. Aber später hat sie ihre Lüge wirklich bereut.«

»Mhm«, machte Lennox und wirkte alles andere als überzeugt. »Und du bist dir sicher, dass wir …«

»Ja, verdammt noch mal!«, fluchte Alea und küsste Lennox gleich ein zweites Mal.

Als sie sich danach wieder voneinander lösten, grinste er. »Ist ja gut«, sagte er schmunzelnd. »Ich wäre ein Idiot, wenn ich jetzt noch zweifeln würde.«

»Du bist ja auch ein Idiot«, antwortete Alea charmant. »So oder so. Aber ich bin trotzdem in dich verliebt.«

Lennox lächelte. »Da hab ich aber Glück.«

»Stimmt.« Alea erwiderte sein Grinsen. »Du hast es mir in letzter Zeit echt nicht leicht gemacht.«

»Wahrscheinlich nicht«, gab Lennox zu. »Ich hätte dir besser zuhören müssen …«

»Du hast mich zwei Tage lang komplett links liegen lassen!«

»Ja, ich …« Plötzlich trat dieser traurige Ausdruck wieder in seine Augen. »Ich hatte auch ein paar Probleme mit mir selbst.«

»Ja, du denkst, du würdest mir nicht … genügen. Dass ich dich weniger toll finden könnte, weil du keine Kiemen und Schwimmhäute hast. Und dass du mir ein Klotz am Bein sein könntest. Aber das ist alles Blödsinn!«

»Wirklich?«, fragte Lennox. Er wirkte ruhig. Alea spürte allerdings die Verzweiflung, die hinter seiner Frage stand. »Ist das wirklich Blödsinn? Ich behindere dich doch im Wasser.«

»Aber das ist mir egal. An Land bist du nicht zu schlagen. Das hast du doch eben erst wieder bewiesen!«

Lennox wirkte ernst. »In einer Gefahrensituation im Wasser könnte es aber einen Unterschied machen«, sagte er. »Und du wirst dich in Zukunft bestimmt vor allem im Meer aufhalten. So wie es aussieht, hast du dort ein … großes Schicksal.«

Alea schwieg.

»Der Tasfar scheint in dir etwas Besonderes gesehen zu haben«, fuhr Lennox fort. »Deine Elvarion-Stärke und die Tatsache, dass du immun gegen den Virus bist, zeigen nur, dass er recht haben muss. Außerdem hast du einen wahnsinnig guten Instinkt – du weißt manchmal Dinge, obwohl du sie eigentlich gar nicht wissen kannst. Irgendetwas ist mit dir, Alea. Du bist kein normales Meermädchen.«

Sie spürte, dass sich ihre Wangen röteten. Lennox beschrieb ziemlich gut, was ihr immer öfter selbst durch den Kopf ging.

»Und deshalb brauchst du den besten Schutz, den man überhaupt kriegen kann«, sprach Lennox weiter. »Schau dir an, in wie viele gefährliche Situationen du bereits geraten bist!« Er machte eine Handbewegung, die eine lange Reihe mit offenem Ende beschrieb. »Ich glaube, du wirst noch oft in Gefahr geraten, denn das, was im Meer auf dich wartet, ist bestimmt nicht leicht.«

»Aber es gibt doch niemanden, der besser auf mich aufpassen könnte als du!«

»Weil ich der einzige Oblivion bin, den wir kennen? Und ein halber ist besser als gar keiner?«, fragte er mit bitterem Unterton. »Darüber habe ich in den letzten Tagen lange nachgedacht.«

»Worüber?«

»Darüber, dass wir einen richtigen Oblivion brauchen.«

Erstaunt blickte Alea ihn an.

»Wir müssen die anderen Meerkinder finden, von denen Artama gesprochen hat«, erklärte er.

Aleas Herz schlug schneller. Nichts wollte sie lieber tun als das!

Lennox war aber offenbar aus einem anderen Grund daran interessiert als sie. »Vielleicht ist eines dieser Kinder ein Oblivion«, sagte er, »und vielleicht schließt es sich uns an – um dich richtig zu beschützen.«

»Aber der Virus würde die anderen Kinder doch töten, wenn sie ins kalte Wasser kämen!«, wandte Alea ein. »Nur wir beide können im Meer schwimmen, sonst niemand! Du solltest froh über deine Landgängerseite sein. Ohne sie könntest du überhaupt nicht ins Wasser.«

Lennox nickte, schien aber trotzdem nicht von seiner Idee ablassen zu wollen. »Womöglich ist ja unter den anderen Kindern noch eines immun gegen den Virus …«

»Glaubst du?« Konnte das sein? »Und dieses Kind ist dann ausgerechnet ein Oblivion? Das wäre aber ein extremer Zufall.«

»Vielleicht ist es Schicksal.«

»Aber … wir beide sind doch Schicksal.«

»Ich bin nicht vollständig, Alea!«, rief er, und seine zurückgehaltene Verzweiflung brach endgültig hervor. »Ich mache alle nur unglücklich!«

»Wie meinst du das?«

In seinen Augen flackerte es. »Meiner Mutter war ich auch ein Klotz am Bein.«

»Deiner Mutter?«, fragte Alea verblüfft. Doch auf einmal hatte sie das Gefühl, sie kämen der Sache, die am heftigsten an Lennox nagte, endlich näher.

»In ihrer Botschaft hat sie es doch gesagt!«, stieß er hervor. »Eigentlich hatte sie geplant, nach meiner Geburt mit mir und ohne meinen Nichtsnutz von einem Landgängervater zu ihrem Clan in die Ostsee zurückzukehren und mich dort aufwachsen zu lassen. Aber als ich geboren wurde, war sie enttäuscht. Ich hatte weder Kiemen noch Schwimmhäute. Sie konnte mich nicht mit nach Hause zu ihren Leuten nehmen. Nur meinetwegen musste sie bei meinem Vater an Land bleiben, obwohl sie ihn nie wirklich geliebt hat. Ich habe ihr das ganze Leben versaut!«

Bestürzt blickte Alea ihn an. Das war es also. Das war der wahre Grund für Lennox' Verzweiflung.

Lennox schossen Tränen in die Augen. »Wenn ich ein richtiger Meermensch wäre, hätte ich sie nicht unglücklich gemacht.«

»Deine Mutter hat dich doch so sehr geliebt«, sagte Alea. »Das war in ihrer Botschaft mehr als deutlich zu sehen. Ich würde mein Leben darauf verwetten, dass sie niemals bereut hat, dich bekommen zu haben. Hat sie das nicht sogar gesagt?«

»Wirklich?« Lennox zog den Fotostein mit dem Bild seiner Mutter aus der Hosentasche und starrte ihn todtraurig an. Dann schaute er wieder zu Alea. »Weißt du genau, dass sie gesagt hat, sie hätte es nie bereut?«

Alea konnte es nicht beschwören, aber das war jetzt nicht wichtig. »Ja, ich erinnere mich genau daran«, log sie. »Sie hat gesagt, dass ihr Leben mit dir und deinem Vater trotz allem sehr schön war und sie sich nichts Besseres hätte wünschen können. Genau das hat sie gesagt«, bekräftigte sie.

Lennox sah sie an wie ein Ertrinkender einen Strohhalm, und Alea umarmte ihn fest.

»Du meinst, es war für sie vielleicht doch nicht so schlimm, mich als Sohn zu haben?«, fragte er leise.

»Nein, ganz bestimmt nicht.«

Eine kleine Ewigkeit lang standen sie da und hielten einander einfach nur fest. »Okay«, sagte Lennox irgendwann. Alea nickte. Hand in Hand verließen sie wortlos das Flussufer und gingen langsam zurück zum Ortskern.

Lennox wirkte nun entspannter – als hätte er sich von einer schweren Last befreit. Gleichzeitig war er bestimmt heilfroh, dass er sich in Bezug auf Tess und Alea geirrt hatte. »Hast du Hunger?«, fragte er und zog einen Geldschein aus seiner Jackentasche. Es war einheimisches Geld: fünftausend isländische Kronen. Alea schätzte, dass das umgerechnet knapp über dreißig Euro sein mussten – Sammy hatte ihr den Wechselkurs am Morgen noch vorgebetet. »Den hast du beim Auftritt bekommen, oder?«, fragte sie Lennox.

»Ja, den hat mir jemand zugesteckt – *for the phenomenal guitar*«, erklärte er grinsend. »Ich hab dahinten eine Bäckerei gesehen. Sollen wir uns Sandwiches holen? Vielleicht haben sie auch Salat.«

Alea lachte. So wie sie aß Lennox am liebsten Rohkost. »Lass uns das machen!«

Schnell sagte sie Ben per SMS Bescheid, dass sie Lennox gefunden hatte und dass sie die anderen später in der Innenstadt treffen würden, und dann schlenderte sie mit

Lennox zu der Bäckerei. Dort bekamen sie sowohl Sandwiches als auch Salat und setzten sich damit draußen auf eine Bank unter einen Baum.

Während sie aßen, begann Alea von den Dingen zu sprechen, die sie Lennox noch gar nicht erzählt hatte – von Portikus und dem geschenkten Flex, von den Gesprächen mit Tess und davon, wie das Paar unter der Brücke aufgetaucht war. Endlich redeten sie wieder ganz normal miteinander, und endlich durfte sie wieder Lennox' Hand halten! Sie nahm sie immer wieder, und mehr als einmal beugte er sich mitten im Gespräch zu ihr herüber und küsste sie. Er küsste sie lachend, er küsste sie, als sie beide den Mund voll hatten, und Alea fragte sich, warum sie sich wegen des Küssens so verrückt gemacht hatte. Es war einfach nur schön und viel leichter als gedacht!

Am frühen Abend stießen sie wieder auf die anderen Mitglieder der Alpha Cru.

Tess schleppte vor der Brust ihr Akkordeon, auf dem Rücken Aleas Rucksack mit den Weingläsern und in den Händen drei Einkaufsbeutel. Ben brachte seinen Basskoffer, Lennox' Gitarrenkoffer, einen Verstärker und Sammys Cajón mit. Sammy trug seinerseits einen dottergelben gestrickten Wollpulli mit Islandponys darauf. In der Hand hielt er ein Eishörnchen mit mindestens vier Kugeln und strahlte von einem Ohr zum anderen. »Ich bin so vollgefressen, dass ich vor Glück schreien könnte.«

»Mach doch«, sagte Alea.

»Nein!«, winselte Tess, während Sammy schon tief Luft

holte. Dann quietschte er aus vollem Hals. Es war ein langer, brutal hoher Freudenquietscher, der sowohl die Alpha Cru als auch sämtliche Passanten, die in der Nähe waren, zum Zusammenzucken brachte. Einige Leute warfen ihm tadelnde Blicke zu, aber Sammy beeindruckte das nicht. »Ich bin eben ein komischer Vogel«, sagte er achselzuckend.

»Und zwar gerne!«, rief die Alpha Cru im Chor.

Ben ging nun zu Lennox und blickte ihn fragend an. Lennox nahm ihm erst mal seine Gitarre ab und ließ sich von Tess einen Einkaufsbeutel geben.

Tess musterte Alea ihrerseits aufmerksam, aber niemand sagte etwas, bis Ben die Frage stellte, die ihn, Tess und Sammy wohl brennend interessierte. »Habt ihr zwei eure … Sache klären können?«

»Ja, es ist alles wieder gut zwischen uns«, antwortete Alea und nahm demonstrativ Lennox' freie Hand.

Tess senkte den Blick.

Ben nickte erleichtert. »Super.«

Sammy wischte sich mit einem knatschdottergelben Ärmel über den eisverschmierten Mund. »Wunderbärchen!«

Tess holte tief Luft und wandte sich an Lennox. »Das war alles echt doof«, begann sie. »Wie ich –«

Lennox winkte jedoch sofort ab. »Lass gut sein.«

Tess biss sich auf die Lippe und schwieg.

Alea nahm Tess nun den Rucksack mit ihren Weingläsern und einen Einkaufsbeutel ab und berichtete den anderen von dem Vorfall unter der Brücke.

Ben war sichtlich schockiert. »So was hab ich noch nie gehört. Die Isländer sind eigentlich total nette Leute!«

»Was heißt denn *peningar*?«, fragte Alea Ben, der acht Fremdsprachen beherrschte. Isländisch war eine davon. »Geld?«

»Ja, richtig! Geld«, bestätigte Ben, dann schüttelte er den Kopf. »Sie wollten dich ausrauben. Unglaublich. In Island gibt es kaum Kriminalität, es ist das sicherste Land Europas! Am liebsten würde ich zur Polizei gehen.« Aber das konnten sie natürlich nicht, denn mindestens einer von ihnen war ein Ausreißer, und die rechtliche Situation der anderen war alles andere als geklärt.

»Gehen wir lieber zum Schiff zurück«, schlug Alea vor.

»Ja«, antwortete Ben, der ziemlich müde aussah. »Morgen machen wir uns auf die Suche nach deinem Vater.«

Alea lächelte. »Wunderbärchen.« Während sie nun wieder in Richtung der Bushaltestelle spazierten, sagte sie zu Lennox: »Sollen wir heute Abend noch ein bisschen schwimmen gehen? Ich ziehe meinen Flex an, und wir suchen zusammen nach Rotfarn.«

Bevor Lennox antworten konnte, sagte Ben: »Das solltet ihr lassen. Es gibt vor Island jede Menge Wale.«

Alea seufzte schwer. Sie durfte das Risiko, noch einmal von Walen hypnotisiert zu werden, wahrscheinlich wirklich nicht wieder so leichtfertig eingehen. Lennox konnte sie im Zweifelsfall nicht schützen. Sie sollte die Gefahr, die für sie von den Walen ausging, besser ernst nehmen. Nur leider würde das heißen, dass sie nie wieder ins Meer konnte! Und das kam für sie nicht infrage. Schweigend dachte Alea an die Wale, die vor Island durch die Tiefen tauchten, und die sie nur allzu gern kennengelernt hätte. Dann erinnerte sie sich an das Schild vor dem Restaurant, und ein kalter Schauer lief ihr über den Rücken. »Die Wale werden hier gejagt, oder? Und gegessen.«

Ben machte eine beschwichtigende Geste. »Es gibt hier auch eine Initiative zum Schutz der Wale! Am Hafen wird zum Beispiel *Whale Watching* angeboten.«

Alea wusste, was das war – Touristen fuhren mit Booten aufs Meer hinaus, um Wale zu beobachten. Die Tiere wurden stundenlang verfolgt. Warum konnten die Landgänger die Wale nicht einfach in Ruhe lassen? »Wie soll *Whale Watching* denn den Walen helfen?«, fragte Alea. »Es stört sie doch nur!«

Bens Antwort machte sie jedoch nachdenklich. »Durch die Bootstouren verdienen die Leute Geld mit den Walen«, sagte er. »Und solange das so ist, haben die Wale lebendig einen größeren Wert als auf dem Teller. Also schützt *Whale Watching* die Wale.«

Alea nickte frustriert. Wahrscheinlich war das Verfolgtwerden in diesem Fall tatsächlich das kleinere Übel.

Sie hatten die Haltestelle erreicht, und kurz darauf kam der Bus, der sie zurück zu ihrer Bucht brachte. Schwer bepackt marschierten sie an der seltsam prunkvollen, efeubewachsenen Villa vorbei, die sich einsam über dem Strand erhob, und holten die *Hercules* hinter dem Felsen hervor. Kurz darauf waren sie wieder auf der *Crucis*.

Nachdem die Einkäufe verstaut waren, ging Lennox allein schwimmen. Alea war ein bisschen neidisch, dass er ins Wasser durfte und sie nicht, aber sie brauchten dringend neuen Rotfarn – und den gab es leider nicht im Supermarkt.

Während Lennox fort war, machte Alea es sich mit Tess, Ben und Sammy im Salon gemütlich. Sie tranken schwarzen Tee mit Milch, aßen Süßigkeiten, frisches Obst und Chips und schauten in dem Island-Reiseführer nach, wo die heißen Quellen der Insel genau lagen.

»Wie wäre es, wenn wir mit der größten und berühmtesten Quelle anfangen?«, schlug Ben vor. »Sie heißt *Die Blaue Lagune*, und wir könnten mit dem Reisebus hinfahren. Von Reykjavík aus gehen jeden Tag Touren nach Grindavík, wo die Blaue Lagune liegt.«

Sammy, der gerade Chips und Schokoladenstückchen zerbröselte, um sie sich als exquisite Mischung genüsslich in den Mund rieseln zu lassen, nuschelte: »Wenn es Schicksal ist, dass du deinen Vater findest, dann richtet das Schicksal es bestimmt auch so ein, dass wir nicht lange suchen müssen, oder? Alles andere wäre ja unlogisch.«

Alea lachte. »Ja, total unlogisch!«, rief sie und warf sich lässig ein Bonbon in den Mund. Sie fühlte sich leicht und unbeschwert. Endlich hatte sie sich mit Lennox ausgesprochen!

Als sie jedoch bemerkte, wie Tess sie sehnsüchtig anblickte und dann schnell fortschaute, musste Alea sich eingestehen, dass sich nicht alle Probleme in Luft aufgelöst hatten. Tess musste sie schon früher so angesehen haben wie gerade, aber es war Alea nie aufgefallen. Nun fiel es ihr oft auf – ebenso wie Tess' Bemühungen, ihre Liebe für Alea unter den Teppich zu kehren. Alea wusste nicht recht, was sie davon halten sollte. Die Sache herunterzuspielen, war für den Frieden an Bord sicherlich förderlich. Vielleicht würde so auch Lennox Tess eines Tages verzeihen können. Aber wie ging es Tess dabei? Tat es ihr nicht furchtbar weh, dass Alea sie derart zurückgewiesen hatte? Und wie mochte es für Tess sein, sie und Lennox zusammen zu sehen? Irgendwann würde Alea ihre Freundin noch einmal darauf ansprechen müssen …

Angestrengt lutschte Alea auf ihrem Bonbon herum und zwang sich nun, wieder an etwas Schönes zu denken. Bald würde sie ihren Vater treffen. Er war ganz nah. Das konnte sie spüren. Er war hier irgendwo auf dieser Insel. Und wenn das Schicksal es wollte, würden sie einander vielleicht schon morgen begegnen …

Unbekannte Besucher

Alea wachte auf und streckte sich. Das Bett über ihr quietschte. Tess war wieder in die Mädchenkajüte eingezogen und drehte sich wohl gerade noch einmal um.

Leise stand Alea auf, huschte zum überquellenden Einbauschrank und suchte nach Anziehsachen. Dabei fiel ihr der Flex in die Hände, und sie ließ voller Sehnsucht die Fingerspitzen über das glatte, kühle Material gleiten. Dann hielt sie inne. Hatte sie den Flex nicht gestern Morgen auf den Stuhl gelegt, damit er gleich griffbereit war, wenn sie schwimmen gehen wollte? Wieso lag er jetzt im Schrank?

Alea zuckte die Achseln und schlich mit den Anziehsachen in der Hand in den Salon. Lennox wachte gerade auf. »Guten Morgen«, brummte er.

»Morgen!« Alea setzte sich zu ihm aufs Sofa. »Hast du gestern noch Rotfarnfelder gefunden?«, überfiel sie ihn.

Lennox richtete sich auf und rieb sich die Augen. »Lass mich erst mal wach werden, ja?«

Alea wartete genau drei Sekunden. »Und?«

Lennox lachte. »Du wirst Sammy immer ähnlicher.«

»Das nehme ich mal als Kompliment.«

»Wenn du meinst …«

Sie knuffte ihn, und beide lachten.

»Ich hab leider keinen Rotfarn gefunden«, sagte Lennox. »Aber ich glaube, weiter draußen liegt eine Ruinenstadt. Meine Luft hat nicht gereicht, um so weit runterzutauchen. Das nächste Mal nehme ich eine Tauchflasche mit.«

»Ja, gute Idee.« Alea hätte nicht übel Lust gehabt, auf der Stelle mit Lennox dorthin zu tauchen. Sie hatte erst ein einziges Mal eine richtige Unterwasserstadt gesehen, wenn sie Rach Turana nicht mitzählte – und das auch nur aus der Ferne. »Bist du Walen begegnet?«

»Ich habe sogar mehrere Walschulen gesehen!« Als *Schule* bezeichnete man eine Gruppe von Walen, wie Alea nur zu gut wusste. »Hier gibt es wirklich viele.«

»Ja, das glaube ich dir sofort.« Vergangene Nacht hatte Alea sie rufen gehört und sich schließlich selbst gemachte Stöpsel aus Taschentuch in die Ohren gestopft, damit sie nicht etwa schlafwandelnd ins Meer springen würde.

Alea konnte ihrer Sehnsucht nach dem Wasser nicht weiter nachhängen, denn nun kam Sammy in den Salon geschneit. »Einen wunderbärigen Morgen wünsche ich euch!«

»Wunderseebärig?«, fragte Alea.

Sammys Augen blitzten auf. »Wunderseebärchen!«

Lennox ließ sich stöhnend aufs Sofa zurücksinken.

Sammy hüpfte weiter zur Küchennische und nahm sich einen Karamellpudding aus dem Kühlschrank, während Alea nun ins Bad ging.

Eine Stunde später verließ die Alpha Cru abermals das Schiff. Heute hatte sie keine Instrumente dabei, sondern nur ihre Schlafsäcke für den Fall der Fälle – und ein paar Hoffnungen. Alea hoffte, ihren Vater zu finden, und Lennox hoffte wahrscheinlich insgeheim, dass sie Keblarr nicht finden würden und er ihnen Alea nicht wegnehmen konnte.

Sie setzten mit der *Hercules* über, und als Alea Ben rudern sah, überfiel sie erneut die Erinnerung an das Silberfadenbild.

»Was ist los?«, fragte Tess, der Aleas plötzliches Unbehagen offenbar nicht entgangen war.

»Ich habe euch gestern nichts gesagt, weil ich … uns nicht grundlos den Tag verderben wollte«, druckste Alea herum. »Aber diese Bucht hier ist einer der Orte, die ich in den Silberfadenvisionen gesehen habe.«

Die anderen starrten sie erschrocken an.

»In einer Vision hat Ben ja ganz verbissen gerudert und so besorgt ausgesehen«, sagte sie. »Das war hier – oder wird hier sein.«

Lennox' Augen hatten sich verengt, und er blickte sich um, als suchte er das Gebiet nach möglichen Gefahren ab.

Ben ruderte indessen unbeirrt weiter. »Vielleicht hat es etwas damit zu tun, dass gestern jemand auf dem Schiff war, während wir weg waren.«

Tess japste. »Was? Jemand war auf der *Crucis*?«

»So was kommt schon mal vor, wenn man seinen Kahn auf See zurücklässt«, wiegelte Ben ab. »Das Schiff hätte aber nicht geklaut werden können, keine Sorge. Das Deckshäuschen war gut verschlossen. Nur die Bordtür nicht. Das hatten wir wohl vergessen«, sagte er mit einem Seitenblick auf seinen Bruder, der gerade mindestens zehn Zentimeter kleiner wurde.

»Woran hast du gemerkt, dass jemand an Bord gewesen ist?«, fragte Lennox.

»Unser Laptop war auf Stand-by. Dabei bin ich mir sicher, dass ich ihn gestern Morgen ausgeschaltet hatte. Und du weißt ja, man kriegt das alte Ding nur aus, wenn man einmal kurz gegen die rechte Seite schlägt, sonst hakt es«, erklärte Ben. »Derjenige, der den Laptop angemacht hat, wusste das offenbar nicht und konnte ihn nicht wieder ausschalten. Außerdem waren Fingerabdrücke auf der Scheibe am Deckshäuschen – von einer sehr großen Hand, definitiv größer als meine.«

»Riesen!«, stieß Sammy hervor. »Es waren Riesen an Bord!«

Alea wurde unruhig. Der Gedanke, dass Fremde auf der *Crucis* gewesen waren, erschreckte sie. »Mein Flex!«, rief sie, als ihr plötzlich einfiel, worüber sie sich beim Aufstehen gewundert hatte. »Ich hatte ihn auf den Stuhl gelegt. Aber heute Morgen war er auf einmal im Schrank.«

»Jemand war in der Mädchenkajüte?«, kiekste Tess, und Alea konnte gut verstehen, dass sie so schockiert aussah.

»Ist denn irgendwas weg?«, fragte Ben. »Vermisst ihr was?«

Alle schüttelten den Kopf.

»Offenbar waren es also keine Diebe«, schlussfolgerte Ben.

»Na ja«, warf Alea ein. »Bei uns gibt es einfach nichts Interessantes zu stehlen.«

»Heute habe ich jedenfalls beide Türen mit Fahrradschlössern verrammelt«, erklärte Ben. »Falls noch mal jemand kommt, kann er nicht rein.« Er wurde nachdenklich. »Es könnte aber sein, dass wir auf dem Rückweg zur *Crucis* jemanden an Bord sehen und ich deshalb wie ein Irrer zum Schiff rudere. Könnte das die Vision gewesen sein?«

Alea hob die Schultern. »Vielleicht.«

Sammy klinkte sich ein. »Scorpio würde jeden vermöbeln, der sich auf unser Schiff schleicht!«, rief er. »Wofür hat man sonst einen Krieger in der Bande?«

Lennox lächelte knöchern. Die Sache mit den ungebetenen Besuchern schien ihn ebenfalls zu beunruhigen.

Schließlich erreichten sie das Ufer, trugen das Beiboot zu dem Felsen, hinter dem sie es gestern schon versteckt hatten, und machten sich auf den Weg zur Bushaltestelle. Sie wollten abermals nach Reykjavík und von dort aus den Reisebus zur Blauen Lagune nehmen.

Eine Weile später hatten sie den Reisebusbahnhof gefunden. Ben erkundigte sich an einem Schalter, aber als er zu ihnen zurückkam, sah er alles andere als zufrieden aus. »Es ist verflucht teuer, mit dem Reisebus zu fahren!«, ärgerte er sich. »Das ist eins der wenigen Dinge, die ich an Island nicht mag – es kostet alles viel zu viel! Und Oskar hat uns diesmal nur hundertfünfzig Euro geschickt. Wir können nicht alles, was wir noch haben, für den Bus ausgeben.«

»Das heißt, wir können nicht zur Blauen Lagune?«, fragte Alea besorgt.

»Hmm …« Ben blickte sich um. »Der Bus da drüben fährt nach Grindavík. Der Fahrer lädt gerade die Taschen ein.«

»Ja, und?«, fragte Sammy.

Ben schaute in die Runde. »Sind wir Abenteurer, oder was?«

Lennox schien zu begreifen. »Ich bin dabei.«

Alea hatte eine lange Leitung. »Wobei?«

Ben beugte sich vor und sagte leise: »Wir klettern ins Gepäckfach von dem Bus und fahren schwarz mit.«

Tess rang nach Luft. »*Non!* Das geht nicht!«, rief sie entschieden. »Was, wenn wir erwischt werden? Dann müssen wir sofort alle zu unseren Eltern zurück!«

Ben legte den Arm um sie. »Hey, du zeigst ja endlich mal, dass du Angst hast!«, neckte er sie.

Tess stieß ihm ihren Ellbogen in die Seite. »Ja, aber das heißt nicht, dass ich kuscheln will!«, rief sie und schüttelte seinen Arm ab. Obwohl sie sich in schwierigen Situationen schon öfter an Ben angelehnt hatte, war Tess einfach kein Knuddeltyp.

»Ich finde es super, dass du inzwischen nicht mehr auf cool machst, wenn du dich fürchtest«, sagte Ben versöhnlich.

Tess tat seine Worte mit einem Schnaufen ab. »Ich will trotzdem nicht im Gepäckfach mitfahren.«

Ben lächelte. »Falls wir wirklich geschnappt werden sollten, haben wir immer noch ein Ass im Ärmel.«

»Was für ein Ass?«, hakte Alea nach.

Bens Lächeln verwandelte sich in ein Grinsen. »Den Krieger des Vergessens.« Er warf Lennox einen Blick zu. »Bevor der Fahrer uns verpfeifen kann, hat er schon vergessen, dass wir da waren, oder?«

Lennox nickte langsam.

Begeistert klatschte Sammy in die Hände.

»Augenblick mal«, sagte Alea jedoch. »Wir wollen Lennox benutzen, um sorglos schwarzfahren zu können? Das ist irgendwie … nicht richtig.«

Nach einem unangenehmen Moment der Stille seufzte Ben. »Du bist wirklich gut erzogen.«

»Ich finde ja nur«, sagte Alea, »dass es etwas anderes ist, Lennox' Gabe in einem Notfall in Anspruch zu nehmen, als sie ganz bewusst bei einer Straftat einzuplanen.«

»*Straftat* ist ein hartes Wort!«, rief Sammy. »Der Bus fährt ja eh nach Grindavík. Ob wir mitfahren oder nicht, macht für niemanden einen Unterschied.«

»Aber das könnten doch alle sagen, die im Bus sitzen!«, wandte Alea ein. »Und dann würde überhaupt niemand bezahlen, und der Bus würde gar nicht erst losfahren.«

Sprachlos starrten die anderen sie an. Übertrieb sie?

Ben brach das Schweigen. »Du hast ein … ausgeprägtes Gerechtigkeitsempfinden.«

»Das solltest *du* auch haben!«, erwiderte sie. »Immerhin ist die Bedeutung deines Bandennamens *Sinnbild der Gerechtigkeit.*«

Ben stutzte. »Was ist gerecht daran, dass andere Leute reich sind und wir nicht?«, fragte er. »Wenn alle Menschen gleich viel Geld hätten, dann wäre es wirklich unfair, wenn wir schwarzfahren würden, während andere Tickets kaufen. Aber so …«

»Die Leute im Bus sind aber doch nicht alle reich!«, entgegnete Alea mit Blick auf die letzten Touristen, die gerade einstiegen.

»Wann ist man überhaupt reich?«, fragte Tess.

Ben antwortete: »Man ist reich, wenn man genug hat, um etwas abzugeben.«

»Manche Reiche geben trotzdem nichts ab«, bemerkte Tess.

»Das ist echt arm«, sagte Sammy und nickte, als wollte er sich selbst beipflichten.

Lennox wandte sich an Alea. »Ich glaube, du siehst das Ganze zu eng. Weißt du noch, wie du in Schottland nichts zu essen klauen wolltest, obwohl wir kurz vorm Verhungern waren?«

Alea verschränkte die Arme vor der Brust.

Lennox fragte: »Willst du jetzt zum Busfahrer gehen und darum bitten, dass wir umsonst mitkommen dürfen?«

»Natürlich nicht«, grummelte Alea. »Er würde wahrscheinlich die Polizei rufen.«

Tess hatte eine Idee. »Wir könnten probieren, per Anhalter nach Grindavík zu kommen.«

»Wir fünf passen in kein Auto«, stellte Sammy fest. »Wir passen aber super in einen Bus!«

Der Busfahrer stellte gerade die letzte Tasche in das Gepäckfach. Gleich würde er es schließen.

Ben schaute Alea durchdringend an. »Willst du zur Blauen Lagune oder nicht?«

»Ja, verdammt«, flüsterte sie, und damit war es entschieden.

Lennox sah sich um. »Ich lenke den Fahrer ab.« Er lief zur Tür des Reisebusses und stieg ein. Zehn Sekunden später erklang die Hupe. Der Fahrer zuckte zusammen und eilte nach vorn. Während er nachsah, wieso sein Bus hupte, spazierte Lennox ungesehen an ihm vorbei. »Jetzt!«, raunte er.

Ben, Sammy, Tess und Alea flitzten zum Gepäckfach des Busses und kletterten hinein. Es waren nicht viele Taschen hier, aber sie reichten den vieren aus, um sich dahinter zu verstecken. Lennox kam zu ihnen und duckte sich hinter einen Koffer.

Gerade kehrte der Fahrer zurück. Er fluchte lauthals und verschloss das Gepäckfach mit einer eiligen Bewegung, ohne noch mal hineinzusehen.

Sammy und Ben klatschten sich wortlos ab.

Ein paar Minuten später setzte sich der Bus in Bewegung und fuhr los – geradewegs nach Grindavík.

Blaue Lagune

»Wow«, entfuhr es Alea. Sie standen vor der weltberühmten Blauen Lagune. Inmitten einer schroffen Landschaft aus schwarzem Lavagestein lag eine dampfende Oase – ein milchiger hellblauer See, fast unwirklich schön. Doch das weitläufige Thermalfreibad war voller Menschen. Hier tummelten sich die Touristen nur so, rekelten sich in dem warmen Wasser und trugen dicke, cremige Masken im Gesicht, die bestimmt zu einem umfassenden Wellnesspaket gehörten.

»Man muss Eintritt bezahlen«, stellte Lennox fest.

»Fünfunddreißig Euro!«, rief Ben. »Pro Person!«

Alea beobachtete die vielen Urlauber in der Lagune. »Wir müssen nicht rein«, sagte sie. »Hier sind mein Vater und die anderen Meermenschen auf keinen Fall.«

»Ja, die wollen bestimmt nicht jeden Tag Eintritt zahlen«, bemerkte Tess trocken.

»Was ist das da drüben?« Alea kletterte eine kleine Anhöhe hinauf. Von oben sah sie, dass hinter der Blauen Lagune ein weiterer See lag – ebenso leuchtend blau wie der erste –, doch dieser zweite war menschenleer.

»Das ist nicht die offizielle Badestelle«, erklärte Ben. »Da darf man bestimmt nicht rein.«

Sammy sagte: »Schade, dass du so ein Moralapostel bist, Schneewittchen. Sonst könnten wir hier schwarzbaden.«

Alea stieg die Anhöhe hinab. Es war schwierig, über die scharfkantige schwarze Lava zu steigen, aber als sie den zweiten, »inoffiziellen« See erreichte, wusste Alea, dass sie hier hineinwollte. Schnell zog sie sich aus und legte Schirmmütze, Handschuhe, Jacke, Pullover, Jeans und Turnschuhe auf einem Stein gleich neben dem Wasser ab. Bald stand sie nur noch in ihrem Flex da, den sie nach dem Duschen vorsorglich angezogen hatte. Das türkisfarbene Material hatte sich augenblicklich ihrem Körper angepasst, wie Wasser, das ihre Haut umfloss.

»Sieht aus, als würden wir reingehen«, stellte Tess fest.

Die Alpha Cru folgte Alea, die nun vorsichtig in diesen riesigen Whirlpool mit feenhaftem Dunst hineinwatete und schauderte. Die Hitze des Wassers war beinahe ein bisschen unangenehm. Da spürte sie, dass der Flex plötzlich kühl wurde. Es war, als würde das Kleidungsstück die Hitze ausgleichen, und nun war die Temperatur sehr gut auszuhalten.

Lennox zog sich schnell bis auf die Jeans aus und kam zu ihr. Er war bestimmt genauso gespannt wie Alea, ob sie sich in diesem Wasser verwandeln würde.

»Also dann«, sagte sie und ließ sich vollständig hineingleiten. Lennox tauchte mit ihr unter. Gemeinsam starrten sie auf ihre ausgestreckte Hand. Doch nichts geschah.

Aleas Knubbel blieben, was sie waren – hässliche Verkrustungen, die aussahen wie eingefallene Kaugummiblasen.

Sie tauchten wieder auf. »Gut, dann ist das schon mal geklärt«, hielt Lennox fest. »Im warmen Wasser, egal ob süß oder salzig, kommen die Kiemen und Schwimmhäute offenbar nie raus.«

»Uahhh!«, hörten sie Sammy grölen, der gerade splitterfasernackt ins Wasser sprang.

»Nicht so laut!«, mahnte Ben, der sich ebenfalls auszog. »Wir wollen doch nicht auffallen.«

Sammy planschte gurgelnd herum, während Alea sich aufmerksam umschaute. Sie tauchte erneut unter. »Finde-Finja!«, rief sie in die Lagune hinein und wartete. Als sich keine Finja zeigte, kam sie wieder an die Oberfläche.

Tess, Ben und Sammy hatten sich mittlerweile komplett der Entspannung hingegeben und ließen sich mit zufriedenen Gesichtern umhertreiben. Lennox behielt derweil das Ufer im Blick. Doch dann riss er die Augen auf, denn direkt vor Alea und ihm tauchte etwas aus dem Wasser auf.

»Ich bin jetzt da«, klingelte es etwas leiernd. Es war eine Finde-Finja. Sie sah jedoch anders aus als die Finjas, die Alea kannte. Zwar hatte dieses Korallenkrakenbäumchen auch unzählige Augen auf den Zweigen, aber die Zweige waren so massig, dass die Finja eher wie ein dralles, verknotetes Würstchengeflecht aussah. Ben, Sammy und Tess kamen ebenfalls ganz nah heran und musterten sie neugierig. »Bäh, Landgänger!«, meckerte die Finja. »Die glotzen mich an!«, beschwerte sie sich bei dem Oblivion. Es war eine der Hauptaufgaben von Lennox' Stamm, dafür zu sorgen, dass Magische von Landgängern nicht entdeckt wurden.

»Entschuldigung.« Lennox zog die anderen ein Stück zurück.

»Ich suche meinen Vater«, erklärte Alea nun und wunderte sich sehr über diese Finde-Finja. Sie versuchte gerade, ihre dicken Ärmchen zu entwirren und ihre punktartigen Augen auf Alea auszurichten, was ihr aber nicht ganz gelang. Manche Augen schienen zu schlafen, und sie bekam sie einfach nicht wach. »Mein Vater ist ein Walwanderer«, sagte Alea. »Kennst du irgendwelche Meermenschen?«

»Kann sein«, erwiderte die Finja. »Weiß nicht.«

Lennox zog die Stirn in Falten und übersetzte für die anderen, was das magische Wesen sagte.

Alea kam aus dem Staunen nicht mehr heraus. Hatte diese Finja etwa gerade auf eine Frage geantwortet? Das taten Finde-Finjas eigentlich nie! Diese hier nahm es offenbar nicht so genau.

»Jetzt sag mir nicht, dass ich einen Walwanderer für dich finden soll«, ächzte die Finja in ihrem Leierton. Im nächsten Moment trillerte sie triumphierend, da sie es geschafft hatte, zwei verdrehte Ärmchen zu entwirren. Als sich ihre geöffneten Augen wieder auf Alea richteten, fügte sie schnippisch hinzu: »Ich hab keine Lust, was zu finden.«

Verdutzt fragte Alea: »Könntest du es nicht versuchen?«

»Nö.«

»Aber …«

Unvermittelt drehte sich die Finja weg und paddelte ungelenk davon.

Sammy staunte. »Ihr Hubschrauber klemmt, was?«

Alea rief der Finja grummelig »Danke schön« und »Auf Wiedersehen« hinterher.

Lennox und sie tauschten einen überraschten Blick. »So was gibt's also auch«, bemerkte Lennox. »Hat die Wärme sie vielleicht träge gemacht?«

Bevor Alea antworten konnte, sah sie, dass sich am Ufer etwas regte. Ihre Mütze wurde davongeweht! Aber wie konnte das sein? Heute ging doch kaum Wind. Das lasche Lüftchen war bestimmt nicht stark genug, um eine Schirmmütze fortzuwehen!

Alea reckte sich aus dem Wasser, um besser sehen zu können. Ihre Mütze schwebte über den Boden davon.

Lennox und die anderen bemerkten das offenbar nicht, denn sie diskutierten gerade über die »faule Finja«.

Alea hetzte aus dem Wasser. »Warte!«, rief sie ihrer Mütze zu, die hinter einem Felsen verschwand. Alea hätte sie am liebsten sofort verfolgt, aber man konnte auf der scharfkantigen Lava nicht barfuß laufen. In Windeseile trocknete sie sich mit ihrem Unterhemd ab, schlüpfte in Jeans und Pullover und zog die Schuhe an.

Inzwischen war Lennox zu ihr gekommen. »Was ist los?«

»Meine Mütze ist weggelaufen!«, antwortete sie und eilte schon weiter.

»Warte!«, rief Lennox ihr nach und begann sich anzuziehen.

Alea rannte los. Wo war die Mütze hin? Da entdeckte sie sie. Auf dem dunklen Gestein stach die meerblaue Farbe sofort ins Auge. Es schien fast, als hätte die Mütze auf sie gewartet. Doch dann schwebte sie weiter über den Boden davon, um mehrere Ecken herum und kam ein paar Augenblicke später schließlich zum Stillstand.

Wachsam schlich Alea heran. Die Mütze bewegte sich nicht mehr. Alea kniete sich neben sie und hob sie vorsichtig hoch. Unter der Mütze kam ein Kobold zum Vorschein.

Mit großen Augen starrten Alea und er einander an.

Das Geschöpf war moosgrün und nicht größer als Aleas Handteller. Es hatte wild abstehendes blaugrünes Haar und wie alle Kobolde eine riesige Knollennase. Zusätzlich zu seinen kurzen Beinchen besaß es einen langen Fischschwanz, der es eindeutig als magisches Meerwesen auswies. Wasserkobolde zerfielen in der Luft also offenbar nicht zu Staub.

»Du bist wirklich ein Meermädchen!«, piepste der Kobold. »Die anderen aber nicht, oder? Die riechen nach Landgängern! Bis auf den Dunklen. Der könnte ein Meerjunge sein.«

»Hast du mich absichtlich mit der Mütze fortgelockt?«, stellte Alea eine Gegenfrage.

»Ja!« Stolz rieb der Kobold sich die Händchen. »Sonst hätte ich dich ja nicht von den Landgängern weggekriegt.«

»Sie sind meine Freunde.«

»Im Ernst?«, fragte er erstaunt. »Warum?«

»Weil sie tolle Menschen sind.«

»Hm.« Der Kobold schien darüber erst einmal nachdenken zu müssen. Er kratzte sich am Kopf und sah angestrengt in den Himmel. Dann sagte er: »So, so.«

»Ich bin Alea«, stellte sie sich vor.

»Ich heiße Murphy«, erwiderte der Kobold. »Ich habe euer Gespräch mit der Finja gehört. Was für ein garstiges Pummelchen!« Er machte »Ts, ts, ts« und schnalzte mit der Zunge. »Die meisten Magischen in den heißen Quellen sind ziemlich abgeschlafft. Schwieriges Klima.«

»Du kennst noch andere Magische hier?« Alea konnte die Antwort nicht abwarten, denn ihre nächste Frage war noch viel wichtiger. »Kennst du auch Meermenschen?«

»Ja, tu ich.«

Alea erstarrte.

Lennox tauchte hinter ihr auf. Verblüfft schaute er auf den Wasserkobold. »Hallo«, begrüßte er ihn.

»Hui, ein Oblivion!«, entfuhr es Murphy. »Prima! Einem Oblivion begegnet man nicht alle Tage.«

Alea beugte sich vor. »Aber anderen Meermenschen bist du begegnet? Du weißt, wo sie leben?«

Lennox horchte auf.

»Ja, weiß ich«, erwiderte Murphy leichthin. »Kann ich dir auch zeigen.«

»Wirklich?«, krächzte Alea, denn ihr blieb gerade die Spucke weg. »Wo sind sie?«

»Nicht hier.« Murphy hob ein Fingerchen. »An der Lagune ist es viel zu trubelig.« Er sprang auf einen Stein. »Aber wir können zu Fuß hingehen. Kommt ihr?«

Alea richtete sich auf. Dieser Kobold kannte die überlebenden Meermenschen!

»Gehen wir.« Lennox wollte Murphy schon folgen.

Alea hielt ihn jedoch zurück. »Wir müssen Ben, Sammy und Tess Bescheid sagen. Sie suchen bestimmt nach uns. Hast du dein Handy dabei?«, wollte sie wissen und beantwortete sich die Frage gleich darauf selbst – Lennox trug außer seiner pitschnassen Jeans und den Schuhen gar nichts am Leib. Während er »Nein« sagte, murmelte sie: »Mein Handy ist in meinem Rucksack, und der ist am Ufer …«

Murphy war mittlerweile schon vorausgerannt. »Warte doch mal!«, rief Alea dem Kobold nach, aber das tat er nicht. »Mist.« Alea wollte ihn um nichts in der Welt verlieren. »Geh du zurück, Lennox. Du bist tropfnass und holst dir den Tod, wenn du so rumläufst.«

»Aber –«

»Der Kobold bringt mich zu meinem Vater! Das ist bestimmt nicht gefährlich«, rief sie und sauste schon los. »Wenn ich die Meermenschen gefunden habe, komme ich zurück. Dann gehen wir zusammen hin, ja?«, rief sie im Laufen. Murphy war schon fast zwischen den Felsen verschwunden. »Es kann ja nicht weit sein!«, rief sie Lennox noch zu, der überrumpelt dastand. »Ich bin gleich wieder da!« Dann bog sie um eine Felsenkante und ließ Lennox zurück.

Sie beeilte sich, dem Kobold zu folgen. Es war wirklich nicht leicht, auf dem Lavaboden zu laufen, und ein paarmal geriet Alea mit dem Fuß zwischen die Geröllbrocken, stolperte und fiel sogar hin. Aber sie rappelte sich wieder auf und holte Murphy schließlich ein.

»Warum wartest du denn nicht?«, fragte sie vorwurfsvoll.

»Ich habe die Landgänger näher kommen gehört«, rief er, während er geschickt von Stein zu Stein hüpfte. »Da macht ein Kobold sich besser aus dem Staub.«

»Wohin gehen wir denn?«

»Na, zu den Meermenschen!«

»Und wo leben sie?«

»Das siehst du dann.«

»Kannst du mir nicht schon mal etwas von ihnen erzählen?«, bat Alea, während sie hinter Murphy herlief.

»Lieber nicht. Ich kenn dich ja nicht. Vielleicht bist du eine Spionin oder so was.«

Alea blieb stehen. »Eine Spionin? Für wen denn?«

»Für die Landgänger natürlich!«, warf Murphy ihr an den Kopf. »Den Leuten in der Kolonie ist es sehr wichtig, dass kein Landgänger von ihnen erfährt.«

Die Kolonie.

Alea bekam eine Gänsehaut.

Murphy redete weiter. »Ich bringe dich hin, weil ich

seit Ewigkeiten kein neues Gesicht mehr gesehen habe. Bestimmt finden die Meerleute dich auch interessant. Aber was sie dann mit dir machen, müssen sie entscheiden.«

Alea wurde nun doch etwas unbehaglich zumute. War es dumm gewesen, ohne Lennox davonzustürmen? Kurz überlegte sie, ob sie umkehren sollte, aber dann entschied sie sich dagegen. Wenn sie jetzt kniff, würde sie es später bestimmt bereuen.

In strammem Tempo marschierten sie durch die Landschaft. Hier gab es keinen einzigen Baum, nur das dunkle Lavagestein, das sich bis zum Horizont erstreckte. »Man könnte denken, man wäre auf dem Mond«, murmelte Alea.

Murphy kicherte. »Auf den Mond kommt man doch nicht drauf!«

»Doch. Mit einer Rakete.«

»Das stand so aber nicht im *Drex*!«, beschwerte er sich.

Alea lachte überrascht. »Nein, im *Drex* stand, dass Autos fliegen können, und das ist Quatsch. Wir essen auch keine Giraffen.«

»Wir?«, fragte Murphy.

»Na ja, ich bin bei den Landgängern aufgewachsen. Irgendwie fühle ich mich ihnen sehr nahe.«

»Also doch!« Murphy stemmte die Händchen in die Seiten. »Du spionierst für die Landgänger!«

»Nein, wirklich nicht!«, versicherte sie ihm. »Ich will nur meinen Vater finden. Er heißt Keblarr.«

Als er diesen Namen hörte, wurde Murphys empörter Gesichtsausdruck schlagartig weich.

Aufgeregt sah Alea ihn an. »Du kennst ihn, oder? Du kennst meinen Vater!«

»Sag ich dir nicht«, entgegnete der Kobold.

»Bitte!«

»Nein!«, rief Murphy mit Nachdruck.

Wortlos stapften sie weiter.

Nach einer Weile knüpfte Alea erneut an den Gesprächsfaden an. »Kannst du mir dann vielleicht etwas anderes erzählen? Wenn du nicht über die Kolonie reden willst, kannst du mir ja etwas über Kobolde verraten. Ich habe gehört, dass ihr gut im Zeichnen seid.«

Diese Bemerkung ließ Murphy stehen bleiben und wütend mit dem Fuß aufstampfen. »Die Gilfen sagen immer, wir könnten nichts weiter als Bilder malen, aber das stimmt nicht!«, rief er entrüstet. »Wir –« Mitten im Satz hielt er inne und schüttelte seinen Kopf derartig heftig, dass die blaugrünen Haare nur so flogen. »Nein, du steckst mit den Landgängern unter einer Decke. Ich darf dir nichts erzählen. Soll Ramin entscheiden, was du wissen darfst und was nicht.«

»Wer ist Ramin?«, fragte Alea, aber der Kobold schwieg nun wieder beharrlich.

Sie wanderten weiter. Die Landschaft blieb karg und mondartig, allerdings gab es immer wieder Bäche und atemberaubend schöne Wasserfälle zu sehen, in die die Sonne kleine Regenbögen zauberte.

»Wie weit ist es denn noch?«, erkundigte sich Alea nach einiger Zeit bei Murphy, denn sie hatte das Gefühl, dass sie schon eine Ewigkeit gelaufen waren. Es war bereits später Nachmittag. Lennox machte sich inzwischen bestimmt Sorgen. »Du hast doch gesagt, es wäre nicht weit.«

»Hab ich nicht gesagt. Ich hab gesagt, wir können zu Fuß hingehen.«

»Und wann kommen wir an?«, fragte sie, während sie versuchte, auf dem steilen Geröllhang, den sie gerade hinabkletterten, nicht auszurutschen.

»Später, in der Nacht.«

»Was? So weit ist es noch?«, quietschte Alea und war einen Wimpernschlag lang unachtsam. Da rutschte sie aus. Sie stürzte und kullerte den Hang hinab. »Au!«, schrie sie und blieb unten liegen.

Murphy kam zu ihr geflitzt. »Hast du dir wehgetan?«

Sie kauerte am Boden und rieb sich die aufgeschrammte, blutende Hand. Doch schlimmer als die Hand schmerzte ihr linker Fuß. »Ich bin mit dem Fuß umgeknickt«, presste sie zwischen den Zähnen hervor und drehte langsam den Knöchel. Ein scharfer Schmerz zuckte ihr bis ins Bein hinauf. »Au! Verflucht!«

Bestürzt schlug sich Murphy die Hände gegen die Wangen. »Kannst du noch laufen?«

»Ich versuch es mal«, sagte Alea und stand auf. »Ah!«, schrie sie und sank sofort wieder zu Boden. Der Fuß tat höllisch weh. Sie konnte auf keinen Fall weiterlaufen.

»Was machen wir jetzt?« Sie befanden sich mitten im Nirgendwo. Weit und breit war keine Menschenseele zu sehen. Nicht einmal Islandponys liefen in dieser verlassenen Einöde herum.

»Ich gehe allein weiter«, sagte Murphy. »Ohne dich bin ich sowieso viel schneller. Ich hole Hilfe.« Er hatte den Satz noch nicht ganz beendet, da war er schon auf dem Weg. Schnell wie ein Salamander flitzte er über das Lavagestein und war im nächsten Augenblick verschwunden.

Alea blieb zurück und bekam nun richtig Angst. Wenn doch nur Lennox hier wäre! Aber sie war ganz allein.

Aleas Knöchel schwoll schnell zu einem dicken blauen Ei an, und aus der Wunde an ihrer Hand rann auch nach etlichen Minuten noch Blut. Alea zog sich eine Socke aus und versuchte ihre Hand damit zu verbinden, aber es gelang ihr nicht. Zitternd starrte sie auf ihre blutende Hand. Ihr Blut tropfte einfach so auf den Boden, dabei war es doch besonderes Blut.

Alea wunderte sich. Was hatte sie da gerade gedacht? Ihr Blut war besonders? Wieso …?

Aber es stimmte irgendwie. In ihrem Blut war immerhin etwas, was sie gegen den Virus im Wasser immun machte.

Sie starrte auf einen weiteren Tropfen, der gerade hervorquoll. Und dann hatte sie eine Idee. Es war vielmehr eine Eingebung – eine Idee, die den Lauf der Dinge ändern konnte. Den Lauf der Welt.

Alea war nun sehr aufgeregt und hätte am liebsten mit jemandem über ihren Einfall gesprochen. Doch es war niemand da. Sie hockte noch immer mutterseelenallein in dieser geisterhaften Wildnis.

Daran änderte sich auch in den nächsten Stunden nichts. Der Abend schritt voran, und langsam wurde es dunkel und kalt. Wenn sie doch nur ihre Jacke mitgenommen hätte!

Alea konnte klar und ruhig denken, aber das brachte ihr nicht viel, denn es gab nichts, was sie tun konnte. Der nächstgelegene Bach war für sie unerreichbar.

Irgendwann begann Alea vor Kälte mit den Zähnen zu klappern, und gerade, als sie sich ernsthaft fragte, ob sie hier erfrieren würde, tauchten Lichter in der Dunkelheit auf. Es war der Schein von Taschenlampen, die rasch näher kamen.

»Hier!«, schrie Alea und ruderte mit den Armen. »Hier bin ich!«

Nun sah sie, dass mehrere Personen auf sie zukamen.

Ihr Herz schlug schnell und hart gegen ihre Rippen.

Jetzt hatten die Leute sie erreicht.

Jemand kniete sich neben sie.

Alea blickte in zwei klargrüne Augen.

»Alea? Bist du es wirklich?«

Die Kolonie

»Bist du Alea?«, wiederholte der Mann seine Frage und berührte sie sanft an der Schulter. »Ist es möglich?«

»Ja, ich bin Alea«, erwiderte sie mit erstickter Stimme. Die Augen des Mannes waren so klargrün wie ihre eigenen. »Bist du Keblarr?«

In seine Augen traten Tränen. »Ja, ich bin dein Vater.«

Alea schluchzte auf.

»Komm her, mein Kind«, sagte Keblarr und öffnete die Arme.

Alea warf sich regelrecht hinein, und sie hielten einander ganz fest.

»Es ist spät, und es ist kalt«, ergriff nun ein anderer Mann das Wort. »Kehren wir zur Kolonie zurück.«

Keblarr erhob sich. Er trug Alea auf seinen Armen und marschierte mit ihr in die Nacht hinein.

»Ich habe sie zu dir geführt!«, ertönte ein Stimmchen. Es war Murphy, der auf Keblarrs Schulter saß.

»Danke«, hauchte Alea, und dann wurde alles um sie herum dunkel.

Als Alea am nächsten Morgen erwachte, wusste sie zuerst nicht, wo sie war. Dann fiel es ihr wieder ein, und sie fuhr hoch. Aufgeregt schaute sie sich um. Sie befand sich in einem heruntergekommenen Wohnwagen, in dem es durch jede Ritze zog. Der isländische Wind pfiff sein Lied auf diesem Wohnwagen wie auf einer schrillen alten Flöte. In der Luft lag ein Geruch von Schwefel, der Alea scharf in die Nase stieg.

Sie blickte an sich hinab. Jemand hatte sie in ein Bett gelegt und unter drei Decken gepackt. Ihre Hand war verbunden worden, ebenso ihr Fuß. Langsam schälte sie sich aus den Decken und stand auf. Ihr Fuß tat zwar weh, aber sie konnte humpeln. Neugierig blickte sie sich um. Die weißen Schränke in diesem Wohnwagen waren allesamt alt und vergilbt. Der Herd sah nicht aus, als ob er noch Lust hätte, etwas zu kochen, und in den verschlissenen Sitzpolstern in der Essecke prangten Löcher. Auf einem Regal befanden sich mehrere große Muscheln. Alea hätte wetten können, dass es sich um Büchermuscheln handelte, doch als sie sich die Muscheln näher anschauen wollte, fiel ihr Blick auf etwas anderes, was gleich daneben lag. Es war ein Fotostein, ebensolch einer wie Lennox' Stein mit dem Abbild seiner Mutter. Auch aus diesem Stein trat ein Bild hervor. Auf dem Bild waren Kinder zu sehen: zwei schwimmende Babys, die dem Betrachter fröhlich entgegenlachten. Die beiden Babys sahen völlig identisch aus. Es waren eineiige Zwillinge mit dunklem Haar und strahlend klargrünen Augen.

»Anthea …« Alea drehte den Stein hin und her. Sie wusste nicht, welches Baby sie selbst und welches Anthea war, aber die beiden zusammen lachen zu sehen, ließ die bittersüße Sehnsucht in ihr schmerzhaft aufflammen.

Plötzlich öffnete sich die Tür. Keblarr kam herein. Aus einem Impuls heraus steckte Alea den Fotostein ein und sah ihrem Vater mit klopfendem Herzen entgegen. Jetzt, im Tageslicht, konnte sie ihn zum ersten Mal richtig erkennen, und sie erschrak. Ihr Vater sah aus, als wäre er seit seiner Botschaft an sie um mindestens dreißig Jahre gealtert – dabei hatte er sie erst vor elf Jahren aufgenommen! Seine Gesichtszüge waren eingefallen, tieffurchig und grau, und sein Körper wirkte knochig und erschreckend ausgemergelt.

»Hallo«, sagte Alea schüchtern auf Hajara.

»Hallo.« Er stellte zwei Tassen mit dampfendem Inhalt auf dem wackeligen Tisch in der Essecke ab. »Wie geht es dir?«

»Ganz gut, glaube ich.«

»Ramin hat gestern deinen Fuß versorgt. Er sagte, der Knöchel sei nur verstaucht. Wenn du ihn etwas schonst, kannst du bald wieder laufen. Allerdings warst du stark unterkühlt. Frierst du noch?«

»Nein, alles in Ordnung«, sagte sie, obwohl es so sehr zog, dass sie am liebsten wieder unter den Decken verschwunden wäre.

Keblarr nickte. Dann setzten sie sich und sahen einander an wie zwei Menschen, die von der Größe des Augenblicks ein wenig überfordert waren.

»Ich kann gar nicht glauben, dass du wirklich noch lebst«, brachte er schließlich hervor. »Und dass du mich gefunden hast.«

»Ja, ich habe deine Nachricht in Rach Turana gesehen … und bin hergekommen.« Es klang, als wäre das leicht gewesen, dabei war es das bisher größte Abenteuer ihres Lebens. »Du hast es aber auch geschafft!«, schob sie nach. »Ich meine … du hast überlebt!«

Keblarr lächelte müde. »Ja, das habe ich wohl.«

»Und du bist nicht allein!« Alea warf einen Blick aus dem zerkratzten Fenster. Offenbar befanden sie sich in einem dunklen Tal, in dem eine Handvoll Wohnwagen eng beieinanderstanden. Alle sahen recht morsch und verwahrlost aus. Vor einem der Wagen befand sich ein alter Klappstuhl, auf dem eine schmächtige Frau saß und zu ihnen herüberspähte.

»Ja, wir sind insgesamt vierzehn Überlebende«, erklärte Keblarr. »Wir haben uns damals, vor elf Jahren, zusammengeschlossen und diese Kolonie gegründet – weit weg vom Meer und dem Wasservirus und nah an einer virusfreien heißen Quelle.«

»Ihr lebt also nicht im Wasser, sondern in diesen Wagen?«

»Na ja, wir verbringen so viel Zeit wie möglich in unserer Quelle.«

Als Alea ihn fragend ansah, fügte er hinzu: »Als wir damals nach Island kamen, dachten wir, dass wir in einer der heißen Quellen ein Dorf errichten und dort wie vorher leben könnten«, erwiderte er. »Aber dann stellten wir fest, dass im heißen Wasser die Kiemen und Schwimmhäute nicht herauskommen. Wir konnten also gar nicht ausschließlich in den Quellen leben.«

»Das wusstet ihr vorher nicht?«

»Nein, woher denn? Wir waren vorher noch nie in heißem Wasser gewesen. In der Meerwelt gibt es nur laues, mildes, kühles, kaltes, hartkaltes und gefrierkaltes Wasser«, zählte er auf. »Wir mussten uns damals etwas anderes überlegen. Also haben wir uns diese Wohnwagen besorgt und sie hierhergebracht.«

»Ihr lebt also ein … Landgängerleben?«

»Nein!«, entgegnete Keblarr scharf, als wäre das eine schreckliche Vorstellung. »Wir mussten uns zwar an Land ansiedeln, aber wir wollten trotzdem kein Landgängerleben führen. Das kam für uns einfach nicht infrage.«

»Warum nicht?«, wagte Alea nachzuhaken.

»Das wäre unserem alten Leben im Meer einfach zu fern gewesen. Allein diese ganze Technik in der Landgängerwelt!« Er verzog das Gesicht, als hätte er gerade in eine Zitrone gebissen. »Und keine Magie! Die Landgänger pflegen keinen Austausch mit ihren Magischen – sie kennen sie überhaupt nicht und glauben noch nicht einmal, dass es sie gibt!« Dieser Umstand schien für ihn völlig absurd zu sein. »Außerdem wussten wir, wie schwer es anderen

Meerleuten gefallen ist, sich an die Landgängerwelt anpassen zu müssen.«

»Ihr kennt Überlebende, die unter den Landgängern leben?«

»Ja, ich kenne sechs. Sie leben in Hafnarfjörður. Sie haben Jobs und Wohnungen und so etwas.«

»Seid ihr in Kontakt?«

»Ja, sicher. Sie bringen uns mehrmals im Jahr Vorräte.« Dieses Thema schien Keblarr ein wenig unangenehm zu sein. »Wir können uns leider nicht selbst versorgen. In den heißen Quellen wächst ja nichts. Für Mistellen, Jollraber oder Rofus ist es zu heiß, und das sind schon die robustesten Pflanzen. An Land können wir aber auch nichts anbauen, da wir hier ja praktisch in einer Aschewüste leben«, erklärte er und mied dabei ihren Blick.

»Wieso habt ihr diesen Ort denn ausgewählt?« Alea schaute noch einmal hinaus. Island hatte wunderschöne Regionen. Aber diese hier gehörte wohl eher nicht dazu.

»Gleich hinter dem Westhügel ist eine einsame heiße Quelle, zu der sich kein Landgänger je verirrt«, erklärte Keblarr. »Wir wollten wenigstens in der Nähe von natürlichem Wasser leben, in das man auch hinein kann. Deswegen haben wir die Kolonie hier errichtet.«

Alea fand es eigenartig, dass ihr Vater diese kleine Ansammlung von baufälligen Wohnwagen als Kolonie bezeichnete, aber vielleicht klang in diesem Wort noch die Hoffnung auf ein neues Leben im Wasser nach, die diese Meermenschen am Anfang gehabt haben mussten.

»Erzähl mir, wo du aufgewachsen bist«, bat Keblarr sie nun und schob ihr gleichzeitig den Becher hin, den sie noch nicht angerührt hatte. »Erzähl mir, wie es dir ergangen ist!«

Alea nippte an dem Getränk. Was genau es war, konnte sie nicht sagen, aber es schmeckte ein wenig muffig, deswegen ließ sie es lieber stehen. Sie wollte ihrem Vater aber gern von sich erzählen und berichtete ihm nun von Marianne, von Hamburg und von ihrer angeblichen Kaltwasserallergie.

Keblarr hörte aufmerksam zu. »Du hast es gut gehabt«, sagte er erleichtert. »Diese Marianne scheint eine gute Ersatzmutter für dich gewesen sein.«

»Die beste!«

»Und von Nelani – von deiner Mutter – hast du nie etwas gehört? Es gab in Rach Turana keine Nachricht von ihr für dich?«

»Nein«, musste Alea ihm sagen, und sie sah, wie ihre Antwort ihn zusammensacken ließ.

»Es gab nie eine Bestätigung, dass sie tot ist …«, stieß er hervor. »Ich habe bis zuletzt gehofft, dass sie es vielleicht doch geschafft hat. Sie war immer … so stark.«

»Mhm …« Alea schluckte. Sie durfte sich gar nicht erst erlauben zu hoffen, dass ihre Mutter ebenfalls überlebt hatte. Es war mehr als unwahrscheinlich. »Sie muss infiziert gewesen sein«, erklärte sie mit schwankender Stimme. »Sonst hätte sie uns ja nicht an Landgänger übergeben.«

»Ja, das stimmt. Höchstwahrscheinlich ist sie tot«, sagte er, offenbar um Fassung bemüht.

Am liebsten hätte Alea ihn gefragt, wie ihre Mutter gewesen war. Stark. Aber was noch? Liebevoll? Klug? Hatte sie gern gelacht? Musik gemocht? Alea konnte ihn nicht fragen. Seine Antworten hätten sie in diesem Moment nur zum Weinen gebracht.

»Und Anthea?«, fragte er, während er ebenfalls sichtlich darum bemüht war, nicht in Tränen auszubrechen. »Hast du jemals etwas von ihr gehört?«

Er wusste also auch nicht, wo sie war. Alea musste tief durchatmen und die Enttäuschung mühsam beiseiteschieben. »Nein, aber ich weiß, dass sie damals zu einer anderen Pflegefamilie gekommen ist. Ich habe im Jugendamt von Renesse erfahren, dass an dem Tag, an dem Nelani mich Marianne in die Arme gedrückt hat, ein zweites Kind auf dieselbe Weise an Fremde übergeben wurde. Am selben Strand und am selben Tag! Das muss Anthea gewesen sein.« Nelani hatte ihre beiden Töchter offenbar am selben Tag verschiedenen Landgängern anvertraut, da sie selbst dem Tode geweiht gewesen war. Keblarr war damals auf der Suche nach seiner Familie gewesen, weit weg von ihnen, und Nelani hatte diesen schweren Schritt allein tun müssen. So wie Marianne es beschrieben hatte, war Nelani völlig verzweifelt gewesen, doch es hätte für ihre Kinder kein Leben im verseuchten Meer gegeben.

Alea starrte gedankenvoll ins Leere. »Weißt du, ich

möchte Anthea so gern finden.« Sie lachte scheu. »Ich träume davon, mit ihr zusammen auf Walen zu reiten.«

Alarmiert hob Keblarr den Kopf. »Aber ihr dürft nicht ins Wasser! Auf keinen Fall!«

»Doch. Ich bin immun. Mir macht der Virus nichts aus.«

Perplex starrte ihr Vater sie an. Alea erzählte ihm nun, wie sie bei der Alpha Cru angeheuert hatte, wie sie bei Sturm über Bord gegangen war und herausgefunden hatte, dass sie ein Meermädchen war – und was sie danach alles im Meer entdeckt und erlebt hatte.

»Was? Du bist mit Walen geschwommen?«, unterbrach Keblarr sie einige Zeit später. Ihre Erzählung hatte ihn vorher schon sichtlich aufgewühlt, und er hatte unzählige besorgte Fragen gestellt. Doch nun war er geradezu erschüttert. »Um Himmels willen! Du hättest in einen Walrausch fallen können!«

Alea wurde hellhörig.

»Dir hat ja niemand beigebracht, wie man mit Walen wandert!«, rief Keblarr. »Es gibt so vieles zu beachten! Walwanderer lassen ihre Kinder nie unbeaufsichtigt mit Walen allein, weil die Gefahr zu rauschen viel zu groß ist.«

»Was ist ein Walrausch?«

»Wie kann man das erklären?« Ihr Vater überlegte. »Das Glück, das man beim Schwimmen mit den Walen empfindet, ist so groß, dass man sich darin verlieren kann.«

»Und was kann man dagegen tun?«, fragte Alea atemlos. Würde ihr Vater ihr erklären können, wie sie es schaffte, wieder mit Walen zu schwimmen, ohne in einen … Rausch zu verfallen?

»Unsere Kinder bekommen als Allererstes beigebracht, wie man sich Anker setzt. Oft sind diese Anker andere Personen, die mit auf Trosk gehen. Ankersetzen ist eine Technik, bei der man sich selbst darauf drillt, sich an etwas Bestimmtes zu erinnern, sobald man den Anker sieht – zum Beispiel daran, dass man wach bleiben muss.«

»Wie ein Knoten im Taschentuch …«, murmelte Alea und fragte sich, ob die *Crucis* während ihres Walrauschs nicht vielleicht ihr Anker gewesen war. Als sie das Schiff gesehen hatte, war in ihrem Inneren ein Alarm ausgelöst worden.

Keblarr fuhr fort. »Diese Anker holen dich immer wieder zurück. Erwachsene brauchen sie meist nicht mehr, aber für Kinder sind sie am Anfang unverzichtbar«, sagte er eindringlich. »Wichtig ist auch, hin und wieder kurz durch die Nase zu atmen. Das hält den Körper im Hier und Jetzt.« Er seufzte. »Für jemanden, der das alles nicht weiß, ist es lebensgefährlich, mit Walen zu wandern. Er würde automatisch in einen Rausch fallen und könnte nicht mehr klar denken. Er vergisst zu essen und zu schlafen – er vergisst, wer er ist! Er würde sich mit den Walen zu Tode schwimmen.«

»Weißt du, ich bin schon mal in so einen Rausch gefallen …«, gestand Alea.

Keblarr wurde aschfahl. »O Gott.«

»Ich bin mit Buckelwalen geschwommen. Es war so … schön. Ich durfte auf ihnen reiten und habe mich von ihnen ziehen lassen.«

»Du hast dich an den Finnen von Buckelwalen festgehalten?«, fragte Keblarr entsetzt. »Ihre Finnen sitzen viel zu tief! Der Rücksog ist viel zu stark.« Anscheinend bemerkte er Aleas verständnislose Miene, denn er erklärte: »Der Widerstrom! Dadurch bekommt man viel zu viel Wasser in die Kiemen. Es wird einem schwindelig, und man rauscht viel schneller. Selbst Erwachsene können nicht gefahrlos an Buckelwalen finnsegeln!«

Alea hörte ihm fasziniert zu. Es gab so vieles, was Keblarr ihr beibringen konnte!

»Wie bist du bloß aus dem Rausch herausgekommen? Hat dich jemand gerettet? Waren Magische da?«

»Nein, ich habe unser Schiff gesehen und irgendwie von selbst begriffen, dass ich in Gefahr war.«

Ungläubig schüttelte ihr Vater den Kopf.

Alea überlegte. »Vielleicht lag es daran, dass ich kurz vorher im Elvarion-Modus gewesen bin. Vielleicht war von dem klaren Denken noch was übrig in mir.«

Keblarr klappte der Mund auf. »Elvarion? Du bist eine Elvarion?«

Alea hob leicht die Schultern. »Ja, sieht so aus.«

»Du bist gegen den Virus immun und außerdem noch eine Elvarion?«

Alea merkte, dass sie rot wurde. »Äh, ja.«

»Das ist … kaum zu glauben.« Ein paar Sekunden

lang blickte er sie sprachlos an. »Ramin muss davon erfahren.«

»Wer ist das?«

»Unser Anführer.« Keblarr erhob sich und reichte ihr die Hand. »Kannst du gehen, oder soll ich dich tragen?«

Alea wollte lieber selbst laufen. Sie humpelte hinter ihrem Vater her, der nun den Wohnwagen verließ, über schwarze Asche zum nächsten Caravan marschierte und dort kräftig gegen die Tür klopfte.

Alea winkte währenddessen der schmächtigen Frau, die auf dem Klappstuhl vor dem anderen Wohnwagen saß. Zögerlich winkte die Frau zurück, so als fragte sie sich, wozu das gut war.

»Hast du eigentlich ein Telefon?«, fragte Alea ihren Vater, als sie zu ihm aufschloss. Sie wollte sich unbedingt bei Marianne und der Alpha Cru melden. Bestimmt waren mittlerweile alle ganz verrückt vor Sorge.

Keblarr lachte rau. »Nein. Hier hat niemand ein Telefon.«

Die Wohnwagentür ging auf, und ein älterer Mann trat heraus. Er hatte graues Haar und ebenso eingefallene Gesichtszüge wie Keblarr. Außerdem war er derartig abgezehrt, dass seine Jacke an ihm herunterhing wie ein alter Sack.

»Keblarr, Alea«, begrüßte der Mann sie mit einem freundlichen Lächeln. »Kommt herein.«

Sie betraten den Wagen, dessen Einrichtung ebenso unbehaglich wirkte wie die von Keblarrs Caravan. Ramin wies mit einer einladenden Geste zum Ecktisch, und sie setzten sich. »Lasst mich mal sehen, ob ich euch etwas anbieten kann.« Er kramte in einem seiner Schränke. Dabei sah Alea, dass sich zwischen seinen Fingern ebenso krustige Knubbel befanden wie zwischen Keblarrs und ihren.

»Uuuaaah«, ertönte ein lang gezogenes Gähnen, und aus einer alten Vase, die mitten auf dem Tisch stand, tauchte ein Kopf auf. Es war Murphy, der anscheinend in dem Gefäß geschlafen hatte. »Hey!«, piepste er und rieb sich die Augen. »Geht es deinem Fuß besser?«

»Ja, ich hinke nur ziemlich«, antwortete Alea dem moosgrünen Kobold. »Ohne dich wäre ich wahrscheinlich erfroren.«

»Davon können wir ausgehen«, sagte Ramin, der noch immer herumkramte. »Aber Murphy ist ein treuer Freund dieser Kolonie. Er würde nie einen Meermenschen sterben lassen.«

»Nee«, bestätigte Murphy, kletterte aus der Vase, lief über den Tisch und hüpfte auf Aleas Schulter. »Gestern wusste ich zwar noch nicht, ob du nicht vielleicht eine Spionin bist, aber ich hatte dich trotzdem irgendwie direkt gern.«

Alea lächelte. »Ich mag dich auch.«

Murphy kicherte, machte es sich auf ihrer Schulter gemütlich und lehnte sich locker gegen Aleas Halsbeuge.

»Hier.« Ramin reichte Alea ein Stück Brot. »Du hast bestimmt Hunger.«

Den hatte sie tatsächlich, aber als sie in das Brot biss, stellte sie fest, dass es steinhart war.

»Feste zubeißen!«, riet Murphy ihr, und sie tat, was sie konnte.

»Wir sind froh, dass du zu uns gefunden hast«, sagte Ramin und nahm ebenfalls am Tisch Platz. »Keblarr hat sich jahrelang gegrämt und sich gefragt, ob seine Frau und seine Mädchen noch leben. Aber es gab keine Möglichkeit, euch zu finden. Wir hatten keinerlei Anhaltspunkte.« Lächelnd blickte er Keblarr an. »Nun hast du also doch noch ein Kind zurückbekommen. Ich freue mich mit dir, mein Freund.«

Keblarr erwiderte das Lächeln. »Sie ist eine Elvarion.«

»Was?« Ramins Augen richteten sich verblüfft wieder auf Alea. »Was für ein unglaublicher Zufall.«

»Wie selten sind Elvarions denn?«, fragte Alea und wusste nicht, ob das der richtige Plural war.

»Elvarionen sind sehr selten«, antwortete Ramin. »In jeder Generation gibt es nur vier oder fünf – auf der ganzen Welt!«

»Sie ist außerdem immun gegen den Virus«, fügte Keblarr hinzu.

Ramins Augen weiteten sich. »Wie bitte?«

»Was?« Murphy hopste auf Aleas Schulter in die Höhe.

Alea erzählte ihnen nun ebenfalls ihre Geschichte, und Ramin konnte es kaum glauben. »Von so etwas habe ich noch nie gehört. Wie gern würde ich dein Blut untersuchen! Aber ich habe leider keinerlei Ausrüstung mehr.«

Fragend hob Alea die Augenbrauen.

Keblarr erklärte: »Ramin ist ein Roix.«

»Ach so.« Alea erinnerte sich, dass die Roix ein Stamm waren, der große Heilfähigkeiten besaß. Sie waren die Ärzte der Meermenschen.

»Deswegen geht es meinem Fuß schon wieder so viel besser!«, sagte Alea. »Danke.«

Ramin nickte abwesend, offenbar war er mit den Gedanken noch ganz bei Aleas Immunität.

»Schaust du dir ihre Verletzung noch mal an?«, bat Keblarr.

»Ja, sicher«, sagte Ramin, und Alea legte ihren Fuß auf sein Bein, sodass er den Verband lösen und sich den Knöchel genau anschauen konnte. Er war noch ein wenig blau, aber weitgehend abgeschwollen. Während Ramin nun eine etwas ranzig riechende Salbe auf dem Knöchel verrieb, fragte er: »Was ist übrigens mit deinem Ellbogen passiert?«

»Mit meinem Ellbogen?« Alea wusste zuerst nicht, was er meinen könnte, aber dann fiel es ihr ein. »Oh, vor zwei Wochen bin ich gestürzt.« Sie war in den schottischen Highlands aus einem fahrenden Zug gesprungen, um genau zu sein. »Der Ellbogen tut aber eigentlich gar nicht mehr weh.«

»Ich sehe die Verwundung aber noch.« Ramin betrachtete ihren Arm mit zusammengekniffenen Augen. Offenbar hatte er so etwas wie Röntgenaugen – wie sonst konnte er eine Verletzung sehen, die oberflächlich nicht mehr zu erkennen war? »Die Salbe wird auch hier helfen«, murmelte er und rieb ihren Ellbogen ein.

Es klopfte. »Gehen wir zur Quelle?«, drang eine Stimme durch die Wohnwagentür.

»Ja, sofort!«, rief Ramin zurück. Er und Keblarr standen auf. »Wir zeigen dir mal unser Heiligtum«, erklärte Ramin in scherzendem Ton und half Alea hoch.

Mit Murphy auf der Schulter folgte sie den beiden Männern nach draußen. Dort warteten die anderen Meermenschen der Kolonie – acht Männer und vier Frauen unterschiedlichen Alters. Alle hatten hohle, eingefallene Wangen und starrten Alea mit dunklen Augen an.

»Das ist meine Tochter Alea«, stellte Keblarr sie ihnen vor, und man hörte eine Spur von Stolz in seiner Stimme. »Sie wird uns begleiten.«

Die Leute nickten, und einige sagten knapp »Hallo«. Dann wandten sich jedoch alle dem westlichen der Hügel zu, die das Tal umgaben, und stiegen hinauf. Alea musste sich auf Keblarr stützen, um mithalten zu können.

Als sie oben angekommen waren, sah Alea sich staunend um. Auf der anderen Seite des Hügels befand sich eine schier endlose Kraterlandschaft. Soweit das Auge reichte, gab es nichts als Geröll, Lavagestein und schwarzen Vulkansand. Inmitten dieser beinahe gespenstischen Kulisse brodelten unzählige kleine Schlammkessel und Pools. Überall dampfte und blubberte es, und in der Luft lag ein solch starker Schwefelgeruch, dass Alea sich am liebsten ihren Pulli vor die Nase gezogen hätte.

»Müffelt ein bisschen, was?«, kommentierte Murphy. »Gewöhnt man sich dran.«

Ramin und die anderen kletterten mit geübten Schritten das Geröllfeld hinab und strebten auf ein großes Loch im Boden zu. Dort angekommen, zogen sich alle aus und stiegen ins Wasser.

Als Alea mit ihrem Vater am Loch ankam, zögerte sie, sich ebenfalls auszuziehen. Keblarr nickte ihr jedoch aufmunternd zu, und Alea ließ Murphy hinunterhüpfen. Dann legte sie alles bis auf ihren Flex ab.

»Oh, so etwas habe ich seit Jahren nicht gesehen«, sagte eine der Frauen und blickte den Meermenschenbadeanzug mit derartiger Traurigkeit an, dass es Alea einen Stich versetzte.

Murphy saß auf einem Gesteinsbrocken neben dem Loch. »Na los, trau dich!«

Vorsichtig tauchte Alea einen Zeh in das dunkle Wasser. Diese Quelle war ganz anders als der See neben der Blauen Lagune. Sie stank, und sie war nicht nur sehr warm, sondern regelrecht heiß. Instinktiv wollte Alea zurückweichen. Doch Keblarr half ihr hinein, und der Flex strömte innerhalb von Sekunden eine solch wohltuende Kälte aus, dass die Temperatur zu ertragen war.

Alea und ihr Vater lehnten sich wie die anderen an den Rand der Quelle.

Die meisten der Meermenschen hatten mittlerweile die Augen geschlossen und saßen stumm und bewegungslos da. Um sie herum konnte Alea dumpfe Farben und Formen im Wasser erkennen, die von Schwermut und Resignation sprachen.

Lediglich Ramin schaute Alea an und sagte: »Das Wasser wird sich sehr gut auf deine Verletzungen auswirken.« Dann machte auch er die Augen zu.

Selbst Murphy rollte sich nun auf dem Gesteinsbrocken zusammen wie eine vor sich hindösende Katze.

»Was machen wir denn jetzt hier?«, erkundigte Alea sich leise bei ihrem Vater.

»Nichts«, antwortete Keblarr, der sich über die Frage zu wundern schien. »Wir sind im Wasser.«

»Und wie lange?«

»Bis heute Abend.« Freundlich lächelte er ihr zu und schloss ebenfalls die Augen.

Lebensentscheidung

Alea kauerte mit den anderen Meermenschen im Wasser der Quelle und wusste nicht, was sie tun sollte. Alle saßen reglos und mit geschlossenen Augen da. Niemand sagte ein Wort, es herrschte eine geradezu gruselige Atmosphäre. Das Wasser war so heiß, dass ihre Arme und Beine schon ganz rot geworden waren. Schließlich flüsterte sie ihrem Vater ins Ohr: »Ich glaube, ich würde lieber rausgehen.«

Keblarr öffnete die Augen. »Jetzt noch nicht. Wir sind doch eben erst gekommen!« Er betrachtete sie. »Du bist nicht an die Temperatur gewöhnt, hm? Aber das gibt sich. Nach einer Weile kann man es ganz gut aushalten. Diese Quelle ist doch besser, als völlig auf dem Trockenen zu sitzen, oder?« Schmunzelnd machte er die Augen wieder zu.

Alea kratzte sich am Kopf. »Ich bin doch gegen den Virus immun. Ich muss nicht auf dem Trockenen sitzen …«

Keblarr öffnete die Augen wieder. »Wahrscheinlich wirkt hier alles ein bisschen merkwürdig auf dich.«

Das war die Untertreibung des Jahrhunderts.

»Mit den Jahren haben wir so etwas wie einen Trott entwickelt, der für ein Kind vielleicht etwas zu ruhig und zu wenig abwechslungsreich ist. Wir können uns auch unterhalten, wenn du möchtest.«

»Ja, gern.« Erleichtert nickte Alea. »Ich habe überlegt, ob du …« Sie zögerte kurz, aber dann sprach sie weiter. »Ob du vielleicht mit mir zusammen nach Anthea suchen willst?«, fragte sie ihn. »Wir könnten nach Renesse segeln und gemeinsam Nachforschungen anstellen. Dir erzählen die Frauen im Jugendamt bestimmt mehr als mir, immerhin bist du Antheas Vater und kannst darauf bestehen, dass sie dir Auskunft über sie geben.«

Keblarr lachte abwehrend. »Ich weiß noch nicht einmal, was das sein soll – ein Jugendamt.« Er streckte und dehnte den Nacken. »Außerdem spreche ich ja die Sprache der Landgänger nicht. Und ich könnte auch nicht beweisen, dass ich euer Vater bin. Landgänger wollen doch immer diese Papierchen sehen …«

Alea runzelte die Stirn. Daran hatte sie gar nicht gedacht. Er hatte natürlich keinen Ausweis.

Ihr Vater seufzte und wechselte das Thema. »Ich würde gern mal wieder finnsegeln, am liebsten an einem Grindwal, aber das ist ja leider nie wieder möglich …«

»Anthea weiß wahrscheinlich gar nicht, dass sie ein Meermädchen ist«, fuhr Alea unbeirrt fort. »Ich habe es ja auch viele Jahre lang nicht geahnt und dachte, meine Knubbel hätten mit der Wasserallergie zu tun.« Sollte sie ihm von dem erzählen, was sie am meisten bewegte? Sie konnte es wenigstens versuchen. »Ich frage mich, wie viele andere Meerkinder wohl noch leben und ob man sie irgendwie finden könnte.«

Keblarr lehnte sich wieder zurück, schien ihr aber weiterhin zuzuhören.

»Möglicherweise gibt es in Rach Turana Botschaften ihrer Eltern für sie.«

Keblarr winkte ab. »Falls es andere überlebende Kinder gibt, können sie auch ohne diese Botschaften ein glückliches Leben führen. An Land sind sie sicher.«

»Aber … ich habe irgendwie das Gefühl, dass man diese Kinder zusammenbringen müsste.«

»Wozu denn?«

»Wäre es nicht schön, wenn man das Meervolk wiederaufleben lassen könnte?«

Keblarr lächelte traurig. »Das ist unmöglich, Alea. Außer dir und diesem Lennox kann niemand mehr ins Wasser.«

Eine Pause trat ein. Doch dann begann Alea wieder zu sprechen. Obwohl Keblarr nicht sonderlich interessiert zu sein schien, wollte sie ihm von ihrer neuen Idee erzählen – von der Eingebung, die gestern nach ihrem Sturz über sie gekommen war, als sie auf ihre blutende Hand gestarrt hatte. Sie musste einfach mit jemandem darüber reden. »Ich mache mir manchmal Gedanken …«, begann sie vage.

»Das ist auch mein Eindruck.«

Diese Bemerkung irritierte Alea, aber sie sprach trotzdem aus, was ihr durch den Kopf ging. »Ich frage mich, ob man mit meinem Blut vielleicht ein Gegenmittel gegen den Wasservirus herstellen kann.«

Keblarr reagierte nicht.

»Irgendwas in mir … kommt gegen den Virus an«, erklärte sie und sah, dass Ramin ihr jetzt ebenfalls zuhörte. »Kann man daraus nicht etwas herstellen, was die anderen Meerkinder schützen könnte? Oder auch euch?«

Keblarr schwieg. Dann sagte er: »Für uns ist es zu spät.«

Sprachlos starrte Alea ihn an, denn ihr wurde gerade eines klar: Ihr Vater hatte nichts mehr mit seinem Leben vor.

Ramin mischte sich ein. »Damals wurde sehr intensiv nach einem Gegenmittel gesucht, Alea. Doktor Orion hat alles versucht, um den Virus aufzuhalten. Aber es war vergebens.«

»Doktor Orion?« Alea wunderte sich über den Namen. Orion war ein Sternbild. »Artama hat uns von einem Doktor erzählt …« Sie versuchte sich zu erinnern. »Sie hat gesagt, dass er zur Hälfte Roix und zur anderen Hälfte Landgänger war und in beiden Welten lebte.«

»Genau das ist er«, bestätigte Ramin. »Er war es, der herausgefunden hat, dass die Seuche von einem Virus im Wasser ausgelöst worden war. Er hat alles darangesetzt, ein Heilmittel zu finden, sowohl mit Landgängertechnik als auch mit Roix-Methoden.«

»Wenn Doktor Orion nichts gefunden hat, dann gibt es keine Hoffnung«, sagte Keblarr.

»Wenn ich bloß noch meine Ausrüstung hätte …«, murmelte Ramin, während Alea gedanklich an den Worten *keine Hoffnung* kleben blieb. Genau das schwebte in dieser Kolonie über allem: Hoffnungslosigkeit. Mit einem Mal vermisste Alea die Alpha Cru so sehr, dass es wehtat. Lennox war bestimmt halb wahnsinnig vor Angst um sie – wenn er nicht schon längst auf der Suche nach ihr war.

»Was ist los?«, hörte sie plötzlich eine hohe Stimme neben sich. Murphy hockte am Rand und schaute sie mit schief gelegtem Kopf an. »Du findest es hier nicht so toll, was?«

»Ich … müsste mich dringend bei meinen Freunden melden«, antwortete Alea ausweichend. »Sie machen sich garantiert große Sorgen um mich.«

»Du willst dich bei den Landgängern melden?«, hakte Murphy nach.

»Es ist besser, wenn sie nicht wissen, wo du bist«, entgegnete Keblarr. »Sie könnten unseren Standort verraten.«

»Das würden sie niemals tun«, sagte Alea, und es klang schärfer als gewollt. »Ich vertraue ihnen hundertprozentig.«

»Das ist sehr schön«, erwiderte ihr Vater. »Die Landgänger haben dir gute Dienste erwiesen. Aber jetzt brauchst du sie nicht mehr. Warum solltest du dich bei ihnen melden? Das würde den Abschied nur schwerer machen.«

Alea wurde stocksteif. »Ich muss hier raus«, quetschte sie hervor, stieg hastig aus der Quelle, nahm ihre Sachen und humpelte das Geröllfeld hinauf. Ihr Vater schien davon auszugehen, dass sie bei ihm blieb. Für ihn stand das offenbar völlig außer Frage. Für sie hingegen stand lediglich fest, dass sie sich bei der Alpha Cru melden musste.

Sie schirmte ihre Augen gegen die Sonne ab und schaute sich in der endlosen Vulkanwüste um. Wie sollte sie Lennox und die anderen nur erreichen?

»Ich könnte dir helfen«, hörte sie Murphys Stimme neben sich. Der Kobold war ihr gefolgt. »Wenn du deinen Freunden so dringend etwas sagen musst, könnte ich die Nachricht für dich überbringen.«

Staunend ging Alea neben ihm in die Knie. »Du? Wie denn?«

»Du sagst mir, wo sie sind, und ich laufe zu ihnen.«

»Das würdest du tun? Aber es ist furchtbar weit!«

»Ich bin ziemlich gut zu Fuß«, gab er zwinkernd zurück.

Alea überlegte. War das möglich? Konnte dieser kleine Kobold die *Crucis* finden?

»Wir können wirklich mehr als Bilder malen«, sagte Murphy, der ihre Gedanken gelesen zu haben schien.

»Ich weiß!«, bestätigte Alea. »Ihr Kobolde habt mal unseren Schiffsmotor gerettet, als wir in der Klemme steckten. Das war eine Meisterleistung.« Sie lächelte. »Also gut. Ich erkläre dir, wo sie sind.« So genau sie konnte, beschrieb sie die Küstenregion und die Bucht, in der die *Crucis* vor Anker lag. »Du hast meine Freunde ja schon mal gesehen. Wenn du sie findest, erzähl dem Oblivion-Jungen, was passiert ist. Nur er kann dich verstehen …« Sie unterbrach sich und dachte kurz nach. »Er wird dich wahrscheinlich fragen, ob ich bei Keblarr bleiben will.«

»Und was antworte ich dem Jungen dann?«

Alea zögerte nur für den Bruchteil einer Sekunde. »Sag ihm bitte, dass er auf mich warten soll. Ich komme zur *Crucis* zurück.« Sie würde nicht in dieser Kolonie bleiben. Sie konnte nicht.

Murphy sah ein wenig traurig aus. »Schade. Du würdest hier bestimmt frischen Wind reinbringen …«

Alea bezweifelte, dass irgendjemand das vermochte. »Bitte überbring ihm die Nachricht.«

Der Kobold seufzte. »In Ordnung. Bis später dann.« Und damit lief er los. Blitzschnell flitzte er über den Südhügel und war fort.

Alea blickte sich um. Was sollte sie jetzt machen? Keblarr hatte gesagt, er und die anderen würden bis zum Abend in der Quelle bleiben …

Alea hinkte zu Keblarrs Wohnwagen zurück, und dann saß sie da und starrte Löcher in die Luft. Bis zum Abend.

Die Sonne ging bereits unter, als Alea die Menschen der Kolonie den Westhügel herabkommen sah. Niemand sprach ein Wort, alle starrten nur düster vor sich hin.

Keblarr und Ramin betraten den Caravan. Ohne Aleas jähen Abgang am Morgen anzusprechen, schaute Ramin sich ihre Verletzungen an und war sehr zufrieden mit dem Heilungsprozess. »Dann schlaf mal gut«, sagte er freundlich und verließ den Wagen.

Mithilfe einer Sengbohne machte Keblarr Wasser heiß. Kurz darauf stellte er Alea abermals den muffigen Tee hin. »Ich fand dein Verhalten heute Morgen nicht gut«, sagte er und setzte sich zu ihr. »Die Quelle ist sehr wertvoll für uns, und du tust so, als wäre sie unzumutbar.«

Alea senkte den Kopf.

»Du wirst dich daran gewöhnen müssen, wie die Dinge hier laufen«, fügte er hinzu.

»Ich glaube nicht, dass ich mich daran gewöhnen kann«, erwiderte sie. »Ich … möchte nicht.«

»Du lebst jetzt aber hier. Das ist dein neues Zuhause!«

Alea schluckte schwer. Dann schüttelte sie den Kopf.

»Du willst doch wohl nicht zu deinen Landgängern zurück?«, fragte Keblarr scharf.

Alea sah auf und hielt seinem bohrenden Blick stand. »Doch, das will ich.«

»Du warst zu lange bei ihnen …« Mühsam beherrscht trank ihr Vater von seinem Tee. Eine unangenehme Stille trat ein. »Du bist meine Tochter«, nahm er den Faden dann wieder auf. »Du gehörst zu mir, und ich lebe nun mal hier.«

»Ich finde es hier aber … nicht schön.«

»Das kann ich ja verstehen«, lenkte er ein. »Vielleicht könnten wir ein paar Dinge verändern. Wir könnten den Wohnwagen streichen!«

Stumm blickte Alea auf ihre Hände, die sich krampfhaft an der Tischkante festhielten.

»Alea«, sagte Keblarr eindringlich. »Du hast mir doch erzählt, dass deine Pflegemutter sich nicht mehr um dich kümmern kann, weil sie krank ist. Wohin willst du denn zurück?«

»Ich möchte zur Alpha Cru.«

Ihr Vater lachte, als wäre der Gedanke abwegig. »Das kommt nicht infrage«, erklärte er entschieden. »Du musst dich vom Meer fernhalten.«

»Was?«, fragte Alea überrascht. »Wieso das denn?«

»Auf einem Boot zu leben und schwimmen zu gehen ist gefährlich für dich«, sagte er strikt. »Einem völlig ungebildeten Meerkind wie dir könnten in der See grauenhafte Dinge geschehen! Ein Walrausch wäre da noch nicht mal das Schlimmste. Was, wenn dir Gretzer begegnen?«

Alea schauderte es.

»Gretzer sind Landgänger, die im Meer Säuren und Schweröle und so etwas abladen«, erläuterte Keblarr, wohl ohne zu ahnen, dass Alea das bereits wusste. »Wenn man in der Nähe ist, während sie ihren Chemieabfall ins Wasser schütten, kann man an dem Gift sterben. Zu meiner Zeit gab es schon viele Gretzer, aber bestimmt ist es in den letzten elf Jahren noch schlimmer geworden. Schließlich gibt es keine Darkoner mehr …«

Alea wusste nur, dass die Darkoner ein Stamm der Meermenschen gewesen waren, aber das war schon alles. »Wer sind denn die Darkoner?«

»Herrje, du weißt so wenig!« Keblarr schüttelte den Kopf. »Die Darkoner waren unsere Bewahrer von Recht und Ordnung, Verfechter des ozeanischen Friedens – die Polizisten des Meeres«, erklärte er. »Sie spürten Gretzer auf und sorgten dafür, dass diese ihren Giftmüll gar nicht erst abladen konnten. Seit es die Darkoner nicht mehr gibt, ist die See bestimmt zu einem extrem gefährlichen Ort für ein Kind geworden!« Er rieb sich die Schläfe. »Nein, du darfst auf keinen Fall noch mal ins Meer.«

Erneut trat eine Pause ein. Alea konnte verstehen, dass ihr Vater sich Sorgen um sie machte. Gretzern war sie tatsächlich schon einmal begegnet. Und von Müllteppichen, die groß wie Kontinente waren, wollte sie ihm lieber erst gar nichts erzählen. Dennoch kam es für sie einfach nicht infrage, dem Meer den Rücken zu kehren. »Ich will aber nicht so leben wie ihr hier«, sagte sie leise.

»Das musst du aber.«

»Nein«, widersprach sie, und ihre Stimme wurde fester. »Das will ich nicht.«

»Ich bin dein Vater!« Abrupt stand er auf. »Ich weiß besser als du, wie es in der Welt aussieht. Und deswegen sage ich dir, dass du dich von der Welt fernhalten musst. Sowohl von Landgängern als auch vom Meer!«

»Ich soll mich hier verkriechen, so wie ihr?« Alea stand ebenfalls auf. »Wieso willst du mich in dein Unglück mit hineinziehen? Wieso soll ich hier bei diesen Trauerklößen bleiben, die nichts weiter mit sich anzufangen wissen, als den ganzen Tag in einem stinkenden Loch herumzuhocken und nachts im Wohnwagen zu frieren?«

Ihre Worte hatten ihn verletzt, das sah sie deutlich. Schnell schaute sie weg. Das *stinkende Loch* wäre vielleicht nicht nötig gewesen … Aber sie hatte recht mit dem, was sie sagte! Was sollte sie denn hier? Ihr Vater hatte sich und sein Leben aufgegeben. Sie selbst spürte jedoch mit jeder

Faser eine große Aufgabe in sich. Ihr Bandenname schien das zu bestätigen. Und die Prophezeiung des Tasfaren erst recht! Alea konnte nicht hier im Nirgendwo sitzen und vor sich hin vegetieren. Außerdem vermisste sie die Alpha Cru ganz fürchterlich. Und Lennox. Lennox …

Mit angespannten Kiefermuskeln starrte ihr Vater ins Leere. Sein Gesicht war hochrot angelaufen.

»Es tut mir leid …«, brachte Alea hervor. »Aber … ich habe mir das anders vorgestellt.« Wenn sie es sich offen eingestand, war auch Keblarr selbst eine Riesenenttäuschung für sie.

Das schien er zu begreifen. »Wenn mein Leben für dich nicht gut genug ist«, sagte er gekränkt, »dann musst du eben gehen.«

Alea schwieg. Er wollte sie ziehen lassen. Eigentlich hätte sie sich darüber freuen müssen. Stattdessen war sie schrecklich traurig und wütend darüber, dass er sie nicht verstand – oder nicht verstehen wollte. Tränen traten ihr in die Augen. Sie hatte gehofft, in ihrem Vater jemanden zu finden, der ihr ein Stück Familie zurückgeben konnte. Jemanden, der an Mariannes Stelle für sie da sein würde und sie an die Hand nahm. Jemanden, der stark und tatkräftig war und mit ihr gemeinsam für die Ozeane kämpfte … Doch dieser Jemand war Keblarr nicht. Alea unterdrückte ein Schluchzen. Es war beinahe, als könnte sie all ihre Hoffnungen vor ihrem inneren Auge endgültig zusammenstürzen sehen, und es blieb nichts anderes übrig als Staub und schwarze Asche.

»Das, wovon du träumst, gibt es nicht«, sagte ihr Vater nun gallig. »Die Meerwelt wiederaufleben lassen – das ist Unsinn. Die Meerwelt ist für alle Zeit untergegangen.«

Unwillig presste Alea die Lippen aufeinander und schluckte ihre Tränen hinunter. Dann erwiderte sie: »Ich werde davon träumen, solange ich kann.« Mit diesen Worten humpelte sie aus dem Wohnwagen. Sie wollte nur weg von hier. Keblarr folgte ihr nicht.

Die Sonne verschwand gerade hinter den Hügeln, und Alea wusste, dass es der denkbar schlechteste Zeitpunkt war, um sich auf den Weg zu machen. Aber sie konnte nicht darauf warten, dass Murphy zurückkam, denn sie wollte keine Nacht länger in dieser Kolonie bleiben. Wenn sie allerdings jetzt losmarschierte – mit ihrem verletzten Fuß und ohne Jacke –, würde sie erfrieren.

Alea hinkte zu Ramins Wohnwagen und klopfte. Der Roix öffnete und wirkte erstaunt. »Oh, hallo?«

»Könnten Sie mir eine Jacke geben?«, bat sie. »Und vielleicht eine Decke?« Sie wusste, dass es viel verlangt war. In dieser Kolonie waren eine Jacke und eine Decke bestimmt regelrechte Kostbarkeiten, aber sie hatte keine andere Wahl.

Ramin blickte sie prüfend an. »Was ist passiert?«

In knappen Sätzen schilderte Alea ihm, wie sie mit Keblarr gestritten und sich entschlossen hatte, die Kolonie sofort zu verlassen. Wenn Ramin sie als Anführer der Gruppe nun zurückhalten wollte, konnte sie nichts dagegen tun, aber wen sonst hätte sie um eine Jacke bitten sollen? Keiner der anderen hatte auch nur mit ihr gesprochen.

Ramin überraschte sie jedoch. »Ich kann dir diese hier geben«, sagte er und überreichte ihr eine dicke Daunenjacke. »Und ich bringe dich mit meinem Fahrrad zu deinen Freunden.«

Verblüfft starrte Alea ihn an.

»Dies ist kein Ort für Kinder«, erklärte Ramin mit traurigem Lächeln. »Ich weiß nicht, wieso Keblarr das nicht zu erkennen scheint. Wahrscheinlich, weil er sich so sehr freut, dich nach all der Zeit endlich bei sich zu haben.«

Alea schaute betreten zur Seite.

»Ich finde es allerdings unverantwortlich, dass er dich um diese Uhrzeit einfach allein loswandern lassen will«, fügte Ramin hinzu. »Du weißt doch gar nicht, in welche Richtung du gehen musst! Außerdem kannst du gar nicht laufen. Dein Fuß würde das nicht mitmachen. Es ist ein weiter Weg bis zur Küste.« Während er sprach, trat er aus dem Wohnwagen und schloss einen selbst gezimmerten Schuppen auf, der an seinen Wagen grenzte. In dem Schuppen stand ein Fahrrad.

»Das ist … mehr als nett von Ihnen«, stammelte Alea.

»Setz dich«, sagte Ramin, und sie nahm auf dem Rad Platz.

»Willst du Keblarr noch richtig Auf Wiedersehen sagen?«, fragte Ramin, während er das Fahrrad losschob.

»Nein, ich glaube, das will ich nicht«, gab Alea verdrossen zur Antwort. Ihr Vater schaute noch nicht einmal aus dem Fenster. Anscheinend hätte er sie tatsächlich in ihrem Zustand in die Aschewüste hinauslaufen lassen. Irgendwo tief in ihrem Inneren ahnte Alea zwar, wie sehr sie ihn verletzt haben musste – so sehr, dass er nicht über seinen Schatten springen konnte. Doch in diesem Augenblick war sie einfach furchtbar wütend und enttäuscht.

Ramin nickte. Wortlos schob er Alea auf dem Fahrrad weiter. Sie warf einen letzten Blick zurück und war unendlich froh, diesem Jammertal zu entkommen.

Ramin bugsierte sie ächzend durch den schwarzen Sand. Ein paar Minuten lang lief Alea zu Fuß, um ihn zu entlasten, aber sie merkte schnell, dass das zu viel für ihren Knöchel war. Und so schob Ramin sie weiter, über eine Stunde lang, bis sie eine Straße erreichten. Dort setzte Alea sich auf den Gepäckträger und Ramin auf den Sitz, und sie fuhren los. Im Licht der verlöschenden Sonne kam Alea der *Crucis* und ihren Freunden endlich wieder näher, und ihr Herz klopfte freudig beim bloßen Gedanken daran, bald wieder zu Hause zu sein.

Erst gegen Morgen erreichten sie die Küste. Alea war trotz der Daunenjacke ganz durchgefroren, und ihr tat der Hintern weh. Doch als sie die Ankerbucht sah, waren alle Schmerzen auf einen Schlag vergessen. Sie hatten es geschafft! Ein schneller Blick aufs Meer verriet Alea, dass die *Crucis* noch immer genau dort lag, wo die Alpha Cru sie vor drei Tagen verankert hatte.

Ramin stieg ab. Er sah furchtbar erschöpft aus.

Am liebsten hätte Alea ihn in den Arm genommen. Stattdessen gab sie ihm seine Daunenjacke zurück. »Wie kann ich Ihnen jemals danken?«

»Das musst du nicht«, erwiderte Ramin. »Es war richtig, dich zurückzubringen. Außerdem habe ich Freunde in Hafnarfjörður, die ich lange nicht gesehen habe. Ich fahre jetzt mal hin und kriege dort hoffentlich ein richtiges Frühstück.«

Alea lächelte traurig. »Darf ich Sie noch etwas fragen?«

»Natürlich. Was denn?«

»Glauben Sie, dass man aus meinem Blut ein Heilmittel gegen den Virus herstellen kann?« Ramin war ein Roix – es gab niemanden, der ihr besser auf diese Frage antworten konnte.

»Das weiß ich nicht, Alea«, entgegnete er. »Aber es gibt jemanden, der es herausfinden könnte.« Er wies nach Westen. »Doktor Orion lebt in Reykjavík, soweit ich weiß. Suche ihn. Niemand kennt den Virus besser. Wenn jemand ein Heilmittel aus deinem Blut gewinnen kann, dann er.«

Alea konnte es kaum fassen. Doktor Orion lebte in Reykjavík? Sie musste ihn finden!

Ramin lächelte. »Ich wünsche dir von Herzen alles Gute, Alea, Tochter der Nelani und des Keblarr, Elvarion der letzten Generation. Möge dich stets guter Wellenschlag begleiten.«

Alea lächelte dankbar zurück und winkte ihm nach, als er sich auf sein Fahrrad schwang und davonfuhr.

Heimkehr

Erschöpft und mit schmerzenden Gliedern wandte Alea sich dem Meer zu. Dort! Die *Hercules* kam auf sie zu! Tess ruderte in dem Schlauchboot zu ihr herüber! Sie musste sie am Ufer entdeckt haben. Alea winkte überschwänglich. Kaum, dass die *Hercules* das Land erreichte, sprang Tess aus dem Boot und rannte auf Alea zu. »Du bist wieder da!«, rief sie. »Du bist zurückgekommen!« Überglücklich zog sie Alea in ihre Arme.

Tess hielt sie einen kleinen Moment zu lange fest, und so machte Alea sich los. »Wo sind die anderen?«

»Sammy und Ben schlafen, und Lennox sucht noch nach dir.«

»Wo denn?«

»Na, bei der Blauen Lagune«, gab Tess zurück. »Weißt du eigentlich, was für Sorgen wir uns gemacht haben? Wir haben zwei Tage lang nach dir gesucht! In dem ganzen Gebiet um Grindavík. Vorletzte Nacht haben wir sogar in unseren Schlafsäcken an dem See neben der Lagune übernachtet und am nächsten Morgen weitergesucht – bis spätabends. Dann hat Ben gesagt, dass wir zur *Crucis* zurückmüssen, um etwas zu essen und uns aufzuwärmen. Es ist verdammt kalt in Island!« Tess schüttelte sich. »Aber Lennox hat sich geweigert mitzukommen. Er wollte weiter nach dir suchen. Wo zum Teufel warst du bloß?«

»Bei meinem Vater.« Alea hörte ihrer eigenen Stimme an, wie niedergeschlagen sie war. »Ich erzähle euch alles. Aber sag mir vorher eins: Ist kein Kobold mit einer Nachricht von mir zu euch gekommen?«

»Was für ein Kobold?«

Alea seufzte. Murphy hatte es offenbar nicht geschafft, die Alpha Cru zu finden.

»Komm mit an Bord!«, sagte Tess nun, und nichts tat Alea lieber als das.

Sie stiegen in die *Hercules*, und Tess begann mit schnellen, starken Zügen zu rudern. »Wie können wir Lennox sagen, dass ich wieder da bin?«, fragte Alea. Der Gedanke, dass er in dieser einsamen Kraterlandschaft vergeblich nach ihr suchte, war fürchterlich.

»Ich hab ihm schon Bescheid gegeben«, erwiderte Tess. »Er hat dein Handy mitgenommen, und ich hab ihm eben eine Nachricht geschickt. Bestimmt ist er schon auf dem Weg hierher.«

Erleichtert atmete Alea auf.

Wenig später hatten sie die *Crucis* erreicht. Sie vertäuten die *Hercules* und erklommen die Leiter. Sobald sie an Bord waren, marschierte Alea schnurstracks zur Jungenkajüte, um Ben und Sammy zu wecken. »Ich bin wieder da«, flüsterte sie und rüttelte sanft an Sammys Schulter.

Er wachte auf und blickte sie an. Bei dem Leuchten, das daraufhin in seinen Augen erschien, wurde Alea ganz warm ums Herz. Mit einem Schrei warf sich der Kleine in ihre Arme, und Alea hielt ihn ganz fest.

Ben sprang aus dem oberen Bett. »Mein Gott, Alea!«, rief er und umarmte sie ebenfalls. »Wo bist du denn nur gewesen?«

»Der Kobold hat mich zur Kolonie der überlebenden Meermenschen geführt«, erwiderte Alea. »Die war allerdings eine ganze Tageswanderung entfernt.« Sie setzte sich zu Sammy aufs Bett. Ben und Tess nahmen davor Platz, und dann berichtete Alea ihnen, was geschehen war. Als sie fertig war, zog sie den Fotostein mit dem Bild der lachenden Babys aus der Tasche und zeigte ihn ihren Freunden. Die konnten an dem Stein zwar nichts Besonderes erkennen – und erst recht kein Bild –, aber Alea trieb der Anblick der Zwillingskinder Tränen in die Augen.

»Keblarr wusste auch nicht, wo Anthea sein könnte. Und ich hatte das Gefühl, er … wollte es irgendwie auch gar nicht mehr wissen«, stieß sie hervor. »Warum ist nur alles so schiefgegangen? Ich hatte mir meinen Vater ganz anders vorgestellt.« Sie lachte kläglich. »Wenn man so viele Jahre lang Zeit hat herumzuträumen, wie jemand wohl ist, kann man wahrscheinlich nur enttäuscht werden.«

»Diese Kolonie klingt wie aus einem Horrorfilm«, fand Tess. »Wie kann man denn nur den ganzen Tag nichts tun?«

»Wenn man nichts zu tun hat, dann tut man eben das«, warf Sammy ein. Er schien jedoch zu merken, dass es nicht der richtige Moment für Scherze war, und blickte Alea entschuldigend an.

»Jetzt hab ich meinen Vater gefunden und fühle mich schlechter als vorher.« Alea wischte sich eine Träne fort. »Eigentlich hätte ich länger bleiben müssen, um mehr mit ihm zu reden. Ich wollte ihn noch nach meiner Mutter fragen. Er hat mir gar nichts über sie erzählt!« Eine zweite Träne rollte ihre Wange hinab. »Und zum Walwandern hätte ich auch noch tausend Fragen gehabt. Und zur Meermenschenwelt! Er hätte mir noch so viel beibringen können. Warum hab ich mich nicht zusammengerissen?« Wütend auf sich selbst presste sie die Zähne zusammen. Dabei wusste sie, warum sie nicht geblieben war. »Ich war so sauer. Ich wollte nur da raus«, sagte sie leise. »Aber … es war nicht schön, wie mein Vater und ich auseinandergegangen sind. Falls ich ihn niemals wiedersehe, war das ein schrecklicher Abschied.«

Die anderen schwiegen betroffen. Sammy nahm behutsam ihre Hand und drückte sie.

»Am besten legst du dich ein bisschen hin«, empfahl Ben.

Das hielt Alea für eine gute Idee. Vorher rief sie nur noch schnell Marianne an, die sehr kurzatmig und schwach klang und schon nach wenigen Minuten auflegen musste.

Den Kopf voller Gedanken ging Alea ins Bett, und obwohl sie todmüde war, schlief sie erst sehr viel später ein.

Am Nachmittag wurde sie von einem Kuss geweckt. Sie schreckte hoch, doch als sie Weite, Wärme und Wasser schmeckte, streckte sie die Arme aus und ließ sich festhalten.

»Ich war verrückt vor Sorge.« Lennox drückte sie so heftig an sich, dass sie kaum Luft bekam. »Ich wusste nicht, ob dir etwas passiert war oder ob du dich entschieden hattest, bei deinem Vater zu bleiben. Das war die Hölle.« Lennox war anscheinend völlig geschafft. »Bist du nur kurz hier, um dich zu verabschieden, oder …«

»Ich will nicht bei meinem Vater leben.« Sanft blickte sie ihn an. »Ich bin zur *Crucis* zurückgekommen, um zu bleiben.«

Lennox nickte wortlos, aber in seinen Augen konnte Alea eine immense Erleichterung erkennen.

»Es ist okay, wenn du dich freust«, sagte sie.

Da wurde alles an Lennox weich. Es war, als erlaubte er sich endlich, sich seine Angst einzugestehen – die Angst, Alea könnte ihn verlassen. »Ich bin so froh …«

Alea küsste ihn. Eine kleine Ewigkeit lang hielten sie einander in den Armen. Dann begann Alea zu erzählen – noch ausführlicher als den anderen zuvor, und Lennox hörte ihr ganz genau zu. Schließlich sagte er: »Ich glaube, ein Landgängerleben ist allemal besser als dieses Herumsiechen in der Kolonie! Das ist ja überhaupt kein Leben.«

Ben streckte den Kopf zur Tür herein. »Wenn ihr was essen wollt, kommt an Deck.«

Das ließen sie sich nicht zweimal sagen. Alea und Lennox sprangen aus dem Bett und liefen hoch. Ben hatte einen Berg Pfannkuchen mit Apfelmus gemacht, und sie stürzten sich nun darauf. Lennox hatte anscheinend ebenfalls lange nichts mehr gegessen. Während sie sich kaum Zeit zum Kauen nahmen, erklärte Sammy, warum er einen nigelnagelneuen Zylinder auf dem Kopf trug. »Ich hab ihn gestern neben der Bushaltestelle in einem Geschäft gesehen und war auf der Stelle verliebt. Ich musste ihn haben!«

Ben brummte nachdrücklich.

»Ich weiß, er war teuer«, gab Sammy zu, »aber er macht mich zu einem richtigen Rockstar! Du hast deine superduper Frisur, Ben, und Lennox sieht einfach so hammer aus. Aber ich hatte bisher nix richtig Rockstarmäßiges, und jetzt bin ich endlich auch so cool wie ihr!« Er strahlte ein Zahnlückenstrahlen. »Und als Nächstes will ich auch selber Songs schreiben. Bestsongs! Und Songtexte! Aber nicht so einen zweideutigen Text wie deinen, Schneewittchen, sondern einen dreideutigen, an dem die Leute sich richtig die Zähne ausbeißen«, brabbelte er. »Ich kann übrigens unheimlich gut auf E reimen. E reimt sich auf E.«

Alea musste so sehr lachen, dass sie sich verschluckte und Ben und Lennox ihr auf den Rücken klopfen mussten. Aber sie war glücklich. Sie war wieder genau da, wo sie hingehörte.

Den Abend verbrachten sie damit, einander Geschichten zu erzählen und in den Himmel zu schauen.

Irgendwann fragte Ben: »Willst du eigentlich diesen Doktor Orion suchen, Alea?«

»Natürlich«, gab sie sofort zurück, denn das war für sie völlig klar. Falls sie den Doktor fanden, würde er mithilfe ihres Blutes womöglich ein Mittel gegen den Virus herstellen können. Und wenn das tatsächlich geschah, dann war Aleas Traum von der Rückkehr der Meermenschen gar nicht mehr so unwahrscheinlich, wie er ihr zuvor oft erschienen war. »Mein Knöchel und ich brauchen allerdings einen Tag Pause«, hängte sie nun an.

»Ich hätte eher zwei Tage veranschlagt«, warf Lennox ein. »Oder drei.«

»Nein, das wäre schon zu lange.« Alea wollte nicht zu viel Zeit verlieren. »Seid ihr denn dabei? Sucht ihr diesen Doktor mit mir zusammen?«

»Was für 'ne Frage!«, rief Sammy. »Klar sind wir dabei! Wir sind doch Abenteurer!«

Er streckte die Hand aus. Alle legten ihre Hände darüber. Und dann erklang ihr Bandenruf – kraftvoll und herausfordernd, als hätten sie trotz allem noch lange nicht genug von den Abenteuern.

Orion

Zwei Tage lang ruhten sie sich aus, schliefen und aßen viel, machten Musik und entwickelten eine fröhliche Reggae-Version von *Zu dir*, die allen sogar noch besser gefiel als die traurige Balladenversion. Doch obwohl die Stimmung recht ausgelassen war, überfielen Alea immer wieder dunkle Momente, in denen sie an ihren Vater dachte. Nicht nur, dass die Begegnung mit Keblarr überaus ernüchternd gewesen war – Alea machte sich auch Gedanken über sein entbehrungsreiches Leben in der Kolonie. Es hatte den Anschein gehabt, als hungerten die Leute dort. Doch sosehr sie sich auch den Kopf zerbrach – es gab nichts, was sie tun konnte.

Es war ein sonniger, kühler Morgen im Juli, als sich die Alpha Cru wieder auf den Weg machte. Aleas Fuß hatte sich gut erholt, und sie konnte wieder ganz normal auftreten. Auf dem Weg zur Bushaltestelle nahm Lennox sie trotzdem huckepack und trabte übermütig mit ihr auf dem Rücken an der vollständig ummauerten Protzvilla vorbei. Alea genoss es viel zu sehr, ihm so nah zu sein, als dass sie etwas dagegen gehabt hätte.

Der Bus brachte sie abermals nach Reykjavík, und dort suchten sie nach einer Adresse, die sie zuvor im Internet gefunden hatten. Lennox hatte am vorherigen Abend an ihrem alten Laptop gesessen und nach Hinweisen auf den Doktor gesucht. Schließlich hatte er herausgefunden, dass Doktor Aquilius Orion eine allgemeinmedizinische Praxis im Herzen von Reykjavík betrieb. Alea konnte noch immer kaum glauben, dass es so leicht gewesen war, ihn aufzuspüren. Aber nun standen sie tatsächlich vor dem Haus. Bloß den Namen Orion konnten sie auf den Klingelschildern nirgendwo entdecken.

»Ist das wirklich die richtige Adresse?«, fragte Alea, und Ben sah noch mal in seinem Handy nach.

»Ja«, bestätigte er und blickte an dem dreistöckigen Gebäude hoch. »Aber vielleicht ist dieser Interneteintrag auch alt, und die Praxis ist inzwischen umgezogen …«

Da öffnete sich die Tür, und zwei miteinander schwatzende ältere Frauen kamen heraus. Als sie die Cru sahen, blieben sie in der Tür stehen und fragten etwas auf Isländisch. Ben antwortete und unterhielt sich kurz mit ihnen. Seinem Gesichtsausdruck nach erfuhr er keine allzu guten Neuigkeiten. »Doktor Orion hat seine Praxis schon vor Jahren aufgegeben«, übersetzte er schnell. »Er hat allerdings nie die Etage geräumt. Hat seine Praxis damals offenbar einfach abgeschlossen und ist seitdem nie wieder hier aufgetaucht.«

Die beiden Damen blickten die Cru fragend an. »Ich glaube, wir gehen besser.« Ben wandte sich zum Gehen.

Die Frauen nickten zufrieden, als sich Sammy, Alea und Tess nun ebenfalls in Bewegung setzten. Doch bevor die Tür ins Schloss fallen konnte, schlüpfte Lennox ins Haus. Die Frauen bemerkten ihn nicht, und keines der anderen vier Cru-Mitglieder sagte etwas oder schaute zurück.

An der nächsten Straßenbiegung verabschiedeten sie sich von den beiden Damen. Sobald diese außer Hörweite waren, sagte Sammy: »Scorpio findet bestimmt einen Weg in die Praxisräume.«

Ben nickte. »Vielleicht kriegt er raus, warum Orion damals so plötzlich auf und davon ist.«

»Dann warten wir hier auf Lennox.« Alea setzte sich auf die Bordsteinkante. Tess ließ sich neben ihr nieder, während Sammy versuchte Kieselsteine in einen Gully zu kicken.

Eine halbe Stunde später kam Lennox zu ihnen.

»Warst du drin?«, überfiel Sammy ihn.

Lennox bejahte, und bevor er weitererzählen konnte, fragte Alea: »Also bist du eingebrochen?«

Ben seufzte.

Lennox überhörte Aleas Frage und sagte: »In der Praxis ist ein großes Labor.«

»Kein Wunder«, erwiderte Ben. »Orion scheint ja lange nach einem Heilmittel gegen den Virus geforscht zu haben.«

»Es war alles ganz verstaubt, als wäre seit Ewigkeiten keiner mehr da gewesen«, fuhr Lennox fort. »Ich bin ein paar Unterlagen in einem Schreibtisch durchgegangen. Und dabei hab ich was gefunden.«

»Was denn?«, fragte Tess.

»Ich weiß, wo Orion wohnt«, eröffnete Lennox ihnen. »Oder zumindest, wo er damals gewohnt hat.«

»Du hast seine Privatadresse?«, fragte Alea. »Das ist ja –«

»Wunderbärchen!«, rief Sammy.

Lennox zog einen Zettel hervor, auf den er sich etwas notiert hatte. »Komischerweise hat Orions Straße denselben Namen wie unsere Bucht.«

»Was?« Ben nahm Lennox den Zettel ab. »Das ist unsere Uferstraße! Da gibt es doch gar keine Häuser …«

Alea wunderte sich ebenfalls. Die Gegend um ihre Bucht war völlig unbewohnt. *Moment mal!* Nein. Nicht völlig. »Die Villa!«, rief sie. »Die Villa am Strand!«

Die anderen blickten sie verblüfft an.

»Du glaubst, Doktor Orion wohnt in diesem Prunkpalast hinter dicken Mauern?«, fragte Lennox skeptisch. »Da wohnt eher ein Millionär.«

»Auf jeden Fall müssen wir zurückfahren und nachsehen, ob es dort nicht doch noch andere Häuser gibt«, sagte Ben.

Alle waren einverstanden, und so fuhren sie zurück und suchten die lange Uferstraße ab. Doch sie fanden keine anderen Häuser. Die Villa war weit und breit das einzige Gebäude.

»Auf dem Zettel steht ja auch, dass es Haus Nummer eins ist!«, versuchte Alea Lennox, Ben und Tess zu überzeugen, die immer noch nicht so recht glauben wollten, dass Doktor Orion ausgerechnet in diesem Prachtbau wohnen sollte.

»Das wäre ein echt schräger Zufall«, fand Ben.

»Zufälle gibt es nicht«, belehrte Sammy ihn und marschierte kurzerhand auf das große Tor der Villa zu. »Lasst uns einfach mal klingeln.«

Alea folgte ihm, und schließlich kamen auch die anderen hinterher. Das mächtige Tor prangte inmitten einer Steinmauer, die das gesamte Grundstück umgab. Sobald sie es erreicht hatten, suchten sie nach einer Klingel. Doch die gab es ebenso wenig wie ein Namensschild oder eine Hausnummer.

Da wies Lennox auf zwei Kameras über dem Tor, deren Objektive in ihre Richtung gedreht waren. »Wir müssen nur warten.«

Eine Minute später schwang das elektrische Tor tatsächlich auf. Alea lugte hindurch und staunte nicht schlecht. Das Grundstück war mit wunderschönen blühenden Büschen und zahllosen Springbrunnen und Wasserspielen gespickt.

Langsam traten sie durch das Tor, das sich gleich darauf hinter ihnen schloss. Keiner sagte etwas, denn die Schönheit und der Luxus dieser Villa verschlug den anderen wohl ebenso die Sprache wie Alea. Edle Skulpturen aus Marmor säumten die Auffahrt, und das herrschaftliche Gebäude selbst, das beinahe vollständig mit dichtem Efeu bewachsen war, wies so viele Säulen und Türme auf, dass man wirklich eher von einem Palast als von einer Villa sprechen musste.

Sie folgten dem Weg bis vor die doppelflügelige Haustür. Im nächsten Moment öffnete ihnen ein Butler. »*Welcome*«, sagte er und lud sie mit einer steifen Geste ins Haus ein.

Sie folgten seiner Aufforderung und traten in eine Art Empfangshalle, von der aus eine breite, gläserne Treppe in den ersten Stock führte.

Alea stand mit offenem Mund da. Sie hatte noch nie eine Treppe aus Glas gesehen. Unter der Treppe befanden sich riesige Aquarien, in denen bunte Fische schwammen.

»*Please wait*«, bat der Butler sie, und Alea verstand, dass sie warten sollten.

Während der Mann sich entfernte, wisperte Tess ihr zu: »Warum fragt der uns denn nicht, wer wir sind und was wir wollen?«

Alea zuckte die Schultern. Hier war alles ein wenig eigenartig.

»Na, wen haben wir denn da?«, erklang gleich darauf eine Stimme. Am oberen Ende der Treppe stand ein Mann mittleren Alters. Er war groß, schmalschultrig und hatte einen wilden Lockenkopf. Auf der spitzen Nase trug er eine große braune Brille, und an seinen dünnen Beinen schlabberte eine Jogginghose. Er sah aus wie ein Nerd. »Ich habe euch über die Kameras gesehen und gedacht: Die sehen ja lustig aus!«, sagte er lachend auf Deutsch, während er die Treppe herunterkam.

Alea blickte an sich hinab. Fand er ihren rot gepunkteten Petticoat mit den schweren Stiefeln lustig oder Sammys Knatschdotterislandponypullover in Kombination mit seinem neuen Zylinder?

Der Mann war nun bei ihnen angekommen. »Wer seid ihr denn?«, erkundigte er sich. Sein Deutsch war sehr flüssig, wenn auch mit Akzent.

»Ich bin Alea«, antwortete sie und stellte nacheinander die anderen vor.

Der Mann nickte jedem zu. Dann sagte er: »Ich bin Aquilius Orion.«

Als er diesen Namen aussprach, erbebte Alea innerlich.

Er war es. Sie hatten ihn gefunden.

»Cooles Haus«, bemerkte Sammy und hob anerkennend den Zylinder.

Der Mann lächelte freundlich. »Danke, ich mag's auch.«

»Wir haben nach Ihnen gesucht«, erklärte Alea.

»Wahrscheinlich geht es um den Virus, der die Meermenschen ausgerottet hat, oder?«, fragte Doktor Orion.

Alea stutzte. »Äh … ja. Woher wissen Sie das?«

»Was sollten Meerkinder sonst von mir wollen?« Orion schmunzelte. In Aleas Gesichtsausdruck spiegelte sich bestimmt ihre Verblüffung wider. »Obwohl du Handschuhe trägst und ich deine Raffnarben nicht sehen kann, sind deine klargrünen Augen unverkennbar, Walwanderin.«

Alea staunte – sowohl über Orions schnelle Auffassungsgabe als auch über den Ausdruck *Raffnarben*. Das musste das Fachwort für ihre Knubbel sein.

»Aber du« – er wandte sich an Lennox – »du bist kein so eindeutiger Fall. Deine azurblauen Augen kennzeichnen dich zwar zweifelsfrei als Oblivion. Aber du hast keine Raffnarben – und auch keine Kiemen?«

Lennox schüttelte den Kopf.

»Ein Mischling, so wie ich, hm?«

Lennox nickte zögernd, während Alea auf Orions Hände schaute. Er trug keine Handschuhe, und wie es schien, besaß auch er keine Raffnarben.

Orion bemerkte ihren Blick. »Ich habe leider keine Schwimmhäute.« Er hob die Hände und spreizte seine schlanken, glatten Finger. »Aber dafür habe ich Kiemen.« Bereitwillig schob er seine halblangen braunen Locken zurück und zeigte ihnen die Knubbel hinter seinen Ohren. »Mischlinge wie wir sind eher selten«, sagte er lächelnd zu Lennox. »Ich habe lange darauf gewartet, dass Meerkinder mich ausfindig machen, und nun sind endlich welche gekommen!« Freudig rieb er sich die Hände. »Gehen wir in den Wintergarten, dort können wir uns unterhalten.«

Er führte sie durch mehrere vornehm ausgestattete Räume, bis sie einen gläsernen Vorbau erreichten, in dem Palmen wuchsen und eine große Tafel sowie ein Diener auf Besucher warteten. Alea entfuhr ein »Ohhh«, denn der Blick von hier war einfach phantastisch. Durch die großen Scheiben des Wintergartens konnte man die ganze Bucht überblicken.

Sammy wies stolz auf die *Crucis*. »Das da ist unser Schiff!«

»Wirklich?«, wunderte sich Orion. »Ihr habt ein eigenes Schiff? Dieses da?« Er lachte. »Seit ein paar Tagen frage ich mich schon, wem es gehören könnte …«

»Wir leben auf See!«, verriet Sammy. »Wir sind Abenteurer!«

Ben wies ihn mit einer Handbewegung an, sich ein wenig zurückzuhalten.

»Prima!«, lobte Orion Sammy jedoch. »Ich mag Abenteurer.« Mit einem Kopfnicken bedeutete er dem Diener, dass er die Gäste bewirten sollte. Dann sagte er: »Setzt euch und erzählt mal. Gehört ihr den geretteten Kindern an?«, fragte er Alea und Lennox. »Seid ihr an Land aufgewachsen?«

»Ja, das sind wir«, antwortete Alea und wollte schon anfangen zu erzählen.

Doch Lennox kam ihr zuvor. »Könnten Sie uns vielleicht zuerst etwas über sich verraten?«

Orion lachte. »In Ordnung. Ihr seid natürlich genauso neugierig auf mich wie ich auf euch.« Er lehnte sich in seinem Sessel zurück. »Also, ich wurde vor dreiundvierzig Jahren an Land geboren. Mein Vater war ein Roix und meine Mutter eine isländische Landgängerin. In meinen ersten Lebensjahren lebte ich bei meiner Mutter. Mein Vater wollte seine Heimat nie verlassen, aber er besuchte uns oft und machte mit mir Ausflüge ins Meer. Da ich Kiemen hatte, gab es nur das Problem, dass ich ein wenig langsam war – und das haben wir meist mit einem Seelöwen behoben.«

»Mit einem Seelöwen?«, wunderte sich Alea.

»Ja, ich habe mich ziehen lassen«, erwiderte Orion. »Ihr wisst das wahrscheinlich nicht, aber Robben gehörten fest zum Meermenschenalltag – die meisten Familien hatten ein paar davon.«

»Robben waren Nutztiere?«, hakte Lennox nach.

»Nun ja, in erster Linie waren sie Gefährten, die sich ihren Menschen sehr verbunden fühlten.«

»Hunde«, bemerkte Tess. *»Seehunde …«*

Orion nickte. »Manche dieser Tiere wurden aber auch dazu ausgebildet, Lasten zu ziehen – oder eben Menschen.«

»Wie Schlittenhunde«, murmelte Tess, während Orion fortfuhr.

»Und so war es für mich nie ein großes Problem, dass ich keine Schwimmhäute besitze«, sagte er, während der Diener ihnen ein dunkelgrünes sprudelndes Getränk in Kristallgläsern servierte. »Ich war in der Meerwelt ebenso zu Hause wie an Land«, erzählte Orion weiter. »Als ich alt genug war, bin ich sogar auf zwei Schulen gegangen: Fünf Tage die Woche habe ich den Unterricht in unserem Dorf an Land besucht und am Wochenende die Schule im Meer. Ich glaube, es ist kein Wunder, dass ich ein recht gebildeter Mensch geworden bin.«

Alea warf Lennox einen Seitenblick zu. Nun wussten sie sicher, dass es unter Wasser auch Schulen gegeben hatte.

»Als ich achtzehn war, entschied ich mich, mein Landgängerleben aufzugeben und vollständig ins Meer überzuwechseln. Diese Welt hat mir nämlich besser gefallen als die an Land, müsst ihr wissen«, erzählte er weiter. »Im Meer habe ich dann eine vollständige Roix-Ausbildung genossen. Doch als ich diese beendet hatte, wollte ich noch mehr lernen, und so bin ich wieder an Land gegangen und habe in Hamburg und New York Medizin studiert.«

»Hamburg?«, fragte Alea.

»Deswegen können Sie so gut Deutsch!«, bemerkte Ben.

»Ja, ich spreche insgesamt sechs Sprachen«, erklärte Orion.

»Und dann haben Sie Ihre Praxis eröffnet?«, fragte Ben.

»Nein«, entgegnete Orion. »Nach dem Medizinstudium habe ich noch Mikrobiologie und Chemie studiert.«

Sammy legte den Kopf schief. »Sie sind ziemlich intelligent, was?«

Orion lächelte. »Ich denke, das kann man so sagen«, antwortete er und brachte es fertig, dabei bescheiden zu klingen. »Nachdem ich meine Studien abgeschlossen hatte, kehrte ich nach Faramont zurück – das ist meine Heimatstadt im Meer«, fuhr er fort. »Sie liegt gleich hier vor der Südküste Islands. In Faramont habe ich einige Jahre praktiziert. Irgendwann habe ich dann zusätzlich eine Praxis in Reykjavík eröffnet, denn ich wollte auch den Landgängern zu Diensten sein. Ich habe immerhin an den besten Unis der Landgängerwelt studiert, nicht nur in Hamburg und New York, sondern auch in Tokio und Kapstadt – und jemand mit meiner Ausbildung hat eine gewisse Verantwortung, finde ich.«

»Sie haben Städte ausgewählt, die am Meer liegen«, fiel Alea auf.

Orion lachte bestätigend. »Auch während des Studiums musste ich mindestens einmal am Tag ins Meer, sonst wäre ich verrückt geworden.«

»Und heute?«, erkundigte sich Lennox. »Macht es Sie nicht verrückt, dass Sie nicht mehr ins Wasser können?«

Zu Aleas Überraschung erwiderte Orion: »Oh, ich gehe nach wie vor ins Meer. Als Mischling habe ich das Glück, dass ich mich vor den Folgen des Virus schützen kann. Ich tauche beinahe jeden Tag hinunter. Aber Freude bereitet es mir nicht. Dort unten auf dem Meeresgrund herrscht eine beklemmende Atmosphäre. Die Städte sind verlassen und verfallen mit jedem Jahr mehr. Die Felder liegen brach. Die Wale und Delfine rufen vergeblich nach Wanderern. Und der Müll –«

Alea unterbrach ihn. »Wie können Sie denn ins Wasser gehen?«, fragte sie, obwohl sie es bereits ahnte. Wahrscheinlich funktionierte es bei Doktor Orion ganz ähnlich wie bei Lennox.

»Es ist nicht so, dass ich ein Heilmittel entwickelt hätte.« Orion senkte den Blick. »Jahrelang habe ich nach einem Mittel gesucht, aber keines gefunden.« Er nahm die Brille ab und rieb sich die Augen. »Ich habe lediglich herausbekommen, dass ich mich mithilfe von Rofus – einem starken Kraut, das am Meeresboden wächst – im Wasser aufhalten kann.«

Alea nickte. Genau das hatte sie vermutet. Denn mit *Rofus* war Rotfarn gemeint.

»Ich extrahiere den Wirkstoff des Rofus und verabreiche ihn mir einmal im Monat in dieser konzentrierten Form als Spritze«, erklärte Doktor Orion. »So bin ich wochenlang vor dem Virus geschützt. Das funktioniert bei mir aber nur, weil ich zur Hälfte Landgänger bin.« Mit ernster Miene trank Orion von dem dunkelgrünen Sprudelgetränk. »Bei normalen Meermenschen kann der Rofus zwar die Symptome der Krankheit verlangsamen, aber er kann sie nicht vor dem sicheren Tod bewahren. Das klappt nur bei Mischlingen. Tut mir leid, Alea.« Entschuldigend hob er die Achseln. Dann blickte er zu Lennox. »Aber für dich könnte Rofus eine Möglichkeit sein, im Meer zu schwimmen.«

»Ich weiß«, erwiderte Lennox. »Ich trinke Rofus als Tee – falls wir das Kraut dahaben.« Leider waren ihnen inzwischen die Vorräte ausgegangen.

Orion zog die Augenbrauen in die Höhe. »Du kennst die Wirkung von Rofus?«, fragte er überrascht. »Woher?«

Alea antwortete an Lennox' Stelle. »Eine Finde-Finja hat mich zu Rofus-Feldern geführt, als ich sie darum gebeten habe, etwas gegen Wasserallergie zu suchen.«

Orion fiel beinahe das Glas aus der Hand. »Wie bitte?«, rief er entgeistert. »Du warst auch im Wasser?«

»Ja. Ich bin immun.« Alea konnte nicht verhindern, dass ihre Stimme vor Aufregung zitterte. Auf diesen Augenblick hatte sie gewartet. Auf den Augenblick, in dem der beste Arzt beider Welten von ihrer Immunität erfuhr – und hoffentlich etwas damit anzufangen wusste.

Orion schaute Alea an, als passierten in seinem Kopf gerade tausend Dinge gleichzeitig. »Wie kann das sein? Wie hast du das herausgefunden?«

Und so begann Alea nur wenige Tage nach ihrem Gespräch mit Keblarr noch einmal zu erzählen. Sie erzählte von ihrer Kindheit, von ihrer Angst vor dem Wasser, ihrer Sehnsucht nach dem Wasser und von allem, was in den vergangenen Wochen geschehen war – von ihrer ersten Verwandlung, von Rach Turana, der Kolonie und davon, dass sie eine Elvarion war. Orion hörte ihr gebannt zu und ignorierte das duftende Gebäck, das ihnen von dem Diener zwischendurch gereicht wurde.

Nur am Rande nahm Alea wahr, dass der Diener Raffnarben zwischen den Fingern hatte. Darauf würde sie ihn später ansprechen. Die Unterhaltung mit Orion war gerade zu spannend.

»Du hast nie Kopfschmerzen, Schüttelfrost oder Fieber bekommen, nachdem du im Wasser warst?«, wollte Orion wissen. »Du konntest keinerlei Krankheitssymptome an dir feststellen?«

»Nein, nichts.«

»Das ist unglaublich.« Orion fuhr sich durch die Locken, und in seinem Kopf schien es zu rattern. »Womöglich liegt in deinem Blut der Schlüssel für eine Heilung …«

Alea atmete tief durch. Das war der zweite Augenblick, den sie herbeigesehnt hatte. Orion zog die richtigen

Schlüsse, und er besaß das nötige Wissen, um vielleicht – um hoffentlich den Lauf der Welt zu ändern.

»Darf ich dir Blut abnehmen?« Fasziniert blickte Orion Alea an. »Ich könnte verschiedene Untersuchungen –«

»Natürlich.« Alea sprang auf. »Am besten sofort!«

»Na, das ist die richtige Einstellung.« Orion lachte. »Ich habe ein Labor hier im Haus. Ich zeige es dir.«

Bevor Alea dem Doktor folgen konnte, erhob sich Lennox. »Ich komme auch mit.«

»Ja, kein Problem«, erwiderte Orion. »Mein Butler Blakkarsson zeigt euch anderen in der Zeit alles«, fügte er, an Tess, Ben und Sammy gewandt, hinzu. »Ihr alle könnt gern ein paar Tage bleiben. Jeder bekommt sein eigenes Zimmer. Ihr seid herzlich willkommen!«

Und damit führte er Alea und Lennox aus dem Wintergarten hinaus zu einem Fahrstuhl. »Auf ins Labor!«, sagte er, und Alea bekam vor Aufregung eine Gänsehaut.

Villa Konungur

Doktor Orion, Alea und Lennox fuhren mit dem Aufzug in die Tiefe. Die Fahrstuhltüren öffneten sich und gaben den Blick auf ein hochmodernes, extrem technisiert wirkendes Labor frei. Hier lag die Macht der Wissenschaft geradezu in der Luft.

Der Doktor holte eine Spritze aus einem der vielen Schränke. »Es ist nur ein kleiner Piks.«

Alea rollte den Ärmel ihres Holzfällerhemdes hoch und hielt ihm den Arm hin. Es war tatsächlich nur ein kleiner Piks, und dann war es passiert.

»Darf ich dir auch welches abnehmen?«, fragte Orion Lennox, nachdem er Aleas Blut in einem eckigen Behältnis verstaut hatte, das aussah wie aus einem Science-Fiction-Film.

Lennox runzelte die Stirn. »Warum?«

»Ich würde dir gern ein wenig helfen.«

»Mir geht es gut«, wehrte Lennox ab.

»Es scheint, als hättest du im Laufe deines Lebens schon einiges einstecken müssen.« Orion betrachtete Lennox mit leicht zusammengekniffenen Augen, als würde er durch ihn hindurchschauen. Mit genau so einem Blick hatte Ramin Aleas Ellbogen angesehen! »Du bist schon sehr oft verletzt worden«, sagte Orion, während er Lennox von oben bis unten betrachtete. »Ich sehe alte Knochenbrüche, Bänderrisse, Prellungen …«

Lennox' Gesichtsausdruck verhärtete sich.

Orions Blick blieb an Lennox' Brustkorb hängen und schien dort noch eingehender in die Tiefe zu schauen. »Du hast eine angebrochene Rippe.«

»Was?«, fragte Alea überrascht.

Lennox hingegen verzog den Mund, als würde ihn das nicht verwundern.

Orions Röntgenblick ruhte auf der rechten Seite von Lennox' Brustkorb. »Die Verletzung ist etwa zwei oder drei Wochen alt. Es muss ein schwerer Stoß gewesen sein – oder ein Schlag?«

Lennox murmelte: »Das war ein Gretzer.«

Der Kampf mit den Chemieverbrechern! Lennox hatte gegen vier Männer auf einmal gekämpft. Einer davon war mindestens zwei Meter groß gewesen. Aber Lennox hatte nie gesagt, dass er bei diesem Kampf verletzt worden war!

Orion nickte. »Das wird von allein heilen. Du hast gute Selbstheilungskräfte.« Er seufzte. »Mir scheint, die brauchst du auch. Allein in den vergangenen sechs Wochen musst du in zahllose Kämpfe verwickelt gewesen sein. Hier und hier« – er deutete auf Lennox' Schläfe und auf sein Schlüsselbein – »hat es dich ganz schön erwischt. Du hattest eine leichte Gehirnerschütterung und eine Muskelzerrung in der Schulter. Aber auch das ist gut verheilt.«

Lennox zog einen Mundwinkel hoch. »Das eine war ein Straßenjunge in Amsterdam und das andere ein Idiot unter einer Brücke in Reykjavík.«

Orion blickte ihm nun wieder in die Augen. »Du kämpfst ziemlich oft, hm?«

Lennox zuckte mit den Schultern.

»Ich nehme dir jetzt Blut ab, ja?«

Lennox widersprach nicht mehr.

Orion holte eine weitere Spritze, und kurz darauf verstaute er auch Lennox' Blut in dem seltsamen Behälter. Alea beobachtete den Doktor. Er bewegte sich mit einer Präzision und Sicherheit in seinem Labor, die ihr ein gutes Gefühl gab. »Sie könnten die Rettung sein«, sagte sie. »Falls Sie durch mein Blut ein Heilmittel finden ...«

»... könnte man es den Meerkindern geben, die überlebt haben«, beendete Orion den Satz.

Alea starrte ihn an. Er hatte es verstanden. Ohne dass sie es erklären musste, hatte Doktor Orion begriffen, was ihre große Hoffnung war.

Er lächelte. »Ich habe in den vergangenen Jahren oft herumgesponnen und mir vorgestellt, dass ich doch noch ein Gegenmittel herstellen könnte – für die verschollenen Kinder. Ich wollte ein Mittel finden, das sie dem Virus gegenüber unempfindlich macht – etwas, was wie Rofus bei Mischlingen wirkt. Und dann könnten sie ins Meer zurückkehren.«

Alea traten Tränen in die Augen. Das war er – ihr Traum. Genau das.

»Ich habe schon versucht Nachforschungen anzustellen und ein paar dieser Kinder zu finden«, sagte Orion und schien gerührt von Aleas Tränen. »Leider kann ich nicht einschätzen, wie viele es sind. Hundert? Fünfhundert? Fünftausend?«

»Wie haben Sie denn versucht sie zu finden?«, fragte Lennox.

»Ich habe in verlassenen Meerhaushalten nach Hinweisen gesucht, wohin die Kinder gebracht worden sein könnten«, erwiderte Orion. »Gab es einen Ort an Land, dem die Eltern sich verbunden fühlten? Dort habe ich dann in meiner Funktion als Arzt in Schulen nachgefragt, ob es Kinder mit Narben zwischen den Fingern und Zehen gäbe. Aber leider habe ich kein einziges Meerkind aufspüren können.«

Alea staunte darüber, wie viel Orion schon versucht und getan hatte. Ganz anders als ihr Vater.

»So, Alea, und nun schaue ich mir noch deinen Knöchel an«, schlug der Doktor vor. »Deine Hand und deinen Ellbogen kannst du mir auch mal zeigen.«

Alea wunderte sich nicht darüber, dass er über ihre Verletzungen ebenfalls im Bilde war. Bestimmt hatte er bei ihr auch schon diesen speziellen Roix-Blick angewendet.

Orion untersuchte sie kurz und war sehr zufrieden. Alles war sehr gut verheilt. Anschließend fuhren sie gemeinsam mit dem Fahrstuhl in die dritte Etage. Dort hatten Ben, Sammy und Tess bereits ihre Zimmer bezogen. Jeder hatte einen eigenen, mit hübschen Meeresandenken dekorierten Raum.

»Ich hatte noch nie ein Zimmer für mich allein!«, rief Sammy, als sie hochkamen. Überschwänglich nahm er die Hand des Doktors und schüttelte sie. »Sie sind ein echt krasser Typ.«

»Das soll ein Kompliment sein«, erklärte Ben.

Der Doktor lachte. »Schön, dass ihr euch hier wohlfühlt«, freute er sich. »Ich gehe jetzt wieder hinunter ins Labor. Ich kann es kaum abwarten, dein Blut zu untersuchen, Alea.«

Das konnte sie auch kaum erwarten – vor allem das Ergebnis.

»Dürfen wir hier überall rumlaufen?«, erkundigte sich Tess, die neugierig auf die Villa zu sein schien.

»Na klar«, bejahte Orion. »Ihr könnt euch im Haus und im Garten ganz frei bewegen. Wenn ihr wollt, spielt eine Runde Tennis auf dem Tennisplatz, geht ins Schwimmbad oder schaut euch meine Gemäldesammlung an. Und dich« – er wandte sich Lennox zu – »wird vielleicht eine ganz besondere Gitarre interessieren, die im Musikzimmer hängt. Sie hat mal John Lennon gehört.«

Alea schnappte überrascht nach Luft. »John Lennon von den Beatles?«

Orion nickte stolz. »Ja, genau der!«

Alea strahlte Lennox begeistert an. Aber Lennox fragte

nur: »Woher wissen Sie, dass ich Gitarre spiele? Über Musik haben wir doch gar nicht gesprochen.«

Alea wunderte sich über den leicht unfreundlichen Tonfall seiner Stimme.

Orion schmunzelte jedoch. »Unterschätz mich nicht, Lennox. Die Hornhaut an den Fingerspitzen deiner linken Hand hat dich verraten.« Er schenkte Lennox einen langen Blick. Dann sagte er zu allen: »Wenn ihr etwas braucht, wendet euch einfach an Jinx oder Hagen.« Damit verließ er sie.

Zwei seiner Bediensteten standen mit starrem Blick auf dem Flur – offenbar bereit, ihnen jeden Wunsch zu erfüllen. Einer von ihnen war der Diener, der sie zuvor bedient hatte – Jinx.

Alea ging zu ihm. »Sie sind ein Meermensch!«, stellte sie fest. »Oder nicht?«

Jinx starrte geradeaus und schwieg. Offenbar durfte er während der Arbeit nicht mit ihr sprechen.

»Ein andermal?«, fragte Alea, und als er wieder nicht reagierte, zuckte sie die Schultern und ging in ihr Zimmer.

Auf einem Stuhl und im Schrank lagen Anziehsachen zum Wechseln für sie – und die waren sogar ziemlich cool! Alea lachte leise und ließ sich mit ausgebreiteten Armen auf das riesige Bett fallen.

Lennox trat herein. »Alea –«

Der andere der beiden Männer, Hagen, folgte Lennox ins Zimmer. »Darf ich Ihnen irgendetwas bringen, die Herrschaften?«, fragte er in perfektem Deutsch.

»Gerade nichts, danke«, entgegnete Alea. »Sie sind Deutscher, oder?«

Hagen lächelte. »Einen Tee vielleicht?«

»Nein, danke«, wiederholte Lennox.

Hagen stellte sich neben Lennox an den Türrahmen.

Lennox verdrehte die Augen und ging hinaus.

Gleich darauf schlüpfte Sammy ins Zimmer. »Hammer, oder?« Er sprang zu Alea aufs Bett. »Ich glaub, wir sind im Schlaraffenland gelandet. Und da war ich noch nie!«

»Ich auch nicht«, sagte Tess, die ebenfalls hereingekommen war und sich nun neben Alea aufs Bett fallen ließ. Zu dritt starrten sie an die mit Stuck verzierte Decke.

»Vor einer Woche hatten wir noch nicht mal was Richtiges zu essen …«, murmelte Tess kopfschüttelnd. »Und jetzt laufen uns Diener hinterher.«

»Ich werde eine bombastisch schöne Wampe bekommen«, seufzte Sammy selig.

Alea schnaufte: »Was für ein Glück, dass wir Doktor Orion gefunden haben.«

»Orion ist der totale Wunderseebär!« Sammy kicherte. »Ich find ihn toll. Er kann bestimmt zaubern.«

Alea lächelte. Das hoffte sie.

Sie verbrachten den Tag damit, unter Führung des Butlers Blakkarsson das Haus zu erkunden, das den Namen *Villa Konungur* trug. Im Musikzimmer bestaunten sie John Lennons Gitarre, und Tess spielte auf dem schwarz glänzenden Konzertflügel einen Beatles-Song, den sie alle mitsangen. Selbst Hagen und Jinx, die auf persönliche Fragen nach wie vor nicht antworteten, wippten ein bisschen mit. Anschließend spazierten sie durch den weitläufigen, üppig blühenden Garten und bewunderten die Fische in den traumhaft angelegten Teichen. Alea war sich nicht ganz sicher, aber die Fische schienen Kois zu sein, und die waren wahnsinnig teuer. Später lieferten sich Sammy und Alea unter dem unbestechlichen Schiedsrichterblick von Hagen ein Match an einer marmornen Tischtennisplatte. Den anderen drei Cru-Mitgliedern zeigten Blakkarsson und Jinx unterdessen die Autos in den Garagen – was Sammy und Alea nicht sonderlich interessiert hatte. Beim Tischtennisspielen jauchzten und lachten sie jedoch so laut, dass Hagen ihnen immer wieder betretene Blicke zuwarf. Er war derartigen Übermut gewiss nicht gewohnt. Dennoch servierte er ihnen zwischendurch unermüdlich Kleinigkeiten – Kuchen, Kakao, Obst, Schnittchen –, und Alea glaubte immer mehr daran, dass sie tatsächlich im Schlaraffenland gelandet waren.

Den ganzen Tag über wurde für beste Unterhaltung gesorgt, und als Blakkarsson sie am Abend zu Tisch bat, stieß auch Doktor Orion wieder zu ihnen.

»Wie ist es gelaufen?«, fragte Alea, während sie sich an die festlich gedeckte Tafel im pompös ausgestatteten Hauptsaal der Villa setzten. »Konnten Sie etwas herausfinden?«

»Viele Dinge«, antwortete Orion. »Aber du musst mir

ein klein wenig mehr Zeit geben. Manche der Kulturen, die ich angelegt habe, brauchen ein paar Tage, um valide Ergebnisse zu liefern. Ich würde morgen aber gern ein paar Wassertests mit dir machen, Alea – nur, um ganz sicherzugehen, dass dein Körper beim Kontakt mit dem Virus wirklich keinerlei Schaden nimmt.«

»Ja, gern«, willigte Alea sofort ein.

»Ich bin dann auch wieder dabei«, sagte Lennox.

»Ja, sicher.« Orion nahm sich von all den Köstlichkeiten, die auf dem Tisch standen, ausschließlich etwas von der Rohkostplatte.

»Hätten Sie vielleicht Rotfarntee für Lennox?«, fragte Alea den Doktor. »Ich meine … Rofus.«

Orion schüttelte jedoch den Kopf. »Tut mir leid. Rofus ist momentan sehr schwer zu kriegen. Ich bräuchte innerhalb der nächsten zwei Wochen auch dringend neuen für meine nächste Spritze.«

Enttäuscht nickte Alea.

Orion lächelte sie an. »Ich muss sagen, ich bin sehr froh, dass wir uns kennengelernt haben.« Er schien sie aufheitern zu wollen.

»Das war Schicksal!«, rief Sammy und nickte, als wollte er sich selbst beipflichten.

Tess schüttelte allerdings den Kopf. »Das war, weil wir einen Oblivion haben, der in Häuser reinkommt, ohne gesehen zu werden.«

Alea lächelte. Es schien, als gäbe Tess sich Mühe, nett zu Lennox zu sein. Und das musste Alea ihr wirklich hoch anrechnen, denn es fiel Tess bestimmt alles andere als leicht, auf Lennox zuzugehen.

Lennox saß allerdings mit sehr nachdenklicher Miene da. Er hatte sich noch nichts von dem Essen genommen. Hatte er keinen Hunger?

»Ihr wart in meiner alten Praxis in Reykjavík?«, fragte Orion, der offenbar allein aufgrund von Tess' Bemerkung zu diesem Schluss gekommen war.

Bevor jemand etwas erwidern konnte, stellte Lennox eine Gegenfrage. »Wieso haben Sie Ihre Praxis eigentlich aufgegeben?«

»Oh, es wurde mir einfach zu viel«, gab Orion zur Antwort und trank von dem dunkelgrünen Sprudelgetränk, das auch heute Abend gereicht wurde. »Ich praktiziere zwar gerne, aber noch lieber forsche ich.«

»Was erforschen Sie denn?«, fragte Ben.

Orion machte eine abwehrende Handbewegung. »Ich glaube, es wäre zu kompliziert, das zu erklären.«

»Versuchen Sie es doch mal«, forderte Lennox ihn auf, und in seiner Stimme schwang erneut ein unfreundlicher Ton mit. »Wir sind ja nicht blöd.«

Alea warf Lennox einen überraschten Blick zu. Er war nicht nur unhöflich, sondern richtig frech!

Orion sagte jedoch: »Okay. Also, einfach ausgedrückt: Ich forsche an einer Heilung von Krebs.«

Lennox und Orion sahen einander unverwandt an. Dann bemerkte Lennox: »Offenbar waren Sie bisher nicht sehr erfolgreich.«

»Lennox!«, zischte Alea.

Doch Orion erwiderte: »Da hat er durchaus recht. Leider ist mir der große Durchbruch bislang nicht gelungen.«

Alea senkte betroffen den Blick.

Lennox war aber noch nicht fertig. »Und wieso haben Sie so viel Geld, wenn Sie beruflich gar nicht erfolgreich sind?«

Alea konnte es kaum glauben. Was war denn nur in Lennox gefahren, dass er derartige Fragen stellte?

Orions Miene wurde ernst. »Ich verstehe, wieso du das wissen willst. Es ist in Ordnung, dass du fragst«, sagte er beherrscht. »Ich habe das Geld tatsächlich nicht mit meiner Forschung verdient.« Er legte Messer und Gabel zur Seite. »Es ist so: Meine Bemühungen, den Virus einzudämmen, waren in der Meerwelt recht bekannt – es stand damals an allen Anzeigesäulen. Vor einigen Jahren haben mich ein paar überlebende Meermenschen ausfindig gemacht. Sie wollten mir dafür danken, dass ich mich derart für die Meerwelt eingesetzt hatte. Es handelte sich um Meermenschen, die in der Landgängerwelt zu Geld gekommen waren …«

»Sie meinen, Sie haben das alles geschenkt bekommen?«, fragte Lennox skeptisch. »Auch die vierzehn Autos in den Garagen?«

Alea funkelte Lennox wütend an. »Hör auf damit!«

Lennox warf ihr einen Blick zu, der nicht verärgert, sondern vielmehr bittend war – doch worum bat er sie?

Irritiert schüttelte Alea den Kopf.

Orion seufzte. »Es ist bestimmt nicht leicht zu glauben, aber ja: Mein Reichtum ist mir von anderen Meermenschen geschenkt worden.«

Da hatte Alea eine Idee. Obwohl es überhaupt nicht zu der Stimmung am Tisch passte, musste sie den Gedanken gleich aussprechen, denn er war einfach zu gut! »Könnten Sie vielleicht etwas von Ihrem Geld an andere Meermenschen weiterschenken?«, platzte sie heraus.

»An deinen Vater und die Kolonie?«, fragte Orion sofort zurück.

Alea staunte. Der Doktor war verdammt schlau.

»Das wäre so was von cool!«, rief Sammy.

Orion lächelte. »Das ist bereits geschehen, Alea«, sagte er. »Ich habe heute Nachmittag zwei meiner Angestellten zu der Kolonie deines Vaters geschickt. Sie hatten einen ganzen Anhänger voll mit Lebensmitteln und anderen Dingen dabei, die Keblarr und seine Leute bestimmt gut gebrauchen können.«

Alea schrie auf. »Was? Das ist ja …« Sie konnte es kaum glauben. Orion half der Kolonie! Er hatte Nahrungsmittel geschickt! Sie sprang auf, lief um die riesige Tafel herum und umarmte den Doktor.

Lachend drückte er sie. »Wie könnte ich Meerbrüder und Meerschwestern denn leiden lassen?«

»Danke«, presste Alea hervor.

Orion strich ihr lächelnd eine Haarsträhne aus dem Gesicht. »Wir sind doch jetzt ein Team.«

Da drückte Alea ihn gleich noch mal.

Der Doktor machte sich lächelnd von ihr los. »Möchtet ihr heute Abend in meinem Heimkino ein paar Filme anschauen?«, erkundigte er sich dann.

»Heimkino?«, wiederholte Ben beeindruckt.

Orion winkte Blakkarsson zu sich heran und sprach auf Isländisch mit ihm. Dann zog er Jinx hinzu und wechselte auch mit ihm ein paar Worte. Schließlich erhob er sich. »Fein! Blakkarsson, Hagen und Jinx zeigen euch alles. Habt einen schönen Abend!« Freundlich nickte er in die Runde und machte sich auf den Weg zum Aufzug, um weiterzuforschen.

Blakkarsson, Hagen und Jinx warteten, bis sie zu Ende gegessen hatten. Alea hätte am liebsten mit Lennox über sein Verhalten geredet. Er schien Orion nicht zu mögen – warum sonst stellte er ihm solch dreiste Fragen? Und dabei war der Doktor bisher nicht nur der perfekte Gastgeber gewesen, sondern auch sehr hilfsbereit! Allein dafür, dass er Keblarr und der Kolonie Lebensmittel geschickt hatte, würde sie ihm ewig dankbar sein.

Vor den Bediensteten wollte Alea allerdings nicht mit Lennox darüber reden, und so schwieg sie.

Nach einiger Zeit fiel ihr auf, dass Ben überaus nachdenklich wirkte. »Was ist los?«, durchbrach sie das Schweigen am Tisch.

Ben winkte ab. »Nichts«, sagte er mit Blick auf den Butler. Anscheinend war es Ben ebenfalls unangenehm, offen vor den drei Dienern zu sprechen.

Schließlich führten die drei die Alpha Cru zu einem voll ausgestatteten Heimkino mit plüschig roten Sesseln und einer riesigen Leinwand. Dort machten sie es sich gemütlich und schauten drei Filme hintereinander, während Blakkarsson, Hagen und Jinx am Rande bereitstanden, um sie zu bedienen, falls sie etwas wollten. Sammy machte reichlich Gebrauch davon und bestellte Popcorn, Gummibärchen, Schokolade und Eis. Nur Fondue konnten sie ihm nicht bringen, aber danach hatte er wohl auch eher im Scherz gefragt.

Während des dritten Films schlief Alea in ihrem Sessel ein. Sie träumte von einer lebendigen, blühenden Meerwelt, von einer ganzen Meute von Meerkindern, die mit ihr durch die Fluten preschte – und von Anthea, die lachend mit ihr auf Walen ritt.

Gegner

Am folgenden Morgen wartete im Wintergarten ein herrschaftliches Frühstück auf sie. Alea hatte phantastisch geschlafen und strahlte die anderen Cru-Mitglieder fröhlich an.

Sammy strahlte zurück. »Morgen, Schneewittchen!«, begrüßte er sie und trank sein Glas mit dem dunkelgrünen Sprudelgetränk in einem Zug leer. Hagen schenkte sofort nach.

Jinx und Hagen bedienten sie gemeinsam. Jinx rückte Aleas Stuhl an den Tisch heran. »Welchem Stamm gehören Sie an?«, versuchte sie noch einmal, ihn auf seine offensichtliche Meermenschenherkunft anzusprechen, aber auch dieses Mal reagierte Jinx nicht.

Freundlich lächelnd bot Hagen ihr nun frische Croissants, Butter und Marmelade an, und Alea ließ sich von allem etwas geben. Sie fand es zwar immer noch merkwürdig, bedient zu werden, aber es war auch toll!

Weniger toll war, dass Hagen beim Austeilen der Croissants Lennox übersah. Es war zwar nichts Ungewöhnliches, dass Lennox von einem Landgänger wie Hagen nicht wahrgenommen wurde, aber heute schien ihn das zu ärgern. Seine Miene war finster.

Bevor Alea etwas dazu sagen konnte, erschien Orion. Er wirkte übernächtigt, so als hätte er kein Auge zugetan. »Guten Morgen!«, rief er jedoch gut gelaunt.

»Ihr Kino ist spitze!«, gurgelte Sammy, der sein zweites Glas Grünsprudel schon fast ausgetrunken hatte.

»Ja, finde ich auch.« Aufmerksam schaute Orion in die Runde. »Wie geht es euch?«

»Fabelhaft!«, war Aleas Antwort.

»Ganz okay«, erwiderte Tess.

Ben, der gerade den Mund voll hatte, nickte nur.

»Scorpio ist schlecht drauf«, vermeldete Sammy.

»Ich bin nicht schlecht drauf«, erwiderte Lennox kühl. »Aber ich habe was dagegen, rund um die Uhr bewacht zu werden.«

»Bewacht?«, wiederholte Alea. »Wovon redest du?«

»Vor unseren Zimmern standen die ganze Nacht über Wachen.«

Orion hob die Hände. »Ach, du meine Güte!«, rief er. »Das waren doch keine Wachen! Das waren Rix und Giovanni, die heute die Nachtschicht hatten.«

Lennox' Miene blieb dunkel. »Und was machen die vor unseren Zimmern?«

»Ich habe dort zwei Leute mit der Anweisung abgestellt, für euch da zu sein, falls ihr Hilfe braucht«, erklärte Orion. »Wachen! Du lieber Himmel, was für ein Unsinn!« Er lachte zwar, aber diesmal sah er aus, als wäre er verärgert.

Lennox schaute ihn bohrend an. Orion hielt seinem Blick jedoch stand und focht einen regelrechten Augenkrieg mit ihm aus. »Wieso haben Sie mir gestern Blut abgenommen?«, fragte Lennox schließlich.

»Das weißt du doch!«, mischte Alea sich ein. Sie verstand nicht, was in Lennox vorging. Warum forderte er Orion dermaßen heraus?

»Nein, das weiß ich nicht.« Lennox unterbrach den Augenkontakt mit Orion und sah Alea an. »Er hat gesagt, er will mir wegen der vielen Verletzungen helfen. Aber bei einem Rippenanbruch oder einer Gehirnerschütterung braucht er doch mein Blut nicht!«

Orion räusperte sich. »Es tut mir leid, das so sagen zu müssen, Lennox, aber ich glaube nicht, dass du einschätzen kannst, welche meiner Methoden sinnvoll sind. Ich will wirklich nur ausschließen, dass du bei deinen Kämpfen irgendeinen bleibenden Schaden davongetragen hast.«

Lennox' Gesichtsausdruck zeigte deutlich, dass er ihm das nicht glaubte. »Ich habe im Internet nachgeschaut, was *Villa Konungur* bedeutet«, sagte er. »Das isländische Wort *Konungur* bedeutet *König*. Weshalb halten Sie sich für einen König?«

Tess zog eine Braue hoch.

»Scorpio!«, warf Sammy erstaunt ein. »Mach mal halblang!«

Lennox ließ allerdings nicht locker. Er wirkte geradezu feindselig. »Sie lieben den Luxus, nicht wahr?«

»Ich glaube nicht, dass ich mich vor dir rechtfertigen

muss«, erwiderte Orion spitz, aber dann blickte er Lennox nachsichtig an. »Du hast viel durchgemacht, Junge, und deine schlechten Erfahrungen stehen dir jetzt im Weg. Du siehst Feinde, wo keine sind. Nicht die ganze Welt ist gegen dich.«

Während der Doktor nun mit Blakkarsson auf Isländisch sprach, zischte Alea Lennox zu: »Mach uns doch nicht alles kaputt!«

Lennox wollte ihr antworten, da redete Orion schon, an alle gerichtet, weiter. »Ich werde heute weiter dein Blut untersuchen, Alea«, erklärte er. »Und für euch habe ich mir ein ganz besonderes Tagesprogramm ausgedacht.«

»Was denn für eins?«, fragte Tess.

Anstatt Orions Antwort zuzuhören, fiel Alea plötzlich auf, dass Ben den Doktor mit seltsamer Miene anschaute. Er wirkte verwirrt, aber auch ein klein wenig besorgt – so wie schon während des gestrigen Abendessens! Leider hatte Alea seitdem keine Möglichkeit gehabt, Ben darauf anzusprechen. Er hatte doch irgendetwas!

»Du zum Beispiel, junger Mann«, sagte Doktor Orion unbeirrt und meinte damit Sammy. »Du könntest heute ein bisschen Unterricht bekommen. Du gehst doch nicht zur Schule, oder? Da trifft es sich gut, dass mein Sekretär früher einmal Lehrer war.« Er winkte jemandem, und ein älterer Herr, der sich als Yusuf vorstellte, betrat den Wintergarten.

»Wieso denn Unterricht?«, protestierte Sammy. »Ich weiß mehr als die meisten Neunjährigen!«

Das konnte Alea nur bestätigen. Es gab wohl kaum einen anderen Jungen in Sammys Alter, der vier Fremdsprachen sprach, sich besser in Erdkunde auskannte als er, mehr über Schifffahrt, das Wetter und die Sterne wusste oder schneller ausländische Währungen in Euro umrechnen konnte.

Orion schien allerdings etwas Bestimmtes im Sinn zu haben. »Ich dachte, du bekommst mal ein paar Stunden Bio und Chemie – das sind immerhin die wichtigsten Fächer!«, sagte er in selbstironischem Ton. »Oder möchtest du heute lieber Tischtennis spielen – oder etwas basteln? Auch kein Problem …«

»Nee, schon okay.« Sammy zog einen Schmollmund. »Ich muss nix spielen oder basteln. Unterricht ist toll«, brummte er.

»Fein.« Orion schaute Tess an. »Und du könntest, wenn du willst, entweder auch Unterricht bekommen oder …« – er machte es absichtlich spannend – »… professionelle Demoaufnahmen machen.« Er zwinkerte ihr zu. »Blakkarsson hat mir verraten, wie toll du singen kannst. Deswegen habe ich gestern noch Musikequipment bestellt, und einer meiner Leute hat ein kleines Studio eingerichtet. Möchtest du ein paar Gesangsaufnahmen machen?«

»*Oui!*« Tess' Augen leuchteten. »Natürlich will ich das!«

»Wunderbar«, sagte Orion.

»Aber nicht wunderbärchen«, maulte Sammy leise in sich hinein.

Doktor Orion wandte sich an Ben. »Für dich habe ich

einen ausgezeichneten Masseur bestellt. Du wirst heute mal so richtig verwöhnt und kannst dich von allem erholen.«

Alea war baff. Orion hatte sich offensichtlich für jeden von ihnen etwas überlegt.

»Und du, Alea«, sagte Orion gerade, »du könntest ein bisschen Englischnachhilfe bekommen. Du hast ja gesagt, dass du da einiges aufzuholen hast.«

Alea nickte. Zwar war Englischunterricht nicht ganz so toll wie ein Wellnesstag oder Musikaufnahmen, aber sehr vernünftig. »Ja, gut.«

»Und du …« Orion wandte sich an Lennox.

Der verschränkte demonstrativ die Arme vor der Brust. »Ich bleibe bei Alea und mache beim Englischunterricht mit.«

Alea seufzte. Er übertrieb es mit der Fürsorge und Vorsicht! Er übertrieb es ganz extrem! Außerdem war sein Englisch sehr viel besser als ihres. Er würde sich nur langweilen.

Um Orions Mund herum erschien ein feines Lächeln. »Vielleicht kannst du aber auch gar nicht ausschlagen, was ich mir für dich überlegt habe.«

Argwöhnisch sah Lennox ihn an.

»Du könntest heute Autofahren lernen«, eröffnete ihm Orion. »Jinx würde es dir auf meinem Parkplatz beibringen.«

Lennox' Argwohn schien sich in Verblüffung zu verwandeln.

»Aber Lennox ist doch noch gar nicht volljährig!«, wandte Alea ein.

Orion tat ihren Einwand mit einem Schulterzucken ab. »Er nimmt ja nicht am Verkehr teil.«

Ben schaltete sich ein. »Also, ehrlich gesagt, würde ich dann auch lieber Autofahren lernen, als eine Massage zu kriegen«, sagte er in einem ungewöhnlich rebellischen Tonfall.

Orion schien das nicht aufzufallen. »Kein Problem. Also ihr zwei zusammen?«

Lennox und Ben tauschten einen Blick, dann nickten sie langsam. Und so war es abgemacht.

Nach dem Frühstück nahm Hagen Alea gleich mit in ein Büro. Dort wollte er mit ihr Englisch üben. Sie hatten gerade erst begonnen, da betrat Orion das Zimmer.

»Ich habe soeben einen Test gestartet, der mindestens zwei Stunden läuft«, sagte er. »Ich habe also erst mal nichts zu tun und dachte, dass du vielleicht in der Zwischenzeit die Wasserexperimente mit mir machen willst?«

Hagen verließ leise den Raum, und Alea ging gern auf Orions Bitte ein. »Ja, klar!« Gemeinsam schlenderten sie zum Fahrstuhl und fuhren ins Labor hinunter. Dort machte Orion diverse Tests mit Alea – er setzte sie heißem, kaltem, salzigem und süßem Wasser aus und zeichnete dabei ihren Herzschlag, ihre Hautreaktionen und noch andere Dinge auf, die sie nicht genau verstand.

»Dein Körper ist von dem Virus völlig unbeeindruckt«, sagte er, während er einen weiteren Test vorbereitete.

»So etwas habe ich noch nie gesehen. Dein Immunsystem –«

Da stürmte Lennox ins Labor. »Was machen Sie hier?«, verlangte er zu wissen.

Orion stand auf und hob abwehrend die Hände. »Reg dich nicht auf. Wir haben nur die Untersuchungen gemacht, von denen ich gestern gesprochen hatte.«

»Ich habe gesagt, dass ich dabei sein will!«, herrschte Lennox ihn an.

»Du warst doch mit Autofahren beschäftigt«, wandte Orion ein.

Lennox' Augen wurden schmal. »Das haben Sie ja toll hinbekommen. Sie haben uns absichtlich getrennt, damit Sie Ihre Experimente mit Alea ohne mich machen können!«

»Lennox!«, warnte ihn Alea. »Jetzt reicht es aber!«

»Nein, es reicht ganz und gar nicht!«, entgegnete er. »Ich hätte besser aufpassen müssen.«

»Ich kann auf mich selbst aufpassen! Das hab ich dir schon zigmal gesagt!«

»Das kannst du eben nicht!«, widersprach Lennox. »Sonst wärest du ja nicht mit Orion ins Labor gegangen wie ein Schaf zur Schlachtbank.«

Sie funkelten einander an.

»Ich würde gern mal unter vier Augen mit dir sprechen«, sagte sie.

»Prima!«, rief er. »Seit wir hier sind, versuche ich unter vier Augen mit dir zu reden!«

Alea runzelte die Stirn. Sie waren tatsächlich nie allein gewesen. Aber das lag ja nur daran, dass Orions Leute sich die ganze Zeit um ihr Wohlbefinden kümmerten – was sehr nett von ihnen war!

Sie wandte sich an Orion, der mit verkniffener Miene neben ihnen stand. »Haben Sie etwas dagegen, dass wir uns allein unterhalten?«

Der Doktor schüttelte den Kopf. »Natürlich nicht.« Er lächelte angestrengt. »Ich fände es gut, wenn ihr das klären könntet.« Damit verließ er das Labor.

»Siehst du?«, hielt Alea Lennox vor, sobald sie allein waren. »Er lässt uns zu zweit reden. Warum denn auch nicht?«

Lennox knurrte: »Er ist clever. Sehr clever.«

Alea wurde langsam richtig sauer. »Orion meint es nur gut!«

»Das glaube ich nicht«, entgegnete er. »Er tut nur so freundlich, dabei führt er etwas ganz anderes im Schilde.«

»Was soll er denn im Schilde führen?«

Lennox verzog den Mund. »Das weiß ich noch nicht, aber er ist nicht der nette Kerl, für den er sich ausgibt.«

»Wie kommst du denn nur darauf?«

»Er redet davon, dass er Verantwortung für die Menschen hätte. Gleichzeitig häuft er hier aber all diesen Luxus an. Wenn er wirklich so ein guter Kerl wäre, würde er zwölf oder dreizehn Autos weniger besitzen und das Geld stattdessen an Bedürftige spenden.«

»Er hat doch sofort was an die Kolonie geschickt!«

»Ja – das hat er *behauptet.*«

Alea starrte ihn an. Glaubte er tatsächlich, Orion wäre ein Lügner?

»Wie soll er die Kolonie denn gefunden haben?«, fragte Lennox. »Du hast mir doch erzählt, dass noch nicht mal eine Straße hinführt. Und Orion hast du nur gesagt, dass die Kolonie einen Tagesmarsch von der Blauen Lagune entfernt liegt – mehr nicht! Das reicht doch nicht, um jemanden zu finden, der nicht gefunden werden will!«

»Hast du dir mal dieses Labor hier angeguckt – die ganze Technologie?«, konterte Alea. »Bestimmt kann Orion mit seiner Technik auch Leute ausfindig machen.«

»Wenn er das kann – wieso hat er die Kolonie dann nicht schon vorher ausfindig gemacht?«, versetzte Lennox. »Warum hat er nie nach weiteren Meermenschen in Island gesucht, wenn er doch so gerne hilft ...«

»Das weiß ich nicht. Aber nur, weil uns die Erklärungen fehlen, heißt das doch noch lange nicht, dass er kein guter Mensch ist!«

Lennox' Stimme wurde laut. »Du bist ja total geblendet von ihm!«, polterte er. »Er hat dich komplett um den Finger gewickelt.«

»Das stimmt nicht!«

Aufgebracht trat Lennox näher an sie heran. »Du *willst* nicht klar sehen«, sagte er. »Das ist es.«

»Was redest du denn für einen Stuss?«

»Dein Vater war eine riesige Enttäuschung für dich. Jetzt nimmst du Orion als Ersatz.«

Alea schnaubte, um ihre Verletztheit zu überspielen. »Glaubst du das wirklich?«, brachte sie kieksend hervor. Zwar freute sie sich tatsächlich darüber, dass Orion so viel engagierter und tatkräftiger war als ihr Vater. Aber das hieß noch lange nicht, dass sie verblendet war! »Vielleicht bist du auch nur eifersüchtig auf Orion, weil er so viel Geld hat. Und Kiemen.«

Lennox erstarrte. Nun hatte sie ihn verletzt.

Plötzlich hörten sie Stimmen vor der Tür. Alea stapfte hinüber und öffnete sie. Im Korridor standen Ben, Jinx und Hagen, die in hitzigem Ton auf Englisch miteinander sprachen.

»Was ist denn hier los?«, fragte Alea.

»Ich würde gern zu euch reinkommen.« Ben sah Hagen böse an. »Aber man lässt mich nicht.«

Hagen erklärte: »Entschuldigen Sie bitte, Miss Alea, aber ich dachte, sie befänden sich in privatem Gespräch mit Mister Lennox.«

»Ist schon in Ordnung«, sagte Alea irritiert. »Ben kann natürlich zu uns rein.« Vielleicht wollte er ihr verraten, warum er seit gestern manchmal so nachdenklich, verwirrt und sorgenvoll ausgesehen hatte.

Ben betrat das Labor. Hagen folgte ihm. Alea sah den Mann fragend an.

»Ich möchte nur sichergehen, dass alles in Ordnung ist«, sagte Hagen.

»Alles bestens.« Alea lächelte schief. »Könnten Sie bitte wieder rausgehen?«

Hagen zögerte, dann nickte er. »Natürlich.« Damit gesellte er sich zu Jinx, der mit angespanntem Gesichtsausdruck vor dem Labor wartete.

Sobald die Tür ins Schloss fiel, sagte Ben: »Ich habe ganz stark den Eindruck, man will nicht, dass wir allein miteinander reden. Orion hat sich ja sogar ein Tagesprogramm für jeden Einzelnen ausgedacht, um uns voneinander fernzuhalten …«

Alea stöhnte. »Nicht du auch noch! Reicht es nicht, dass Lennox an Verfolgungswahn leidet?«

Lennox warf ihr einen wütenden Blick zu.

»Tut mir leid, Alea«, sagte Ben. »Aber dazu hat er allen Grund.«

Erstaunt zog Lennox die Brauen hoch. Offenbar hatte er auch mit Ben noch nicht darüber sprechen können.

»Wieso denn?«, fragte Alea.

»Orion weiß nicht, dass ich Isländisch spreche«, erklärte Ben und senkte die Stimme. »Das ist ja auch eher ungewöhnlich – so ungewöhnlich, dass Orion wohl nicht damit rechnet. Woher soll er auch wissen, dass Onkel Oskar mal ein paar Jahre auf Island gelebt und mir die Sprache beigebracht hat?«

Alea konnte Ben nicht ganz folgen. »Ja, und?«

Ben antwortete: »Orion redet ganz offen mit seinen Leuten auf Isländisch, während wir dabei sind – weil er denkt, dass wir nichts verstehen.«

Überrascht beugte Lennox sich vor. »Was haben sie gesagt?«

Ben wirkte besorgt. »Gestern Abend hat Orion zu Jinx gesagt, er solle den Rotzbengel – und damit hat er wohl dich gemeint, Lennox – im Auge behalten.«

Lennox gab ein Geräusch von sich, das wie das Knurren eines Raubtieres klang.

Alea hingegen starrte Ben nur ungläubig an.

Ben fuhr fort: »Heute Morgen hat Orion Jinx sogar aufgetragen, Lennox auf Schritt und Tritt zu folgen. Dann hat er die Bemerkung gemacht, dass Jinx ja der Einzige sei, der den Jungen immer und überall sehen könne.«

»Weil Jinx ein Meermensch ist«, knirschte Lennox zwischen den Zähnen hervor. »Für ihn bin ich nie unsichtbar.«

»Bestimmt will Orion nur, dass du keinen Unsinn anstellst«, vermutete Alea. »Du warst ja wirklich rotzfrech zu ihm!«

»Du verteidigst ihn immer noch?« Fassungslos schüttelte Lennox den Kopf. »Was für Beweise brauchst du denn noch?«

»Was Orion gesagt hat, beweist doch nur, dass du dich echt danebenbenommen hast!«, schoss sie zurück.

»Alea«, versuchte Ben es. »Ich finde hier auch einiges merkwürdig. Die ganze Geschichte von den dankbaren Meermenschen, die Orion diesen extremen Reichtum geschenkt haben sollen, klang für mich ziemlich unglaubwürdig.«

Alea fand das mehr als unfair. »Könnt ihr euch nicht vorstellen, dass jemand einem anderen etwas schenkt? Ich kann mir das sehr gut vorstellen!« Vor Wut bebte ihr die Stimme. »Bin ich hier eigentlich die Einzige, die erkennt, dass Orion unsere Chance ist, die Meerwelt zu retten?«

»Das kann ja sein«, sagte Ben beschwichtigend. »Trotzdem sollten wir nicht naiv sein. Ein Mann wie Orion ist nicht dermaßen nett zu Fremden, wenn er sich nicht etwas davon verspricht.«

»Er verspricht sich dasselbe wie ich!«, rief Alea aufgewühlt. »Er will die Meerwelt wiederaufleben lassen!«

»Hör auf, ihn so anzuhimmeln!«, fuhr Lennox sie an. »Der Mann ist eine falsche Schlange! Siehst du das denn nicht?«

»Ich sehe nur, dass du es anscheinend nicht leiden kannst, wenn ich jemand anderen toll finde«, stieß sie zornig hervor. »Du bist so was von besitzergreifend!« Mit diesen Worten lief sie aus dem Raum und knallte die Labortür hinter sich zu. »Wo ist Doktor Orion?«, fragte sie Hagen in forschem Ton.

Untertänig beugte Hagen den Kopf und bat Alea, ihm zu folgen.

Jinx blieb vor dem Labor stehen.

Hagen führte Alea in den ersten Stock, wo Orion in einem Zimmer voller verchromter, kühl blinkender Möbel hinter einem Computer saß. Als Alea eintrat, erhob sich der Doktor. »Ärger?«

Alea antwortete nicht darauf. »Stimmt es, dass Sie Jinx aufgetragen haben, Lennox zu bewachen?«, fragte sie stattdessen.

Orion stutzte, dann seufzte er. »Spricht Lennox Isländisch?«

»Haben Sie Jinx das gesagt?«, beharrte Alea.

»Ja, das habe ich«, gestand der Doktor. »Leider hatte ich gute Gründe dafür.« Er nahm die Brille ab und blickte Alea traurig an. »Da es nun nicht anders geht, muss ich dir etwas sagen: Ich habe ein paar Recherchen über Lennox angestellt und dabei einige unangenehme Dinge herausgefunden.«

Aleas Rücken versteifte sich. »Was für Dinge?«

»In seiner Polizeiakte war zu lesen, dass Lennox mehrmals verhaftet worden ist – wegen Prügeleien und wegen Diebstahls«, erklärte der Doktor. »Deswegen wollte ich ein Auge auf ihn haben. Weißt du, hier stehen ein paar sehr wertvolle Sachen herum.« Orion betrachtete sie. »Du wusstest gar nicht, dass er eine Polizeiakte hat, hm? Es tut mir leid, dass ich derjenige bin, der es dir sagt. Lennox ist als Ausreißer gemeldet und wird sowohl vom Jugendamt als auch von der Polizei gesucht – weil er damals wohl von der Polizeiwache getürmt ist und dabei einen Beamten angegriffen hat.«

Alea schluckte. »Das wusste ich nicht.« Reglos starrte sie ins Leere. »Wie kann Lennox denn beim Klauen erwischt worden sein?«, fragte sie dann unvermittelt. »Er wird von Landgängern doch gar nicht gesehen, wenn er nicht gesehen werden will!«

»Ja, er wird nicht gesehen – außer, ihn verpfeift jemand, dem er sich vorher freiwillig gezeigt hat«, antwortete der

Doktor. »Offenbar haben ihn ein paar andere Straßenjungen verraten.« Er machte ein betretenes Gesicht. »Ich nehme an, dass Lennox wegen dieser Sache nicht mehr so gut Vertrauen fassen kann und deswegen gleich unschuldige Leute verdächtigt.«

In Aleas Kopf drehte sich alles.

»Das ist nicht so leicht zu verarbeiten, nicht wahr?« Tröstend legte Orion ihr seine Hand auf die Schulter. »Wie wäre es, wenn wir etwas machen, was dich auf andere Gedanken bringt?«

»Was denn?«

»Wir könnten zusammen schwimmen gehen.« Ein Lächeln umspielte Orions schmalen Mund. »Komm, ich zeige dir die Ruinen meiner Heimatstadt.« Er stand auf und reichte ihr die Hand. »Ich zeige dir Faramont.«

Faramont

Alea sagte den anderen nichts davon, dass sie mit Orion nach Faramont wollte. Bestimmt würden sie dem Doktor nur wieder Hintergedanken unterstellen und ihr die Sache verderben. Während Alea sich in ihrem Zimmer den Flex anzog, den Blakkarsson ihr nach dem Gespräch mit Orion gegeben hatte, merkte sie, dass sie vor lauter Vorfreude ganz zappelig war. Endlich würde sie eine der Ruinenstädte sehen! Und das mit jemandem, der dort gelebt hatte und ihr Dinge erklären konnte!

Sie musste noch eine ganze Weile auf Orion warten. Doch schließlich kam er zu ihr in den Garten, und gemeinsam machten sie sich auf den Weg zum Wasser. Der Doktor merkte ihr die Aufregung offenbar sofort an. »Ich freue mich auch«, sagte er, und nun sprach er Hajara. »In den letzten elf Jahren war ich immer nur allein dort unten. Es ist toll, mal wieder mit jemandem zusammen hinunterzuschwimmen!« Mit diesen Worten überreichte er ihr zwei kleine Gegenstände an kurzen Ketten.

»Was ist das?«, wunderte sich Alea. Das eine sah aus wie eine Trillerpfeife. Das andere eher wie ein Fläschchen.

»Das erkläre ich dir, wenn wir im Wasser sind.« Orion hängte ihr die Ketten um den Hals, und nun bemerkte Alea, dass er selbst zwei solche Anhänger trug.

Sie durchquerten den Garten der Villa Konungur und erreichten über einen Pfad den Strand. Alea ließ den Blick über die menschenleere Bucht schweifen. Die *Hercules* lag noch immer sicher vertäut hinter ihrem Felsen, und die *Crucis* schaukelte ruhig auf dem Wasser. Doch was war das am Ende des steinigen Strandes? Sie riss die Augen auf. Es war ein Mann im schwarzen Mantel. Der Leierkastenmann! »Dort!« rief sie. »Der Mann da!«

Orion folgte mit dem Blick ihrer ausgestreckten Hand. »Hm?«

Aber ihre Hand wies ins Leere. Der Mann im Mantel war schon nicht mehr da. »Das gibt's doch nicht!«, ärgerte sich Alea. Wie konnte der Kerl nur immer so schnell verschwinden?

»Was gibt es nicht?«

»Da war ein Mann.«

Mit fragender Miene schaute Orion sich am Strand um. »Hier ist niemand.«

»Ja, sieht so aus«, murmelte Alea und suchte mit den Augen die hohen Klippen ab. Als sie auch dort niemanden entdeckte, schob sie den Gedanken an den mysteriösen Mann erst einmal zur Seite. Schließlich war sie im Begriff, den vielleicht wichtigsten Meeresausflug ihres Lebens zu machen.

»Bereit?«, fragte Orion sie nun.

Mit klopfendem Herzen bejahte Alea und folgte Orion in die Wellen.

Sie tauchten unter und verwandelten sich. Es war faszinierend, bei jemand anderem mitanzusehen, wie aus den knubbeligen Raffnarben hinter den Ohren Kiemen wurden und die Augen katzenartig zu leuchten begannen.

Doch etwas war seltsam – um Orion herum konnte Alea keinerlei Farben erkennen. Stattdessen waberte eine Art milchige Wolke um seinen Körper. »Was ist das?«

Fragend blickte Orion sie an. »Was denn?«

»Sie haben keine Farben! Da ist nur so ein … Schleier.«

»Tatsächlich? Oh …« Orion wirkte überrascht. »Vielleicht liegt es an der Rofus-Verstärkung, die ich entwickelt habe. Ich füge meiner Rofus-Spritze einen bestimmten Mineraliencocktail bei, um die Wirksamkeit zu erhöhen. Womöglich macht der diesen Schleier?« Er schaute an sich hinab. »Sieht es sehr schlimm aus?«

Alea zuckte die Achseln. »Nein, nur ungewohnt.«

Orion lächelte entschuldigend. »Sorry.«

»Schon okay.«

Nun zückte Orion seine Trillerpfeife und blies hinein. Ein schriller, hoher Ton erklang, und Alea zuckte zusammen. Der Doktor lachte jedoch. »Der Pfiff klingt zwar schrecklich, aber er ist sehr effektiv.«

Es verging keine Minute, da sah Alea, wie sich ihnen aus der Ferne etwas näherte.

»Oh, da kommt meine Robbe ja schon«, freute sich Orion, und Alea sah staunend zu, wie ein dunkel glänzender Seehund mit schwarzen Knopfaugen auf sie zuschwamm und bei ihnen anhielt.

Orion holte etwas aus seiner Bauchtasche und hielt es der Robbe hin. Diese verspeiste es hungrig.

Leckerli, dachte Alea.

Nun legte Orion dem Tier eine Art Geschirr um, an dem er sich festhielt. Er schnalzte mit der Zunge, woraufhin sich die Robbe in Bewegung setzte.

»So macht man das, wenn man langsamer ist als andere«, erklärte er lachend. »Du hast jetzt auch solch eine Pfeife – falls du mal eine Robbe rufen willst.«

Erfreut griff Alea an ihren eigenen Anhänger. »Danke!« Für sich selbst würde sie die Trillerpfeife wahrscheinlich nicht brauchen, aber vielleicht wollte Lennox – sobald er sich wieder beruhigt hatte – sich einmal ziehen lassen.

Während sie nun weiterschwammen, griff Orion nach dem zweiten Anhänger an seinem Hals, dem Fläschchen. Er öffnete es, und aus dem Inneren quoll ein Tropfen dunkler Flüssigkeit hervor, der sich schnell im Wasser verteilte.

»Was ist das?«, fragte Alea wissbegierig.

»Ein Schutzgebräu«, erwiderte der Doktor. »Ich habe es hergestellt, um Gefahren abzuhalten.« Als er ihren verständnislosen Gesichtsausdruck sah, fügte er hinzu: »Im Meer gibt es mehr Bedrohungen, als du dir vorstellen kannst.«

»Was denn für welche?«

»Ach, ich glaube, es ist besser, wenn du das gar nicht so genau weißt«, wehrte Orion ab.

»Wie wirkt das Gebräu denn?«, hakte Alea nach. Orion hatte das Fläschchen offen gelassen, und es schien, als quöllen immer wieder Tropfen daraus hervor, die sich im Wasser verdünnten und verteilten.

»Es ist nicht magisch.« Orion zog die Nase kraus. »Es lässt bestimmte Wesen allerdings einen großen Bogen um uns machen, weil es … stinkt.«

»Es stinkt?«

»Für sie schon«, erklärte Orion. Dann lachte er. »Komm, lass uns schneller schwimmen. Bis Faramont ist es noch ein gutes Stück.« Abermals schnalzte er mit der Zunge, und der Seehund erhöhte seine Geschwindigkeit. Alea hatte keine Probleme mitzuhalten, und so kamen sie gut voran.

Auf dem Weg nach Faramont hörte Alea mehrere Male in der Ferne die Rufe von Walen, aber sie sah kein einziges Tier. Falls Wale näher kommen sollten, würde Doktor Orion Alea bestimmt irgendwie davon abhalten können, in einen Rausch zu verfallen.

Schließlich erreichten sie die alte Ruinenstadt. Von Weitem sah Alea, wie sich Hunderte, wenn nicht Tausende von Skorpionfischen erhoben. Sie enttarnten Gebäude, Türme und Plätze – eine riesige Unterwasserstadt. Bevor Alea und der Doktor die Fische erreichten, stoben sie hastig davon.

Überrascht sah Alea ihnen nach. »Was ist denn mit denen los?« Bisher hatten die Skorpionfische immer über den Dingen verharrt, die sie enttarnt hatten. Doch nun schossen sie als gewaltiger Schwarm über den Dächern von Faramont davon.

»Ach, wer weiß das schon«, sagte Orion. »Wir sind jedenfalls da!« Mit einer großen Geste wies er auf die Ruinen seiner Heimat.

Alea blickte sich aufgeregt um. Verwinkelte, hohe Häuser und faszinierende monumentale Bauwerke erstreckten sich so weit das Auge reichte. Dies musste die Stadt sein, die Lennox entdeckt hatte, als er allein unterwegs gewesen war.

Ein unerwartet heftiges Gefühl des Bedauerns regte sich bei diesem Gedanken in Alea. Wie gern hätte sie Lennox jetzt an ihrer Seite gehabt und diesen phantastischen Anblick mit ihm geteilt – trotz ihres Streits und trotz der Dinge, die Orion ihr über Lennox erzählt hatte. Lennox hatte Alea zwar nie gesagt, dass er von der Polizei und vom Jugendamt gesucht wurde, aber sie stellte fest, dass sie deswegen nicht böse auf ihn war. Vielmehr konnte sie verstehen, warum er es verschwiegen hatte: Ben hätte damals bestimmt keinen gesuchten »Straftäter« in die Bande aufgenommen. Ein klein wenig sauer war sie allerdings immer noch auf Lennox, weil er sich auf die fixe Idee versteift hatte, Doktor Orion hätte etwas Übles im Sinn.

Da wurde Alea etwas klar, und sie seufzte schwer. Bei dem Streit mit Lennox hatte sie ihm vorgeworfen, eifersüchtig und besitzergreifend zu sein. Doch jetzt sah sie ein, dass das nicht stimmte. Zwar fand sie immer noch, dass Lennox es mit dem Beschützen mal wieder übertrieben hatte, aber er konnte ja gar nicht anders, als alles um sie herum kritisch zu betrachten. Der Oblivion in ihm suchte nun einmal überall nach möglichen Gefahren. Im Grunde hatte Lennox nur seinen »Job« gemacht, das erkannte Alea nun. Er irrte sich zwar in Orion, aber wütend konnte sie nicht mehr auf ihn sein. Sobald sie zur Villa zurückkehrten, würde sie noch mal mit ihm reden.

»Hier bin ich aufgewachsen und zur Schule gegangen«, erklärte Doktor Orion gerade, während sie über die Türme und Zinnen der Stadt hinwegschwammen. »Und später habe ich hier viele Jahre als Arzt gearbeitet.«

Gebannt blickte Alea nach unten. Die Häuser waren allesamt viel größer als in dem Zalti-Dorf, das sie damals im Ärmelkanal entdeckt hatte. Sie waren mehrstöckig, hatten unzählige große, halbrunde Fenster und wurden immer wieder von Zwischenebenen und Dachterrassen unterbrochen, auf denen man noch Stühle und Liegen mit Anschnallgurten sehen konnte. Alea lächelte wehmütig. Hier hatten sich Meermenschen ausgeruht, beieinandergesessen, vielleicht gelacht und sich unterhalten. Wie gern wäre sie dabei gewesen.

Orion schien ihre Gedanken zu erraten. »Früher war es hier niemals still. Die Leute schwatzten, Kinder schrien, Musik tönte durch die Gassen …« Er hielt seine Robbe an und zeigte auf ein schönes, verschnörkeltes Gebäude mit großem Vorplatz. »Dort drüben war immer besonders viel los. Menschen trafen sich, tauschten sich aus, lachten zusammen, weinten zusammen, hofften zusammen.«

»Wieso weinten sie? Was ist das für ein Gebäude?«

»Das ist das alte Krankenhaus«, erwiderte er mit schwerer Stimme. »Oder, wie die Meermenschen es nannten: das Gesundungshaus.«

Alea schoss nach vorn. »Schwimmen wir hin!«

Orion ließ den Seehund zurück und folgte Alea. Immer tiefer glitten sie, bis sie den Vorplatz erreicht hatten. Nun erkannte Alea, dass auf dem Platz ein halbes Dutzend dreieckige Anzeigesäulen stand. Als sie nahe genug waren, berührte sie eine, und auf der dunklen Oberfläche erschienen Bilder. Es waren Porträts von Meermenschen. Daneben standen ihre Namen, ihre Geburtsdaten und ihre Todesdaten.

»Das sind ja Traueranzeigen«, stieß Alea hervor. »Diese Leute sind alle an dem Virus gestorben.«

Karjana, Tochter der Maravilla und des Gilroy
Darmex vom Stamme der Marmullas
Shifu, Chefarzt der inneren Abteilung
Walisa, Freundin der Nixen
Tabbi ...

Alea spürte, wie sich ihr Brustkorb zusammenschnürte. Tabbi war offenbar keine fünf Jahre alt geworden.

Orion zog sie weiter. »Tu dir das nicht an.«

Er schwamm in das Gebäude hinein, und Alea folgte ihm mit schwerem Herzen. All diese Menschen …

Das Krankenhaus – oder Gesundungshaus – war ganz anders, als Alea es von Landgängerhospitälern kannte. Hier gab es keine hochmodernen Apparate, sondern vor allem wunderschöne, offene Räume, in denen man bestimmt gut hatte gesund werden können.

»Im Meer gab es keine Operationen, keine technisierten Prozeduren«, erklärte Orion. »Die Roix hatten andere Methoden als Landgängerärzte.«

»Was denn für welche?«

Bereitwillig antwortete der Doktor. »Roix konnten viele Krankheiten allein schon dadurch gut behandeln, dass sie sie durch ihren Innensichtblick in einem sehr frühen Stadium erkannten.«

Alea hörte ihm aufmerksam zu, während sie von Raum zu Raum schwammen.

»Die Menschen von Faramont kamen mindestens einmal im Monat ins Gesundungshaus – nur, um sich innensichten zu lassen. Die meisten Krankheiten konnten so kuriert werden, bevor sie Beschwerden verursachten.«

»Und wenn jemand sich verletzte? Wenn es einen Unfall gab?«

»Oh, wir Roix wissen, wie man Knochen wieder einrenkt und Wunden verschließt.« Er lächelte traurig. »Niemand an Land weiß so viel über Kräuter und die Heilkraft von Pflanzen, wie die Roix wussten.« Leise setzte er hinzu: »Und vielleicht bin ich der Letzte von ihnen.«

»Nein, sind Sie nicht!« Alea erzählte Orion nun, dass der Mann, der sie mit dem Fahrrad zurück zur Bucht gebracht hatte – Ramin –, ein Roix war, und sie schlug dem Doktor vor, ihn doch einmal zu besuchen.

Orion lachte. »Das werde ich machen!«

Als sie das Gesundungshaus verließen, war Alea ganz voll von Eindrücken und Gedanken. Die Zivilisation der Meermenschen war eine ganz eigene, wundervolle Welt gewesen, und es war einfach nur falsch, dass es sie nicht mehr gab.

Schweigend schwammen sie über den Vorplatz. Nach einer Weile fragte Alea: »Könnten Sie mir mal eine Schule zeigen?«

»Das wäre spannend, hm?« Orion schmunzelte. »Das kann ich aber leider nicht. Der Unterricht fand nämlich in keinem bestimmten Gebäude statt.«

»Wie meinen Sie das?«

Orion schien Freude daran zu haben, über das Leben in Faramont zu sprechen. »Die Lehrer warteten morgens immer an einem Treffpunkt auf die Schüler, und dann schwamm man gemeinsam zu unterschiedlichen Orten, zum Beispiel zu Algereien, Webmühlen oder zu Riffen – überall dorthin, wo es etwas zu lernen gab. Manchmal verbrachte man den einen Tag bei Buchmuschelmachern, den nächsten auf einer Darkoner-Station und den übernächsten im Gesundungshaus. Hauptsächlich bestand der Unterricht jedoch darin, ältere, weise Menschen zu besuchen, die schon viel erlebt hatten oder Experten auf bestimmten Gebieten waren. Man konnte von ihnen ebenso viel lernen wie von den Kendarern.«

Alea erinnerte sich, dass die Kendarer die Geschichtenbewahrer des Meervolkes waren. Artama war eine von ihnen. »Das war ja eine super Art von Schule«, fand sie. »Zum Glück mussten Meermenschenkinder nicht erst lesen und schreiben lernen.« Denn das konnten sie ja offenbar von selbst.

»Ja, ich muss sagen, die Meerschule hat viel mehr Spaß gemacht als die an Land«, bestätigte Orion, während sie weiter durch die Straßen der Stadt glitten. Als Nächstes kamen sie an dem Rathaus vorüber, in dem sich früher eine Bürgermeisterin und ihr Stab um die Belange der Bevölkerung gekümmert hatten, wie Orion erklärte. Dann erreichten sie einen Platz, auf dem sich eine gigantische Konstruktion befand, die an ein Riesenrad erinnerte.

»Was ist das?« Alea schwamm näher. In dem Ding befanden sich Sitze mit Anschnallgurten!

»Dieser Platz hier, das ist die Mogwa«, erwiderte Orion und schob gleich eine Erklärung hinterher: »Ein Rummel.«

»Eine Kirmes?«, fragte Alea verblüfft und sah nun, dass sich auf dem Platz die Ruinen einiger weiterer Apparaturen befanden. Manche sahen wie Achterbahnen, andere wie röhrenartige Irrgärten aus.

»Jede große Meerstadt hatte eine Mogwa«, erklärte Orion. »Spaß wurde in der Meerwelt als hohes Gut angesehen und war ebenso wichtig wie Bildung, Sicherheit oder persönliche Zufriedenheit.«

Das fand Alea sehr sympathisch. »Läuft das Ding noch?«, fragte sie und hätte zu gern eine Runde in diesem Riesenrad gedreht.

Orion lachte. »Nein, leider nicht.«

»Vielleicht könnte man mal einen Gilfen fragen, ob er es reparieren kann«, schlug Alea grinsend vor und wunderte sich ein bisschen darüber, dass sie hier noch keinen dieser Magischen gesehen hatte. War Faramont nicht eine regelrechte Fundgrube für Sammler?

Orion ging nicht auf ihre Bemerkung ein, sondern legte den Kopf schief. »Hmmm …«, machte er überlegend. »Komm mal mit.« Rasch schwamm er ein Stück weiter und führte Alea zu einer großen Freifläche. »Warte«, sagte er und hantierte an einem Kasten herum, der am Rand der Fläche stand. Im nächsten Moment erstrahlten zahllose helle Lichter. Und dann zog er eine gedrehte, schneckenhausartige Muschel aus seinem Bauchgürtel und klickte sie auf eine Vorrichtung an dem Kasten, auf die sie genau zu passen schien. Gleich darauf erklang Musik – Musik wie von einem anderen Stern. Wassermusik.

»Das ist eine Disco!«, rief Alea begeistert. Die Musik nahm sie sofort gefangen, denn sie hatte einen unwiderstehlichen, treibenden Rhythmus. Die süßen, vibrierenden Klänge elektrisierten ihren ganzen Körper. Alea begann zu tanzen. Sie hatte noch nie unter Wasser getanzt, aber es war ganz leicht! »Kommen Sie!«, rief sie und streckte die Hand nach Doktor Orion aus.

Er zögerte, als wäre es ihm ein bisschen peinlich, aber dann schien er alle Hemmungen über Bord zu werfen und kam zu ihr. Sie tanzten. Sie tanzten und lachten, und Alea fühlte sich glücklich und leicht.

Dann war das Lied zu Ende, aber als Alea noch mehr hören wollte, hob Orion abwehrend die Hände. »In diesem Ding ist nur ein einziges Lied!«, erklärte er lachend, während er die schneckenhausartige Muschel von dem Kasten abknipste und wieder einsteckte. »Dass ich überhaupt eine Musikmuschel retten konnte, ist doch schon super. Die meisten sind bereits kurze Zeit nach der Katastrophe nicht mehr hörbar gewesen. Aber diese hier habe ich an Land trocken gehalten und heute zum ersten Mal wieder mit ins Meer genommen – weil der Ausflug mit dir für mich der besondere Anlass ist, auf den ich so lange gewartet habe.«

Alea lächelte ihn an. »Ich fühle mich geehrt«, sagte sie und drehte sich noch ein letztes Mal im Schein der hellen Lichter. Als sie gerade zu Orion hinüberschwamm, nahm sie am anderen Ende der Tanzfläche plötzlich eine Bewegung wahr. Etwas schien davonzuhuschen. Alea schärfte den Blick und erkannte einen glitzernden Fischschwanz, der hinter dem Riesenrad verschwand.

Es überkam sie heiß und kalt zugleich. »Da drüben ist eine Nixe!«, rief sie und stürmte los.

Orion hielt sie jedoch am Arm zurück. »Das glaube ich

nicht«, sagte er. »Bestimmt haben dich nur die Scheinwerfer geblendet.«

»Nein, ich –«

»Komm, ich zeige dir noch etwas anderes.« Orion zog sie am Arm fort.

Widerstrebend folgte Alea ihm. Sie war sich sicher, dass dort drüben eine Nixe gewesen sein musste – das Wesen hatte genauso ausgesehen wie die weißhaarige, türkis glitzernde Nixe auf dem Banner in Rach Turana! –, aber Orion schien es für keine gute Idee zu halten hinzuschwimmen.

Sie tauchten unter einer Art Fahrattraktion hindurch und strebten auf ein Gebäude am Rand der Mogwa zu. Bevor sie es jedoch erreichten, entdeckte Alea hinter einem Karussell einen sonderbaren, riesigen Spiegel.

»Was ist das?« Noch während sie fragte, strebte sie schon darauf zu. Orion griff wieder nach ihrem Arm, aber Alea fand den Spiegel viel zu interessant und schwamm weiter.

Der Spiegel war so hoch wie eine Anzeigesäule, dabei aber bestimmt zehn Meter breit. Als Alea nun hineinblickte, sah sie sich selbst. Doch nicht nur das: Um sich herum sah sie ihre Gefühlsfarben und -formen.

»Das ist der Wandererspiegel«, erklärte Orion und schloss zögernd zu ihr auf. »Meermenschen anderer Stämme konnten hier einmal sehen, was Wanderer sehen.«

Gebannt starrte Alea in den Spiegel. Zum ersten Mal konnte sie ihre eigenen Farben richtig erkennen! Rosafarbene Tupfen und goldgelbe Bläschen – Zuneigung und Freude. Herumschießende kakifarbene Kugeln – Neugierde. Ein dunkellila Schatten um ihre Mitte herum. Der musste von ihrer Enttäuschung darüber herrühren, dass sie nicht mit der Nixe hatte sprechen können.

Orion betrachtete Alea im Spiegel. »Ich sehe dein Stimmungsspiel zwar, aber ich habe keine Ahnung, was es bedeutet.«

Alea lächelte. »Dieses Wissen ist wohl den Wanderern vorbehalten«, sagte sie und versuchte sich den Ausdruck *Stimmungsspiel* zu merken. Das war wohl das Meermenschenwort für das Farb- und Formengemisch, das nur die Wandererstämme sehen konnten.

Nun richtete sie ihren Blick auf Orions Spiegelbild. Doch auch darin konnte sie keinerlei Farben an ihm erkennen. Die milchige Wolke schien alles andere zu verschlucken.

»Lass uns weiterschwimmen.« Orion fand den Spiegel offensichtlich nicht besonders spannend.

Alea hingegen war fasziniert. »Der Spiegel ist magisch, oder?«, fragte sie, während sie Orion vom Platz folgte.

»Ja, klar.«

»Wer hat ihn denn gemacht?«

Orion zuckte mit den Schultern. »Wahrscheinlich Gilfen oder Kobolde.«

»Kobolde können mehr, als nur Bilder zu malen!«, scherzte Alea, die davon ausging, dass Orion diesen Witz verstehen würde.

Er ging jedoch nicht darauf ein. »Da drüben ist eine Kneipe. Ich zeige sie dir, die ist wirklich urig!«

Während sie in schnellem Tempo zu dem Haus eilten, auf das Orion gedeutet hatte, sagte Alea: »Die Meermenschen und die Magischen haben ja anscheinend viel miteinander zu tun gehabt. Wie war das denn so im Alltag? Gehörten die Magischen in Faramont einfach dazu? Gab es Baustellen, auf denen Meermenschen und Gilfen zusammenarbeiteten? Stromerten Finde-Finjas in den Straßen herum, und die Leute konnten sie nach einer Adresse oder so fragen?« Alea lachte, denn die Vorstellung war irgendwie lustig.

Orion lachte allerdings nicht mit. Stattdessen tauchte er durch den halbrunden Eingang der Kneipe. Alea folgte ihm und schaute sich um. Dieses Lokal war tatsächlich richtig urig. An den Wänden hingen hübsche wedelnde Dekorationsgebilde, und die Sitze waren allesamt aus schimmerndem Stein gehauen.

»Superschön«, fand Alea. »Aber eines würde ich gern noch wissen: Die Magischen und die Meermenschen haben ja anscheinend schon seit Ewigkeiten eng zusammengelebt. Artama hat uns in Rach Turana erklärt, dass es deswegen so viel Magie im Leben der Meermenschen gab. Mit der Zeit wäre einfach alles immer mehr miteinander verwoben gewesen, hat sie gesagt.«

Während Alea sprach, schwamm Orion zur Theke und holte etwas hervor, was er ihr allem Anschein nach zeigen wollte. Alea redete jedoch unbeirrt weiter, denn sie wollte nicht die Gelegenheit verpassen, endlich Antworten auf ihre vielen Fragen zu bekommen. »Es ist ja so, dass jeder Meermenschenstamm irgendwelche besonderen Fähigkeiten hat, oder? Fähigkeiten, die richtig magisch sind. Wir Wanderer können die Farben des Meeres und das Stimmungsspiel von Lebewesen im Wasser sehen. Oblivionen können Landgänger etwas vergessen lassen. Roix sehen in die Menschen hinein und erkennen dabei ihre Krankheiten. Das ist doch magisch! Da hab ich mich gefragt, ob diese Fähigkeiten vielleicht von den Magischen kommen? Haben sie den Meermenschen irgendwann mal Gaben geschenkt oder so?«

Orion hielt ihr eine Flasche hin. Sie hatte einen langen, gebogenen Hals und eine Art Trinkverschluss. »So haben Meermenschen getrunken«, erklärte er. »Die Trankbrauer haben die Getränke ohne Kontakt zum Meerwasser abgefüllt, und man konnte durch diesen Verschluss auch trinken, ohne dabei Meerwasser zu schlucken.«

Alea blickte auf die Flasche. Dann sah sie Orion an. »Warum weichen Sie mir aus?« Mehrmals hatte er nun schon ihre Fragen ignoriert.

Der Doktor seufzte. »Was Magische angeht, bin ich kein Experte.«

»Aha.« Alea betrachtete ihn eingehend. »Sie mögen sie nicht besonders, oder?«

Orion klemmte die Flasche in eine dafür vorgesehene Vorrichtung. »Ich bin ein Mann der Wissenschaft, Alea. Magie ist mir … unheimlich.«

Überrascht runzelte sie die Stirn.

Das Thema schien dem Doktor unangenehm zu sein. »Ich kann Magie mit dem Verstand nicht begreifen …«

Alea nickte langsam. Sie konnte sich vorstellen, dass ein Mann, der dermaßen intelligent war und alles mit der Kraft seines Geistes regelte, mit Magie nicht so viel anzufangen wusste.

»Dieser Wandererspiegel …«, sagte Orion frustriert und schüttelte den Kopf. »Ich habe keine Ahnung, wie er funktioniert! Und das ärgert mich«, gab er zu. »Aber nicht nur das. Irgendwie fürchte ich mich auch davor – vor der Macht der Magie.« Er fuhr sich durch die in der Strömung wehenden Locken und wirkte beinahe beschämt.

Zaghaft lächelte Alea ihn an. Sie war gerührt, dass er ihr das anvertraute – ein erwachsener Mann sagte einem Mädchen, wovor er Angst hatte!

Orion lächelte zurück. »Schwimmen wir zurück? Mein Schutzgebräu ist bald aufgebraucht.«

Alea seufzte resigniert. »Können wir ein andermal wiederkommen?«, bat sie, während sie aus der Kneipe herausschwammen. »Hier sind so viele Häuser, in denen man noch interessante Dinge entdecken könnte!«

Orion lachte. »Ja, das können wir gern machen.« Er lächelte. »Sehr gern.« Dann blies er in seine Trillerpfeife, und die Robbe schnellte herbei. Der Doktor hielt sich fest, schnalzte mit der Zunge, und sie machten sich auf den Heimweg.

Nachdem sie eine Weile schweigend geschwommen waren, stellte Orion fest: »Das Schutzgebräu hat mal wieder wunderbar funktioniert.« Er griff nach der kleinen Flasche um seinen Hals. »Ich möchte, dass du von nun an jedes Mal dein Fläschchen öffnest, wenn du ins Wasser gehst, ja?«, bat er ernst. »Mach es einfach auf und lass es stetig tropfen. Es wird dich schützen.«

Das wollte Alea gern tun. Dann fiel ihr etwas ein. »Aber was ist, wenn es leer ist?«

»Na, dann fülle ich es wieder auf.« Mit einem fast scheuen Blick schaute er sie an. »Ich hoffe doch, dass ich in Zukunft immer in deiner Nähe sein werde – oder zumindest erreichbar für dich.«

Alea spürte ein warmes Gefühl in sich. Das hoffte sie auch.

Abschiedsbrief

Als Doktor Orion und Alea den Strand erreichten, fühlte Alea sich noch ganz beseelt von ihrem Ausflug in die Ruinenstadt. Sie hatte so viel gesehen! Nun konnte sie es kaum erwarten, den anderen Cru-Mitgliedern davon zu erzählen.

»Kann ich schon mal vorauslaufen?«, fragte sie ungeduldig.

Orion lachte. »Ja, mach ruhig. Wir sehen uns später.«

Alea drehte sich im Laufen noch einmal zu ihm um. »Danke!«, rief sie. »Danke für alles!«

Mit breitem Grinsen winkte er ihr zu, und Alea flitzte den Pfad hinauf, durch den Garten der Villa und ins Haus. Den ersten Bediensteten, den sie traf, fragte sie auf Englisch, wo ihre Freunde seien. Sie erhielt allerdings keine Antwort und nahm sich fest vor, Orion so bald wie möglich zu fragen, warum seine Angestellten solche stummen Miesepeter waren. Suchend lief sie zum Musikzimmer. Doch obwohl hier ein Mikrofon und andere Gerätschaften darauf hindeuteten, dass Tess in diesem Raum etwas aufgenommen hatte, war sie nicht da. Dann musste Alea eben die anderen finden. Wo unterrichtete dieser Yusuf Sammy? Und wo steckten Lennox und Ben? Sie lief vom Wintergarten in den leeren Hauptsaal und von dort aus zu den Zimmern hinauf. Von der Alpha Cru fehlte jedoch jede Spur.

Ratlos ging Alea in ihr eigenes Zimmer. Während sie sich den Flex auszog und in eine Jeans, ein T-Shirt, ihre Seidenjacke sowie die Handschuhe schlüpfte, überlegte sie, wo ihre Freunde stecken könnten. Vielleicht hatten Blakkarsson, Hagen oder Jinx die anderen zum Jetski-Fahren oder Bungee-Jumping mitgenommen?

Da fiel Alea ein, dass sie Ben oder Tess womöglich auf ihren Handys erreichen konnte. Als sie ihr eigenes Telefon nun aus der Jackentasche kramte, sah sie, dass Tess ihr am Vormittag eine SMS geschickt hatte. Tess schrieb:

Muss dringend mit dir reden. Hab Orion eben mit einem Mann sprechen sehen. Der Mann war einer von denen mit den Chemiefässern, die uns angegriffen haben! Der finstere Zweimetermann, weißt du noch? Hab ihn sofort erkannt. Er scheint für Orion zu arbeiten! Wo bist du? Ich warte in meinem Zimmer auf dich. Komm so schnell wie möglich!

Entsetzt starrte Alea auf den Text. Einer von den Gretzern war hier? Er arbeitete als Angestellter in der Villa?

Ganz ruhig, sagte sie sich. *Jetzt nicht in Panik geraten.* War es überhaupt möglich, dass Tess den Mann wiedererkannt hatte? Die Gretzer hatten bei dem Überfall damals doch Neoprenanzüge und teilweise auch Tauchmasken getragen! Alea schüttelte den Kopf. Tess musste sich das eingebildet haben. Wahrscheinlich hatte sie mit Lennox und Ben geredet, und nun steigerten sie sich zu dritt in irgendetwas hinein!

Alea seufzte. Sie musste sie dringend finden. Rasch ging sie zum Fenster und wollte schon suchend hinausschauen, da fiel ihr auf, dass auf dem Schreibtisch ein Briefumschlag lag. Darauf stand *Alea*. Sie konnte die Handschrift sofort zuordnen, denn sie kannte sie aus unzähligen Logbucheintragungen. Es war Bens.

Auf einmal bekam Alea ein mulmiges Gefühl. Sie öffnete den Brief und las ihn.

Liebe Alea,
ich schreibe im Namen der ganzen Cru. Wir haben uns beraten und festgestellt, dass wir uns hier alle nicht richtig wohlfühlen. Dieser ganze Luxus ist zwar schön, aber eigentlich sind wir ja Abenteurer. Wir wollen lieber wieder auf die Crucis und aufs Meer hinaus. Deswegen kehren wir zum Schiff zurück und setzen die Segel, sobald Wind aufkommt. Du willst ja bestimmt bei Orion bleiben. Das ist total okay. Hoffentlich kann er dir helfen, deinen Traum wahr zu machen. Aber für uns Landgänger ist das hier sowieso nichts, und Lennox würde sich nur ständig mit Orion anlegen. Er kann ihn nicht leiden, wie du ja schon gemerkt hast. Außerdem hat er Angst, dass Orion ihn vielleicht bei den

Ämtern verpfeifen könnte. Lennox hat uns inzwischen gestanden, dass er polizeilich gesucht wird … Hinzu kommt, sagt er, dass ihr beiden ja sowieso nur noch gestritten habt. Vielleicht wäre es am besten, mal eine Beziehungspause einzulegen. Lennox ruft dich deswegen heute Abend mit meinem Handy an, dann könnt ihr darüber reden.

Wir ziehen also weiter. Aber du kannst uns jederzeit telefonisch erreichen, falls was ist. Wir wünschen dir, dass Orion ein Gegenmittel findet und ihr die ganze Sache erfolgreich durchziehen könnt.

Liebe Grüße von allen,

Ben und die Alpha Cru

Aleas Hände hatten begonnen zu zittern. Der Brief raschelte immer lauter, und sie musste ihn weglegen. Ihre Gedanken überschlugen sich. Die Alpha Cru war fort? Lennox wollte eine Beziehungspause einlegen? Die anderen konnten doch nicht einfach ohne sie in See stechen – ohne sich zu verabschieden, ohne vorher noch einmal mit ihr zu sprechen …

Da spürte Alea, wie sich ihr Geist schlagartig klärte und ihre Gedanken sich ordneten. Der Elvarion-Modus hatte eingesetzt. Mit erhöhter Gedankenkraft analysierte sie nun die Fakten und kam zu einem beunruhigenden Schluss: Die Alpha Cru wäre niemals einfach so davongesegelt. Ihre Freunde hätten sie nicht hier zurückgelassen, vor allem dann nicht, wenn sie auch nur im Entferntesten vermuteten, dass Alea in Gefahr sein könnte.

Ben hätte das nicht getan.

Sammy hätte sich mit Händen und Füßen gesträubt.

Tess … niemals.

Lennox … niemals. Niemals. Niemals!

Aber dieser Abschiedsbrief war eindeutig von Ben selbst geschrieben worden. Wieso hatte er das getan?

Alea dachte schnell und ruhig nach. Dabei erkannte sie, dass es nur eine einzige Erklärung geben konnte: Ben war unter Druck gesetzt worden, diesen Brief zu verfassen. Jemand hatte ihn dazu gezwungen! Doch wer?

Aleas Gehirn umkreiste alle Möglichkeiten, verwarf oder ergründete sie. Sie konnte beinahe zusehen, wie sich in ihrem Kopf ein Puzzlestück nach dem anderen zusammenfügte und schließlich ein Bild entstand: Tess hatte sich nicht geirrt. Sie hatte tatsächlich den Gretzer aus dem Ärmelkanal wiedererkannt. Offenbar tarnte er sich als normaler Bediensteter, und Orion ahnte noch nicht einmal, wen er da angestellt hatte. Tess musste dem Gretzer irgendwie gezeigt haben, dass sie wusste, wer er war – sie oder ein anderes Mitglied der Alpha Cru. Hatte einer von den vieren womöglich mit dem Mann gesprochen? Oder hatten sie ihn alle zusammen zur Rede gestellt? Sie mussten ihn derart aufgebracht haben, dass er sich gezwungen sah, Maßnahmen zu ergreifen. Er wollte garantiert verhindern, dass Orion von seinen kriminellen Machenschaften erfuhr. Deswegen hatte dieser Mann die Cru anscheinend verschwinden lassen.

Alea presste die Lider zusammen. Obwohl ihre Elvarion-Stärke dafür sorgte, dass ihre Gefühle sie nicht am Denken hinderten, spürte sie, wie sich eine eiserne Faust aus Angst um ihren Hals schließen wollte. Was hatte der Gretzer mit den anderen gemacht? Wo hatte er sie hingebracht? Und was hatte er mit ihnen vor? Bestimmt hatte er Ben gezwungen, diesen Brief zu schreiben, damit Alea nicht nach der Cru suchte. Dabei schien der Mann allerdings vergessen zu haben, dass Alea ihn ebenfalls wiedererkennen würde.

Sie stutzte. Warum hatte der Gretzer daran nicht gedacht? War das nicht unlogisch? Er ließ vier Bandenmitglieder verschwinden, aber eines, das ihn ebenfalls identifizieren konnte, ließ er unbehelligt?

Die Puzzlestücke passten plötzlich nicht mehr zusammen.

Was ging hier vor sich?

Alea wusste, wer ihr helfen konnte, die Wahrheit herauszufinden – der Mann, dessen Intelligenz weit über die der anderen hinausging.

Sie stürmte aus dem Zimmer. Auf dem Korridor standen Hagen und ein Mann, den Alea nicht kannte.

»Bringt mich zu Orion!«, verlangte sie. Immer, wenn sie das sagte, reagierten Orions Bedienstete augenblicklich. So auch diesmal. Hagen nickte und wies Alea an, ihm zu folgen. Er brachte sie zum Aufzug, und gemeinsam fuhren sie hinunter zu Orions Labor. Hagen klopfte, und Orion öffnete die Tür.

»Oh, hallo mal wieder!«, rief der Doktor lächelnd und

nickte Hagen zu, der sich daraufhin an der Wand aufstellte. Dann wurde Orions Lächeln schmaler, denn er schien Alea anzusehen, dass etwas nicht in Ordnung war. »Was ist los?«

Alea trat ins Labor, und die Tür fiel hinter ihr ins Schloss. »Ich kann die anderen nicht finden, und ich glaube, dass sie entführt wurden.«

Anstatt sie auszulachen, blickte Orion sie ernst an. »Erzähl mir alles.«

Und so berichtete Alea ihm von Tess' SMS und von Bens Brief. Doktor Orion hörte ihr mit höchster Konzentration zu. Alea endete mit den Worten: »Verstehen Sie? Einer von Ihren Leuten ist ein Gretzer! Er wollte offenbar verhindern, dass Sie es erfahren. Er hat Ben diesen Brief schreiben lassen, damit Sie und ich denken, die Cru wäre aus freien Stücken gegangen!«

Alea stutzte, denn ihr war gerade aufgefallen, dass ein weiteres Puzzleteil nicht passte. Wie sollte ein einzelner Mann alle vier Cru-Mitglieder auf einmal verschleppt haben? Allein schon Lennox wäre mit ihm fertiggeworden!

»O nein«, stieß sie hervor. »Was, wenn der Kerl Komplizen hat?« Aufgeschreckt schaute sie Orion an. »Kann es sein, dass mehrere Gretzer für Sie arbeiten?«

Der Doktor starrte ins Leere. Es sah aus, als arbeitete sein Gehirn auf Hochtouren. »Ich kenne alle meine Angestellten sehr gut«, sagte er. »Sie sind größtenteils seit vielen Jahren bei mir beschäftigt.« Grübelnd kratzte er sich am Kinn. »Ich kann mir kaum vorstellen, dass einer von ihnen ein Gretzer sein soll. Meinst du nicht, das hätte ich im Laufe der Zeit bemerkt? Weißt du, ich bin ziemlich aufmerksam.«

»Ja, klar. Aber … was soll denn sonst passiert sein?«

Orion bot Alea nun einen Stuhl an. Sie setzte sich und schaute den Doktor fragend an.

Er seufzte. »Ich habe schon geahnt, dass die anderen sich hier nicht wohlfühlen«, sagte er behutsam. »Ist es denn wirklich so abwegig, dass sie weitergesegelt sind?«

Aleas Mund klappte auf. »Ja«, brachte sie hervor. »Das kann nicht sein!«

»Wieso bist du dir so sicher?«

»Na, weil … Sammy ist wie ein kleiner Bruder für mich! Und Ben und ich würden jederzeit füreinander die Hand ins Feuer legen! Tess würde mich niemals einfach so zurücklassen! Und Lennox … würde für mich sterben.«

»Wirklich?«, fragte Orion erstaunt. »Ich dachte, ihr kennt euch alle erst seit ein paar Wochen?«

»Ja, schon. Aber wir sind trotzdem eine eingeschworene Bande.« Sie hatte nie mit Orion darüber gesprochen, wie nahe sich die Mitglieder der Alpha Cru standen.

»Ihr habt doch ständig gestritten!« Orion wirkte irritiert. »Lennox und du hattet euch andauernd in den Haaren! Ich dachte, ihr seid kurz davor, euch zu trennen …« Er massierte sich die Schläfe und murmelte: »Dass er dich ständig beschützen wollte, hieß ja nichts. Oblivionen sind halt so.«

»Nein, es ist nicht nur das«, sagte Alea. Mehr als einmal

hatte Lennox sein Leben riskiert, um ihres zu bewahren. Aber nicht nur, weil er ein Oblivion war. Nicht nur, weil er sich ihrer Sicherheit verschrieben hatte. »Er liebt mich.«

Die Augen des Doktors verengten sich. »Hm. Dann hab ich das wohl unterschätzt.«

»Was haben Sie unterschätzt?«

Orion winkte ab. »Wie auch immer. Jetzt sind deine Freunde jedenfalls weg. Hmm …«

Nun war Alea verwirrt. »Wir müssen irgendetwas machen!« Wieso saß Orion denn nur so untätig herum? »Können Sie nicht die Polizei anrufen?«

Orion schaute grübelnd vor sich hin. »Keine Sorge, Alea«, sagte er und schien mit den Gedanken ganz woanders zu sein. »Ich werde mich darum kümmern.«

»Wie denn?«

Angestrengt starrte der Doktor ins Leere. »Ich lasse die vier überprüfen«, sagte er abwesend, »obwohl sie mir bisher immer treu ergeben waren …«

»Welche vier?«, fragte Alea, und plötzlich flüsterte sie fast. »Vier Ihrer Männer? Aber …« Ihr Atem wurde ganz flach. »Woher wissen Sie, dass es vier sind – und welche es sein müssen? Ich habe sie doch noch gar nicht identifiziert …«

In Orions Augen flackerte etwas. »Oh, ich meinte, ich werde alle meine Männer noch mal überprüfen lassen.«

Wie gelähmt saß Alea da. Plötzlich stieg eine grauenhafte Angst in ihr hoch – die Angst, dass sie selbst diejenige war, die sich geirrt hatte.

Verräter

Alea und Doktor Orion starrten einander an.

»Alea«, beeilte er sich zu sagen. »Ich habe mich nur falsch ausgedrückt. Deswegen musst du mich nicht so ansehen!« In seiner Stimme schwang etwas mit, was Alea alarmierte: Orion klang, als fühlte er sich bei etwas ertappt.

Sie sprang auf. »Was hat das zu bedeuten?«

»Nichts!«, entgegnete Orion lachend. »Ich werde nach deinen Freunden suchen. Das verspreche ich dir.« Sein Lachen klang hohl.

Alea wich einen Schritt zurück. »Sie wissen, dass … dass Ihre Leute Gretzer sind?«, stammelte sie und konnte es kaum glauben. Sie *wollte* es nicht glauben. Doch nun erkannte sie, dass sie genau aus diesem Grund viel zu spät begriff, was Lennox und die anderen lange vor ihr verstanden hatten.

Orion hatte sie angelogen.

Er hatte die ganze Zeit gelogen.

Sie taumelte rückwärts. Hatte Orion die Machenschaften seiner Leute womöglich nicht nur geduldet, sondern selbst gesteuert? Entsetzt schlug Alea die Hand vor den

Mund. Sie hatte nicht sehen wollen, dass Orion ein falsches Spiel trieb, denn sie hatte ihn gebraucht. Sie hatte sich so sehr jemanden wie ihn in ihrem Leben gewünscht, dass sie die Augen vor der Wahrheit verschlossen hatte.

Orion erhob sich. »Alea«, sagte er in beschwichtigendem Ton. »Was du da gerade fühlst, ist eine Überreaktion. Setz dich doch wieder hin, dann können wir uns in Ruhe darüber –«

Er wurde von einer hohen, piepsigen Stimme unterbrochen. »Alea!«

Orion und Alea zuckten zusammen. Wo kam die Stimme her?

Alea blickte nach oben. An der Deckenlampe hing ein Kobold. »Murphy!«, rief sie erstaunt. Er war es! Der kleine moosgrüne Wasserkobold, den sie bei der Blauen Lagune getroffen hatte. Der, den sie mit einer Nachricht für die Alpha Cru losgeschickt hatte – und der nie angekommen war. »Was machst du denn hier?«

»Du kennst ihn?« Orion streckte sich und versuchte nach dem Kobold zu greifen, aber die Lampe hing zu hoch.

Murphy begann schnell zu reden. »Es tut mir leid, dass ich deine Nachricht nicht überbracht habe, Alea. Ich hatte das Schiff mit deinen Landgängerfreunden schnell gefunden, aber sie waren nicht an Bord! Einen ganzen Tag lang habe ich gewartet, aber sie kamen nicht!«

»Sie waren an der Blauen Lagune …«, stieß Alea hervor. »… und haben nach mir gesucht.«

»Als ich schon wieder auf dem Rückweg war, kamst du mit Ramin auf dem Fahrrad direkt an mir vorbei! Ich stand im Gras am Straßenrand und habe euch laut gerufen, aber ihr habt mich nicht gehört. Dann bin ich euch gefolgt, so gut ich konnte, aber Ramin hat ganz schön heftig in die Pedale getreten! Ich kam erst an der Bucht an, als du schon mit dem Mädchen, das diese komisch gedrehten Haare hat, im Ruderboot warst.«

»Tess«, erklärte Alea abwesend, während sie Orions Gesicht beobachtete – eine Mischung aus Beunruhigung und Konzentration. »Tess hat Dreadlocks …«

Murphy plapperte weiter. »Ich bin jedenfalls hinterhergeschwommen, um mit dir zu reden, aber … na ja, du warst auf dem Boot gleich von Landgängern umgeben, und die mag ich halt nicht so. Außerdem konntest du deine Nachricht dann ja auch selbst überbringen.«

Alea nickte rasch. In der vergangenen Woche hatte sie sich ein paarmal gefragt, was aus dem Wasserkobold geworden war, und nun war sie erleichtert zu sehen, dass es ihm gut ging. Aber momentan konnte sie sich auf seine Geschichte eigentlich nicht konzentrieren. Die Situation mit Orion war zu ernst. »Murphy, können wir uns später unterhalten?«, bat sie. »Ich –«

Der Kobold ließ sich allerdings nicht abspeisen. »Als ich wieder zurück an Land geschwommen bin, hab ich gesehen, dass im Wasser mehrere Landgänger waren, die euer Schiff beobachtet haben.«

Alea erstarrte. »Was?«

»Ich glaube, es ist Zeit für dich zu verschwinden, Kobold!«, schnaubte Orion und sprach das Wort *Kobold* wie ein Schimpfwort aus.

Doch Murphy ließ sich nicht beirren. »Im Wasser waren Männer mit solchen Fernrohren, und die haben euer Schiff nicht aus den Augen gelassen! Ich hab sie dann meinerseits beobachtet. Die Männer sind nach ein paar Stunden immer zu dieser Villa hier zurückgekehrt, und andere haben ihren Platz eingenommen.«

Fassungslos schaute Alea zu Orion, dessen Gesicht gerade dunkelrot anlief. »Sie haben uns bespitzeln lassen?«, fragte sie entgeistert. »Die ganze Zeit schon?« Dann fiel ihr ein, dass Ben am zweiten Morgen in der Bucht gesagt hatte, jemand sei in ihrer Abwesenheit auf der *Crucis* gewesen. Orions Männer! »Sie haben auf unserem Schiff herumgeschnüffelt!«

Orion antwortete nicht. Stattdessen stieg er auf einen Stuhl und versuchte Murphy zu erhaschen. Der Kobold war jedoch flink und sprang zur nächsten Lampe, bevor der Doktor ihn erwischen konnte.

»Ich bin schon seit ein paar Tagen hier im Haus«, fiepte Murphy, während er sich von Lampe zu Lampe hangelte. »Und ich habe Orion heimlich beobachtet.«

Der Doktor fluchte. »Verdammtes magisches Vieh!« Nun zerrte er einen Besen aus einem Schrank und schlug damit nach Murphy. Zum Glück war der Kobold zu schnell für ihn.

»Orion hat Tests mit deinem Blut gemacht, Alea«, sagte

Murphy und wich einem weiteren Schlag von Orion aus. »Gestern Nacht hat ihn ein Ergebnis total fasziniert. Er hat diesen Jinx zu sich ins Labor geholt, und dann hat er ihm erzählt, dass man aus deinem Blut ein Gegenmittel herstellen kann.«

Alea spürte, wie die Beine unter ihr nachgaben. Sie musste sich am Stuhl festhalten. »Was?«, ächzte sie, aber ihre Stimme war kaum zu hören. »Sie haben ein Gegenmittel gefunden und nichts gesagt?« Schwer ließ sie sich auf den Stuhl fallen. Die ganze Welt schien unter ihr zu wanken.

Orion blickte von ihr zu dem Kobold und ließ den Besen los. Klappernd schlug er auf dem Boden auf. »Wie schade«, sagte er. »Hier endet dann wohl mein Versuch, dein Vertrauen zu gewinnen.«

Erschüttert starrte Alea ihn an. »Sie wussten, wer ich bin, lange bevor wir hierherkamen, nicht wahr?«

»Ja«, gab der Doktor zu und setzte sich Alea mit einem resignierten Stöhnen gegenüber. Offenbar wollte er nun die Wahrheit nicht länger verleugnen. »Ich wusste, wer du bist, seit Cassaras mir zum ersten Mal von dir erzählt hat.«

»Wer ist das?«

»Der Mann im schwarzen Mantel. Wir sind ihm am Strand begegnet.«

Alea erschauderte. »Der Leierkastenmann …«

»Cassaras hat jahrelang nach dir gesucht«, erklärte Orion. »Ich glaube, er hat sich nur deshalb mit mir verbündet, weil ich ihm bei seiner Suche nach dir helfen konnte.« Orion sprach völlig unverblümt, als würde er ihr etwas Alltägliches erzählen.

Alea lief es jedoch kalt den Rücken herunter. »Weswegen wollte dieser … Cassaras mich finden?«, brachte sie hervor und konnte noch gar nicht fassen, was Orion da sagte. Dieser Cassaras hatte jahrelang nach ihr gesucht? *Jahrelang?*

Orion fixierte sie. »Cassaras will den Umhang.«

»Was für einen Umhang?«, fragte Alea, aber schon im nächsten Moment wusste sie, was gemeint war – der Umhang, zu dem Sammys Silberfäden gehörten. Der Umhang, dessen Fusseln einen Blick in die Zukunft gewähren konnten.

Orions Blick ruhte unerbittlich auf ihr. »Du weißt nicht, wovon ich rede?«

»Nein«, log Alea.

»Hmm …« Orion kratzte sich am Kinn. »Auf eurem Boot ist der Umhang jedenfalls nicht, da haben wir alles abgesucht. Wahrscheinlich hast du ihn wirklich nicht.« Er seufzte. »Weißt du, mir ist der Umhang gar nicht so wichtig. Ich würde ihn als Mischling wahrscheinlich sowieso nicht richtig nutzen können. Außerdem will ich magisches Zeug gar nicht erst im Haus haben. Magie ist unberechenbar.«

»Was für Kräfte hat der Umhang?«, fragte Alea mit erstickter Stimme.

»Das kann dir jetzt egal sein«, entgegnete Orion. »Sobald er gefunden wird, gehört er sowieso Cassaras.«

»Wieso denn? Und wer ist dieser Cassaras überhaupt?«, versuchte Alea es noch einmal. »Ist er ein Meermensch?«

»Nein, das ist er nicht.« Der Doktor machte eine wegwerfende Handbewegung. »Ich war von vornherein ohnehin viel weniger an diesem Umhang interessiert als an dir. An der Elvarion, die die Zeitenwende einleiten soll.«

Diese Worte jagten Alea eine Gänsehaut über den Körper. Orion kannte die Prophezeiung des Tasfaren, obwohl sie ihm nie davon erzählt hatte!

»Ich wollte dich gern … kennenlernen«, fuhr der Doktor fort und behielt dabei Murphy im Blick, der auf einer Lampe hockte und ihrem Gespräch aufmerksam zuhörte. »Als Cassaras dich vor ein paar Wochen endlich gefunden hatte, wollte er dich sofort zur Rede stellen und zwingen, ihm den Umhang zu geben. Das konnte ich ihm gerade noch mal ausreden. Cassaras fehlt leider jedes Feingefühl, und wenn er mit dir fertig gewesen wäre, wärst du bestimmt sehr viel weniger vertrauensselig gewesen als zuvor. Dein Vertrauen zu gewinnen war aber mein Plan – die bestmögliche Version der zukünftigen Geschehnisse.« Er seufzte abermals, als fiele es ihm überaus schwer, diese »Version« loszulassen.

Alea schluckte. Orion gab dies alles ganz offen zu – so als spräche nichts mehr dagegen, seine Geheimnisse preiszugeben. Warum tat er das? Was hatte er mit ihr und Murphy vor? »Cassaras hat Sie immer darüber informiert, wo die Alpha Cru sich gerade aufgehalten hat?«, fragte sie fassungslos.

»Ja, sein Auftrag war es, dich zu mir nach Island zu bringen.« Unvermittelt lachte Orion. »Du kannst dir nicht vorstellen, wie ich mich gefreut habe, dass ihr von selbst Richtung Island gesegelt seid! Ihr kamt geradewegs von allein hierher! Euch zu meiner Villa zu locken, war dann ein Kinderspiel. Cassaras hat netterweise seinen Leierkasten genutzt, und ihr habt tatsächlich in meiner Bucht geankert. Von da an hatten wir euch die ganze Zeit gut im Blick. Beinahe war das zu leicht!«

Entsetzt schüttelte Alea den Kopf. Cassaras hatte sie mit der Musik geradewegs in die Falle gelockt – und sie waren ahnungslos hineingetappt. »Wie konnte er unseren Song spielen?«

Orion zuckte mit den Achseln. »Der Leierkasten ist so ein magisches Teil von den Nixen. Er saugt Musik ein, die weit entfernt gespielt wird, und kann sie dann wiedergeben. Eigentlich hatte ich von Cassaras verlangt, dass er das unheimliche Ding wegschafft, aber dann war es doch ganz praktisch.«

»Eine magische Jukebox …«, flüsterte Alea. Cassaras musste das Lied bei ihrer Probe an Bord »eingesaugt« haben. Aber von wo aus konnte er das getan haben? Der Gedanke, dass ihnen jemand seit Wochen so nah auf der Spur gewesen war, war entsetzlich und kaum zu begreifen. Alea war nie aufgefallen, dass jemand sie –

Ruckartig schnappte sie nach Luft. Denn in diesem Augenblick wurde ihr klar, warum Cassaras ihr anfangs bekannt vorgekommen war. Sie hatte ihn schon einmal gesehen. Und zwar in Edinburgh! Damals, als eine Bande von Straßenjungs Lennox und sie in die Enge getrieben und überfallen hatte, war ein Mann am Fenster gewesen und hatte alles lächelnd beobachtet. Doch wie war Cassaras genau in diesem Moment in diese Wohnung und an dieses Fenster gekommen? Um den Überfall von dort oben aus beobachten zu können, hätte er im Voraus wissen müssen, dass die Jungs sie an genau dieser Stelle erwischen würden. Cassaras hätte dafür in die Zukunft blicken müssen …

Während in Aleas Kopf ein Gedankensturm losbrach, sprach Doktor Orion weiter. »Nachdem ihr in meiner Bucht vor Anker gegangen seid, haben wir euch ein paar Tage lang einfach nur beobachtet. Als wir dann die IP-Adresse von eurem Laptop kannten, haben wir uns reingehackt, konnten eure Daten abgreifen und so bequem herausfinden, wo ihr hier in Island als Nächstes hinwolltet.« Er schien regelrecht stolz auf das Netz zu sein, das er gesponnen hatte. »Und als ich hörte, dass ihr mich finden wolltet, konnte ich es kaum glauben. Ihr würdet von selbst zu mir kommen! Ich habe dann Unterlagen mit meiner Anschrift in der alten Praxis für euch deponiert.«

Alea fröstelte. Hatte Lennox nicht gesagt, sie sei wie ein argloses Schaf zur Schlachtbank getrottet? Dieser Vergleich erschien ihr gar nicht mehr so falsch. Bloß hatte sie die ganze Cru mit hineingezogen. »Sie selbst waren es, der Lennox und die anderen hat verschwinden lassen, nicht wahr?«

»Natürlich«, gab Orion unumwunden zu. »Die Cru hat unserer Beziehung im Weg gestanden, Alea. Dieser Lennox war ja schon nach einem Tag ein richtiger Plagegeist. Den musste ich auf alle Fälle loswerden. Aber die anderen wurden auch langsam frech. Als du dich heute Vormittag für unseren Ausflug nach Faramont umgezogen hast, sind Lennox, dieser Ben, der Knirps und das Mädchen doch tatsächlich hier hereingestiefelt und haben mich beschuldigt. Was für dumme, dumme Kinder. Sie hatten keine Ahnung, mit wem sie sich anlegen.«

Alea erzitterte. »Was haben Sie mit ihnen gemacht?«

»Während du im Garten auf mich gewartet hast, habe ich sie zusammentreiben lassen und euren Skipper gebeten, den Brief an dich zu schreiben. Das war mein zweiter Fehler.« Orion rieb sich die Stirn. »Mein erster war, nicht besser aufzupassen, dass euch keiner von meinen Gretzern unter die Augen kommt. Und mein zweiter war, dass ich eure Freundschaft unterschätzt habe. Ich hätte nicht gedacht, dass du den Brief anzweifeln würdest. Aber wie sollte ich auch? Du hast deinen Freunden ja noch nicht einmal Bescheid gesagt, als wir nach Faramont aufgebrochen sind! Ich dachte, ihr seid völlig zerstritten.«

»Sie haben Ben *gebeten*, den Brief zu schreiben?«

»Na ja, das Messer in Hagens Hand wird bestimmt dazu beigetragen haben, dass er ihn geschrieben hat«, erwiderte Orion leichthin und suchte erneut mit den Augen nach Murphy, der nun wieder auf der Lampe direkt über ihnen saß. »Dein Lennox hat übrigens zwei meiner Leute niedergekämpft und anschließend versucht, die übrigen Männer vergessen zu lassen, gegen wen sie kämpfen sollen. Dabei hat er wohl selbst vergessen, dass so etwas nur bei Landgängern klappt. Jinx und ich haben ihn schließlich überwältigt.« Er rieb sich die Seite, als hätte er dort Schmerzen. »Ich habe mein Karatetraining in letzter Zeit etwas vernachlässigt, aber zum Glück hatte Jinx eine Waffe.«

Entsetzt fragte Alea: »Ist Lennox verletzt?«

»Weiß ich nicht.« Orion zuckte mit den Schultern. »Ich habe ihn mir danach nicht noch mal angesehen.«

Alea traten Tränen in die Augen. »Wo haben Sie meine Freunde hingebracht?«

»Dahin, wo du später auch hingebracht wirst. Und du auch!« Sein Blick zielte auf Murphy, der daraufhin zusammenzuckte, als hätte Orion auf ihn geschossen. »Glaub nicht, dass du eine Chance hast zu entkommen, Kobold! Die Tür ist verriegelt.«

Alea saß wie eingefroren da. Alles, was sie über Doktor Orion gedacht hatte, alles, was sie geglaubt hatte, war eine Täuschung gewesen. Er hatte sie nach Strich und Faden belogen und betrogen und dabei auch noch gelacht. Immer wieder.

»Deswegen haben Sie zum Essen immer dieses dunkle Sprudelgetränk servieren lassen«, sagte sie, denn es fiel ihr nun wie Schuppen von den Augen. »Damit ich Ihre wahren Gefühle nicht in Ihrem Trinkglas erkennen kann!«

Orion nickte. »Ja, und ich muss sagen, ich habe es darüber hinaus ziemlich gut hingekriegt, dass du auch im Meer meine Farben nicht erkennen konntest.«

Die milchige Wolke! »Es lag gar nicht an der Rofus-Verstärkung …«, murmelte Alea.

»Es gibt gar keine Rofus-Verstärkung, sondern nur meinen Wandererblockierer. Was für ein Glück, dass er auch vor dem Spiegel gewirkt hat! Da habe ich einen Moment lang richtig Blut und Wasser geschwitzt.«

»Und dieses andere Gebräu?«, fragte Alea schwach. »Hat das wirklich Gefahren abgehalten?«

»Nun ja …« Orion zog die Nase kraus. »Es hat Wesen abgehalten, die auf keinen Fall unseren Ausflug stören sollten.«

»Magische! Es hat Magische ferngehalten!«, rief Murphy von der Decke. »Das weiß ich! Ich habe nämlich versucht euch nach Faramont zu folgen. Aber dieses Zeug hat so bestialisch gestunken, dass ich umdrehen musste.«

»Korrekt«, bestätigte Orion. »Das Gebräu hält Magische ab.« Er schüttelte sich. »Ich hasse Magische.«

»Weil Sie Magie nicht verstehen können.«

»Ja, Magie ist mir ein Graus«, gab er unverhohlen zu. Dies war offenbar etwas, worüber er ausnahmsweise nicht gelogen hatte.

»Weil Sie sie nicht beherrschen können …« Alea begriff. »Technik und all das können Sie unter Ihre Kontrolle bringen. Magie aber nicht.«

»Genau!«, bekräftigte Murphy. »Magie ist zu hoch für ihn!«

»Auf jeden Fall bringe ich *dich* gleich unter Kontrolle!«, warnte Orion ihn.

»Sie kriegen mich nicht!«, blaffte Murphy mit seinem Piepsstimmchen.

»Ich konnte dich nicht davon abhalten zu reden, Kobold, und das ist sehr schade, denn ohne dich hätte ich Alea bestimmt noch mal davon überzeugen können, dass ich ein guter Kerl bin.« Seine Stimme wurde hart. »Aber glaube mir: Du wirst auf keinen Fall dieses Labor verlassen, ohne dass ich kontrolliere, wie. Verdammter magischer Abschaum …«

Es fiel Alea immer noch schwer zu verstehen, wie sich der nette Mann, mit dem sie am Vormittag schwimmen gewesen war – mit dem sie unter Wasser getanzt und gelacht hatte! – plötzlich als dieser bösartige Schurke hatte entpuppen können. Wenn sie jetzt nicht im Elvarion-Modus gewesen wäre, hätte sie vor Angst garantiert kein einziges Wort herausbringen können! Doch so sprach sie weiter mit ihm. »Sie sind doch selbst teilweise magisch!«, sagte Alea. »Dieser Innensichtblick der Roix ist doch nichts anderes als Magie!«

»Meine eigenen Fähigkeiten kontrolliere ich durchaus«, ließ Orion sie wissen. »Die Magie der Meermenschenstämme ist mir generell aber genauso zuwider wie die der Magischen.« Er nahm seine Brille ab und rieb sich die Augen. »Das ist alles sehr schade. Ich hatte gehofft, dass wir Freunde werden könnten. Weißt du, Alea, ich mag dich wirklich gern.«

Sie lachte schrill. Das war ja wohl ein Witz. Er war ein Gretzer – der Boss einer Gretzerbande! Doch nicht nur das: Er hatte sie wochenlang beschatten lassen, und er hatte mithilfe ihres Blutes ein Heilmittel gegen den Virus gefunden und es vor ihr verheimlicht!

»Nein, im Ernst!«, versicherte ihr Orion. »Wir hatten in Faramont richtig Spaß zusammen, oder?«

Alea schwieg betroffen.

»Ich hatte gehofft, dass ich für dich so eine Art Vaterersatz werden könnte. Dein leiblicher Vater ist ja ein totaler Versager …«

Aleas Hände krallten sich um die Armlehnen ihres Stuhls.

»Ich glaube, dass das auch dein Wunsch war.« Orion setzte seine Brille wieder auf und blickte sie freundlich durch die großen Gläser an. »Du wolltest es sogar so sehr, dass du die Warnungen deiner Freunde in den Wind geschlagen hast!« Wehmütig seufzte er. »Wir hätten ein tolles Team werden können, Alea. Wie gern hätte ich dich an meiner Seite gehabt – ein Meermädchen, das gegen den Virus immun ist und die Kraft einer Elvarion besitzt! Als meine rechte Hand wärst du von unschätzbarem Wert gewesen. In ein paar Jahren hättest du bei den Müllabladungen im Meer meine Teams anführen können. Womöglich hättest du sogar diese verfluchten Magischen unter Kontrolle bekommen, die sich immer wieder einmischen. Erst letzte Woche haben Nixen einen meiner Tanker in der Südsee angegriffen, als er Schwerölrückstände abließ. Meine Leute sind nicht gegen das Nixenpack und ihre Dreizackpfeile angekommen und mussten umkehren. Pah!« Sein Gesicht verwandelte sich in eine wutverzogene Grimasse. »Das muss aufhören.« Er atmete tief durch und sprach dann ruhig weiter. »Du hättest mein Joker in diesem Spiel werden können. Mit deiner Elvarion-Intelligenz wärst du in ein paar Jahren gewiefter als alle meine Männer zusammen gewesen. Natürlich hätte ich dich nur ganz langsam an alles heranführen dürfen. Erst nach und nach hätte ich dich darüber aufgeklärt, wer ich bin und was ich getan habe. Aber dann hätten wir uns bereits so nahegestanden, dass du trotzdem bei mir geblieben wärst. Du hättest diesen ganzen Unsinn vom Wiederauferstehen des Meeres vergessen und wärst mit meiner Hilfe eine der mächtigsten Frauen der Welt geworden – der Landwelt natürlich, denn im Meer liegt ja alles in Schutt und Asche.« Er machte eine wegwerfende Handbewegung. »Aber zu Macht konnte man in der Meerwelt sowieso nie gelangen. Das ist ja auch einer der Gründe, warum ich mich letztlich gegen sie entschieden habe.«

»Sie haben sich gegen die Meerwelt entschieden?«, wiederholte Alea mit schwankender Stimme. Kaum hatte sie diese Frage gestellt, bekam sie jedoch Angst vor der Antwort.

»Ja, das habe ich.«

»Inwiefern?«, fragte Alea, und ihre Stimme war kaum mehr als ein Flüstern.

Orion lächelte schmal. »Das werde ich dir gern verraten, denn jetzt kommt es sowieso nicht mehr darauf an.«

Kälte schoss durch Aleas Körper. Was würde er mit ihr machen, nachdem er ihr alles gesagt hatte? Durch den Elvarion-Modus war sie sich lediglich darüber im Klaren, dass es keine Fluchtmöglichkeit gab. Selbst mit Murphys Hilfe hatte sie keine Chance, aus der Villa zu entkommen. Denn vor der Tür stand Hagen. Und bestimmt war er mittlerweile nicht mehr allein.

Der Doktor fuhr sich durch die braunen Locken. »Ich will, dass du alles erfährst, denn irgendwie schulde ich dir das«, sagte er. »Ich habe dich ganz schön an der Nase herumgeführt, du armes Ding«, fügte er hinzu, und es klang, als täte es ihm tatsächlich ein wenig leid. »Ich konnte aber natürlich nicht direkt mit offenen Karten spielen, weil du viel zu sehr an deiner grauenhaften Rechtschaffenheit hängst. Ich hätte Zeit gebraucht, um sie dir auszutreiben. Die ist ja wirklich furchtbar ausgeprägt bei dir.«

Alea runzelte die Stirn. Wollte er ihr nun verraten, inwiefern er sich gegen die Meerwelt entschieden hatte, oder nicht?

»Dein übertriebenes Gerechtigkeitsgefühl hätte mir in Zukunft zugegebenermaßen ein paar Probleme bereitet«, fuhr er sinnend fort. »Du willst immer sofort helfen – zum Beispiel dieser Kolonie!« Er schüttelte den Kopf. »Aber Leuten, die nicht leben wollen, muss man keine Lebensmittel bringen«, erklärte er und schaute Alea dabei an, als hoffte er, sie würde das einsehen.

»Sie haben meinem Vater und den anderen bei der Quelle gar nichts geschickt?«, fragte sie und knirschte mit den Zähnen. Lennox hatte es geahnt, und sie hatte nicht auf ihn gehört!

»Natürlich habe ich nichts geschickt!« Orion lachte, als wäre diese Vorstellung absurd. »Zu helfen verlängert nur das Leiden.«

Hilflos ballte Alea die Fäuste. »Haben Sie mir deswegen nichts davon gesagt, dass Sie ein Gegenmittel gefunden haben? Weil Sie das Mittel gar nicht anwenden wollen? Weil Sie niemandem helfen wollen?«

»Ich habe in der Tat nicht vor, das Gegenmittel anzuwenden«, bestätigte Orion. »Das wäre ganz und gar nicht in meinem Sinn.«

Aleas Augen verengten sich. Auf einmal schoben sich in ihrem Kopf die Puzzlestücke neu zusammen. Und dann sah sie es. Das ganze Bild.

»O Gott«, würgte sie hervor. Die Erkenntnis traf sie wie ein Hammerschlag. »Sie …« Alea konnte kaum sprechen. »Sie waren es …«

Um Orions Mund herum erschien abermals ein feines Lächeln. »Was bist du doch für ein schlaues Mädchen.« Sein Lächeln gefror. »Wir beide zusammen hätten so viel erreichen können …«

Alea rang um Fassung. »Das meinten Sie damit, dass Sie sich gegen die Meerwelt entschieden haben …«

»Was?«, rief Murphy von oben. »Worüber redet ihr?«

Alea war so schockiert, dass sie kaum sprechen konnte.

Doch dann krächzte sie: »Orion hat den Virus selbst entwickelt und im Meer ausgesetzt.«

Murphy entfuhr ein schriller Kreischlaut. »Was?«

»Ja, das ist richtig.« Orion verschränkte die Finger ineinander. »Ich habe den Virus selbst erschaffen.«

Alea schwindelte es, und sie musste sich mit beiden Händen am Stuhl festhalten. Was sie bisher herausgefunden hatte, war schon schlimm genug gewesen! Aber das … das war einfach unfassbar.

»Wieso?«, flüsterte sie.

»Weißt du, ich habe die Meerwelt wirklich gemocht«, sagte der Doktor und klang fast sehnsüchtig. »Sie war so wunderschön und … unschuldig. Aber genau das war auch ihr Verhängnis.«

»Wie meinen Sie das?«, presste sie hervor.

»Sie hatte der Landgängerwelt auf lange Sicht nichts entgegenzusetzen. Trotz all der Magie und der edlen Grundsätze war die Meerwelt dem Untergang geweiht.« Sein Blick wurde starr. »Es gab mit jedem Jahr immer mehr Gretzer. Die Darkoner und Oblivionen kamen kaum noch dagegen an. Und dieser ganze Abfall …« Angeekelt kräuselte er den Mund. »Irgendwann hätten selbst die Brim ihn nicht mehr bewältigen können. Das Meer war im Begriff zu sterben. Die Landgänger fischten schon damals so stark, dass ganze Arten ausstarben. Das Klima wurde immer wärmer, aber für die Ursachen wollten die Landgänger keine Verantwortung übernehmen – geschweige denn, dass sie etwas dagegen unternommen hätten.« Mit einer resignierten Geste hob er die Hände. »Früher oder später hätten sich die Meermenschen gewehrt. Sie hätten sich den Landgängern gezeigt und mit ihnen um den Schutz des Meeres verhandelt. Aber bei diesen Verhandlungen wäre es niemals zum totalen Stopp der Verschmutzung gekommen, denn die Landgänger produzieren so viel Müll, dass sie in ihm ersticken würden, wenn sie ihn nicht mehr im Wasser loswerden könnten. Die Verhandlungen wären zweifellos gescheitert, und dann wäre zwischen der Land- und der Meerwelt ein Krieg ausgebrochen.«

Alea verstand sofort, was er damit sagen wollte. Doch es war irrwitzig. Verrückt! »Sie glauben, Sie haben die Meermenschen vor einem Krieg bewahrt?«

»Das habe ich.«

»Indem Sie das Meervolk ausgelöscht haben?« Aleas Stimme überschlug sich, so unglaublich fand sie diese Sichtweise.

»Einen Krieg gegen die Landgänger mit ihren modernen Waffen und ihrer Technologie hätten die Meermenschen verloren«, erklärte Orion. »Glaub mir, ich habe sehr viel darüber nachgedacht. Jahrelang habe ich darüber nachgedacht! Aber es ist die Wahrheit: Ich habe den Meermenschen diesen Krieg erspart. Ich habe ihnen erspart, ihn qualvoll zu verlieren. Ich habe sie stattdessen schnell und relativ schmerzfrei sterben lassen. Der Virus war von mir so angelegt, dass er innerhalb kürzester Zeit zum Tode führt.«

Murphy quietschte entsetzt. »Er hat den Meermenschen gegenüber so getan, als wollte er sie retten, dabei war er es, der sie getötet hat!«

Alea zitterte am ganzen Körper. »All diese Menschen …« Ihre Stimme brach. »Lennox' Mutter! Sein ganzer Clan! *Meine* Mutter …« Tränen rollten ihr über die Wangen. »All die Toten auf der Anzeigesäule in Faramont …«

Orion blickte auf seine Hände. »Ich hatte die Möglichkeit, es zu tun, und ich habe es getan.«

»Sie wussten vorher, dass der Rofus Sie schützen würde, nicht wahr?«, fragte Alea mit unterdrückter Wut. »Sie wussten, dass Sie überleben würden!«

»Ja«, gab Orion offen zu. »Ich wusste, dass Jinx und ich nicht an dem Virus sterben würden. Jinx ist ebenfalls ein Mischling.«

Alea brauchte einen kurzen Augenblick, um das Gehörte zu verarbeiten. Dann sagte sie: »Ich glaube nicht, dass Sie den Virus aus Nächstenliebe ausgesetzt haben.« Sie betonte das Wort *Nächstenliebe* so, dass es lächerlich klang. »Das ist doch Quatsch! Sie haben eben selbst gesagt, dass man in der Meerwelt nicht zu Macht kommen konnte und Sie sich deswegen gegen sie entschieden hätten. Sie wollten Ihren eigenen Vorteil aus dieser Katastrophe ziehen!«, rief sie anklagend. »Sobald alle tot waren, haben Sie angefangen Müll ins Meer zu kippen!«

»Nun …«, erwiderte Orion. »Ich kann nicht leugnen, dass das durchaus in meinem Hinterkopf war, als ich mich dazu entschloss, die Meermenschen auszulöschen.

Weißt du, ich bin gern ein Mann mit Einfluss – jemand, der die Fäden zieht. Ich bin sehr gut darin! Aber in der Meerwelt war mein Potenzial einfach verschenkt. Dort existierte ja noch nicht einmal Geld!« Er lachte abschätzig. »In der Landgängerwelt kann man hingegen sehr viel damit verdienen, Abfälle im Meer zu verklappen – Restchemikalien, Bauschutt oder auch radioaktiven Müll.« Er hob die Schultern.

»Aber ...« Alea suchte nach Worten. »Sie lieben das Meer doch!« Sie hatte es in Orions Augen gesehen, als sie nach Faramont hinuntergetaucht waren. »Sie haben Ihre Heimat geliebt!«

»Ja, durchaus«, bestätigte er. »Und ich habe auch mein Volk geliebt, die ganze Meermenschenwelt. Das ist wirklich wahr! Ich bin aber sicher, dass ich sie mit meinem Virus vor einem weitaus schlimmeren Schicksal bewahrt habe.«

Sprachlos stierte Alea Orion an. Er glaubte tatsächlich, das Beste für ihr Volk getan zu haben. Dass er dabei zu einem mächtigen Gangsterboss und nebenbei stinkreich geworden war, schmälerte in seinen Augen wohl nicht die Richtigkeit seiner Tat.

In nachdenklichem Tonfall sprach er weiter. »Weißt du, die Tage des Meeres waren sowieso gezählt. Nach ihrem Sieg über die Meermenschen hätten die Landgänger mit dem Meer ohnehin gemacht, was sie wollten – so, wie sie es jetzt ja auch tun. Sie werfen Tonnen und Abertonnen ihres Drecks hinein und kümmern sich nicht darum, welche Auswirkungen das auf die Ozeane hat. Das ist ja kein Geheimnis.« Er schüttelte den Kopf. »Das Geheimnis der Ozeane ist eines, das alle kennen, von dem aber keiner wissen will: Sie sterben. Die Ozeane sterben, und es ist zu spät, um sie zu retten. Was siehst du mich so an, Alea? Du weißt es doch. Im ganzen Ärmelkanal sieht man vor lauter Schmutz die Hand vor Augen nicht! Du bist selbst in einen Müllteppich geraten! Du weißt es! Das Meer ist dem Untergang geweiht, und es gab schon vor elf Jahren nichts, was man dagegen hätte tun können.«

Murphy war sehr still geworden.

Doch in Alea regte sich unendlicher Zorn. »Und da haben Sie sich gedacht, warum nicht einfach mitmachen, selbst Müll hineinkippen und dabei reich werden?«

»Ja, genau das habe ich mir gedacht«, bestätigte er, ohne mit der Wimper zu zucken. »Warum sollte ich denn nicht damit reich werden? Wenn ich die Gretzer-Teams nicht organisieren würde, dann täte es ein anderer. Es würde so oder so geschehen, Alea. Und dein Freund Lennox hatte recht – ich mag Luxus. Warum auch nicht? Ich erfreue mich an schönen Dingen. Ich versuche das Leben noch so lange wie möglich zu genießen. Und wenn es eines Tages so weit ist – wenn die Ozeane kippen und die Landgänger endlich verstehen, was sie angerichtet haben –, dann habe ich einen kleinen Trank für mich vorbereitet, der mich ganz schnell und unkompliziert ins Jenseits befördert. Denn das, was dann auf der Erde passieren wird, will kein vernünftiger Mensch erleben.«

»Nein«, stieß Alea hervor. »Nein!«

Der Doktor musterte sie. »Was, nein?«

Sie stand auf. »Ich weigere mich zu glauben, dass es keine Hoffnung gibt! Nicht alle Landgänger sind schlecht! Manchen ist das Meer wichtiger als alles andere!«

Orion begann zu lachen. Er lachte sie aus. »Du setzt deine Hoffnung auf Landgänger?«, rief er, doch von einem Moment auf den anderen klang er plötzlich bitter. »Über Hoffnung ist die Menschheit lange hinaus, aber keiner hat es gemerkt – oder wollte es merken.« Er drückte auf einen Knopf am Tisch.

»Nein!«, wiederholte Alea verzweifelt. »Es muss einen Weg geben, das Meer zu retten! Ich –«

Da trat jemand ins Labor. Alea wandte sich um und blickte in zwei hartblaue Augen. »Cassaras …«, stieß sie hervor.

Ein zweiter Mann hielt ihr ein Tuch vor Mund und Nase. Etwas roch scharf und brannte in ihrer Lunge. Als sie zusammensackte, fing der Mann im langen Mantel sie auf. Und dann wurde alles schwarz.

Gefangene

Alea erwachte mit einem Schrei. Hektisch sah sie sich um. Sie hockte in einem dunklen Raum. Das einzige bisschen Licht drang unter der Tür hindurch und ließ Alea schemenhaft erkennen, dass sie sich in einer Art Besenkammer befinden musste. Jemand hatte sie an Händen und Füßen gefesselt und an einen Heizkörper festgebunden. Sie versuchte an den Fesseln zu zerren, aber sie konnte sich kaum bewegen.

Vor der Tür hörte sie Schritte. Jemand ging dort auf und ab. Alea konnte durch den Türspalt einen Schatten erkennen, der immer wieder die Tür passierte. Anscheinend war dort draußen eine Wache.

»Hallo?«, wisperte sie in die Dunkelheit des Raums hinein. Doch sie erhielt keine Antwort.

Alea wünschte sich, sie wäre unter Wasser, dann hätte sie mit ihren Katzenaugen auch bei minimalem Licht wie diesem alles genau erkennen können. Schnell schob sie diesen wenig hilfreichen Gedanken beiseite. Wo waren die anderen? Was hatte Orion mit ihnen vor? Gab es eine Chance zu entkommen? Und wie hatte Orion sie die ganze Zeit über dermaßen täuschen können? Der Elvarion-Modus garantierte wohl nicht dafür, dass man die richtigen Schlüsse zog, solange das Herz diese nicht akzeptieren wollte.

Auf einmal hörte Alea ein leises Knirschen. Das Geräusch wurde lauter. Irgendetwas rumpelte im Raum. Dort! Neben der Tür war das Gehäuse einer Steckdose zu Boden gefallen!

Draußen auf dem Gang blieb der Wachmann offenbar kurz stehen, aber dann ging er weiter auf und ab.

Aus dem Steckdosenloch kam nun etwas zum Vorschein – etwas Kleines.

Alea schnappte nach Luft. »Murphy!«, flüsterte sie aufgeregt.

Der Kobold lief zu ihr. »Ich konnte Orion entkommen! Ich bin wirklich schnell!«, piepste er und hopste auf ihr Knie. »Ich kenne mich inzwischen super mit Stromleitungsschächten aus. So bin ich immer in Orions Labor reingekommen – und so bin ich auch wieder rausgekommen.«

»Du bist spitze«, lobte Alea rasch. Es hing nun alles von dem Kobold ab. Er musste es schaffen, sie zu befreien!

»Deine Fesseln kriege ich nicht ab«, sagte Murphy jedoch. »Tut mir leid.«

»Kannst du nicht irgendein Werkzeug holen?«, bat Alea. »Vielleicht ein –«

»Nee, das muss ich nicht«, unterbrach der Kobold sie. »Ich hab was Besseres geholt.«

»Was denn?«

Statt zu antworten, sprang der Kobold von ihrem Knie und flitzte in die Dunkelheit. Kurz darauf hörte Alea ein Scharren und sah, dass Murphy etwas zur Tür zog, was wie ein Tennisschläger aussah. Nicht zum ersten Mal wunderte sie sich darüber, wie stark Kobolde waren. Schnaufend hob Murphy den Schläger an, lehnte ihn aufrecht gegen die Tür, kletterte daran hinauf und hüpfte mit einem großen Satz auf die Klinke. Von dort aus hangelte er sich zum Türschloss hinab und streckte sein Ärmchen hinein. Ein paar Sekunden später klickte etwas. Murphy hatte die Tür entriegelt!

Im nächsten Moment hörte Alea draußen vor der Kammer ein dumpfes Geräusch, dann ein erschrockenes Ächzen. Etwas raschelte. Das Licht, das durch den Spalt drang, wurde dunkler. Jemand stand vor ihrer Tür.

Aleas Herz begann zu rasen.

Knarrend öffnete sich die Tür. Der Tennisschläger fiel um, und Murphy sprang zur Seite. Alea blinzelte gegen die plötzliche Helligkeit an. Sie sah einen Schatten – den Schatten eines Mannes, der auf sie zukam.

Der Mann kniete sich neben sie. Im Gegenlicht konnte Alea nicht mehr als einen Umriss erkennen. Der Mann war schmächtig und roch nach Schwefel.

»Dieser verdammte Verräter Orion«, murmelte er.

Aleas Herz stolperte. »Papa …«, stieß sie verblüfft hervor. »Papa!«

Keblarr zückte eine Sengbohne und durchtrennte damit

gekonnt Aleas Fesseln. »Der Kobold hat uns geholt«, erklärte er rasch. »Er hat uns alles erzählt.«

Murphy fiepte: »Ich hab mich an die Stoßstange eines Autos gehängt und so den Großteil der Strecke zur Kolonie noch viel schneller geschafft als zu Fuß!«

Alea starrte ihren Vater an. Er war gekommen, um sie zu befreien! Er hatte sich ihretwegen in große Gefahr begeben, und das trotz ihres hässlichen Streits. Wenn Orion noch einmal sagen würde, Keblarr sei ein Versager, dann würde sie … Sie schluckte. Der Gedanke an Orion und seine finsteren Pläne brachte sie dazu, hastig aufzustehen. Stöhnend rieb sie sich die schmerzenden Handgelenke und die tauben Beine. Sie musste eine halbe Ewigkeit gefesselt gewesen sein.

»Ramin steht draußen auf dem Flur und passt auf, dass der Wachmann, den er mit einem Kraut in Schlaf versetzt hat, nicht vorzeitig wieder aufsteht«, sagte Keblarr.

»Ramin ist mit dir gekommen?« Alea konnte auch das kaum glauben.

»Als Murphy uns erzählt hat, was passiert ist, mussten wir uns einfach auf den Weg machen. Du bist schließlich meine Tochter.« Traurig blickte Keblarr sie an. »Es tut mir so leid, wie wir auseinandergegangen sind.«

»Mir auch«, gestand Alea und war froh, dass er das so offen ansprach. »Ich bin einfach fortgegangen …«

Er nahm sie in die Arme. »Ich verstehe das«, sagte er leise. »Das bei uns wäre einfach kein Leben für dich gewesen. Im Grunde ist es auch kein Leben für uns. Es ist überhaupt kein Leben.« Er wischte sich über die Augen. Weinte er? »Du hast mich sehr nachdenklich gemacht, Alea. Ramin und ich haben darüber gesprochen. Wir werden die Kolonie aufgeben. Ein Teil unserer Leute geht nach Reykjavík, und ich ziehe mit Ramin und zwei anderen nach Hafnarfjörður. Unsere Freunde dort nehmen uns auf und helfen uns, bis wir ein eigenes Leben aufgebaut haben. Es wird ein Landgängerleben sein, aber das ist immer noch besser als das, was wir in den vergangenen elf Jahren hatten.«

Staunend hörte Alea ihm zu. »Das ist … toll!«, stotterte sie, denn damit hätte sie niemals gerechnet.

»Ja, das ist wirklich alles total toll«, bemerkte Murphy. »Aber ihr solltet jetzt machen, dass ihr hier wegkommt.«

Ramin tauchte im Türrahmen auf. »Was ist?«, wisperte er. »Wartet ihr auf Frühstück?«

»Wir sind schon unterwegs«, antwortete Keblarr und half Alea auf. Sie spürte ihre Beine kaum. Wankend hielt sie sich an ihrem Vater fest. Auf dem Flur stolperten sie fast über Jinx, der dort am Boden lag. Ramin stand neben ihm. »Wir müssen auf schnellstem Weg hier raus«, flüsterte er. »Murphy, lauf um die Ecke und schau, ob die Luft rein ist.«

Der Kobold sauste den Korridor hinab und verschwand. Während sie ihm folgten und langsam wieder Gefühl in Aleas Beine kam, sagte Keblarr: »Wir sind durch eine Kellertür hereingekommen. Dort gehen wir auch wieder raus.«

Alea blieb stehen. »Aber wir müssen zuerst die anderen suchen!«

»Was?«, fragte Ramin erschrocken. »Wen?«

»Meine Freunde!«, erwiderte Alea. Sie waren bestimmt auch noch irgendwo in der Villa!

»Die Landgänger?«, rief Keblarr. »Für die sollen wir unseren Hals riskieren?«

»Ja!« Für Alea war völlig klar, dass sie die Alpha Cru keinesfalls ihrem Schicksal überlassen würde.

Murphy kam zurück.

»Weißt du, wo meine Freunde sind?«, fragte sie den Kobold.

»Nein, tut mir leid«, entgegnete er. »Es wäre aber verrückt, die Landgänger zusammensammeln zu wollen. Das Haus ist riesengroß!« Dann kräuselte er die kleine Nase. »Na ja, einer ist ein halber Oblivion. Den können wir ja noch suchen.«

»Nein, wir holen alle!« Alea schaute ihren Vater und Ramin derartig bohrend an, dass diese baff zurückstarrten. »Ich gehe nicht ohne die anderen.«

Da wurde Keblarrs Blick plötzlich weicher. »In Ordnung«, sagte er, und Alea atmete erleichtert aus. Seine Augen verrieten ihr, dass er es endlich verstanden hatte: Gleichgültig, ob sie Landgänger waren oder nicht – sie waren ihre Freunde.

»Aber wo könnten sie sein?«, überlegte Murphy laut. »Es gibt unglaublich viele Zimmer!«

»Suchen wir erst mal hier im Keller«, schlug Ramin vor.

»Und hoffen wir, dass der Kerl im Flur nicht so bald aufwacht.«

Sie liefen los und suchten die Kellergänge ab. Ein Korridor grenzte an den nächsten, und Alea fühlte sich wie in einem Labyrinth. Als sie um eine Ecke preschten, stand ihnen plötzlich ein Mann gegenüber. Er bewachte anscheinend eine Tür. Sobald er sie sah, griff er nach einer Waffe, aber Ramin war schneller. Im Handumdrehen hielt er dem Mann etwas unter die Nase, was wie ein Duftkissen aussah. Die Augen des Wachmanns schlossen sich, und er sank zu Boden.

Ramin murmelte: »Ich bin zwar weder ein Oblivion noch ein Darkoner, aber wenn man sich mit Kräutern auskennt, weiß man sich auch zu helfen.«

Alea klopfte an die Tür, die der Mann bewacht hatte. »Hallo?«, rief sie.

»Alea?«, drang eine gepresste Stimme aus dem Raum.

Aleas Herz machte einen Sprung. »Tess!« Sie rappelte an der Türklinke. »Tess!«

»Hol mich hier raus!«, rief Tess, und es klang wie ein Schluchzen.

Keblarr ließ Murphy auf seine Hand springen und hielt ihn vor das Türschloss. Der Kobold streckte den ganzen Arm hinein, und wenig später klickte es. Murphy zwinkerte. »Mein bester Trick.«

Alea stürmte in das dunkle Zimmer. »Tess? Wo bist du?«

Geistesgegenwärtig knipste Ramin das Licht an.

Tess lag gefesselt am Boden. Alea erstarrte. Das Silberfadenbild! Das hier war eine der Silberfadenvisionen! Zumindest beinahe – in der Vision war Tess geknebelt gewesen. Das war sie jetzt nicht. Alea hatte jedoch keine Zeit, weiter darüber nachzudenken. Sie fiel neben Tess auf die Knie. »Wir befreien dich.«

Tess nickte schwach. Sie sah furchtbar mitgenommen aus.

Keblarr musterte Tess mit Argwohn. Bestimmt war er einer Landgängerin noch nie so nahe gekommen. Doch dann hockte er sich neben sie und nahm erneut die Sengbohne zur Hand. Mit einer schiebenden Bewegung drückte er auf die Unterseite der Kugel. Der einzelne grüne Feuertropfen, der daraufhin hervorquoll, genügte, um Tess' Fesseln durchzusengen.

Alea half ihr auf. »Wer ist das?«, fragte Tess mit Blick auf Keblarr.

»Das ist mein Vater«, erwiderte Alea, und in ihrem Tonfall schwang unverhohlener Stolz mit.

Keblarr stutzte. Obwohl er die Landgängersprache nicht verstand, war wohl offensichtlich, was sie gerade gesagt hatte – und in welchem Ton. Ein Ausdruck bittersüßer Freude trat in seine Augen. Dann schien er sich zu besinnen. »Wir müssen hier raus.«

Sie eilten aus dem Raum. Auf dem Flur wartete Ramin, der den Finger auf die Lippen legte. »Murphy hat im übernächsten Gang einen weiteren Wachmann entdeckt«, flüsterte er. »Dort müssen sie noch einen deiner Freunde gefangen halten.«

Alea nickte stumm, und als Ramin ihnen bedeutete, zu warten, blieben Tess und sie stehen. Mit klopfendem Herzen blickte Alea ihre Freundin an. Sie mussten entkommen. Was Orion mit ihnen machen würde, falls sie es nicht schafften, wollte sie lieber niemals herausfinden …

Ein paar Minuten später kamen Keblarr, Ramin und Murphy zurück. Doch sie waren nicht allein. Ben war bei ihnen! Er war aschfahl und hatte blutige Striemen an den Handgelenken. Aber ansonsten schien es ihm gut zu gehen. Mit einem erleichterten Stöhnen zog er Tess und Alea an sich. »Alles okay? Seid ihr verletzt?«

»Wir leben noch«, versuchte Tess zu scherzen, aber ihre Stimme zitterte.

Ben schaute Alea ernst an. »Orion …«

»… ist ein Schwerverbrecher, ich weiß«, sagte Alea. »Ich habe mich in ihm geirrt.«

»Er hat mich gezwungen, diesen Brief zu schreiben –«

Ihr Vater unterbrach sie. »Ihr könnt euch später unterhalten. Kommt!«

Überrascht sah Ben ihn an. »Sie sprechen Hajara!« Schnell warf er einen Blick auf Keblarrs Hände. »Ist das dein Vater?«, fragte er Alea staunend. »Seine Augen …«

»Ja«, bestätigte Alea und zog Ben und Tess weiter. »Kommt, wir müssen die anderen finden.«

Sie suchten nun sämtliche der verschachtelten Korridore ab. Ben war furchtbar besorgt um Sammy und murmelte vor sich hin, dass er es sich niemals verzeihen würde, wenn seinem kleinen Bruder etwas passierte.

Schließlich hatten sie alle Gänge überprüft. Außer den drei am Boden liegenden Wachen befanden sich keine weiteren Männer im Kellergeschoss. Das musste bedeuten, dass hier unten niemand mehr eingesperrt war.

Alea biss sich vor Anspannung auf die Unterlippe. »Wo könnten Lennox und Sammy sein?«

»Überall«, erwiderte Ben finster. »Wenn wir nur wüssten, was Orion mit uns vorhatte, dann –«

Alea unterbrach ihn, denn ihr fiel gerade etwas ein. »Wir müssen nach oben!«, rief sie. »Zum Dachgeschoss!«

Tess runzelte die Stirn. »Warum?«

»Die Silberfadenbilder!«, erklärte Alea schnell, während sie schon zum Fahrstuhl lief. »In der Sammy-Vision habe ich gesehen, wie er unter einem Dachfenster saß! Er muss im Obergeschoss sein!« Eilig übersetzte Alea für ihren Vater und Ramin, wo sie Sammy vermutete und wie sie dorthin kommen konnten.

»Was ist denn ein *Fahrstuhl*?«, fragte Keblarr.

Bevor Alea antworten konnte, sagte Ben: »Es ist zu gefährlich, den Aufzug zu nehmen. Wenn oben jemand davor wartet, sitzen wir in der Falle. Lasst uns lieber nach einer Treppe suchen.«

Das taten sie und fanden kurz darauf eine Tür, die zu einem Treppenhaus führte. Leise schlichen sie hinauf, Stockwerk um Stockwerk. Anscheinend hatte noch niemand bemerkt, dass die Gefangenen im Keller entkommen waren, denn in der Villa Konungur herrschte absolute Stille.

Als sie oben ankamen, huschten sie durch eine Tür. Ein

weiterer Korridor lag vor ihnen. Und am Ende des Korridors stand ein Wachmann. In dem Augenblick, als Alea ihn entdeckte, bemerkte der Wachmann auch sie. Ohne zu zögern, rannten sie zu dem Mann, der gerade seinen Arm hob und etwas in ein Handy hineinsprechen wollte. Ben war als Erster bei ihm und riss ihm den Arm hinter den Rücken, gleichzeitig hielt Ramin ihm das Duftkissen unter die Nase. Keine zwei Sekunden später sackte der Mann zusammen.

Murphy war schon dabei, die Tür zu öffnen, und im nächsten Moment sprang sie auf. Alea, Ben und Keblarr drängten ins Zimmer. Es war ein heller Raum, offenbar ein Abstellzimmer für Gemälde. Alea blickte sich um, und ihr Herz machte vor Freude einen Satz. Unter dem schrägen Dachfenster saß Sammy. Er war gefesselt, weiß wie eine Wand, und er weinte. Aber er war hier.

Als Sammy sie sah, gab er einen quiekenden Schrei von sich. Ben war sofort bei ihm, und sobald Keblarr Sammys Fesseln gelöst hatte, nahm Ben seinen Bruder in die Arme. »Wir haben dich.« Fest drückte er Sammy an sich. »Jetzt wird alles gut. Das verspreche ich.«

Sammy hielt sich an Ben fest. »Ich will nach Hause«, sagte er, und Tränen rollten ihm über die Wangen.

Alea war unendlich erleichtert, dass sie ihn gefunden hatten – aber sie war sich nicht sicher, ob alles gut werden würde. Sie waren noch lange nicht aus dieser verfluchten Villa heraus. Außerdem hatten sie Lennox noch nicht gefunden. In der Lennox-Silberfadenvision hatte sie ihn in einem großen Raum kämpfen gesehen. Aber das konnte überall sein!

Gemeinsam liefen sie aus der Dachkammer. Doch als sie in den Korridor kamen, blieben sie abrupt stehen. Tess und Ramin, die auf dem Flur bei dem Wachmann gewartet hatten, hielten die Hände erhoben und starrten jemanden an, der ihnen im Korridor gegenüberstand.

Alea erstarrten vor Schreck alle Glieder.

Es war Cassaras. Er hielt einen Bogen in den Händen, in den ein dreizackiger Pfeil gespannt war. Der Pfeil zielte geradewegs auf Ramins Herz.

»Wer bist du?«, fragte Ramin atemlos. »Du trägst das Zeichen der Nixen!«

Alea erkannte seltsame Male an Cassaras' Schläfen – verschlungene Muster, die seine Haut selbst gebildet zu haben schien.

»Es ist nicht wichtig, wer ich bin«, erwiderte Cassaras mit dunkler Stimme in Hajara. Seine hartblauen Augen behielten seine Gegner eisern im Blick. »Ich will den Umhang.«

»Was für einen Umhang?«, piepste Murphy, der auf Ramins Schulter saß.

»Wir haben keinen Umhang!«, stellte Keblarr klar.

»Lass uns gehen!«, forderte Ramin Cassaras auf. »Du bist ganz offensichtlich ein Sohn des Meeres, und du hältst den Dreizackbogen der Nixen in Händen. Wir sind ebenfalls aus dem Meer. Lass uns gehen!«

»Nicht ohne den Umhang«, gab Cassaras zurück.

Alea erhob die Stimme. »Wir haben ihn nicht«, sagte sie und trat vor. Ihr Vater und Ben warfen ihr warnende Blicke zu, aber Alea ging sogar noch zwei weitere Schritte nach vorn. Cassaras' Dreizackpfeil zeigte nun auf sie, und dennoch sprach sie weiter. »Sie haben das ganze Schiff durchsucht und den Umhang nicht gefunden. Sie wissen, dass er nicht bei uns ist.«

Cassaras knurrte: »Ihr müsst ihn woanders versteckt haben. Wo ist er?«

»Wir haben ihn *noch* nicht«, antwortete Alea und hatte das Gefühl, es war die Elvarion in ihr, die sprach. Die Elvarion war es auch, die schon lange gespürt hatte, dass dieser besondere Umhang für sie bestimmt war. Gleich bei der ersten Erwähnung hatte sie es gefühlt. Aber woher wusste Cassaras, dass Alea ihn irgendwann haben würde? Konnte Cassaras tatsächlich in die Zukunft sehen?

Alea musste pokern. Sie schaute Cassaras fest in die Augen und sagte: »Wenn Sie uns gehen lassen, habe ich die Chance, den Umhang zu finden. Wenn Sie uns nicht gehen lassen, werden Sie ihn niemals bekommen.«

Durchdringend starrte Cassaras sie an. »Willst du mir einen Handel anbieten, Meermädchen?«, fragte er lauernd.

Alea hielt seinem Blick stand. »Ja.« Ein Teil von ihr konnte kaum glauben, wie selbstbewusst sie war. Aber die Elvarion-Stärke festigte sowohl ihre Stimme als auch ihre Haltung. »Wenn Sie uns gehen lassen, bekommen Sie den Umhang, sobald ich ihn gefunden habe.«

»Worüber redet ihr?«, kiekste Tess.

Mit einer Handbewegung gebot Alea ihr zu schweigen.

Da nahm Cassaras ganz langsam den Bogen herunter. »Also gut«, sagte er. »Dann haben wir eine Abmachung, Meermädchen. Sobald der Umhang zu dir findet – und früher oder später wird er das –, gibst du ihn mir.« Ein steifes Lächeln erschien auf seinen Lippen. »Ich werde dich dann schon aufspüren.«

Alea fröstelte, denn sie hatte das Gefühl, dass sie gerade einen Pakt mit dem Teufel einging. Aber sie sah keinen anderen Ausweg. Zwar spürte sie ganz genau, dass der Umhang eigentlich ihr gehören sollte, aber nun musste sie ihn für ihrer aller Leben opfern – bevor sie ihn überhaupt besaß. »So soll es sein.«

Cassaras nickte und trat zur Seite. »Dann geht.«

Das ließen sie sich nicht zweimal sagen. Mit großen Schritten eilten sie an ihm vorbei und den Korridor entlang. Im Treppenhaus blieb Alea stehen. Wo war Lennox?

»Wir laufen zur Kellertür zurück und fliehen über den Garten, so wie wir reingekommen sind«, sagte ihr Vater, nach Atem ringend. »Schnell! Bald wimmelt es hier von Wachleuten!«

Alea bewegte sich keinen Zentimeter. »Ich gehe nicht ohne Lennox.«

»Wir haben drei von vieren gefunden!«, wandte Ramin ein, während er bereits die Treppe hinunterlief. »Es ist höchste Zeit zu gehen!«

»Lennox ist der Junge, den du liebst, oder?«, fragte ihr Vater betroffen.

»Er ist der Oblivion!«, rief Murphy.

Ramin sah gehetzt zu ihnen zurück. »Wenn wir jetzt nicht fliehen, ist es vielleicht zu spät!«

»Nicht ohne Lennox«, beharrte Alea.

Ramin ließ die Schultern sinken. »Dann suchen wir ihn«, gab er sich geschlagen.

Keblarr nickte.

Alea blickte nun die anderen Cru-Mitglieder an. »Ihr werdet hier herauskommen«, sagte sie in Landgängersprache. »Ich habe Ben in der Vision durch die Bucht rudern gesehen. Er ist zur *Crucis* gerudert – also schafft ihr es auch bis dahin«, erklärte sie so zuversichtlich wie möglich. Ganz sicher war sie sich allerdings nicht, denn die Tess-Vision war ein wenig anders gewesen als später die Realität. Womöglich waren die Silberfadenbilder nicht hundertprozentig verlässlich? »Ihr solltet jetzt fliehen«, fügte sie hinzu. »Versucht aufs Schiff zu kommen und so schnell wie möglich die Segel zu setzen! Ich bleibe hier und suche nach Lennox.«

Tess, Ben und Sammy sahen sie verdutzt an. Dann sagte Ben: »Ich lasse dich und Lennox auf keinen Fall hier.«

Sammy krächzte: »Ich auch nicht.« Obwohl seine Augen verquollen waren und sein Gesicht immer noch kalkweiß aussah, schüttelte er vehement den Kopf. »Wir sind doch eine Bande!«

Wortlos streckte Tess ihre zitternde Hand in die Mitte.

Alle legten ihre Hände übereinander. »Alpha Cru!«, riefen sie leise und stürmten los.

Flucht

In der nächsten Etage schlichen sie wachsam aus dem Treppenhaus. Sie betraten einen weitläufigen Raum, in dem hochherrschaftliche, antike Möbel wie in einem Thronsaal angeordnet waren. In diesem Stockwerk waren sie noch nie gewesen, und sie schauten sich staunend um.

»Sieht aus, als würde Orion hier gern mal *Konungur* spielen«, bemerkte Ben.

»Einen Gefangenen kann man hier aber nicht gut wegschließen«, stellte Tess fest.

»Suchen wir nach Nebenräumen«, raunte Alea, zuerst in Wassersprache und dann auf Deutsch.

Unvermittelt legte Keblarr den Kopf schief. »Ich höre etwas!«

Im nächsten Moment tauchten am anderen Ende des Thronsaals zwei Männer auf. Einer von ihnen war Hagen. Er hatte einen Revolver in der Hand.

»Verdammt!«, fluchte Ramin. »Das ist eine Waffe, oder?«

Sammy wich hinter seinen Bruder zurück. »Der Typ hat eine Knarre!«

Ben griff nach einem Stuhl und hielt ihn vor sich.

Tess sah aus, als ob sie gleich in Ohnmacht fallen würde.

Hagen und der andere Mann kamen langsam näher. »Ergebt euch!«, verlangte Hagen. »Ihr habt keine Chance zu entkommen.«

Aleas Herz klopfte zum Zerspringen. Hatten sie wirklich keine Chance? Gab es keinen Ausweg? Sie blickte sich um und stutzte. Gerade wurde ihr klar, dass sie den Raum kannte. Sie hatte ihn schon einmal gesehen …

»Hände hoch!«, verlangte Hagen mit Blick auf Ben, der den Stuhl fasste, als wollte er ihn damit angreifen.

Ben bewegte sich nicht.

Da flog plötzlich etwas aus dem Schatten hinter Hagen heran. Es war enorm schnell und geschmeidig wie eine Katze. Gleich darauf knallte der Revolver zu Boden, und Hagen ging in die Knie.

»Lennox!«, schrie Alea.

Auf einmal begann der zweite Mann zu kreischen – Murphy hing kopfüber an seinen Haaren und biss ihm in die Nase!

Lennox nutzte die Gelegenheit. Mit einem gezielten Schlag brachte er auch den zweiten Mann zu Fall.

Alea schnappte nach Luft. Dies war die Lennox-Silberfadenvision gewesen!

Ramin eilte zu Hagen, der sich gerade aufrichten wollte, und hielt ihm das Duftkissen unter die Nase. Hagen krümmte sich, dann blieb er bewusstlos am Boden liegen. Gleich darauf betäubte Ramin auch den anderen Mann.

Alea rannte zu Lennox und flog ihm in die Arme.
»Alea …« Er drückte sie so fest an sich, als wollte er sie nie wieder loslassen.
»Wie bist du entkommen?«, fragte sie schnell.
»Als mir mein Wachmann etwas zu trinken geben wollte, habe ich ihn überwältigt«, antwortete er. Jetzt sah Alea, dass Lennox frische Schrammen im Gesicht trug. »Ich habe mich irgendwie rausgekämpft«, sagte er und musterte sie. »Geht es dir gut?«
»Ja, alles in Ordnung.« Sie wies auf Keblarr. »Das sind Ramin und mein Vater.« Wieder lag in ihrer Stimme immens viel Stolz. »Papa, das ist Lennox.« Und auch bei diesem Satz war ihr Stolz nicht zu überhören.
Keblarr und Lennox musterten einander. Dann nickten beide.
Ramin trat an ein Fenster, sah hinaus und rief: »Im Garten sammeln sich Orions Leute!«
»Was?«, ächzte Keblarr. »O nein!«
Ben lief zu Ramin und schaute ebenfalls nach unten. »Orions Leute wollen uns im Garten abfangen!«
»Sie wissen, dass wir da durchmüssen, um zur Bucht zu kommen!«, rief Alea bestürzt.
»Nein, es gibt noch einen anderen Weg«, erklang eine dunkle Stimme. Alea fuhr herum. Cassaras stand hinter ihnen. »Ich kenne einen geheimen Gang, der zum Strand führt. Ich bringe euch hin«, erklärte er. »Aber danach seid ihr auf euch allein gestellt. Orion darf niemals erfahren, dass ich euch geholfen habe.«

»Was?«, quiekte Sammy, der nichts verstand. »Was will der Mantelmann schon wieder?«

Alea erklärte schnell, dass Cassaras ihnen helfen wollte, und dann setzten sie sich in Bewegung.

Lennox, der nichts von der vorherigen Begegnung mit Cassaras wusste, warf dem düsteren Mann misstrauische Blicke zu, aber es war offensichtlich, dass sie die Villa ohne seine Hilfe nicht verlassen konnten.

Cassaras führte sie nicht zurück zum Treppenhaus, sondern durch mehrere prunkvolle Räume, die an den Thronsaal grenzten. Schließlich erreichten sie einen Balkon, von dem aus man auf die Uferstraße schaute.

»Was sollen wir hier?«, rief Ramin. »Wie geht es nach unten?«

Cassaras wies auf das Efeurankengitter, das auf dieser Seite der Villa die gesamte Hauswand bedeckte. »Wir klettern.«

Alea rutschte das Herz in die Hose. Von hier aus ging es mindestens sechs oder sieben Meter in die Tiefe!

»Wir sollen doch wohl nicht an dem Gitter runterkraxeln?«, fragte Tess entsetzt.

»Scheint so«, antwortete Alea.

Lennox schwang sich über die Brüstung. Cassaras sprang ebenfalls hinüber und begann zu klettern.

Murphy fiepte: »Das ist doch ein Kinderspiel!«, und war innerhalb von Sekunden unten.

Ramin und Keblarr nickten Alea zu. »Das ist wohl der einzige Weg«, sagte ihr Vater und reichte ihr die Hand.

Alea nahm sie und fing an zu klettern. Lennox hatte unterhalb des Balkons auf sie gewartet und wollte ihr ebenfalls helfen. Aber Alea brauchte keine Hilfe mehr. Sie kam gut allein voran.

»Passt auf, dass ihr keinem der Fenster zu nahe kommt«, wisperte Lennox Tess, Ben und Sammy zu, die neben ihm am Efeugitter hingen.

Tess zitterte so sehr, dass ihr Fuß abrutschte und ins Leere ging. Sie winselte wie ein kleiner Hund. »Ich kann das nicht!« Mit geschlossenen Augen krallte sie sich an den Verstrebungen fest. »Ich soll doch immer sagen, wenn ich Angst habe«, presste sie hervor. »Ich habe Angst!«

Da war Keblarr bei ihr. Vorsichtig legte er den Arm um ihre Schulter und stützte sie. »Dir kann nichts passieren«, sagte er beruhigend.

Obwohl Tess ihn nicht verstand, öffnete sie erstaunt die Augen. Keblarr drückte ermunternd ihre Schulter. Tess blickte ihn an wie eine Ertrinkende einen Rettungsring. Mit wackeligen Bewegungen stieg sie nun weiter nach unten. Keblarr musste sie immer wieder festhalten, und auch wenn er selbst nicht ganz ohne Probleme vorankam, ließ er Tess nicht los.

Schließlich hatten sie es geschafft. Nach Murphy erreichte Cassaras den sicheren Erdboden, dann Lennox, Alea und Ben. Eine Minute später kamen auch die anderen unten an. Als sie alle auf dem Kiesweg standen, lief Cassaras weiter. Geduckt folgten sie ihm um das Haus herum.

Alea blickte zurück, um sicherzugehen, dass ihnen niemand folgte, doch Lennox zog sie weiter. Plötzlich blieb er stehen.

»Was?«, fragte sie atemlos.

»Nichts.« Lennox schüttelte den Kopf. »Das war nur gerade meine Silberfadenvision. Genau so hatte ich das vor mir gesehen – wie wir vor etwas fliehen und ich dich weiterziehe …«

Alea nickte. Bis auf eine waren nun alle Visionen wahr geworden.

»Komm!« Lennox lief weiter, und Alea folgte ihm. Sie hetzten hinter den anderen her zu den Garagen. Durch eine Tür schlüpften sie hinein und rannten an einer weißen Limousine und mehreren Sportwagen vorbei. Auf der anderen Seite der Garage befand sich eine weitere Tür. Sie stürmten hindurch und fanden sich in einem engen, tunnelartigen Gang wieder. Cassaras schaltete eine funzelige Beleuchtung an und wartete, bis alle im Tunnel waren. Dann verschloss er die Tür hinter ihnen und setzte sich erneut an die Spitze der Gruppe. Der Gang war schmal und feucht, aber er ging merklich bergab, und Aleas Empfinden nach musste er zur Bucht führen.

Wenig später endete der Tunnel. Alea war inzwischen schweißgebadet, und ihr Herz klopfte schnell und hart in ihrer Brust. Cassaras öffnete eine schwere Tür. Hier ging es ins Freie! Als sie sich ins Sonnenlicht hinausstahlen, erkannte Alea, dass sie sich unterhalb des steilen Felsenkliffs in der Bucht befanden. Hier musste Cassaras damals mit seinem Leierkasten verschwunden sein!

Cassaras wies auf den Felsen am Strand, hinter dem sie die *Hercules* vertäut hatten. »Euer Schlauchboot ist noch da«, sagte er. »Lauft hinüber und flieht!« Sein Blick intensivierte sich. »Wirst du dich an dein Wort halten, Meermädchen?«, fragte er Alea.

Obwohl sie ahnte, wie wertvoll der Umhang sein musste, erwiderte sie: »Ja, Sie haben mein Ehrenwort.«

Der Mann im schwarzen Mantel nickte. »Lauft.«

Mit weit ausholenden Schritten fegten sie über den steinigen Strand. Der Wind blies ihnen hart entgegen, aber Alea war froh über die starke Brise. Wenn sie es nur bis zur *Crucis* schafften und die Segel setzen konnten …

Mitten in dem Gedanken fuhr Alea zusammen. Zwei Männer liefen vom Gartenpfad der Villa her auf den Strand! Es waren Blakkarsson und Jinx. Jinx war offenbar aus der Betäubung erwacht. Als die Männer sie entdeckten, schrie Blakkarsson etwas auf Isländisch, und er und Jinx steuerten auf sie zu.

»Ich halte sie auf«, knurrte Lennox und ballte die Hände zu Fäusten. »Lauft ihr zur *Hercules*.«

Schon waren die Männer bei ihnen. Lennox sprang ihnen entgegen und begann mit beiden zu kämpfen. Murphy flitzte an Blakkarsson hoch und biss dem Butler in die Nase.

Anstatt weiterzulaufen, bückte Alea sich, nahm eine Handvoll Dreck und warf sie Blakkarsson in die Augen.

Der Mann sank daraufhin jaulend in die Knie. Lennox war sofort über ihm und hielt ihn fest. Gleich darauf machte Ramin den Mann mit seinem Duftkissen unschädlich.

Währenddessen stürzte Jinx auf Alea zu, doch bevor er sie erreichen konnte, warf sich Keblarr dazwischen und rang den Angreifer zu Boden. Tess trat Jinx fest vors Schienbein, und Ramin hielt nun auch ihm sein Kissen unter die Nase. Aber diesmal dauerte es länger, bis die Dämpfe wirkten. Verlor das Kissen langsam an Kraft? Schließlich lagen jedoch beide Männer bewegungslos am Boden.

»Kommt! Wir holen die *Hercules*!«, rief Alea den anderen zu.

Sie jagten über den Strand, und Murphy brauste vor ihnen her. Als sie das Schlauchboot erreichten, trugen sie es so schnell sie konnten zum Ufer. Ben watete bis zur Hüfte ins Wasser, um das Boot festzuhalten. Lennox, Ramin und Keblarr achteten jedoch darauf, dem Wasser nicht zu nahe zu kommen. Lennox hatte seit Tagen keinen Rotfarntee mehr getrunken, und für die beiden Meermänner wäre ein Kontakt mit dem kalten Wasser tödlich gewesen. Sie mussten ins Boot, ohne nass zu werden. Aber das konnten sie schaffen! Alea entfuhr ein unterdrückter Freudenlaut. Sie mussten nur noch bis zur *Crucis* rudern, dann würden sie Orion entkommen!

Doch schon im nächsten Augenblick wurde ihr klar, dass sie sich zu früh gefreut hatte. Mindestens ein Dutzend von Orions Männern strömte auf den Strand! Einer von ihnen war der Zweimetermann, der sie damals überfallen hatte. Auch Hagen war dabei.

»Steigt ins Boot!«, schrie Ben. Er hatte die *Hercules* inzwischen aufs Wasser gezogen. »Springt rein!«

Tess und Sammy kletterten rasch ins Schlauchboot. Ben sprang ebenfalls hinein. »Kommt schon!«

Gehetzt blickte Alea zu Lennox. Er würde kämpfen. Er würde zurückbleiben und kämpfen. Das stand ihm deutlich ins Gesicht geschrieben.

Orions Männer sprinteten über den Strand auf sie zu.

Ramin und Keblarr zögerten ebenfalls, ins Boot zu springen.

»Kommt jetzt!«, gellte Sammy.

»Wir schaffen es nicht bis zur *Crucis*«, entgegnete Lennox. »Sie werden uns vorher im Wasser erwischen.«

Keblarr nahm Alea und Lennox bei den Schultern. »Ihr rudert zu eurem Schiff«, sagte er. »Ramin, Murphy und ich halten sie auf, solange wir können.«

»Nein!«, schrie Alea.

»Alea, Tochter!«, rief Keblarr. »Du darfst nicht hier gefangen sein! Orion darf dich nicht kriegen.« Er schien mit dem Mut der Verzweiflung zu sprechen. »Dein Entkommen ist wichtiger als unsere Freiheit. Viel wichtiger. In dir liegt die Zukunft, du musst leben! Jetzt fliehe mit deinen Freunden und erfülle die Prophezeiung!«

Bewegungslos starrte Alea ihn an.

Keblarr wandte sich an Lennox. »Du gehst mit ihr.«

Sein Tonfall ließ keinen Widerspruch zu. »Du darfst auch nicht in Orions Fänge geraten. Alea braucht dich.«

Lennox zögerte für den Bruchteil einer Sekunde, aber dann sprang er mit einem Satz zu den anderen Cru-Mitgliedern in die *Hercules* und reichte Alea die Hand. Sie folgte ihm und kletterte ins Boot.

Ben begann wie verrückt zu rudern.

Die beiden Meermänner und der Kobold blieben am Strand zurück und stellten sich Orions Männern entgegen. Als ihr Vater ihr einen letzten Blick zuwarf, hob Alea die Hand.

Keblarr hob ebenfalls die Hand zum Abschied.

Alea stiegen Tränen in die Augen, denn vielleicht würde sie ihren Vater niemals wiedersehen.

Kurz darauf trafen Ramin, Murphy und Keblarr auf Orions Männer, und ein heftiger Kampf entbrannte. Ramin schien es zu gelingen, mehrere Männer mit seinem Duftkissen auszuschalten, Murphy biss in zahllose Nasen, und Keblarr trat und boxte, so gut er konnte.

Eine Handvoll Männer rannte jedoch einfach an ihnen vorbei, sprang ins Wasser und schwamm der *Hercules* nach.

»Mist!«, rief Sammy entsetzt. Sie hatten nur einen kleinen Vorsprung.

Hastig beugte Alea sich über den Rand des Schlauchboots und tauchte die Hände ins Wasser. Augenblicklich schoss aus allen zehn Fingerspitzen eine grell orangefarbene Flüssigkeit hervor. Sie schickte Zavana Ravanda –

SOS. Die Flüssigkeit spaltete sich in den Wellen in Tausende winziger Teilchen und drang in die Tiefe.

Ben schaute mit tief besorgtem Blick zurück auf die Männer, die ihnen im Wasser nachschwammen, verstärkte seine Armbewegungen und ruderte wie ein Wahnsinniger. Die letzte Silberfadenvision!

Aleas Finger schlossen sich angespannt um den Rand der Holzbank, auf der sie saß. Wenn sie doch nur ein Silberfadenbild gesehen hätte, in dem alles gut war! Aber trotz des Einsatzes von Keblarr, Ramin und Murphy stand ihr Schicksal in den Sternen.

Alea holte tief Luft und presste für einen Moment die Augen zusammen. Sie durfte nicht zweifeln. Sie *mussten* es schaffen.

Als sie die Augen wieder öffnete, bemerkte sie, dass einer der Männer im Wasser ihnen gefährlich nahe kam. Es war Jinx. Offenbar ließ die Wirkung von Ramins Duftkissen tatsächlich langsam nach, und Jinx war schon wieder auf den Beinen und im Wasser. Mit seinen Schwimmhäuten war er schneller als die anderen – und schneller als ihr Boot.

Voller Grauen erkannte Alea außerdem, dass der Kampf am Strand mittlerweile vorüber war. Ramin und ihr Vater wurden von mehreren Männern zu Boden gezwungen und gefesselt.

Und dann sah sie Orion. Er schritt auf den Strand wie ein König, gefolgt von Cassaras und mindestens zwanzig weiteren Männern. Ihre Blicke trafen sich. Selbst über die

Entfernung spürte Alea deutlich die Kälte dieser Augen. Orion war zu allem entschlossen. Er würde all seine Mittel nutzen, um sie aufzuhalten. Männer mit Taucherausrüstung liefen bereits über den Strand. Außerdem wurden zwei leichte Boote mit Motor zum Wasser getragen. Aleas Augen weiteten sich. Damit würden sie die *Hercules* ohne Probleme einholen!

Orion sprach nun mit Cassaras, der daraufhin seinen Bogen spannte, zielte und einen Pfeil auf sie abschoss. Wenige Augenblicke später bohrte sich der dreizackige Pfeil zwischen Sammy und Tess in die Holzbank ihres Boots.

Tess schrie markerschütternd. Sammy sprang entsetzt auf.

Doch Alea hob die Hand und sagte ihm, dass er sich wieder hinsetzen sollte. »Cassaras hätte uns getroffen, wenn er das gewollt hätte!« Der Mann mit dem Nixenbogen hatte auf genau diese Stelle der Holzbank gezielt – dessen war sie sich sicher.

»Bestimmt hat Orion ihm gesagt, dass er die Luftschläuche der *Hercules* treffen soll, damit das Boot untergeht«, brachte Ben schnaufend hervor. Sie befanden sich erst auf halber Strecke zur *Crucis*, obwohl sie den Wind nun im Rücken hatten.

Lennox brachte sich am Heck in Position. Jinx hatte ihr Boot fast erreicht, und Lennox schien sich auf einen Kampf mit ihm vorzubereiten.

Gleichzeitig wurden die beiden Motorboote zu Wasser

gelassen. Sie würden die *Hercules* innerhalb kürzester Zeit einholen – ebenso wie die Taucher, die gerade in die Fluten marschierten.

Da wurde Jinx von etwas getroffen. Irgendetwas rammte ihn im Wasser. Gleich darauf war er verschwunden.

Lennox atmete scharf ein. »Was war das? Jinx ist weg!«

Wenige Sekunden später verschwand ein weiterer Mann, der dem Boot gefolgt war. Etwas zog ihn nach unten.

Im nächsten Moment tauchte Jinx wieder auf – Hunderte von Metern entfernt, direkt am Strand. Gellend stieß er eine Warnung aus.

Alea verstand nicht, was er brüllte, aber gleich darauf schrie Hagen: »Nixen!«

Orion fror, wie vom Donner gerührt, in der Bewegung ein. Dann gab er seinen Männern hektisch Anweisungen.

Alea tauschte einen perplexen Blick mit Lennox. »Nixen?«

Dann nahm sie etwas aus den Augenwinkeln wahr. Sie fuhr herum. Dort! In den Wellen schnellten Gestalten durch die Gischt – Gestalten mit langem weißem Haar.

Alea klappte der Unterkiefer herunter. »Nixen!«

»Was?«, schrie Tess. »Wo?«

Alea deutete auf die Wesen im Wasser, die gerade dicht an der *Hercules* vorbeischwammen. Sie warfen ihnen besorgte Blicke zu. Alea konnte vor Faszination gar nichts sagen. Die Nixen hatten alte, runzelige Gesichter und wendige Fischschwänze. An ihren Schläfen prangten die gleichen Zeichen wie in Cassaras' Gesicht. Außerdem trugen sie dreizackige Speere in den Händen.

»Meermädchen!«, rief eine von ihnen Alea zu. »Du hast dich mit dem Schlimmsten von allen angelegt!«

Bevor Alea antworten konnte, tauchten die Nixen schon wieder ab – alle bis auf eine. Die eine reckte sich weit aus dem Wasser. Sie schaute jedoch nicht zu Alea, sondern zum Strand. Dann hob sie die Hand. Alea erkannte, wem der Gruß galt: Cassaras. Die Nixe schaute zu Cassaras. Der erwiderte den Blick allerdings unbewegt. Mit finsterster Miene drehte er sich sogar um und stapfte davon. Die Nixe ließ langsam und sichtlich enttäuscht die Hand sinken, dann verschwand sie ebenfalls im Wasser.

»Die Schnellboote haben uns gleich!«, schrie Ben.

Sie waren tatsächlich fast bei ihnen. Mit einem Mal wurden sie jedoch langsamer. Wieso bremsten sie ab? Aber nein, die Steuermänner schienen nicht absichtlich gebremst zu haben. Sie fluchten lauthals und beugten sich über die Reling, um zu sehen, was sie aufhielt.

Und dann sah Alea es auch. Am Bug stemmten sich Nixen gegen die Boote. Sie hielten sie mit reiner Körperkraft auf!

Mit offenem Mund hing Sammy über dem Rand der *Hercules* und staunte. »Das sind die coolsten alten Weiber, die ich je gesehen habe!«

Doch wieder war es zu früh, um sich zu freuen, denn auf einmal vollführte eines der Motorboote ein wildes Wendemanöver, und die Kette der Nixen wurde auseinandergerissen. Das Boot war wieder frei und nahm erneut Kurs auf die *Hercules*.

Das zweite Motorboot tat es dem ersten gleich und wendete ebenfalls abrupt. Auch hier konnten sich die Nixen nicht festhalten, und das Boot fuhr in schnellem Tempo weiter.

Ein dreizackiger Speer surrte durch die Luft und landete im Motor des ersten Boots. Der Motor erstarb. Alea staunte nicht schlecht: Solch ein Nixenspeer bestand offenbar aus ganz besonders hartem Material. Die Männer an Bord fluchten. Jetzt mussten sie rudern. Während sie der Alpha Cru nun langsamer folgten, hatte das andere Motorboot allerdings beinahe zur *Hercules* aufgeschlossen.

Lennox machte sich zum Kampf bereit. Anscheinend wollte er zu dem Boot hinüberspringen. Aber da sah Alea, dass außerdem gerade zahllose Taucher um sie herum an die Oberfläche kamen. Die *Hercules* war umzingelt.

Mit schockierter Miene hörte Ben auf zu rudern.

Sie waren vollständig eingekreist. Das noch intakte Motorboot war nun bei ihnen angekommen, und der Motor wurde abgestellt. Einer der Männer an Bord zückte eine Waffe.

Alea griff nach Sammys Hand. Wenn jetzt nicht ein Wunder geschah, waren sie verloren.

Angriff der Magischen

Lennox setzte zum Sprung an, aber Alea hielt ihn zurück. »Der Kerl hat eine Pistole!«, rief sie. Mit verbissenem Gesichtsausdruck hielt der Mann auf dem Motorboot die Waffe auf sie gerichtet. »Er wird dich erschießen!«

»Wir können nicht einfach aufgeben!«, entgegnete Lennox verzweifelt und behielt den Mann mit der Pistole dabei genau im Blick. »Sie dürfen dich nicht bekommen!«

In Aleas Kopf überschlugen sich die Gedanken. Wo waren die Nixen? Würden sie ihnen noch einmal helfen?

Ben stand auf. »Es hat keinen Zweck mehr, Lennox«, sagte er. »Wir sind umzingelt.«

Da begann das Wasser auf einmal zu vibrieren. Es bebte regelrecht und brachte die *Hercules* zum Schaukeln. Ben schwankte und fiel auf die Bank zurück. Der Mann mit der Pistole taumelte ebenfalls.

»Was ist das?«, schrie Sammy. »Das Wasser wackelt!«

Im nächsten Augenblick geschah etwas, was Alea zuerst gar nicht richtig begreifen konnte. Zwischen ihnen und der *Crucis* erhob sich aus dem Wasser eine Art …

Ungeheuer. Es sah aus wie ein urzeitliches Monstrum mit flammend gelben Schuppen und lodernd roten Augen.

Tess entfuhr ein gellender Schrei.

Lennox sprang vor Alea.

Ben zog Sammy erschrocken zu sich heran.

Das Ungetüm ragte mehrere Meter aus dem Wasser und sah so Furcht einflößend aus, dass die Taucher es mit weit aufgerissenen Augen anstarrten. Auf dem Schnellboot entstand Tumult. Die Männer wichen zurück und schrien. Einer warf hektisch den Motor an, stieß einen anderen Mann zur Seite, griff nach dem Steuerrad und wendete das Schiff. Beinahe kollidierte es mit dem anderen Motorboot, das gerade herangerudert kam, und wich erst in letzter Sekunde aus.

Alea konnte es kaum fassen. Ein Monster hatte sich aus dem Wasser erhoben! Doch es war seltsam. Das Ungeheuer bewegte sich kaum. Beinahe wirkte es … unwirklich.

Alea zwang sich, den Blick von der Kreatur abzuwenden und noch einmal ins Wasser zu schauen. Die meisten der Taucher, die sie umzingelt hatten, waren fort! Waren sie vor dem Ungetüm geflohen? Plötzlich verschwand noch einer von ihnen. Er wurde abrupt nach unten gezogen. Die Nixen! Sie waren noch da!

»Du musst wieder rudern!«, rief Alea Ben zu. »Das Motorboot hat abgedreht!« Das andere Boot ruderte zwar noch auf sie zu, aber die Männer an Bord brüllten heillos durcheinander und waren mehr mit dem Monster beschäftigt als mit der Alpha Cru.

Entgeistert erwiderte Ben: »Ich soll an dem Ding vorbeirudern?«

»Ja!« Alea war sich plötzlich ganz sicher. »Bitte!«

Ben schien mit sich zu ringen, aber dann griff er nach den Rudern. Es waren keine Taucher mehr im Weg. Die Nixen schienen sie alle fortgezogen zu haben. Lediglich das kaputte Motorboot war noch hinter ihnen her.

»Schnell!«, rief Lennox, denn auch er schien erkannt zu haben, dass sie nun eine echte Chance hatten. Vielleicht hatte er ebenfalls bemerkt, dass das Ungeheuer äußerst eigenartig war. Weder griff es an, noch bewegte es sich. Wenn man genau hinschaute, erschien seine Haut zudem irgendwie unruhig. Es war, als bewegten sich Teile seiner Nase und seiner Ohren mehr als sein Körper insgesamt.

Mit kräftigen Bewegungen ruderte Ben auf das Monster zu. Direkt hinter ihm lag die *Crucis*.

Tess schrie: »Bist du wahnsinnig?«

Ben ruderte unbeirrt weiter.

Das Motorboot folgte ihnen in dichtem Abstand. Die offensichtliche Angst der Männer an Bord hielt sie nicht davon ab, ebenfalls auf das Ungeheuer zuzusteuern. Sie kamen rasch voran.

Mit einem Mal wurde die *Hercules* jedoch schneller.

»Was ist los?«, wunderte sich Sammy. »Wir fliegen ja fast!«

Alea und er beugten sich gleichzeitig über den Rand des

Boots und sahen, dass sich an ihrem Heck fünf Nixen befanden, die es anschoben.

»Ich flipp aus!«, stieß Sammy ungläubig hervor.

»Haltet euch fest!«, riefen die Nixen ihnen zu.

Alea zog Sammy zurück, hielt ihn fest und umschlang mit der anderen Hand eines der Seitenseile an Bord.

Sie waren fast bei dem Ungeheuer angekommen. Nun konnte Alea es besser sehen.

Ihr stockte der Atem.

Das Ungeheuer war gar kein Ungeheuer. Er war ein Bild – ein Bild, das aus unzähligen Einzelteilen bestand.

»Kobolde!«, staunte Alea. »Das Monster besteht aus Wasserkobolden!«

Hunderte, wenn nicht Tausende der kleinen Geschöpfe hatten sich wie in einer gigantischen Pyramide aufeinandergestellt und mit ihren eigenen verschiedenfarbigen Körpern das Trugbild eines grauenhaften Untiers erschaffen.

»Ich glaub, ich träume …«, murmelte Alea überrascht und beeindruckt zugleich. Sie sah aber auch, dass das Ungeheuer an einigen Stellen bereits anfing zu bröckeln. An allen Enden des Monsterbildes vermochten Kobolde ihre Stellung nicht mehr zu halten und fielen ins Wasser. Sie würden die Täuschung nicht mehr lange aufrechterhalten können.

Tess und Sammy saßen mit offenen Mündern da.

Anstatt zu rudern, starrte Ben ebenfalls auf das überdimensionale Trugbild. Die *Hercules* schoss dennoch an dem Ungeheuer vorüber, denn die Nixen schoben sie weiter.

Das Monster zerfiel nun immer weiter, und kurz darauf krachte das gesamte Kunstwerk in sich zusammen. Scharenweise plumpsten die Kobolde ins Wasser. Sie tauchten allerdings nicht unter, sondern brandeten wie eine große Welle über die Wasseroberfläche – auf direktem Kollisionskurs mit dem Motorboot, das der Alpha Cru folgte!

Kurz darauf kam es zum Aufprall. Durch die Wucht des Ansturms wurde das Boot umgerissen und kippte zur Seite. Seine Besatzung fiel ins Wasser. Alea sah, wie die Männer davonzuschwimmen versuchten und dabei immer wieder von Kobolden in die Nasen gebissen wurden. Schließlich ließen die Kobolde aber von den Männern ab und schwammen weiter.

Erstaunt zog Alea die Brauen zusammen – die Kobolde strebten Richtung Land! Abermals raste eine gigantische Welle über die Wasseroberfläche – Tausende von Kobolden stürmten wie eine wirbelnde, wimmelnde Armee auf Orions Männer am Strand zu. Als die Männer das sahen, fingen sie an zu schreien und suchten das Weite.

»Sie laufen weg!«, rief Lennox.

Hals über Kopf flohen die Männer in den Garten der Villa, bis Orion schließlich allein am Strand stand. Er war als Einziger zurückgeblieben. Doch nein! Keblarr und Ramin lagen immer noch gefesselt am Boden. Und Murphy war bestimmt auch noch bei ihnen. Ob er sein Volk zum Ufer gerufen hatte, um ihnen zu helfen?

Jetzt traf die Koboldwelle aufs Land. Die kleinen knallfarbigen Kreaturen ergossen sich auf den Strand und stürmten zu den beiden gefesselten Meermännern. Innerhalb kürzester Zeit waren die zwei befreit. Die Kobolde hatten die Fesseln wohl mit vereinten Kräften durchgebissen.

Aleas Herz klopfte zum Zerspringen. Ihr Vater war frei! Er und Ramin rannten los. Sie rannten zum Ende der Bucht, weg von der Villa und Doktor Orion.

Mit wütender Miene blickte Orion ihnen nach. Er würde sie gewiss nicht verfolgen, denn dafür waren viel zu viele Kobolde am Strand. Doch keiner von ihnen rührte Orion an. Vielmehr machten die Kobolde einen großen Bogen um ihn, als würde er enorm stinken. Wahrscheinlich benutzte er sein Schutzgebräu, um sie fernzuhalten.

Als Alea den Blick wieder auf ihren Vater richtete, war er fort. Keblarr und Ramin waren verschwunden, und gewiss war Murphy mit ihnen geflohen. Alea hoffte inständig, dass sie Hafnarfjörður wohlbehalten erreichen und Orion und seine Leute sie niemals finden würden.

Ein klitzekleines Lächeln stahl sich auf ihre Lippen. Die Kobolde waren einfach unglaublich. »Sie können wirklich viel mehr, als nur Bilder zu malen«, murmelte Alea anerkennend. Die kleinen Kreaturen hatten tatsächlich ein perfektes Monsterbild »gemalt«, aber sie hatten damit ihren Vater gerettet und eine ganze Verbrechermeute vertrieben!

»Wir sind da!«, hörte Alea Ben rufen und drehte sich um.

Sie hatten die *Crucis* erreicht. Schnell kletterten sie an Bord, zogen die *Hercules* mit vereinten Kräften hoch und ließen sie einfach auf die Planken fallen. In Windeseile setzten sie die Segel. Der Wind stand gut. Ben lief ins Deckshäuschen, um das Schiff zur Buchtmündung zu lenken. Sammy rannte zum Heck und warf zusätzlich den Motor an.

Als die steife Brise die beiden Segel nun richtig aufbauschte und die *Crucis* Fahrt aufnahm, blickte Alea noch einmal zurück.

Wie ein einsamer König stand Doktor Orion am Strand und schaute ihnen nach. Alea schauderte, denn sie spürte plötzlich eines ganz deutlich: Sie würden sich wiedersehen.

Meister der Tarnung

Alea starrte auf die Bucht zurück. Ben steuerte das Schiff gerade auf die offene See hinaus, und sie konnte nicht mehr erkennen, ob Orion noch am Wasser stand.

Tess blickte von einem zum anderen. »Wir … wir sind entkommen, oder?«

»Ja, wir haben es geschafft!«, schrie Sammy lachend und vollführte einen Freudentanz. Ben, der gerade den Autopiloten angestellt hatte, kam zu ihnen. Er tanzte jedoch nicht mit. »Wir dürfen uns nicht zu früh freuen«, sagte er ernst. »Orion wird seinen Leuten bestimmt befehlen, nach uns zu suchen.« Angespannt blickte er zurück. »Sie haben garantiert Ortungsgeräte oder so was, und wir segeln hier auf offener See wie auf einem Präsentierteller …«

Sammy bröckelte das Lachen aus dem Gesicht. »Du meinst, die werden uns doch noch kriegen?«

»Orion lässt die Sache bestimmt nicht einfach so auf sich beruhen«, sagte Alea mit schmerzhaft klopfendem Herzen. Der Doktor hatte ihr alle seine Geheimnisse verraten, weil er wohl davon ausgegangen war, dass sie seine Villa nicht mehr verlassen würde. Nun war sie doch entwischt – mitsamt dem Wissen über seine Pläne. Natürlich würde er nach ihnen suchen. Und natürlich würde er sie finden. Vor einem Mann mit seinen Möglichkeiten konnte man sich auf einem Segelschiff nicht verstecken.

In Alea zog sich alles zusammen, denn das, was sie nun sagen musste, tat unglaublich weh. »Wir können nicht auf der *Crucis* bleiben«, erklärte sie. »Wir müssen sie aufgeben.«

Sprachlos starrten die anderen sie an.

»Das Schiff kann viel zu leicht von Orion entdeckt werden«, fügte sie beklommen hinzu. »Wir müssen so schnell wie möglich irgendwo an Land gehen und uns dort verstecken.«

Ben stimmte ihr zu. »Hier an Bord sind wir leichte Beute.«

»Aber …«, stammelte Sammy. »Das ist doch wohl nicht euer Ernst! Wir können die *Crucis* nicht einfach irgendwo zurücklassen! Sie ist unser Zuhause!«

Während Ben Sammy nun erklärte, dass sie das tun mussten, um nicht noch einmal gefesselt in der Villa Konungur zu landen, fiel Alea auf, dass Lennox nachdenklich aufs Meer starrte. »Was ist los?«, fragte sie ihn.

Er kniff die Augen zusammen, als versuchte er einen bestimmten Gedanken zu ergründen. »Erinnerst du dich noch daran, was Artama uns in Rach Turana gesagt hat?«

»Was meinst du genau?«

Lennox blickte Alea an. In seinen azurblauen Augen spiegelte sich das Meer. »Ich bin mir nicht hundertprozentig sicher, aber ich glaube, sie hat gesagt, dass Oblivionen die Fähigkeit haben, Skorpionfische zu rufen.«

»Was?«, mischte sich Ben ein. »Skorpionfische? Wozu …« Im nächsten Augenblick wechselte sein Gesichtsausdruck schlagartig von verwirrt zu verblüfft.

Alea hatte es auch begriffen. »Das wäre die Rettung!«

»Was wäre die Rettung?«, wollte Sammy wissen. »Warum soll Scorpio die Skorpionfische rufen?«

Tess schnappte nach Luft. »Skorpionfische tarnen Dinge!«

»Ja!«, rief Alea elektrisiert. Sie konnte sich dunkel daran erinnern, dass Artama durchaus davon geredet hatte. Atemlos sprach sie den Gedanken aus, der in der Luft lag: »Vielleicht tarnen die Skorpionfische die *Crucis*!«

Vor Staunen vergrub Sammy seine Finger in seinem wilden Rotschopf. »Das wäre noch magischer als alles, was ich bisher schon jemals je überhaupt erlebt habe!«

»Aber wie ruft man denn Skorpionfische?«, fragte Tess.

Das war der Knackpunkt. Das hatte Artama ihnen nicht gesagt.

Lennox stand an der Reling und sah mit tief versunkenem Blick aufs Wasser. Es schien, als versuchte er die Antwort in sich selbst zu finden, und das war wahrscheinlich gar nicht so falsch. Meerkinder konnten oder wussten viele Dinge, ohne sie je gelernt zu haben. Das hatte Alea schon mehrmals an sich selbst erfahren.

Lennox schloss die Augen. »*Kommt, ihr Tarnungsmeister, ihr Verhüllungsgeister*«, murmelte er auf Hajara.

»Kommt und tarnt – verschleiert das, was kein Auge sehen darf.« Abrupt öffnete er die Augen wieder. »Das ist es!« Hastig rannte er zur Außenleiter und kletterte daran hinab.

»Lennox!«, schrie Alea, während sie ihm hinterhereilte. »Du darfst nicht ins Wasser! Du hattest schon ewig keinen Rotfarn mehr!« Nun sah sie, dass er auf der letzten Stufe der Außenleiter stand und sich weit hinabbeugte. Er hielt sich nur mit einer Hand fest und war mit dem Gesicht nahe an der Wasseroberfläche. Wenn ihn jetzt eine Welle erwischte, würde er hohes Fieber und Schüttelfrost bekommen!

»Au Backe!«, stieß Sammy hervor, der über der Reling hing und zu Lennox hinabsah.

Tess stand neben Sammy und murmelte irgendetwas auf Französisch.

»Halt dich gut fest, Scorpio!«, rief Ben Lennox besorgt zu.

Lennox machte erneut die Augen zu und wiederholte mit lauter Stimme die Worte: *»Kommt, ihr Tarnungsmeister, ihr Verhüllungsgeister. Kommt und tarnt – verschleiert das, was kein Auge sehen darf.«* Er richtete sich auf und hielt sich nun mit beiden Händen an der Leiter fest. Mit wachsamem Blick beobachtete er das Wasser. »Da!« Er wies auf eine Stelle zwischen zwei Wogen.

Alea entdeckte sie sofort. Skorpionfische. »Sie sind gekommen!«, japste sie und war so erleichtert, dass sie sich an der Reling festhalten musste.

Sammy legte stützend den Arm um ihre Taille. »Wo sind sie denn?«, fragte er und lugte neugierig nach unten. Es war in der Tat schwer, sie zu erkennen. Manche sahen aus wie Tang, andere wie Rotbarsche, manche wie Gischt oder eben auch wie Skorpionfische, je nachdem, wie man darauf schaute. Für Landgänger waren sie wahrscheinlich überhaupt nicht auszumachen.

Mit stolzem Gesichtsausdruck drehte sich Lennox zu Alea um. »Es werden immer mehr!«

Tatsächlich tauchten mehr und mehr Skorpionfische an der *Crucis* auf. Zuerst waren es nur eine Handvoll, aber dann mehrere Dutzend. Lennox und Alea sahen sich freudestrahlend an.

Lennox hob die Stimme. »Ihr Tarnungsmeister!«, wandte er sich in Wassersprache an die Fische. »Verhüllt dieses Schiff!«

Angespannt verknotete Alea ihre Finger ineinander. Nun kam es drauf an. Die *Crucis* war ein Landgängerschiff. Bestimmt hatten die Skorpionfische bisher nur Meermenschendinge getarnt. Würden sie für Lennox eine Ausnahme machen?

Bereits einen Augenblick später bekam sie die Antwort. Die Skorpionfische schwammen zu ihnen heran und hefteten sich an die Seiten des Schiffs, an den Bug und ans Heck. Um die Fische herum tauchte dabei ein netzartiges, warmes Braun im Wasser auf, und gleich darauf hatte Alea ein Wort im Kopf – *verhüllen*.

»Sie machen es!«, rief sie aufgeregt. »Sie tarnen uns!«

Tess stöhnte erleichtert, und Sammy quietschte vor Freude.

Lennox stieg die Leiter hoch und sank in Aleas Arme. Sie konnte geradezu spüren, wie die Anspannung von ihm abfiel. »Du hast uns gerettet«, wisperte sie und drückte ihn an sich. »Ohne dich hätte Orion uns gekriegt«, sagte sie erstickt. »Ohne dich würde er uns kriegen.«

Lennox hielt sie ganz fest, und ein bisschen schien er in ihren Armen zu wachsen.

»Wenn du jemals gedacht hast, dass du zu nichts nutze bist, dann darfst du das ab heute nie wieder denken!«, verlangte Alea aufgewühlt. »Du hast uns nicht nur rausgekämpft, du schützt auch noch unser Zuhause. Wir können hierbleiben! Und das haben wir nur dir zu verdanken!«

Lennox rückte ein Stück von ihr ab und küsste sie.

»Näh!«, protestierte Sammy und drehte sich angeekelt um. »Knutschen will ich euch nicht sehen!«

Tess wandte sich ebenfalls ruckartig ab.

»Ist ja gut!« Lennox löste sich von Alea und lachte. »Ich konnte nicht anders.«

Alea grinste. Doch dann bemerkte sie, dass Ben stumm dastand und Tränen in den Augen hatte. Ihr wurde klar, dass die Geschehnisse auch für ihn als Skipper ein wahrer Albtraum gewesen sein mussten – schließlich war er für sie alle verantwortlich.

Sammy lief zu seinem Bruder und schmiegte sich an ihn. »Alles ist gut. So, wie du es versprochen hattest.«

Ben wischte sich über die Wange. »Zwischendurch war ich mir, ehrlich gesagt, nicht sicher, ob wir es schaffen würden …«

»Ich mir auch nicht«, sagte Tess. Sie hatte ebenfalls Tränen in den Augen. »Das alles war … ganz schön krass.«

Sammy winkte sie zu sich und Ben herüber, und Tess zögerte nur für den Bruchteil einer Sekunde. Dann stapfte sie zu ihnen und ließ sich von den Brüdern in den Arm nehmen. An einem Tag wie diesem wurde wohl selbst jemand wie Tess zum Knuddeltyp.

Alea lachte. »Gruppenumarmung!« Sie zwinkerte Lennox zu, und zu zweit stürzten sie sich auf die drei anderen, sodass sie alle zusammen umfielen und sich am Boden in den Armen lagen. Alea merkte, dass ihr nun ebenfalls Tränen über die Wangen liefen, denn jetzt verstand sie erst richtig, wie unglaublich das Erlebte gewesen war – und in welch ungeheurer Gefahr sie geschwebt hatten. Der bloße Anblick der *Hercules*, die neben ihnen auf den Planken lag, versetzte Alea noch nachträglich in Angstgefühle. In einer der Sitzbänke steckte ein Dreizackpfeil! Schaudernd schloss sie die Augen. Sie waren heute mehrere Male nur haarscharf davongekommen, und dass sie es überhaupt hatten schaffen können, lag vor allem an der immensen Hilfe, die sie bekommen hatten.

Sie blieben auf den Planken liegen und starrten in den Himmel.

»Das war echt heftig!«, sagte Sammy nach einer Weile. »Ich hatte zwischendurch so was von Schiss!«

»Ich auch«, gab Tess zu. »Ich hatte so eine … wie sagt man … Heidenangst, dass ich ein paarmal fast ohnmächtig geworden wäre.«

Das konnte Alea von sich nicht sagen, aber sie war auch die ganze Zeit über im Elvarion-Modus gewesen. Sie merkte nun jedoch, wie ihr Gehirn langsam wieder zur Ruhe kam und normal arbeitete. »Orion kann uns jetzt bestimmt nicht mehr finden«, sagte sie. »Aber er sucht garantiert weiter nach uns. Ich weiß zu viel über ihn.«

»Was weißt du denn über ihn?«, fragten Lennox und Ben wie aus einem Munde.

Alea setzte sich auf und begann zu erzählen. Sie erzählte von dem Ausflug nach Faramont und dem letzten Gespräch mit Orion in seinem Labor. Während sie wiedergab, was der Doktor ihr gegenüber offenbart hatte, bekam sie nachträglich eine kolossale Gänsehaut. »Orion ist nicht nur ein Verbrecherboss. Er hat den Virus selbst erschaffen und im Wasser ausgesetzt«, schloss sie. »Eine der Nixen sagte, er sei der Schlimmste von allen, und ich glaube ihr aufs Wort.«

Bestürztes Schweigen hatte sich ausgebreitet. Das war wohl noch viel schlimmer, als die anderen gedacht hatten. Es dauerte eine ganze Weile, bis wieder jemand etwas sagte.

»Was machen wir jetzt?«, fragte Ben. »Wir werden von einem richtig üblen Schurken gesucht! Wir sind zwar getarnt, aber wir können ja nicht ewig mit den angehefteten Skorpionfischen über die Meere schippern.«

»Wieso nicht?«, fragte Alea aus dem Bauch heraus.

Ben schüttelte den Kopf. »Alea, in Deutschland sind die Sommerferien fast vorbei! Nächste Woche geht in Hamburg die Schule wieder los.« Mahnend schaute er sie an. »Du musst zurück. Das haben wir Marianne versprochen.«

Alea blinzelte. Die Vorstellung, nach all dem, was passiert war, wieder in die Schule zu gehen, war beinahe lächerlich. Aber es war nicht nur lächerlich, es war auch unmöglich. »Ich kann nicht zurück in die Schule«, entgegnete sie. »Dort findet Orion mich doch! Es ist sicher ganz leicht herauszufinden, auf welche Schule ich gehe.«

Bens Blick wurde starr. Er wollte ihr bestimmt widersprechen, aber was sie sagte, entsprach wohl zu offensichtlich der Wahrheit. Alea konnte nicht in ein normales Leben in Hamburg zurückkehren. Orion würde sie dort aufspüren und zurück nach Island bringen. Und wer wusste, was er dann mit ihr machen würde …

»Keiner von uns kann mehr in sein altes Leben zurück«, erklärte Tess bitter. »Selbst ich nicht. Die Schulferien in Frankreich sind zwar erst in ein paar Wochen zu Ende, aber Orion wird bestimmt auch nach uns anderen suchen. Wenn er mich findet, könnte er mich entführen, um dich zu erpressen oder so was!«, sagte sie, und in ihren Augen spiegelte sich Angst.

Alea schluckte. Das war durchaus vorstellbar. »Was sage ich bloß Marianne?«, flüsterte sie.

»Und was unternehmen wir gegen Orion?«, fragte

Lennox. »Wir wollen doch wohl nicht für den Rest unseres Lebens vor ihm davonlaufen, oder?«

»Was willst du denn gegen ihn unternehmen?«, entgegnete Tess barsch. »Orion hat anscheinend überall auf der Welt seine Leute – das ist ein riesiges Verbrechernetz! Wir können gegen ihn doch gar nichts ausrichten, und wenn wir es versuchen, riskieren wir dabei unser Leben!«

»Lieber riskiere ich mein Leben, als mich ewig wegzuducken und jagen zu lassen!«, feuerte Lennox zurück.

Sammy seufzte gequält. »Ich möchte bitte kurz Urlaub vom Abenteurerdasein machen«, sagte er kleinlaut. »Das wird mir langsam alles ein bisschen zu viel.«

Reumütig senkte Alea den Kopf. Sammy war erst neun Jahre alt. Sie hatte ihn und die anderen in furchtbare Gefahr gebracht. Nur ihretwegen waren sie nach Island gekommen, nur ihretwegen hatten sie nach Doktor Orion gesucht. Zu allem Überfluss hatte sie diesem Mann auch noch blind vertraut und ihm viel zu viel erzählt. Hatte Lennox nicht einmal gesagt, sie besäße einen überaus guten Instinkt? In Bezug auf Orion war der wohl komplett ausgeschaltet gewesen, und das nur, weil sie ihm so dringend hatte vertrauen wollen. Sie war so dumm gewesen! Und nun war er hinter ihnen her. Verzweifelt presste Alea die Lippen aufeinander. Orion würde doch niemals aufhören sie zu suchen! Nicht, bevor er sie gefunden hatte. In was für einen grauenhaften Schlamassel hatte sie die Alpha Cru bloß hineingezogen?

»Könnten wir nicht nach Brügge segeln?«, fragte Sammy.

»Wir hängen ein bisschen in der *Wafelfabriek* rum, bekommen richtig dicke Wampen und warten ab, bis diese Kriminellen sich beruhigt haben, ja?« Hoffnungsvoll lächelte er in die Runde, und man sah ihm an, wie sehr er zu glauben versuchte, dass sie Orion einfach vergessen konnten.

Alea konnte Sammy so gut verstehen. Am liebsten hätte sie Urlaub davon gemacht, sie selbst zu sein – die Elvarion, die die Zeitenwende einläuten sollte. An einem Tag wie diesem drückte die Prophezeiung des Tasfaren schwer auf ihre Schultern.

Sie holte tief Luft und schüttelte den Kopf. Sie musste stark sein. Jetzt mehr denn je. »Wir sollten die verschollenen Meerkinder suchen«, sagte sie. »Wir brauchen Verstärkung gegen Orion.« Zuvor hatte sie die anderen Kinder finden wollen, um ihnen von ihrer Herkunft zu erzählen und mit ihrer Hilfe womöglich eine neue Meerwelt entstehen zu lassen. Aber nun ging es auch noch um etwas anderes. Sie brauchten Menschen an ihrer Seite, die sich Orion gemeinsam mit ihnen entgegenstellten. Denn auch für Alea kam es nicht infrage, in Zukunft einfach immer weiter vor Doktor Orion zu fliehen. Davon abgesehen, dass das entsetzliche Aussichten waren, mussten sie Orion irgendwie aufhalten. Er verpestete das Meer fast ungehindert und trug entscheidend dazu bei, dass sich die Ozeane immer mehr in Müllhalden verwandelten. Das musste aufhören!

Ben erhob sich. »Lassen wir das alles am besten erst mal

sacken.« Damit ging er wieder ins Deckshäuschen und stellte sich mit nachdenklichem Gesichtsausdruck hinters Steuer.

Tess zog sich nun ebenfalls zurück, und Sammy rollte sich wie ein Kätzchen zwischen Lennox und Alea zusammen. Kurz darauf schlief er ein, und Lennox trug ihn nach unten in die Jungenkajüte.

Alea blieb allein an Deck. Mit schweren Gliedern stand sie auf und blickte aufs Meer. Sie ließen Island hinter sich. Es war bereits jetzt nur noch als dünner Streifen am Horizont zu erkennen. Hatten sie es wirklich geschafft? Hatten sie Orion abgehängt, und waren sie durch die Skorpionfische vollständig geschützt?

Sie wandte sich ab. Zumindest für heute hatten sie Orion besiegt. Was in der Zukunft geschah, würde die Zukunft zeigen.

Unsichtbar

Alea saß auf der Reling am Bug. Die *Crucis* segelte langsam und klammheimlich durch den Nordatlantik, unsichtbar für all jene, die sich nicht an Bord aufhielten. Die Tarnung hatte sich in den vergangenen vierundzwanzig Stunden als äußerst notwendig erwiesen, denn immer wieder waren Hubschrauber über dem Meer gekreist, die ganz offensichtlich nach etwas suchten und selbst in der Nacht mit Scheinwerfern die Wasseroberfläche ableuchteten. Doktor Orion gab noch lange nicht auf, und sie durften ihn trotz der Verhüllung durch die Skorpionfische nicht unterschätzen. Alea erinnerte sich außerdem nur zu gut daran, dass Cassaras gesagt hatte, er würde sie finden, sobald der Umhang in ihren Besitz gelangte. Wie er das schaffen wollte und woher er das wissen würde, hatte er ihr nicht verraten. Aber sie zweifelte nicht daran, dass dieser Mann ganz eigene Mittel besaß. Sie vermutete allerdings, dass er sie in Ruhe lassen würde, bis sie den Umhang hatte. Eventuell würde er sogar Orion daran hindern, sie vorher zu schnappen. Doch sicher war sie sich nicht. Überhaupt nichts war mehr sicher! Schon vor ihrer Ankunft auf Island hatte Alea sich gefragt, wie ihr Leben weitergehen sollte, und nun wusste sie gar nichts mehr.

Tief in Gedanken blickte Alea auf das Meer. Sie segelten gen Osten, denn bald mussten sie Frischwasser aufnehmen, Treibstoff tanken und die Batterien aufladen. In Island hatten sie nicht noch einmal anlegen wollen, und da sich der nächstgelegene Hafen auf den Färöer-Inseln befand, waren sie nun auf dem Weg dorthin.

Ben hatte nicht noch einmal verlangt, dass Alea nach Hamburg zurückkehrte. Er hatte sie nur darum gebeten, mit Marianne über die Situation zu sprechen. Alea war einverstanden gewesen, doch was genau sollte sie ihrer Pflegemutter sagen? Gemeinsam mit Lennox hatte Alea darüber beraten und sich letztlich entschlossen, Marianne nicht in die Ereignisse der vergangenen Wochen einzuweihen. Wenn sie ihr erzählen würde, dass sie in Wirklichkeit ein Meermädchen war und seit Neuestem von einem gemeingefährlichen Kapitalverbrecher und seinem Gefolge gejagt wurde, würde ihre Pflegemutter ihr wohl kaum glauben. Schlimmer wäre es aber sogar, wenn sie es täte, denn dann würde Marianne sich unvorstellbare Sorgen um Alea machen. Und das konnte sie, so schlecht, wie es ihr ging, wirklich nicht gebrauchen. Aleas Plan war nun, Marianne zu erzählen, dass sie ihren Vater gefunden hatte und in Zukunft bei ihm leben wollte. Zwar fühlte es sich schrecklich an, ihre Pflegemutter anlügen zu müssen, aber die Wahrheit konnte sie ihr einfach nicht zumuten.

Es gab jedoch ein Problem: Alea konnte Marianne nicht erreichen. Seit dem vergangenen Abend hatte Alea es immer wieder bei ihr versucht, aber sie hatte nicht abgehoben.

Nicht zum ersten Mal an diesem Tag wurden Aleas Grübeleien durch laute Stimmen unterbrochen.

»Der war brandneu!«, motzte Sammy. »Und jetzt stopft Blakkarsson ihn bestimmt in den Müll!«

Ben antwortete in genervtem Tonfall: »Wir kaufen dir so bald wie möglich einen neuen Zylinder, aber jetzt hältst du erst mal die Klappe, ja?«

Tess saß derweil auf einer Kiste und spielte mit angestrengtem Gesichtsausdruck eine unruhige Melodie auf ihrem Akkordeon.

Die Ereignisse hatten sie alle schockiert und verunsichert, und der Lärm an Deck rührte wohl auch daher, dass die Situation die ganze Cru überforderte. Seit sie aus der Villa Konungur geflohen waren, plagte Alea ein konstantes, unterschwelliges Gefühl von Bedrohung und Gefahr, und ihren Freunden ging es wohl nicht anders. Wie lange würde es dauern, bis sie nicht mehr beim kleinsten Geräusch zusammenzuckten?

Lennox hatte die ganze Nacht lang Wache gehalten und aufgepasst, dass Orion und seine Männer nicht doch hinterrücks an Bord stiegen. Als Alea am Morgen aufgestanden war, hatte er sich gerade ins Bett gelegt. Er war völlig ausgelaugt gewesen und schlief jetzt unter Deck – doch bestimmt nicht für lange.

Seufzend richtete Alea den Blick auf die Plastikdose in ihren Händen – es war die Dose mit den drei Silberfäden. Sie hatte Sammy davon überzeugt, dass sie die Fäden noch einmal anfassen musste. Womöglich zeigten sie diesmal andere Schnipsel aus der Zukunft, und vielleicht war etwas dabei, was sie zu ihrem Schutz nutzen konnten.

Sammy stapfte gerade wütend unter Deck, und Ben knallte die Tür zum Deckshäuschen zu. Tess stöhnte, legte ihr Akkordeon beiseite und setzte sich mit ihrem MP3-Player auf die Sitzbank am Heck. Dort schien sie zwischen ihren Kopfhörern in einer heileren Welt zu versinken.

Alea wischte sich über die Stirn, als könnte sie damit alle unliebsamen Gedanken abstreifen, und wandte sich wieder der Plastikdose zu. Obwohl kaum Wind ging, schirmte sie die Dose mit ihrem Körper ab und öffnete sie äußerst vorsichtig. Die drei Silberfäden blitzten hell in der Sonne. Schnell nahm sie mit der rechten Hand einen heraus und verschloss die Dose wieder, damit keiner der Fäden davonflog. Noch während sie den Deckel mit der linken Hand auf die Dose schraubte, glomm ein Bild vor ihrem inneren Auge auf.

Eine Frau. Ihr Gesicht war verschwommen, als bestünde es aus reinem Wasser. Sie hatte die klargrünen Augen der Wanderer und dunkles, kurzes Haar. Sie sprach zu Alea.

Aleas Herz begann schneller zu schlagen – die Stimme der Frau hatte freundlich geklungen, aber Alea hatte nicht verstanden, was sie sagte. Gleichzeitig hatte sie das Gefühl, es war wichtig. Diese Frau war wichtig! Sie zwirbelte den Silberfaden zwischen ihren Fingerspitzen, um zu sehen, ob noch mehr aus ihm herauszuholen war. Dabei rutschte er ihr jedoch aus der Hand. Entsetzt riss sie die Augen auf. Der Faden segelte durch die Luft und landete in der Gischt. »O nein!«, stieß sie hervor, stellte die verschlossene Dose hastig hinter der Reling ab und sprang ins Wasser. Doch gleich darauf wurde ihr klar, wie unsinnig das war. Sie wollte eine Fluse im Meer finden! Wenn es nicht so ernst gewesen wäre, hätte man sich totlachen können. Dennoch ließ Alea kurz den Blick über die Wasseroberfläche schweifen, aber natürlich konnte sie das kurze Fadenstück nicht entdecken. Sie drehte sich um, um zur Außenleiter zurückzuschwimmen. Doch die *Crucis* war verschwunden.

Alea wurde heiß und kalt zugleich. Das Schiff war vollständig unsichtbar, obwohl es nur wenige Meter von ihr entfernt sein konnte! Mit kräftigen Bewegungen kraulte sie in die Richtung, in der sie die *Crucis* vermutete. Im nächsten Moment stieß sie schmerzhaft gegen den Rumpf.

»Autsch!«, entfuhr es ihr. Eilig legte sie ihre Hände auf das Schiff, und nun konnte sie es wieder sehen. Direkt neben ihr klebte ein Skorpionfisch auf dem Holz.

»Na?«, ächzte Alea säuerlich, aber der Fisch erwiderte selbstverständlich nichts, sondern blickte sie nur stumm an. Alea lächelte schief und tastete sich über die Backbordseite des Schiffs zur Außenleiter vor. Dabei verlor sie mehrmals den Kontakt, und sobald das geschah, sah sie nichts als Himmel und Wellen. Konzentriert suchten ihre

Hände immer wieder nach dem Holz. Bei jeder Berührung erschien das Schiff erneut.

Alea arbeitete sich an Dutzenden von Skorpionfischen vorüber, die sich an der *Crucis* festgesaugt hatten und wie im Dämmerschlaf vor sich hin dösten. Offenbar reichten einige Dutzend aus, um das ganze Schiff zu tarnen und auch den Teil, der sich über Wasser befand, verschwinden zu lassen. »Wie lange bleibt ihr eigentlich kleben?«, fragte sie die magischen Fische, ohne wirklich eine Antwort zu erwarten. Sie hatte schon mit Lennox darüber gesprochen, und er glaubte, dass die Skorpionfische ewig an einem Objekt haften bleiben konnten. Die Art und Weise, wie sie seit Jahren Städte, Webmühlen, Anzeigesäulen und womöglich noch viele andere Dinge tarnten, schien ihm recht zu geben.

Endlich erreichte Alea die Außenleiter. »Das mache ich nicht noch mal«, murmelte sie vor sich hin, während sie sich grummelnd auf der untersten Sprosse niederließ. Sie wusste nun sicher, dass sie fürs Erste keine weiteren Ausflüge ins Meer unternehmen konnte. Wenn sie die *Crucis* einmal verlor, würde sie ihr Zuhause nicht wiederfinden können. Sie hatte zwar die Möglichkeit, ihre eigene Spur zurückzuverfolgen, aber manchmal wurde diese vom Wälzen und Strömen des Ozeans schneller verwischt, als ihr lieb war.

Missmutig starrte Alea aufs Wasser. Zwar waren die anderen Silberfäden unversehrt, aber sie hatte einen der drei verloren! Sammy würde sie umbringen. Als wäre nicht alles andere schon schlimm genug! Zornig versetzte Alea dem Wasser einen Tritt. Alles schien noch so viel schwieriger und komplizierter als zuvor! Sie brauchten dringend Hilfe …

Aleas Beine baumelten im Meer, und um ihre Füße herum waberten dunkle Farben und auffällige Formen – rostbraune Blasen, schattenblaue Düsterkeit und flammendrote Zungen. Sie war traurig, frustriert und zornig zugleich.

Während sie ihr Stimmungsspiel betrachtete, hatte Alea plötzlich eine Idee. Möglicherweise konnte sie eine Nachricht schreiben! Artama hatte gesagt, dass sich Wanderer untereinander Botschaften über das Wasser schicken konnten. Vielleicht war es möglich, auf diese Weise andere überlebende Wandererkinder zu erreichen? Konnte sie so eventuell sogar mit ihrer Zwillingsschwester Anthea in Kontakt treten?

Sie beugte sich hinab und hielt die Hand ins Meerwasser. Augenblicklich erschien ringsherum ihr Trauer-Zorn-Frust-Farbgemisch. Alea versuchte in sich zu gehen. Lennox hatte einen ganzen Reim aus seinem Inneren herausgeholt und damit die Skorpionfische gerufen. Wenn er das geschafft hatte, müsste sie doch in der Lage sein, eine Wanderernachricht zu verschicken! Doch wie funktionierte das? Mit dem Zeigefinger probierte Alea nun, einen Satz auf Hajara ins Wasser zu schreiben. Vielleicht kam ja etwas aus ihrer Fingerspitze heraus, so wie beim Zavana-Ravanda-Schicken? Es kam jedoch nichts, und die Striche, die sie machte, hatten keinerlei Effekt auf das Wasser.

Als sie gerade enttäuscht die Hand zurückzog, sah Alea auf einmal einen Kopf aus den Wellen auftauchen.

Sie erschrak so sehr, dass sie beinahe von der Leiter gefallen wäre. Instinktiv rechnete sie mit einem Angriff von Orion oder seinen Männern. Doch es war kein Mann. Es war eine Frau – eine Frau mit langem schneeweißem Haar und tiefen Falten im Gesicht. Eine Nixe! Vor Überraschung blieb Alea fast das Herz stehen.

Mit wachsamem Blick schaute die Nixe sich um, als suchte sie etwas.

»Hallo!«, rief Alea.

Die Augen der Nixe verengten sich. Offenbar hörte sie Alea, sah sie aber nicht.

»Ich bin hier!«

»Wo?« Die Nixe wirkte verwirrt. »Und wer bist du?«

»Ich bin Alea … eine Walwanderin.«

»Alea …« Die Nixe zog die weißen Brauen zusammen. »Bist du das Meermädchen, das gegen den Virus gefeit ist?« Mit den Augen suchte sie die Wasseroberfläche ab. »Alea, das letzte Meereskind?«

Alea hoffte zwar mehr als alles andere, dass sie und Lennox nicht die Letzten waren, aber sie sagte dennoch: »Ja, woher weißt du das?«

»Ich habe an einer Anzeigesäule von dir gelesen.« Die Nixe drehte sich um die eigene Achse. Ihre schuppigen, türkis glitzernden Schultern hoben sich dabei aus dem

Wasser. Alea beugte sich vor. Die Nixe war extrem muskulös! An den Schläfen hatte sie verschlungene Zeichen, wie sie anscheinend alle Nixen trugen, und in ihrem runzeligen Gesicht glänzten blausilberne Augen. Sie war wunderschön.

»Wieso kann ich dich nicht sehen?«, wunderte sich die Nixe. »Bist du getarnt?«

»Ja«, bestätigte Alea. »Ich bin auf einem Schiff, das von Skorpionfischen verhüllt wird. Schwimm noch ein kleines Stück geradeaus, dann bist du bei mir.«

Die Nixe zögerte. Dann glitt sie jedoch vorwärts.

»Noch ein kleines bisschen weiter!«, sagte Alea, und schon konnte sie nach der Hand der Nixe greifen.

Deren Augen weiteten sich. Jetzt sah sie Alea.

Sie starrten einander an.

»Hier, halt dich daran fest.« Alea wies auf die Leiter.

Die Nixe griff danach.

Dann starrten sie sich wieder an.

»Du bist es wirklich«, sagte die Nixe. »An der Anzeigesäule war ein Bild von dir.«

Erstaunt nickte Alea. Portikus oder einer der anderen Gilfen, die sie kennengelernt hatte, musste eine der Anzeigesäulen aktualisiert haben – mit einer Nachricht über sie und mit einem Bild!

»Ich bin Shiro«, stellte die Nixe sich nun vor. »Ich habe Nixenmagie im Wasser gespürt und bin gekommen, um zu sehen, was sich hier verbirgt.«

»Nixenmagie?«, fragte Alea verwundert und überlegte.

»Mir ist vorhin ein Silberfaden ins Wasser gefallen …« Steckte in den Fäden etwa die Magie der Nixen?

»Ein Silberfaden?«, wiederholte Shiro.

»Ja, ein silberner Faden, der zu einem Umhang gehörte.«

Wie vom Donner gerührt, schaute Shiro sie an. »Der Silberumhang?«, brachte sie hervor. »*Der* Silberumhang?« Mit einem Mal wirkte sie regelrecht nervös. »Erzähl mir mehr!«

Alea war nun auch ganz aufgeregt. Offensichtlich wusste Shiro etwas über den Umhang! »Also, ich habe nur wenige Informationen. Der Umhang war wohl mal hier an Bord, aber vor einem halben Jahr hat ein Mannschaftsmitglied, Oskar, ihn in ein anderes Land mitgenommen. Dort hat er ihn leider verkauft. Alles, was wir von dem Umhang noch auf unserem Schiff haben, sind drei kleine Flusen.« Alea seufzte schwer. »Jetzt nur noch zwei.«

Sprachlos hörte Shiro ihr zu. »Das ist unglaublich«, flüsterte sie, und große Verblüffung stand ihr ins Gesicht geschrieben. »Der Umhang war hier …« Ihr Blick wanderte von der *Crucis* zu Alea. »Dann bist du die Elvarion aus der Legende.«

Ruckartig hob Alea die Brauen. »Was für eine Legende?«

»Die Legende von der Nixenkönigin Haruko und ihrem Umhang ist eine der rätselhaftesten der Nixenwelt«, erwiderte Shiro. »Jedes Nixenmädchen kennt sie.«

»Bitte erzähl sie mir!«

Shiro nickte. »Ja, das werde ich tun.«

Die Legende der Nixenkönigin

»Dem silbernen Umhang wohnt eine ganz besondere Magie inne«, begann die Nixe. »Derjenige, der den Umhang anlegt, erblickt durch ihn die Zukunft.«

Alea verspürte ein Prickeln im Nacken. Sie hatte schon geahnt, dass man mit dem Umhang mehr als nur ein paar Schnipsel der Zukunft sehen konnte – aber nun zu erfahren, dass so etwas tatsächlich möglich war, versetzte ihren ganzen Körper in Hochspannung.

»Die Zukunft ist jedoch nicht beständig«, erklärte Shiro. »Das, was der Umhang zeigt, sind immer nur die wahrscheinlichsten Versionen der zukünftigen Ereignisse. Gleichzeitig zeigt er Wege auf, wie man durch sein eigenes Handeln eine Veränderung dieser wahrscheinlichsten Zukunftsversionen herbeiführen kann.«

»Die wahrscheinlichsten Versionen der Zukunft …«, wiederholte Alea nachdenklich. Das ergab Sinn. Eine der Silberfadenvisionen – die von Tess – war nicht ganz exakt gewesen! Das lag offenbar daran, dass die Zukunft nicht in Stein gemeißelt war. Aber wie konnte man die Zukunft verändern?

»Der Umhang war seit Urzeiten im Besitz des Nixenvolkes und wurde von einer Nixenkönigin an die nächste vererbt.« Shiros Blick wurde starr, als tauchte sie in die Geschichte ein, um sie wiedergeben zu können. »Die Geschehnisse der Legende ereigneten sich vor gar nicht allzu langer Zeit, vielleicht vor zwanzig oder dreißig Jahren. Damals zeichnete sich ab, dass die Tage der Meerwelt immer dunkler wurden, und Königin Haruko erblickte etwas Grauenhaftes in fast allen Versionen der Zukunft. Sie sah, dass das Volk der Meermenschen ausgerottet werden würde. Aber nicht nur das – sie sah auch, dass das Meer – die Ozeane selbst! – sterben würden.«

Shiros Worte spießten sich wie Pfeile in Aleas Herz, und sie musste sich krampfhaft daran erinnern, dass dies nur *eine mögliche Zukunft* war.

»Haruko wollte das unter allen Umständen verhindern, und mithilfe des Umhangs erkannte sie einen Ausweg«, sagte Shiro.

»Was für einen Ausweg?«

»Die Königin hatte in der Zukunft ein Meermädchen erblickt, eine Elvarion …«

Alea erstarrte.

»Diese Elvarion würde zwar nicht verhindern können, dass das Meermenschenvolk unterging. Sie würde jedoch die Kraft in sich tragen, für die Ozeane zu kämpfen.«

Aleas Rücken versteifte sich, und ihre Hände krallten sich um die Sprosse, auf der sie saß.

Shiros Blick machte nur allzu deutlich, dass die Nixe

der Meinung war, genau diese Elvarion vor sich zu haben. »Das Meermädchen würde vom Wiederauferstehen der Meerwelt träumen. Aber nicht nur das«, erklärte sie bedächtig. »Der Umhang sagte voraus, dass das Mädchen eng mit Landgängern verbunden sein würde. Und durch diese Verbundenheit würde in der Zukunft ein Zusammenschluss der Landwelt und des Meervolkes möglich werden, der den Lauf der Geschichte für immer ändern könnte.«

»Eine Zeitenwende …«, flüsterte Alea kaum hörbar.

Shiro nickte. »Ja, eine Zeitenwende.«

Alea schluckte. Die Prophezeiung des Tasfaren hatte genau das vorausgesagt.

Die Nixe legte den Kopf in den Nacken und musterte die *Crucis* eingehend. »Durch den Umhang sah Königin Haruko voraus, dass die Elvarion auf einem Schiff reisen würde.«

»Auf was für einem Schiff?«

»Der Legende nach soll es ein Landgängerschiff mit zwei weißen Segeln sein – ein Schiff aus Holz, das schon viele Stürme erlebt hat«, antwortete Shiro mit fasziniertem Blick auf die *Crucis*. Dann richtete sie sich wieder an Alea und setzte ihre Erzählung fort. »Königin Haruko fasste damals einen Entschluss. Sie entschied sich, ihren Umhang aufzugeben und dafür zu sorgen, dass dieses Meermädchen ihn bekommen würde. Denn wenn die Zeit reif wäre, würde er der Elvarion nützlich sein – bei ihrem Versuch, die Ozeane vor dem Untergang zu bewahren. Niemand würde ihn dringender benötigen und niemand würde seine Magie sinnvoller einsetzen als dieses Mädchen.«

Alea presste die Augenlider zusammen. Shiros Worte wogen unendlich schwer.

Die Nixe schien zu verstehen, was in ihr vorging. »Du bist noch jung …«

Eine kleine Pause entstand, in der Alea vornehmlich damit beschäftigt war, nicht auszuflippen. Ihre Schultern fühlten sich an wie Blei. In ihrem Kopf sprangen die Gedanken wild durcheinander.

Shiro fragte: »Möchtest du noch mehr hören?«

»Ja«, hauchte Alea.

Die Nixe fuhr mit sanfter Stimme fort. »Harukos Entschluss, den Umhang diesem besonderen Mädchen zukommen zu lassen, wurde von ihrem Sohn bedauerlicherweise nicht gebilligt.«

»Harukos Sohn?«, fragte Alea überrascht. »Nixen können … Söhne haben?« Bisher war sie nur weiblichen Nixen begegnet.

»Normalerweise ist es nicht möglich«, erwiderte Shiro. »Wir Nixen bekommen jeweils nur einmal im Leben eine Nachkommin, und das ohne jedes Zutun eines Mannes. Haruko hatte jedoch eine Romanze mit einem Landgänger. Und so gebar sie einen Sohn – einen Sohn mit Beinen und Kiemen, halb Landgänger, halb Nixe, weder richtig das eine noch das andere. Haruko war alles andere als glücklich über diesen Nachfahren, denn seine Existenz verhinderte, dass eine Nixenprinzessin geboren werden konnte – keine Nixe kann zweimal ein Kind bekommen. Die Königin hatte nun einzig ihn als Nachfolger, einen Grenzgänger zwischen den Welten, den sie zudem in unzähligen Zukunftsvisionen in einem dunklen, zerstörerischen Umfeld auftauchen sah. Dennoch ließ sie ihn bei sich im Meer aufwachsen, denn ebenso wie seinen Hang zur Dunkelheit erkannte sie auch sein Potenzial für das Gute. Sie wusste, er würde sich eines Tages zwischen Gut und Böse entscheiden müssen, und sie hoffte, er würde die richtige Wahl treffen.«

Mit schwankender Stimme fragte Alea: »Wie war sein Name?«

»Cassaras«, erwiderte Shiro. »Prinz Cassaras.«

Alea war wie gelähmt. Der Mann, mit dem sie sich notgedrungen auf einen Pakt eingelassen hatte, war niemand Geringeres als ein Nixenprinz.

»Er wuchs als wahre Nixe auf«, fuhr Shiro fort. »Cassaras lernte zu kämpfen, er lernte den Umgang mit Speer, Pfeil und Bogen, und er lernte das Geschenk der Musik zu schätzen. Er war einer von uns. Als seine Mutter sich aber entschied, den silbernen Umhang fortzugeben, widersprach er. Den Bräuchen der Nixen nach war Cassaras der Erbe des Umhangs, und er war nicht gewillt, auf das zu verzichten, was ihm rechtmäßig zustand. Ein erbitterter Streit entbrannte zwischen Mutter und Sohn. Haruko wich dabei nicht von ihrer Entscheidung ab. Sie wollte den Umhang auf dem besagten Landgängerschiff platzieren, sodass die Elvarion ihn dort eines Tages finden würde. Es heißt, am Abend bevor Königin Haruko mit ihrem Gefolge aufbrach, um das Landgängerschiff zu suchen, überraschte ihr Sohn sie bei einem Ritual der Findungsbindung.«

»Einem … was?«

»Das Ritual der Findungsbindung ist eine außergewöhnlich selten durchgeführte Zeremonie, bei der mindestens drei Finde-Finjas anwesend sein müssen.

»Was passierte dabei?«

»Mithilfe der Finjas und der Magie des Rituals verwandelte Haruko die Knöpfe des silbernen Umhangs in Finde-Rillinge.«

»Finde-Rillinge?«

»Ja, jeder der Knöpfe funktionierte danach wie ein Kompass. Doch sie waren nicht nach Norden ausgerichtet, sondern auf das Landgängerschiff.«

»Mit den Knöpfen konnte sie das Schiff finden!«

»Ja, das konnte sie. Cassaras wollte seine Mutter nach dem Ritual jedoch nicht gehen lassen. Es kam zu einem Kampf, bei dem Cassaras versuchte den Umhang an sich zu reißen. Aber alles, was er erhaschen konnte, war ein einzelner Knopf – ein Rilling.«

Aleas Augen weiteten sich, denn ihr ging gerade ein Licht auf. *Das* war also das Mittel, mit dem Cassaras die *Crucis* jederzeit finden konnte! Würde er sie auch unter Tarnung ausmachen können?

»Haruko brach am folgenden Morgen auf«, führte Shiro

ihre Erzählung weiter. »Zu diesem Zeitpunkt hatte sie noch nicht bemerkt, dass ihr Sohn einen der Rillinge gestohlen hatte. Doch Cassaras hatte sich offenbar bereits geschworen, ihn dazu zu verwenden, der Elvarion den Umhang abzunehmen und ihn wieder in seinen Besitz zu bringen. Als Haruko schließlich feststellte, dass einer der Rillinge fehlte, war sie fuchsteufelswild. Diesen Gang der Geschehnisse hatte der Umhang ihr nicht vorausgesagt, er musste bis zum vorherigen Abend äußerst unwahrscheinlich gewesen sein. Und doch war es geschehen. Cassaras war durch den Rilling nicht nur in der Lage, das Landgängerschiff zu finden, sondern auch, kurze Blicke in die Zukunft zu werfen. Mit dem Rilling konnte er nicht viel mehr als Bruchstücke erhaschen, und dennoch wurde er dadurch zu einer Gefahr für die ganze Mission.«

Aleas Kehle war wie zugeschnürt. Cassaras konnte mit seinem Rilling ebensolche kurzen Zukunftsvisionen sehen wie sie mit den Silberfäden? Deshalb hatte er also gewusst, wo Lennox und sie in Schottland überfallen werden würden! Und wer wusste, was er sonst noch alles im Voraus gesehen hatte …

Shiro sprach weiter. »Königin Haruko vollendete ihre Mission trotz der Widrigkeiten und sorgte dafür, dass der Umhang auf das besagte Schiff kam, lange, bevor die Elvarion dort erscheinen würde. Die Königin hatte vorausgesehen, dass der Umhang durch die Unwissenheit der Landgänger für längere Zeit verschollen sein würde. Das war ihr allerdings sehr recht, denn auch ihr Sohn würde ihn in dieser Zeit nicht finden können.« Nachdenklich schlug sie die Augen nieder. »Ich habe munkeln gehört, dass Prinz Cassaras das Schiff mithilfe des Rillings wohl recht schnell fand. Aber der Umhang war damals schon nicht mehr an Bord.«

Nein, weil Sammys und Bens Mutter ihn mit an Land zu einer Karnevalsparty genommen hatte und er dann jahrelang in einer Verkleidungskiste auf dem Dachboden lag … Ungläubig fuhr Alea sich durchs Haar.

Shiro neigte den Kopf. »Die Legende besagt, dass der Umhang, wenn die Zeit gekommen ist, von selbst zu der Elvarion finden wird. Sie muss ihn nicht suchen.«

Überrascht runzelte Alea die Stirn. Sie hatte sich schon durch die tibetischen Berge kraxeln und nach dem Umhang suchen gesehen …

Die Nixe blickte Alea ernst an. »Es heißt, der Umhang findet erst dann zu ihr, wenn sie reif und weise genug ist, ihn zum Wohle der Welt zu nutzen. Die Macht des Umhangs ist nicht leicht zu tragen …« Gedankenvoll strich sie sich über den glitzrig-schuppigen, muskulösen Arm. »Der Legende nach wird es von der Kraft und der Entschlossenheit des Mädchens und seiner Freunde abhängen, wie der Lauf der Dinge sich entwickelt. Die Wahrscheinlichkeiten für den Sieg von Hell oder Dunkel sind ausgewogen, aber nur mithilfe des Umhangs hat die Elvarion eine Chance zu siegen.«

Entsetzt starrte Alea ins Leere. Sie hatte Cassaras den Umhang versprochen, ohne zu wissen, was sie tat …

Da war es wieder – das Gefühl, dass ihre Schultern durch ein schweres Gewicht nach unten gedrückt wurden. Für einen kurzen Augenblick wünschte Alea sich in ihr einfaches, langweiliges Leben in Hamburg zurück.

»Nachdem Haruko den Umhang auf dem Schiff zurückgelassen hatte, verschwand sie«, sagte Shiro, und es klang, als leitete sie damit das Ende ihrer Erzählung ein. »Königin Haruko und ihr Gefolge wurden nie mehr gesehen. Nur eine einzige der Nixen kehrte zurück und berichtete, was geschehen war. Haruko und die anderen – neunzehn Nixen an der Zahl – waren wie vom Erdboden verschluckt. Seitdem ist das Nixenvolk ohne Königin … oder König. Prinz Cassaras hatte damals nur seinen Bogen und seinen Leierkasten mitgenommen und war seitdem verschwunden. Niemand weiß, wo er sich seit jenen Tagen aufgehalten hat oder wo er heute ist.«

Alea stierte noch immer wie eingefroren vor sich hin. Dann zuckte sie plötzlich zusammen. »Was ist, wenn ein Landgänger den Umhang anlegt?«

»Dann sieht er nichts«, gab Shiro zur Antwort. »Einem Landgänger zeigt sich die Zukunft durch den Umhang nicht, denn der Magie des Meeres gegenüber sind die Landgänger blind und taub. Ob Cassaras genauso viel mit dem Umhang sehen könnte wie seine Mutter, ist also fraglich.«

Um Cassaras ging es Alea gerade allerdings gar nicht. »Und wie wäre es bei einem halben Meermenschen?«

Shiro legte den Kopf schief. »Worauf willst du hinaus?«

»Ich denke nur daran, was passieren würde, wenn Doktor Orion den Umhang in seine Finger bekäme.«

»Doktor Orion?«, fragte die Nixe in scharfem Ton. »Ich habe von ihm gehört. Er und seine Mannen verunreinigen das Meer auf schändliche Weise – und das, obwohl Orion früher einmal ein guter Roix war und versucht hat die Meermenschen zu retten.«

Alea schnaubte. »Er hat nicht versucht uns zu retten. Er war es, der mein Volk ausgerottet hat!«

»Wie bitte?« Erschüttert wich Shiro zurück. »Was sagst du da?«

Und so begann nun Alea ihrerseits zu erzählen. Sie berichtete Shiro alles: wie sie bei der Alpha Cru angeheuert hatte und mit ihnen nach Island gesegelt war, wie sie dort Doktor Orion gefunden hatten und er sich als Lügner und Verräter entpuppt hatte. Und schließlich, wie sie in der Villa des Doktors Cassaras begegnet waren.

Die Nixe hörte ihr mit sichtbar wachsendem Entsetzen zu. »Das ist ehrlos«, brachte sie hervor. »Prinz Cassaras ist mit diesem Scheusal im Bunde!« Ihr versagte fast die Stimme. »Ich muss nun fort, meinen Schwestern davon berichten. Aber du kannst uns Nixen jederzeit mit Zavana Ravanda rufen, wenn du Verbündete brauchst. Beherrschst du den Ruf?«

»Ja«, erwiderte Alea. »Zavana Ravanda kann ich inzwischen ganz gut. Wanderernachrichten allerdings noch nicht so richtig …«, fügte sie murmelnd hinzu und fragte sich, wie sie für die Ozeane kämpfen sollte, wenn sie es noch nicht einmal hinbekam, eine Botschaft übers Meer zu schicken.

»Im Wasser habe ich seltsame Fetzen einer Wanderernachricht wahrgenommen«, sagte Shiro mit zusammengezogenen Brauen. »Sehen konnte ich sie nicht, aber wir Nixen erkennen die Energie solcher Botschaften. Deine war anscheinend … dilettantisch verfasst.« Die Nixe überlegte. »Vielleicht kann ich dir helfen«, bot sie an.

Alea setzte sich kerzengerade hin. »Ja, bitte!«

Shiro lächelte. »Das Herz ist das Wichtigste bei diesen Nachrichten«, sagte sie. »Du kannst so eine Botschaft nicht mit dem Kopf schicken. Vergiss das *wie*, wichtig ist nur, *was* du senden willst. Lass dein Herz sprechen. Willst du es noch mal versuchen?«

Alea nickte, schloss die Augen und atmete tief aus. Sie versuchte die herumspringenden Gedanken in ihrem Kopf zum Schweigen zu bringen. Das war gar nicht leicht, aber schließlich wurden sie zumindest leiser.

Ihr Herzenswunsch war es, andere verschollene Meerkinder zu finden. Meerkinder wie Anthea und sie selbst. Nach dem, was die Nixe ihr berichtet hatte, wollte sie das mehr als je zuvor. Es war Teil der Weissagung, dass die Elvarion durch ihre Verbindungen zur Landgängerwelt einen Zusammenschluss der Welten bewirken konnte – und es war anzunehmen, dass auch die anderen Meerkinder etwas damit zu tun hatten. Schließlich waren sie alle, so wie Alea selbst, an Land aufgewachsen. Gab es eine größere Verbindung zwischen Land und Meer?

Als Alea die Augen wieder öffnete, sah sie ihr eigenes Gesicht im Wasser – es war zwar nur ein flüchtiger Schatten, der auf der Oberfläche umherglitt, aber ohne Frage waren es ihre eigenen klargrünen Augen, die sie da wie aus einem Spiegel anblickten!

»Wunderbar!«, lobte Shiro. »Und nun sprich.«

»Ich soll sprechen?«, hakte Alea erstaunt nach, aber dann verstand sie plötzlich. Sie musste gar nichts ins Wasser schreiben. Sie konnte wohl vielmehr so etwas wie ein Video aufnehmen! Mit atemloser Stimme sagte sie: »Hallo! Ich … ähm, ja … also …« Sie schüttelte den Kopf. »Spürt ihr den Ruf des Wassers? Dann meldet euch bei mir. Ich habe Antworten.«

Schon wandte sich ihr Wassergesicht ab und schoss über die Wellen davon.

»Aber …« Irritiert schaute Alea der Botschaft nach. »Ich war eigentlich noch nicht fertig.«

»Es fühlte sich an, als ginge die Nachricht … ins Nichts. Du musst dir den Empfänger klar und deutlich vorstellen, während du die Nachricht schickst«, erklärte Shiro. Dann lächelte sie. »Du solltest einfach noch mehr üben.«

»Ja, das sollte ich wohl«, murmelte Alea.

»Nun muss ich aber wirklich fort.« Shiro blickte zur Sonne, die bereits tief am Himmel stand. »Die Wahrheit über Orion und Prinz Cassaras nehme ich mit.«

»Ja, tu das.« Alea streckte Shiro die Hand entgegen.

Verständnislos blickte diese darauf.

»So verabschieden sich Landgänger«, erklärte Alea, nahm Shiros kühle, türkis glitzernde Hand und drückte sie.

»Aha.« Shiro drückte ihre Hand ebenfalls. »Interessant. Weich! Nixen verabschieden sich anders.«

»Wie denn?«

»Ich zeige es dir.« Shiro schlug sich mit einer kämpferischen Geste auf die Brust, dann neigte sie den Kopf, als wollte sie Alea Respekt zollen.

Alea tat es ihr nach, schlug sich wie eine Kriegerin auf die Brust und verneigte sich vor Shiro.

Diese lächelte sie an. »Möge dich stets guter Wellenschlag begleiten.«

»Dich auch!«

Im Licht der Abendsonne schwamm die Nixe davon.

Geschenk

Als die Nixe verschwunden war, blieb Alea auf der Außenleiter sitzen und versank in ihren Gedanken. Die offensichtliche Größe ihres Schicksals erdrückte sie fast. Und doch beflügelte sie Alea auch, denn sie verlieh ihr Hoffnung. Die Legende bewies, dass noch nicht alles zu spät war, wie Doktor Orion behauptet hatte. Es bestand immer noch die Möglichkeit, die Weltmeere zu retten. Alea fand es allerdings schwer zu begreifen, dass das von *ihr* abhängen sollte. Wie sollte sie etwas derartig Großes bloß schaffen?

»Bist du jetzt fertig mit Sitzen?«, hörte sie auf einmal eine flüsternde Stimme.

Alea schaute nach oben. Sammys Gesicht spähte über die Reling nach unten. Sie lächelte. »Wie lange hängst du schon da?«

»Oh, schon eine Weile«, antwortete Sammy immer noch flüsternd. »Ich habe zwar kein Wort von dem verstanden, was du mit der Meerjungfrau besprochen hast, aber ich hab trotzdem alles gehört!«

Alea stieg die Leiter hoch. Oben blickten ihr Sammy,

Ben, Tess und Lennox entgegen. Alle vier schienen ihrem Gespräch mit Shiro gelauscht zu haben.

»Wir wollten euch nicht stören«, beeilte Ben sich zu sagen. »Deswegen sind wir mucksmäuschenstill geblieben.«

»Die Meerjungfrau hatte richtige Muckis!«, begeisterte sich Sammy. »Und schöne Wallehaare. Außerdem war sie blau! Blau ist meine Lieblingsfarbe!«

»Bestmeerjungfrau?«, fragte Tess trocken.

»Total!« Sammy strahlte. »Das war ja sogar Blau mit ein bisschen Glitzer! Glitzer ist immer besser als kein Glitzer.«

»Man nennt sie *Nixen*, nicht *Meerjungfrauen*«, wandte Alea ein, während sie über die Reling kletterte.

»Sammy und ich haben recht lange zugehört«, sagte Ben und legte den Kopf schief. »Hajara ist wirklich eine faszinierende Sprache. Sie klingt so … fließend.«

»Wie Wasser!« Sammy nickte, als wollte er sich selbst beipflichten.

»Du hast ziemlich oft *Mschah* gesagt«, bemerkte Ben. »Was heißt das denn?«

Alea stutzte. Er sprach es ein wenig zu hart aus, aber sie erkannte das Wort wieder. »*Mschah* heißt *ja*!«

Ben kniff die Augen zusammen, als wollte er sich das einprägen. »Wie wäre es, wenn du mir Hajara beibringen würdest? Dafür, dass ich dir Englisch beibringe …«

Alea lachte. »*Mschah!*« Ben war unglaublich sprachbegabt. Wenn irgendein Landgänger Hajara lernen konnte, dann er.

Tess verschränkte die Arme. »Super. Aber jetzt verrat uns mal, was die Nixe dir so lang und breit erzählt hat.«

Alea tauschte einen Blick mit Lennox, der noch nichts gesagt hatte. Er wirkte geistesabwesend. »Seit wann hast du zugehört?«, fragte sie ihn.

»Ich habe nur das mit der Wassernachricht mitbekommen«, sagte Lennox.

»Dann erzähle ich euch alles.« Alea setzte sich auf die Planken, und die anderen Cru-Mitglieder ließen sich im Kreis um sie herum nieder. »Die Nixe heißt Shiro. Sie ist von Nixenmagie angezogen worden – von dem Silberfaden, der mir … äh … leider ins Wasser gefallen ist.«

»Was?«, rief Sammy entgeistert. »Du hast einen Silberfaden verloren?« Er sprang auf. »Das ist ja wohl nicht wahr! Erst sagst du, dass du die Fäden noch mal in aller Ruhe allein anfassen willst, und dann lässt du einen ins Wasser fallen!«, polterte er. »Ich bin der Wächter des Schatzes! Und jetzt ist einer von den Fäden weg! Du –«

»Setz dich, Sammy«, sagte Lennox ruhig. »Wenn Alea den Faden nicht verloren hätte, wäre die Nixe nicht gekommen und hätte nicht mit Alea sprechen können. Es war also Schicksal, dass er weggeflogen ist.«

Sammy stand mit offenem Mund da, dann klappte er ihn zu und setzte sich wieder hin.

Alea warf Lennox einen dankbaren Blick zu. Dann begann sie wiederzugeben, was Shiro ihr berichtet hatte. Die anderen hörten ihr mit teils faszinierten, teils fassungslosen Mienen zu.

Als sie die Legende vollständig erzählt hatte, griff Ben nach seinem Handy. »Ich rufe jetzt sofort noch mal Onkel Oskar an. Wir brauchen diesen Umhang!« Schon hatte er die Nummer gewählt und den Lautsprecher angestellt.

Oskar nahm ab. »Benni! Geht's euch heute besser?« Am Tag zuvor hatte Ben seinem Onkel erzählt, dass ihr Aufenthalt auf Island ein klein wenig anstrengend gewesen sei. »Habt ihr euch ausgeruht?«

»Ja, alles bestens«, wiegelte Ben ab. »Sag mal, dieser silberne Umhang –«

»Die schöne Strickjacke?«, unterbrach Oskar ihn. »Ich hab dir doch gesagt, dass ich sie verkauft habe.«

»Ja, aber weißt du, wir haben auf Island eine Legende gehört«, erwiderte Ben. »In der Legende geht es um eine Nixenkönigin, die einen silbernen Umhang verloren hat. Der Umhang soll magische Kräfte haben …«

Am anderen Ende der Leitung war es einen Augenblick lang still. Dann murmelte Oskar: »Von dieser Legende habe ich noch nie gehört, dabei kenne ich alle Isländer-Sagas. Ich habe ein Handbuch über Isländer-Sagas geschrieben!«

»Das weiß ich doch«, erwiderte Ben. »Und genau deswegen weiß ich auch, dass du an Sagas und Legenden glaubst. Und diese hier könnte tatsächlich etwas mit dem Umhang zu tun haben, den du selbst besitzt – oder besessen hast. Meinst du nicht, das wäre möglich?«

Ben schien seinen Onkel sehr gut zu kennen. Und anscheinend war Oskar den magischen Seiten der Welt gegenüber sehr aufgeschlossen! »Eine Nixenkönigin, sagst du?«, hakte er nach.

»Ja, offenbar wurde der Umhang von einer Nixenkönigin an die nächste vererbt«, fuhr Ben fort. »Aber dann ging er verloren.«

Abermals trat eine Pause ein. Dann hörte man Oskar geräuschvoll durchatmen, so als käme nun etwas Wichtiges. »Ich glaube, meine Zeit in diesem Kloster ist vorbei«, eröffnete er ihnen.

Sammy gab ein japsendes Geräusch von sich.

»Ich werde mich auf den Weg machen und nach diesem sagenumwobenen Umhang suchen«, fügte Oskar hinzu. »Du kennst mich ja – ich bin kein Typ, der einem Abenteuer aus dem Weg geht, wenn es ihn ruft.«

»Ja, das weiß ich.« Ben lächelte. »Das liegt in der Familie.«

Man konnte hören, dass Oskar ebenfalls lächelte. »Morgen ziehe ich los und mache mich auf die Suche.«

Sammy machte eine Siegesgeste und rief lautlos: »Yes!«

»Das ist super!«, sagte Ben. »Wir halten dir die Daumen!« Damit verabschiedeten sie sich, und Ben legte auf.

Jubelnd klatschten Sammy und Ben sich ab, aber Lennox unterbrach den Freudensturm der Brüder. »Wenn Oskar den Umhang wirklich findet und zu uns bringt, können wir ihn nicht behalten«, hielt er mit düsterer Miene fest. »Wir müssen ihn Cassaras aushändigen.«

»Aber die Nixe hat gesagt, dass Alea die Ozeane nur mithilfe des Umhangs retten kann!«, versetzte Tess.

»Das weiß ich auch!«, konterte Lennox. »Cassaras wird den Umhang trotzdem verlangen.«

»Wir wären doch bescheuert, ihn ihm zu geben!«, warf Sammy ein. »Der Umhang ist außerdem ein Geschenk! Ein Geschenk der Nixenkönigin speziell für dich, Schneewittchen. Geschenke darf man nicht weiterverschenken!« Er schüttelte heftig den Kopf. »Außerdem … wer weiß, was Cassaras mit dem Umhang macht?«

Sammy hatte leider absolut recht – sie konnten nicht wissen, wozu Cassaras die Macht benutzen würde, die der Umhang dem Besitzer verlieh. Und dennoch … »Ich habe Cassaras mein Wort gegeben«, erklärte Alea frustriert.

Betretene Stille breitete sich aus.

»Was hast du da eigentlich zum Schluss ins Wasser gesprochen?«, fragte Ben nach einer Weile.

»Shiro hat mir erklärt, wie ich eine Wanderernachricht durchs Wasser schicken kann«, antwortete Alea. »Es funktioniert wie eine Videobotschaft.«

»Was für eine Nachricht hast du denn geschickt?«, hakte Tess nach. »Und an wen?«

»An die anderen Wandererkinder«, erwiderte Alea. »Ich habe eigentlich nur darum gebeten, dass sie sich bei mir melden, dann hat die Nachricht sich selbst verschickt.«

Ben kratzte sich mit skeptischem Gesichtsausdruck am Kopf. »Artama und ihre Freunde haben nach der Katastrophe doch anscheinend Hunderttausende von Schneekugeln in alle Spielwarenläden der Welt verteilen lassen, um die überlebenden Kinder zu erreichen. Aber du und

Lennox, ihr wart die Einzigen, die innerhalb von elf Jahren zum Loch Ness gekommen sind. Glaubst du wirklich, dass eine halb fertige Nachricht, die nur Wanderer lesen können, mehr Erfolg hat? Die verschollenen Kinder dürfen ja noch nicht mal ins Wasser!«

Während Alea ihm zuhörte, wurde ihr klar, dass ihre Nachricht in der Tat völlig unsinnig gewesen war. »Du hast recht«, gab sie mit einer Mischung aus Ärger und Verzweiflung zu. Das war doch alles wie verhext! »Aber wie finden wir denn sonst die anderen Kinder?«

Bevor ihr jemand antworten konnte, erklang plötzlich ein dumpfes Geräusch.

»Ein Hubschrauber!«, schrie Sammy und duckte sich.

Tess warf sich auf den Boden und versteckte sich mitsamt ihrem Akkordeon hinter einer Kiste.

»Wir sind getarnt!«, erinnerte Alea sie, aber selbst Lennox reagierte instinktiv und ging in Angriffsstellung.

Einen Augenblick später tauchte der Hubschrauber am Horizont auf. Er flog dicht über dem Wasser, und als er näher kam, erkannte Alea, dass mehrere von Orions Männern darin saßen. Dort war Jinx! Und dort … war Doktor Orion.

Alea schauderte. Orion blickte starr aufs Wasser. Ahnte er, dass sie getarnt waren? Ein Mann mit seiner Intelligenz hatte mittlerweile wahrscheinlich die richtigen Schlüsse gezogen.

Als der Hubschrauber über sie hinwegflog, fing Tess an zu schreien. Alea lief zu ihr und nahm sie in den Arm.

Sammy rannte zu seinem Bruder und verkroch sich unter dessen Jacke.

Lennox hingegen sprang auf die Reling und streckte Orion die geballte Faust entgegen. Mit wildem, wütendem Blick schwang er sie durch die Luft, und Alea wusste, dass sie diesen Anblick ihr ganzes Leben lang nicht vergessen würde.

Dann war der Hubschrauber fort.

Lennox ließ den Arm sinken. »Niemals«, sagte er dunkel. »Niemals wird er uns kriegen. Eher sterbe ich.«

Botschaften des Wassers

Alea saß auf der untersten Sprosse der Außenleiter und ließ die Beine ins Wasser baumeln. Dass sie nicht in die Fluten springen durfte, machte sie ganz verrückt. Doch sie wusste, dass der Zeitpunkt äußerst schlecht war, um unnötige Risiken einzugehen. Sie hatten zwar seit zwei Tagen keinen Hubschrauber mehr gehört oder gesehen, und es war sehr still gewesen auf dem Nordatlantik, aber das hieß nicht, dass sie außer Gefahr waren. Ganz und gar nicht.

Plötzlich bemerkte Alea etwas auf dem Wasser. Irgendetwas Kleines, Flaches schoss in immenser Geschwindigkeit auf der Oberfläche heran. Aleas erster Impuls war Flucht. Vielleicht hatte Doktor Orion Drohnen losgeschickt, die das Meer absuchten!

Während sie an der Leiter hinaufhastete, rief sie nach Lennox. Er war sofort da und sprang an die Leiter. »Was ist?« Er hing halb in der Luft, hielt sich nur mit einer Hand fest, und sein Blick jagte über die Wasseroberfläche.

Schnell machte Alea ihm Platz, sodass er richtig neben ihr stehen konnte. »Da drüben!« Sie deutete auf die Stelle, an der sie das flache Etwas in den Wellen hatte aufblitzen sehen. Jetzt fand sie es allerdings nicht wieder. »Da … war etwas.«

»Was denn?« Lennox' Augen verengten sich, und er schien die Umgebung regelrecht abzuscannen. »Eine Nixe?«

»Nein, es war … ganz flach«, sagte Alea. In diesem Moment blitzte es wieder auf. »Da!« Nun konnte sie mehr erkennen. Das Etwas sah aus wie ein helles Feld, ein leuchtendes Oval, das sich rasend schnell über die Wasseroberfläche bewegte. Beinahe schien es, als suchte es nach etwas …

»Das ist eine Nachricht!« Auf einmal wusste sie es ganz genau. »Eine Wanderernachricht!« Geschwind kletterte Alea wieder nach unten und streckte den Arm ins Wasser. »Hierher!«, rief sie. Die Nachricht schien sie auf dem getarnten Schiff nicht finden zu können. »Folge meiner Stimme. Ich bin hier!«

Und tatsächlich – die Botschaft glitt in ihre Richtung! Vorsichtig, als hätte sie ein Eigenleben und wüsste nicht, was sie von der Sache halten sollte, kam sie näher.

Alea merkte, wie sie zu zittern begann. War es möglich, dass Anthea oder eines der anderen Meerkinder ihr geantwortet hatte?

»Noch ein paar Meter!«, rief Alea aufgeregt. Da hatte die Nachricht sie erreicht. Alea streckte den Kopf vor, um sie besser sehen zu können. Es war wirklich ein helles Oval – eine Art Bild, das auf dem Wasser zu sitzen schien. Auf dem Bild waren im Hintergrund ein Küstenstreifen und im Vordergrund Teile eines kleinen Fischerbootes zu erkennen. Dann erkannte Alea plötzlich ein Gesicht, das immer deutlicher wurde.

Es war kein Kind. Es war jemand anderes.

»Das ist die Frau aus der Silberfadenvision!«, brachte Alea überrascht hervor. »Die hatte so verschwommen ausgesehen, als würde sie aus Wasser bestehen …« Alea begriff. »Das war, weil ich dieses Wasserbild von ihr gesehen habe!«

»Ah«, sagte Lennox hinter ihr.

Die Frau hatte kurze dunkle Haare und blickte mit ihren klargrünen Augen neugierig aus dem Oval heraus. Plötzlich wurde Alea ganz warm ums Herz. Die Frau begann auf Hajara zu sprechen. »Hallo … wer bist du? Du musst auch eine Walwanderin sein, obwohl ich dein Gesicht in der Botschaft kaum erkennen konnte …« Ihre Stimme war angenehm. Anders als in der Vision verstand Alea nun jedes Wort. Das lag wohl daran, dass sie die Stimme der Frau eher mit dem Herzen als mit den Ohren hörte. »Ich lebe in Norwegen. Wo lebst du?«, fragte die Frau gerade. »Du hast gesagt, du hättest Antworten. Auf welche Fragen denn?« Sie lächelte, und Alea lächelte automatisch zurück. Das Lächeln der Frau war so einladend und freundlich, dass Alea sich am liebsten in ihre Arme geworfen hätte. Bevor Alea sich über ihren eigenen Gedanken wundern konnte, konzentrierte sie sich wieder darauf, was die Frau sagte. »Schick bitte schnell eine zweite Nachricht«, bat die Frau. »Ich bin ganz gespannt, wer du bist. Gehörst du zu den verschollenen Kindern? Bitte melde dich wieder!«

Nachdem die Frau dies gesagt hatte, zog sich die Botschaft zusammen, wurde immer kleiner und verschwand mit einem Geräusch, das an ein Seufzen erinnerte. Diese Nachricht hatte ihren Dienst getan.

»Eine erwachsene Walwanderin!«, rief Alea. »Es gibt noch eine erwachsene Überlebende!«

»Was hat sie denn gesagt?«, fragte Lennox neugierig.

Alea stutzte. Dann wurde ihr klar, dass ihm die Nachricht offenbar verborgen geblieben war. »Wanderernachrichten sind wohl nur für Wanderer …« Selbst die Nixen konnten sie nur als Energie fühlen.

»Sieht so aus«, bestätigte Lennox mit einem bedauernden Achselzucken. »Ich habe überhaupt nichts gesehen oder gehört.«

»Die Frau sagte, dass sie auch eine Walwanderin ist und in Norwegen lebt. Sie fragte, ob ich eines der verschollenen Kinder bin.«

»Na, dann antworte ihr!«

Nichts wollte Alea lieber tun als das, denn sie musste unbedingt mehr über diese Frau erfahren. Sie schloss die Augen und konzentrierte sich auf ihr Herz. Sie dachte nicht daran, wie die Nachricht zu der Walwanderin finden sollte, sondern nur daran, was sie ihr sagen wollte.

Alea öffnete die Augen wieder. Vor ihr hatte sich ein helles Oval im Wasser gebildet, und mittendrin erschien nun ihr eigenes Gesicht. Alea räusperte sich. »Mein Name ist Alea. Ich bin zwölf Jahre alt und eines der verschollenen Kinder. Ich bin vor elf Jahren in Holland an eine Landgängerin übergeben worden und in Deutschland aufgewachsen.« Scheu lächelte sie. »Ich bin noch nicht so gut mit diesen Nachrichten, deswegen konnten Sie mein Gesicht wahrscheinlich nicht erkennen. Sehen Sie es jetzt?« Sie beugte sich vor. »Ich finde es toll, dass Sie mir geantwortet haben! Wie ist denn Ihr Name? Und wie haben Sie überlebt? Bitte erzählen Sie mir alles über sich!« Sie überlegte, ob sie noch etwas hinzufügen sollte, aber da faltete sich die Nachricht schon zusammen und schoss über die Wasseroberfläche davon. »Liebe Grüße, Ihre Alea«, murmelte sie der Botschaft leicht verdrossen hinterher.

»Du hast viel erzählt!«, lobte Lennox. »Das war gut, oder?«

Alea grinste schräg. »Na ja, bis auf das Ende. Daran arbeite ich anscheinend noch.« Sie seufzte und spürte, wie sehr sie sich wünschte, diese Frau zu treffen und von Angesicht zu Angesicht mit ihr zu sprechen. Sie hatte ein warmes, leichtes Gefühl im Bauch, wenn sie sich ihr Gesicht vorstellte. Diese Frau war nicht nur ein Meermensch, sondern gehörte sogar dem Stamm der Walwanderer an!

»Hey!«, hörte Alea Sammys Stimme. »Du wolltest doch noch mal die anderen beiden Silberfäden in die Hand nehmen, oder?« Er stand an der Reling und hielt die Plastikdose in die Luft, als wäre sie ein rohes Ei. »Diesmal bin ich aber dabei und passe auf. Und wir machen es unter Deck, wo kein Lüftchen weht!«

»Heute geht doch sowieso kein Wind«, bemerkte Lennox mit Blick auf die zusammengeschnürten Segel.

»Es wird gleich eine Brise aufkommen!«, orakelte Sammy und schaute mit Seemannsblick in die Wolken. »Ich spüre das!«

Alea lachte. »Oki doki, gehen wir unter Deck!«, stimmte sie zu, denn die letzte Silberfadenvision hatte sich gerade verwirklicht. Nun würde es bestimmt neue geben.

Rasch kletterten Lennox und sie an der Außenleiter hoch und folgten Sammy durch die Bordtür in den Salon des Schiffs. In der Küchennische war Ben gerade damit beschäftigt, das Mittagessen vorzubereiten, und Tess sortierte Schmutzwäsche.

»Wir gucken Silberfusseln!«, informierte Sammy die beiden und nahm mit einer übertrieben vorsichtigen Bewegung auf einem der Sofas Platz. Dabei fixierte er die Plastikdose, als hinge ihrer aller Leben von ihrer Unversehrtheit ab. Alea und Lennox setzten sich rechts und links neben ihn. Ben und Tess ließen ihre Arbeit liegen und nahmen ihnen gegenüber auf dem anderen Sofa Platz. Dann öffnete Sammy die Dose und überreichte sie Alea mit einer feierlichen Geste.

Alea neigte dankend den Kopf.

Tess verdrehte die Augen und stöhnte.

Alea zwinkerte ihr zu und rang Tess damit ein Lächeln ab. Mit spitzen Fingern nahm sie dann den ersten Silberfaden heraus. Augenblicklich tauchte ein Bild vor ihrem inneren Auge auf.

Lennox. Er hatte Tränen in den Augen und blickte Alea verzweifelt an. Dann sagte er etwas. »Leb wohl.«

Die Verzweiflung in Lennox' Blick und seine Worte trafen Alea im tiefsten Inneren. Zwei kleine Worte nur, doch sie taten unglaublich weh. Alea ließ den Faden fallen.

»Was ist?«, rief Lennox, während Sammy flugs die Fluse vom Tisch auflas.

»Ich habe dich gesehen«, antwortete Alea gepresst. »Du hast mir Lebewohl gesagt.«

»Lebewohl?« Lennox schaute sie verdutzt an. Dann verhärteten sich seine Züge. »Niemals.«

Angestrengt nickte Alea. »Das sind ja auch nur mögliche Versionen der Zukunft. Vielleicht …« Sie sprach nicht weiter. Wem wollte sie etwas vormachen? Von den Visionen, die sie bisher gesehen hatten, waren fünf genau so eingetreten, wie sie zuvor gezeigt worden waren, und die mit Tess war nur leicht abgeändert gewesen.

Sammy ließ Alea jedoch keine Zeit, weiter darüber nachzugrübeln. »Nimm den Faden noch mal! Du hast ihn zu schnell weggelegt!«

Alea atmete durch und nahm die silbrige Fluse noch mal zur Hand.

Das Bild erschien wieder.

Lennox schaute sie ebenso verzweifelt an wie zuvor, und Alea musste sich zusammenreißen, um den Anblick auszuhalten.

Dann tauchte ein anderes Bild auf.

Ben und Sammy. Sie sangen. Sie befanden sich auf einem Boot, sangen aus voller Brust und trugen sonderbare Strohhüte mit roten Bändern.

Dann verschwand das Bild, und Alea legte den Faden auf den Tisch. Nein, dachte sie, das war kein Boot gewesen, sondern eine Gondel! Sie waren in Venedig! Erstaunt blickte sie die beiden Brüder an. »Es sieht so aus, als würdet ihr in nicht allzu ferner Zukunft auf einer Gondel in Venedig singen.«

»Cool!«, schrillte Sammy. »Sahen wir gut aus? Ich meine, sahen wir glücklich aus? Bisher waren die Visionen ja immer nur traurig.«

»Ja«, antwortete Alea erleichtert. »Ihr saht glücklich aus.«

Sammy wirkte sehr zufrieden. »Na, das ist doch mal was!« Damit brachte er den ersten Faden in Sicherheit und hielt ihr den zweiten hin. »Guck mal, ob in diesem hier dasselbe drinsteckt.«

Alea nahm den Silberfaden.

Dieselben Bilder stürmten geradezu auf sie ein.

Lennox. Dann Sammy und Ben. Doch danach erschien eine dritte Vision.

Die Walwanderin! Sie hielt Aleas Hand und lief mit ihr über einen breiten Strand. Die Frau lachte Alea an und legte dann den Arm um ihre Schultern. Alea hörte sich ebenfalls lachen – befreit und ganz tief aus dem Bauch heraus.

Ein warmes Gefühl durchströmte Alea, ein Gefühl

von … Liebe und Zuhause. Sie ließ die Hand sinken. Dorthin wollte sie. Genau in diesen Moment hinein, in genau diese Szene! Nichts wollte sie lieber, als dort verweilen, in genau diesem Augenblick.

»Das muss Norwegen sein«, sagte sie tonlos. Dann schüttelte sie sich, als erwachte sie aus einem Traum. »Wir müssen nach Norwegen!«, rief sie mit lauter Stimme.

»Weswegen?«, fragte Tess erstaunt. »Was hast du gesehen?«

»Eine Frau«, antwortete Alea und fühlte ihr Herz heftig in ihrer Brust schlagen. »Eine Walwanderin, die ich finden muss.«

Fragend sah Lennox Alea an. »Die Frau aus der Botschaft?«

»Ja, genau die. Ich glaube, ich habe … eine besondere Verbindung zu ihr.«

Die anderen starrten sie mit großen Augen an, aber Alea wusste nicht, wie sie es besser erklären sollte.

»Dann lasst uns nach Norwegen segeln!«, rief Sammy und sprang auf. »Setzen wir die Segel! Ich spüre, dass eine phantastische Brise aufgekommen ist!«

Draußen wehte mittlerweile tatsächlich ein frischer Wind. Das musste man allerdings nicht erspüren, man konnte es hören.

Ben stand auf. »Ja, lasst uns nach Norwegen segeln!«, sagte er grinsend. »Wisst ihr, das ist mein absolutes Lieblingsland. Und im August ist es dort am schönsten.«

Alea erhob sich ebenfalls. »Danke«, stieß sie hervor, denn

in diesem Moment erfasste sie eine Welle der Dankbarkeit und Freude. »Danke, dass ihr meine Freunde seid.«

»Aber sicher doch.« Sammy kuschelte sich an sie. Dann fügte er mit ernstem Blick hinzu: »Für immer.«

Alea drückte ihn an sich. »Ja, für immer«, sagte sie und strubbelte Sammy durch den wilden Haarschopf.

Tess lächelte Alea an und nickte.

Alea lächelte zurück.

Ben und Lennox grinsten breit.

Lennox streckte seine Hand aus. Alle legten ihre Hände darüber, und ihr Bandenruf erklang so laut, dass die Fische, die in der Nähe der *Crucis* ihres Weges schwammen, gewiss vor Schreck davonstoben.

Sie liefen an Deck. Jeder wusste genau, was zu tun war. Wie ein perfekt funktionierendes Uhrwerk brachten sie ihr schönes altes Schiff auf Fahrt. Und als der frische Wind die beiden großen Segel ergriff und die *Crucis* nach Osten blies, lächelten sie einander verschwörerisch an, so als wüssten sie, dass sie alles meistern konnten, was das Schicksal ihnen auferlegen würde, solange sie nur zusammen waren: Benjamin Libra, Samuel Draco, Tess Taurus, Lennox Scorpio und Alea Aquarius.